大鳄

2 七牌梭哈局

仇晓慧 著

中信出版集团·北京

图书在版编目（CIP）数据

大鳄.2，七牌梭哈局/仇晓慧著.--北京：中信出版社，2018.8
ISBN 978-7-5086-8774-2

Ⅰ.①大… Ⅱ.①仇… Ⅲ.①长篇小说－中国－当代 Ⅳ.①I247.5

中国版本图书馆CIP数据核字（2018）第053898号

大鳄2　七牌梭哈局

著　　者：仇晓慧
出版发行：中信出版集团股份有限公司
　　　　　（北京市朝阳区惠新东街甲4号富盛大厦2座　邮编　100029）
承　印　者：北京诚信伟业印刷有限公司

开　　本：787mm×1092mm　1/16　　印　张：24　　字　数：270千字
版　　次：2018年8月第1版　　　　　　印　次：2018年8月第1次印刷
广告经营许可证：京朝工商广字第8087号
书　　号：ISBN 978-7-5086-8774-2
定　　价：58.00元

版权所有·侵权必究
如有印刷、装订问题，本公司负责调换。
服务热线：400-600-8099
投稿邮箱：author@citicpub.com

命运不是偶然的事,它是一个选择问题。
——威廉·詹宁斯·布莱恩

目录

第一章　婚礼盛宴 / 1

第二章　走，去南岛！/ 35

第三章　那局赢了父亲的棋 / 67

第四章　茶馆里交易 / 95

第五章　填漏洞戏法 / 129

第六章　东九块血案 / 169

第七章　唐少的挑战 / 207

第八章　998 点大反底 / 233

第九章　痛失套利股 / 255

第十章　冲，对冲基金！/ 281

第十一章　绑架下告白 / 307

第十二章　华尔街靴子 / 341

第一章　婚礼盛宴

善守者，藏于九地之下；善攻者，动于九天之上；故能自保而全胜也。
　　　　　　　　——《孙子兵法》

一

2004年9月9日，一个看似平淡无奇的周末，唐子风坐在西郊宾馆百花厅外的一张藤椅上，悠闲地抬眼望向雾蒙蒙的太阳。

太阳懒散散地挂在天空，热量像是全被云层吸走了——像极了这萎靡不振的股市。

自2001年互联网泡沫破灭以来，A股已经低迷了1 200多天。无数金融大鳄都在这场致命的股灾中一蹶不振，甚至销声匿迹。

泰达系掌门人唐子风无疑是这几年金融圈里的另类。

人们看着泰达系一点点膨胀——就像郊外的野草，在尸骨遍地的荒野中，大口吸食汁液，野蛮生长，愈发茁壮。

这天，唐子风着丝绸绣龙白色中山装，叼着雪茄坐在西郊宾馆花园的藤椅上，鼻梁上架着一副金边的茶色眼镜，尽管身体微微发福，但仍是魁梧高大的身形。

唐子风无比开心，今天是他大儿子唐焕大婚的日子。

他释然地想，这小子，时隔那么多年，终于结束了拈花惹草的日子。那个女人，没看走眼的话，应当能收得住唐焕。世间总是一物降一物，想来也是奇妙得很。

西郊宾馆满是绿松的大门口，齐刷刷地站了一排保镖——都是唐子风精挑细选出来的。标准的西装，裹在这群肌肉发达的猛男身上，他们活像一个个肉粽。

他望着西郊宾馆的冲天古树，十分得意，他很喜欢这里——20世纪90年代东江开发后，无数现代时尚的酒店齐刷刷地从这地界拔地而起，但在唐子风眼中，那些只是哗众取宠，怎能比得上西郊宾馆得天独厚的历史条件，就好像眼前这粗壮茂盛的大树，壮实得树下的人抬头难望到天日，任凭高耸围墙砌了一层又一层，怎么也拦不住百年老树枝繁叶茂的勃勃生机。

一般来说，大家族办大事时，最能显示出自身的能耐。

在外人看来，能包下西郊宾馆那么多内场与花园，没有一点儿背景的主子绝对是搞不下来的。改革开放前，西郊宾馆也叫"414招待所"，与武汉的东湖梅岭别墅有几分相似，是一些达官显贵在佑海的常驻地。

国家政要若来佑海，十有八九也下榻于此。

这里就像闹市中保存完好的原始森林，随处可见雪白鹭鸟在青绿的湖面上轻快飞过。

噼里啪啦的鞭炮声响了起来，霎时冲破了清晨沉闷的宁静。

唐子风走进大堂，闻到新启的香槟的清香。

今天的西郊宾馆对唐子风而言不同寻常，不是因为这里是政要的居住之所，也不是因为这里遍植古木，湖光山色，融东西方园林为一体的宜人景致。

最吸引他的，是空气中弥漫的金钱味道，还有血战到底的纯爷们儿气息，这些才是令他陶醉的馥郁芳香，环绕在他身前身后，令他无法自拔。

今天在这里，顶尖银行家、金融高管、经济学家济济一堂。

唐子风感到无比欣慰的是，他自己是这场盛会背后的主人。

这次筹办婚礼，自己的人脉不仅得到巩固，还扩张了一番，一些自己事先完全没想到的朋友都纷纷伸出援手——他大儿子订婚的消息一传出去，一家上市红酒公司就主动送了500多箱上等的红酒过来，10多家佑海顶级餐馆发来免费邀约，还有1家旅行公司送来价值30多万的加勒比海蜜月套餐。

这几年来，唐子风在重振家业。

他自己也承认，几年前的互联网泡沫让他大伤元气。为此，至今他只要一想到那个叫袁得鱼的小子，还会气得将牙齿咬得"咯咯

第一章 婚礼盛宴

作响。

谁也没想到，随后的熊市是如此漫长。

如果说，牛市的时候，所有人都在赚钱，那么，熊市对于多数人而言，是屡战屡败的苦闷，是财富的缩水，是收入增速的放缓。然而，唐子风这样的资本掮客倒是乐在其中。他反倒像个两栖动物般，就算缺水，在陆地上照样呼吸自如。

在这个萧条期悄然崛起的泰达帝国，颇有些乱世英雄的意味。

谁也不知道唐子风在这段时间做了什么，如何控制一家又一家上市公司；谁也不知道在熊市中那些弥足珍贵的现金流，他怎么会用之不竭。

只是所有人都知道，如今的唐子风与当年刚刚入主泰达证券时，整体实力已不可同日而语。

唐子风早已是佑海呼风唤雨的大人物，哪个财经媒体若让他做封面人物都要等一年半载。

没错，他现在就是佑海……不，是整个国内资本市场响当当的传奇人物。

大约上午8点，一辆接一辆的白色豪华礼车在虹桥路上排成延绵不绝的长队，一眼望不到尽头，最前头的是两辆加长型宾利。

佑海这个型号的宾利只有两辆，唐子风自有办法让它们都上阵。

见多识广的西郊宾馆门童也忍不住交耳赞叹："啧啧，这么大的排场！"

唐子风眯着眼睛看着第一辆加长型宾利缓缓驶入中庭花园。

大堂门口，一辆车子停了下来。

穿得像宫廷护卫的伴郎下了车，恭敬地拉开后座的车门。

唐焕从另一侧车门迈出，来到新娘的车门前。

他一身杰尼亚的黑色定制西装，里面是阿玛尼白色立领衬衫，万年不变的板刷头，身形高大魁梧，眼睛炯炯有神，整个人英气逼人。

新娘纤长白皙的手伸出来，搭在唐焕的手臂上，整个身体几乎

5

是从车里弹了出来——她身上的法国定制婚纱像米其林餐厅特制的蛋糕那样层层叠叠。

她的胸好似雪糕一样，白得鲜嫩，像是要流出奶油来。下车的同时，胸前幅度很大地晃动了两下，就像蛋糕上的可口果冻。

唐子风的眼睛也不由自主地像旁边大多数人一样，被新娘硕大的胸部深深吸引。有道是"只闻其声，未见其人"，这位新娘绝对是"只见其胸"。

她进门时，向四周望了望，唐子风见到了她那红艳艳微翘的嘴唇。

唐子风暗想，真是天生的尤物。

唐子风还是很满意这桩婚事的。

虽说唐焕是二婚，但这个婚礼操办得比第一次婚礼更为隆重。

大儿子唐焕的前一个女人，留给他的人脉像一座大山一样掘也掘不完，但终究"人走茶凉"。倒是前妻的病死，让唐焕一下子成了钻石王老五那类人，每天向他扑来的女人多得都可以用卡车装。

唐焕也逢场作戏，成天游走在鲜花之中，不过很多女人都败兴而归，唐焕也成了佑海知名的"花心大萝卜"。

老爷子清楚唐焕对那些女人并不上心，但总觉得，对于唐家的江山而言，那种不安稳的状态断然是不能要的。

老爷子对这个儿媳妇很满意。他的眼光与多数保守的公公不同，在唐子风眼里，女人不仅是女人，还是挣钱的机器，就像买股票一样。唐子风看中的，正是这个女人身上，绩优股一样的长期效应。

新娘叫杨茗，如果将"大胸无脑"这样的形容用在杨茗身上，那就大错特错了。

她中专毕业，学的是商务英语，她的同学在学校里玩耍荒废的那几年，她倒是操起了一口流利的英语。

在进入泰达系之前，杨茗一直在美资公司做总经理助理。记得刚入公司时，老爷子正好面试她。他原本看中的是她的英语特长，但老爷子很快发现，此女并非只有英语特长这么简单。

第一章　婚礼盛宴

第一次公司聚餐，杨茗就故意坐在老爷子边上，时不时往他碗里夹他最爱吃的红烧肉，甜绵的声音酥到老爷子的骨子里。

讨论到重要的事情时，她也听得仔细，随口一问的问题，恰好也是老爷子关心的核心。唐子风很快意识到，很多跟了他多年的下属，都没这个20多岁的女孩那么懂自己。

唐焕第一次见杨茗，也是在那次公司聚餐。他去的时候有点儿晚，一进来就好似一见钟情般，两眼像是长出了钩子，抓住杨茗死死不放。

如果说，唐焕是那种男人群中，能被女人一眼发现的男人。杨茗也绝对是女人群中，被男人一眼看中的女人。这样的两人，在第一次饭局上，就对上眼儿了。

两人交往了不过三个月，唐焕就对唐子风摊牌，说打算结婚。

订婚之后，一个与唐焕长期交往的女人因爱生恨决心报复，发出全国通牒，高价悬赏，欲雇凶剁唐焕一手。

没承想，杨茗不假思索地说："哪个女人敢取唐焕的手，就先跟老娘比比，谁的胸大！"

与此同时，杨茗嘱咐了几个人摆平此事，找的同样也是杀手。

没承想杀手之间竟然彼此联络上了，通过谈判得知，对方已在外头杀过人，因此再取人一只手也无妨。但杨茗核实此事后，发现对方所杀之人其实并未死亡，就此她劝杀手放弃行凶计划，并给出人民币一万元作为补偿。

这场风波很快平息，唐焕也不用提心吊胆。

杨茗的精明能干，连同"大波"的"盛名"很快传开。

此时此刻，唐子风望着他们的背影想着，在这个家里，或许也能让杨茗承担一些事，不过来日方长。

宾客们渐渐多了起来。

二儿子唐烨带着妻儿过来，对唐子风说："爸爸，阁楼布置好了，我们上去吧。"

中庭花园的上空，欢乐的笙歌时不时传来。

一群男男女女又唱又跳，就像啤酒广告里一群蚂蚁的狂欢。

花园东边摆放着一张很长的木桌，上面放着香喷喷的小吃和各种酒水。一只只盛满红色琼浆的高脚杯，在太阳底下反射出迷离的红光。

四周的围廊，散坐着一些上了年纪的尊贵客人。

唐子风坐在花园正中的高阁上，面前摆放着各种香槟与红酒。

很多客人过来，毕恭毕敬地向唐子风敬酒。

唐子风一边与宾客周旋，一边偷偷瞄了一眼自己的手表，心想几个重要的人物也马上要出现了。

新娘与新郎站在花园里，亲朋好友的祝福潮水般涌来。

花园里，一群活泼的年轻人跳起了欢快的玛祖卡舞。

新娘貌似很开心，拖着唐焕的手，欢跳了一支简单的伦巴，四周响起阵阵热烈的掌声。

唐子风远远看到，大门外开进一辆黑色的宝马。

唐子风知道，是韩昊来了。

韩昊下了车，泰达系的手下将韩昊领入主桌。

韩昊摸了一下头，露出一丝淫荡的笑容，说：“我看到了，新娘不错！”

一边说着，一边从口袋里掏出一张银行卡：“我是个大老粗，红包什么的太麻烦。就准备了这个，密码是六个8，当作是给你儿子的贺礼。”

"嘿，兄弟，你还跟我客气！"唐子风说。

韩昊不由分说地塞到了唐焕手上，挥了一下手，表示别啰唆了。

他们喝起茶来。

韩昊想起什么："话说，那个浦兴银行的事搞得下来吗？"

"嗯，过会儿再说。"

"好，等不及了！"

两人继续看起了花园里的节目。此刻上演的正好是川剧变脸，只见那个戏子变成红脸之后，吐出一口火来，台下观众叫声连连。

第一章　婚礼盛宴

此时，唐焕与杨茗又将一位大人物恭迎到高阁。

唐子风一席人赶紧站起身来迎接。

这位客人头发有些灰白，不苟言笑的脸上带着不可一世的威严，他正是当前金融管理层的邵冲，也是金融圈中不多见的学者型官员。

"请上座！"唐子风笑脸相迎。

等邵冲坐下来后，唐子风他们方才入座。

"邵局长，您上个月发表在《华夏经济改革》上的论文，我刚好看到，实在令人钦佩。"唐烨忍不住说。

邵冲冷冰冰的脸上迅速滑过一丝得意的笑容。

唐焕手下人马上递给邵冲一个礼盒。

邵冲摆摆手："你儿子的婚事，你给我东西做什么。"

"纪念品而已。"唐子风轻轻拍了一下邵冲的肩，"正好朋友从瑞士捎来一块江诗丹顿的手表，我戴着太大，我想您应该合适。巧了，这个表的序号正好是您的生日！"

"你费心了！"邵冲只好收下。

"爸爸，客人是不是到齐了？"唐烨问道。

唐子风看了看手表，"要不开……""始"还没出口，只见一辆迈巴赫开了进来。

车子后座，一个光头若隐若现。

"来了！"唐烨眼睛一亮。

花园下面，唐焕发出爽朗的笑声。

在座的圈内人士都惊诧万分，他们都对这位贵客的到来吃惊不小——这个人粗粗的眉毛，在光头的映衬下异常醒目，他的脸方方的，挂着一种不经意的笑——此人不正是消失多时的唐焕干爹秦笑吗？

在2000年互联网泡沫时期，秦笑损失了不少资产，但他是在中邮科技中最早急流勇退的。坊间传闻，他载着一大箱子美元去了香港，随后很快在香港买下半岛别墅。

他在香港不知怎的，摇身一变，人称"佑海首富"。传闻都说，秦笑与唐子风在中邮科技上有合作，是到最后"临阵脱逃"的庄家，这种为了保存自己实力背信弃义的行为多少令人不齿。

可如今，秦笑神采奕奕，气色比往年更好。

唐子风很开心，秦笑终于露脸了。他们大约有四年没见了，看来自己对唐焕的嘱咐已经传到了秦笑耳朵里。

只是，唐子风没想到那个大项目，秦笑抢在自己之前就下手了。所幸，他也知道秦笑当前最大的软肋在哪里。

唐子风同时觉得好笑，这个嗅觉灵敏的豺狼到底还是来了。毕竟谁也抵挡不住那肉香的诱惑，尤其处在现在这样一个投资四处无门的弱市。

"好久不见！"秦笑走上楼阁，不经意地环视了一圈说。

"好久不见！"唐子风心照不宣，并宣布，"开席！"

二

西郊宾馆附近，财经记者乔安正在虹桥商务中心参加一年一度的环球金融峰会。

她一身短袖粉金色旗袍，凌厉地走进场内。她身材娇小，五官精致，双腿笔直修长。

她感觉很多目光注视着自己。

乔安早已习惯了这些，在财经论坛这样大老爷们儿的场子里，她这样娇小漂亮女孩的出现，总能成为会议间隙一道清爽的风景线。

她笑了一下，有时候，她自己也挺享受这种女性优势的。

她轻轻甩了甩干练的齐肩短发，找了前排的位置坐下来。

敏感的乔安很快发现，这个场子里，比预想的要冷清很多，会议预告时声称出席的大佬少了很多。所幸，场子里一些经济学家正在为国进民退之类的话题激辩，气氛还算是热烈。

乔安有些恍惚，心思转到了上午杂志社发生的事情上——

杂志社主任吴恙拿出了一张照片说："如果能找到这个人就好

第一章　婚礼盛宴

了……"

乔安定睛一看，不由得心跳了一下："主任，这个人是我的高中同学，你怎么也知道他？"

"啊？你竟然认识他！"主任兴奋起来，"他可是我眼里真正的投资天才，你能找到他吗？"

"他不是早就失踪了吗？"

"唉，是啊……我时常想，如果他能回来，或许唐子风就没那么嚣张了。他大概是这个资本市场上，为数不多的，能与唐子风好好较量一番的高手了。"

"主任，你不是开玩笑吧？就算找到他，他肯定也是穷小子一个！"

"这不是关键，关键是他当年在股市上的那几场战役，真是令人钦佩！"

乔安正回想着，突然吴恙来电，她只好走出会场接听电话。

"话说，在现场有没有打探到东九块幕后拍手的消息？"吴恙问道。

东九块幕后拍手是近期最热门的一个财经圈大新闻。

东九块一直以来都是佑海难得的一块风水宝地，位于安中区东北，被誉为佑海最后的黄金地块，占地约18万平方米，是老佑海的租界区。

然而，对于懂行的人而言，东九块已经不再是一个简单的地理概念，而是地产枭雄盛行时代的符号。

这块地也颇为神奇，从第一次开拍至今，差不多五年了，不是流拍，就是被退回。

以至于这块地在上个月底被拍下来时，很多人都没反应过来。

非常搞笑的是，那场拍卖会也算是低调，连那几个留到最后的东家，外界也都不知道是谁。

"嗯，这个事我一直记在心里，就想趁着峰会间隙的时候，打听一下。不过主任，真是见了鬼了，今年只有去年嘉宾的一半，这太

11

不同寻常了。这样的峰会，规模不都是一年比一年大吗？"

"会不会与那个事情有关？"电话那头儿的吴恙思忖着。

"什么事？"乔安一边听着电话，一边来到大堂门口，视线一下子被酒店门外的景象吸引了——一辆接一辆的豪华车排成一条婚车长龙……只听大门口一个小孩子在数："81、82、83……"

"你猜我看到了什么？"

乔安还没说完，吴恙便抢说道："不会是婚车吧？"

"啊，这也能猜到？就算料事如神，也太玄乎了吧？"

"我可不就是个活神仙！是这样，我听说，今天是唐子风的大儿子唐焕大婚，就在距离你开会不远的西郊宾馆。你说的那些嘉宾，八成是去那里了……"

"啊，你怎么不早说？"

"就算跟你说了，你能混得进去吗？"

"你也太小瞧我了！"

说罢，乔安就负气地挂断了电话。

她匆匆从会场冲了出来，临走时向门口的大堂经理确认了一下："婚车是不是开往西郊宾馆的方向？"

"没错！真是来头不小呢！"

乔安赶紧招了一辆出租车飞驰而去。

乔安在西郊宾馆门口下了车，一眼就看到门卫正拦着一个20岁出头儿的女孩。

那女孩下穿一条蓝白条短裙，面容清秀，一脸俏皮，一头笔直的长发难掩活泼的气质，虽然体形偏瘦，倒并非弱不禁风，白色短袖衬衣显露出纤弱细长的手臂。

"没有喜帖的就是不能进！"门卫很严肃地说。

"好吧，我就站在门口。"只见女孩与门卫不紧不慢地闲聊起来，"我看你无聊，要不我跟你们说个我朋友的事？"

门卫奇怪地看着眼前的女孩，就像在打量着什么奇异的"天外飞仙"。

第一章 婚礼盛宴

"话说我有一群朋友,去一个很贵的海鲜自助餐馆吃饭,好大一群人,海吃海喝了一番,吃得酒足饭饱后,一个一个走了出去,转眼,只剩下一个人在大桌子旁。服务员就盯着这个人看,心想,不能放过这个人,因为只能找他买单了!但这人吃了很久,似乎也没有买单的意思。服务员就盯着那个人看,心想,还想吃霸王餐,没门儿!看你有啥办法?"

门卫不知道这个外星人在说什么,一头雾水。

"你猜猜嘛,什么办法?"

门卫还没反应过来,只听女孩抛下一句话:"他——没有什么办法——就是拔腿就跑!"

只见她飞快地跑了进去,一溜烟就没了影。

门卫差点儿昏厥,他追了几步,找不到女孩。

西郊宾馆本就像个密密的原始森林,不太好找。

门卫有点儿沮丧地转过身,正好撞到走上前来的乔安。

门卫说:"有喜帖才让进!"

乔安与门卫好说歹说。"我认识新郎唐焕,真的!他是不是个子不高,平头那种?"乔安比画着,"喜帖我只是忘带了而已。你看,不然我穿这么正式干吗?"

门卫不言不语。

此时,正好有辆私家车开来,后排坐着一个气场很足的戴眼镜的女人,她亮出了喜帖。

乔安眼睛一亮,好巧,此人不正是自己大学的老师吗?那老师在金融圈有些名望,不知以什么关系也被邀请来了。

乔安兴奋地扬了扬手,快步跑到那车前:"嘿,还记得我吗?"

门卫迅速杀了过来。

"妈妈,你总算来了!"说着,乔安拍打着车门。

"乔安,你怎么在这里?"老师一脸惊讶状,"开门!"

乔安迅速上了车,看到门卫气不打一处的表情觉得很好笑。

"嘿,张老师!我正好过来找个采访对象,很快就回去!你有时间多写写专栏嘛，我们杂志正在找知名的经济学家呢。"

"别哄老师了。你们那杂志请的都不是一般的人物……"

"老师，你在我心中就是非同一般……"

进了场子后，乔安张大了嘴巴——虽然她也是见过大场面的人，但这样隆重盛大的婚礼还是第一次见到，简直是人山人海，单是在花园，至少就挤了上千人。

乔安抬眼看了看几栋别墅，都挤满了各种各样的人，很多银行家、基金经理、律师、经济学家、券商老总等齐聚一堂，他们在那里捧着酒杯愉快地交流。

乔安一眼就认出好几个金融圈名人。她暗笑，金融峰会的主会场搬这里来了。

"谢谢老师，我先去找人了！"乔安跳下车。

她循着音乐来到了一楼长而蜿蜒的走廊，里面摆放着一个个褐色雅致的餐桌，坐了数也数不尽的客人。

幸好有几张桌子没坐满，乔安厚着脸皮坐在了一个空座上。

宴席似乎开始没多久，瞄了一圈都不见新娘新郎，乔安估计是第一轮仪式刚好结束，主人去换装了。

乔安从来没有见过这样的筵席——每个人面前摆放着一根麦穗和黑色织布餐布，并摆放着漂亮的叉子、筷子与餐刀，还有四种小冷菜，分别装着米粒、大豆、高粱与玉米，不知道这些小食用什么方式腌制的，看起来很诱人。

乔安忍不住吧唧了一口，果然清脆可口，开胃异常。

她看了看菜单，原来是名为"空·无极·宴"的五行中式创意菜。

周围人纷纷议论，原来这是唐子风旗下一个会馆的代表菜品，他一直打算做一款顶级的中华料理，就像高档西餐或是怀石料理那样。

乔安好奇地看着菜单，上面写着："一曰，曲直；二曰，土载；三曰，炎上；四曰，润下；五曰，从革；六曰，太和……"若与西

第一章　婚礼盛宴

方的菜式比照，就相当于前菜、开胃菜、主食、膳食、点心……倒是中国古典味儿十足。

内场的台上，着古装的"戏班"即兴演奏二胡、扬琴，悠扬动听，音色柔美。

见多识广的乔安暗叹，唐子风真算得上是个人物，不仅排场大，格调也是非凡。

"嘿，你是谁带来的？"一个娃娃脸的男生问她，说话带点儿港腔。

"我……我是新郎的远房亲戚。"乔安只好瞎扯。

"嘿，你知道吗？你很像记者，要不就是个侦探。"那个娃娃脸香港男生说。

"这……我看起来那么有求知欲吗？"乔安冒出一身汗。

"大概是你隔夜的眼睛吧，有点儿水肿哦，一看就知道是加班了。"香港男孩笑道，"话说，这大概是我见过最气派的婚礼了，你呢？"

"嗯。"

"真是阔气，邵局长做证婚人……"男生说。

"啊？在哪里？"

"不认识，一个身材蛮魁梧的家伙……"男生说话时总有点儿欲言又止的感觉。

"姓邵？"乔安也想不出其他人。

"嗯，好像是。不过我对局长大人兴趣不大，我只想认识几个上市公司的高管，今天来了不少上市高管呢，听说很多都是这个家族做的承销商……"

"嘿，那个邵局长坐哪里？"

"喏……"男孩朝正中间的一个大桌努了努嘴，"咦，好像不见了，大概走了。"男孩转过头，"嘿，你不会是混进来的吧？"

"哪有……"乔安转头去看，她一下子眼睛睁大起来，不由得还擦了擦眼睛——没错，竟然是秦笑！多年前的中邮科技竟然没有伤害到秦笑的元气，他微胖的脸看起来更红润了。

接下来发生的事情，就不止乔安一个人吃惊了。

新人换装出来，光彩照人，笑得得体适宜。

乔安看着这对新人，不知怎么，心里冒出"天作之合"之类的词。

每每参加婚礼，乔安都会幻想一番自己心里那个从未改变的意中人，不过每次幻想完都叹口气。

只听司仪说："有个嘉宾想对新人说几句话……"

秦笑大大方方地走上台。

台下不知这是什么环节，大概大家都预感有什么大事发生，一下子肃静了。

秦笑的口吻却是出人意料的平静："大家都知道，唐焕是我最心爱的干儿子。今天唐焕大婚，我发自心底地高兴。我干儿子跟着我多年，也帮我做成了很多生意。这么一个大好日子，我要当着亲朋好友的面儿宣布，我，秦笑，要送给我干儿子一份礼物。"

只见秦笑从口袋里掏出一张纸来："这是一份法律文书，诸位都是见证者，从今天以后，我干儿子唐焕就是东九块B1地块的主人！"

他宣布完，所有人几乎都把嘴巴张大了。

乔安嘴巴也合不拢，差点儿一下子跳起来——天哪，原来震惊佑海的神秘地产巨头竟然是秦笑！财经媒体这几天苦苦寻求的答案竟然在这里见光，真是"踏破铁鞋无觅处"！

新郎与秦笑紧紧拥抱在一起……

乔安无法淡定，马上掏出手机拨打了吴恙的号码："主任，我有重大消息要告诉你……"

一旁男孩说："我说你是记者吧，准没错！"

乔安瞪了他一眼："我知道东九块的幕后地产巨头是谁了！"

"是谁？"吴恙也跟着激动起来。

"是秦笑！就是那个逃到香港去的佑海首富，他又回来了！"

"你怎么知道？"

第一章　婚礼盛宴

"他现在就在婚礼现场,还说要把一部分地块送给唐焕!"

"太劲爆了!佑海地产巨头,又是佑海首富,还有艳情史,资本魔头……"吴恙几乎控制不住地叫嚣起来,"你能做采访吗?"

"主任,这是婚礼哎……"

"见机行事,我相信你!哈哈哈。"吴恙诡异地笑了几声就挂了电话。

乔安摔了下电话:"我真是找死啊!"

乔安继续望着那张桌子,见到一张不苟言笑的脸。

乔安认得,这是唐子风的脸,那是一张永远令人望而生畏的面孔,他不动声色地坐在不起眼儿的位置。

她看得出,在宣布赠予唐焕地块的时候,唐子风冷漠的眼睛里闪过一丝亮光。

唐子风身边围坐了一些气质迥异的各种人——都是之前坐在高阁里的人。

桌子一角一个低调的黑黝黝的男人吸引了乔安的注意——看得出,那男子身材矮小,性格内向,与周围人几乎没有交流。然而,他身上却有种淡定的气质。乔安又仔细看了看,发现那人右眼旁边有道很深的疤痕。

乔安不由得深深呼了一口气,这不是神秘私募人韩昊吗?

乔安知道,韩昊这几年改邪归正,早就从敢死队退出,但还活跃在投资市场上。他从来不抛头露面,从来没见他接受过什么媒体专访。尽管如此,他却一直是财经新闻的大热门。尤其是在上市公司年报、季报出来时,如果哪家上市公司十大流通股东中出现韩昊的名字,那定能热炒一番,就像一些排名始终靠前的明星公募基金经理那样。

乔安继续朝那桌子使劲儿瞄,很快看到唐子风身边还有一个戴眼镜的胖子,看起来有些眼熟,但她不敢确信。直到看见那个胖子与唐子风交耳的亲密动作,乔安才基本相信,这人就是财恒基金的副总,唐子风的二儿子唐烨。他此前一直在海外游荡,趁着2003年以金融、地产、煤炭、钢铁、有色为主线的"五朵金花"行情回归金融圈，高举价值投资大旗，挽回了先前不良的声誉。

记得当年做《基金黑幕》时，乔安还找过这个人的照片。然而，此人与四年前杂志上看到的照片有很大区别。照片上的唐烨，还是个看起来有点儿羞涩的白净瘦子，让人脑子里还能冒出"儒雅"这样的字眼儿。如今，此人就是一臃肿的胖子。看来坊间传闻没错，说唐烨被人勒伤之后，生了一场怪病，之后就再也没有瘦下来。

乔安曾跟踪过，自《基金黑幕》这篇报道在圈内引发震动后，文中提到的大多数当事人如今已不在基金圈。这个唐烨是个幸运儿，在国外待了两年后，又回到这家叫财恒的小基金公司做投资总监，很快又升了副总。

乔安知道，财恒的股东是几家国内知名券商的董事。唐烨的位置，多少托了点儿唐子风的福。

三

唐子风看到台上东九块 B1 地块交接的一幕，心情复杂。

就在几周前，唐子风也参加了拍地，当时他还想着，有邵冲这层关系，东九块就如囊中取物。没想，这块地在最后关键时候宣布流拍。但就在第二天，又传出有神秘买家出了高价拿了下来，所以，东九块在谁手中一直是个谜。

但唐子风没有料到，最后长期蛰伏在香港的秦笑拿到了这个地块。

显然，秦笑的东九块不只是东九块那么简单。所有资本游戏中，第一块资产只是放在杠杆一头重量最轻的筹码，它注定要撬动另一头更重的猎物。

唐子风想起邵冲刚才临走前与他不经意提到，他最近去了趟伦敦，在世界最高的摩天轮"伦敦眼"俯瞰伦敦城夜景，感觉十分不错——"伦敦是金融名城，佑海也是。佑海的北洋滩有块空地，若能造起一个摩天轮,每天不分昼夜地旋转,倒也可以成为地标。在摩天轮上眺望,佑海东江两岸景致绝对独一无二……"

"嗯,要造就造世界第一。取名字恐怕有点儿难,佑海已经有了佑海明珠。"

"不如叫佑海之星?"邵冲随口道。

唐子风心想,如果真的造起来,对东九块的地价无疑是重大利好。看来,邵冲与秦笑之间定有什么微妙合作,难道邵冲是出于制衡的考虑,把东九块给了秦笑?

唐子风笑笑,秦笑也算是聪明人,送地块的1/9,一方面安抚了唐子风,因为当时参加公开招标的都是明牌,秦笑知道,唐子风也想过那块地。另一方面,把1/9的地给了唐焕,就相当于把唐家也扯进了佑海地产界最难搞的旋涡。因为东九块是佑海老城区中非常复杂的一个居民区,想必以后拆迁的重任,就要落在唐焕身上了。这也是很多地产大佬宁可卖来卖去,却不愿意涉足这块地皮开发的原因。秦笑如此一宣布,明白的人都知道,这块地有佑海黑帮唐焕撑腰,东九块威风大涨,拆迁时定能扫除不少障碍。

唐子风拨弄了几下手腕上的佛珠,心想,这次秦笑不惜血本,应当是动了真格。当时他投标出了20多亿,最后还是流标。那后来的买家,原则上耗上的资本应当在30亿以上,这显然不是一个小数目。

唐子风微微一笑,既然秦笑对我儿子重情重义,那今天我唐子风也把我的底盘给你看看。

唐子风也走上台,接过司仪的话筒:"干爹如此豪气,我这个亲爹怎么能甘拜下风?我其实也给儿子准备了一份礼物。原本我还打算私下送给他,现在不如趁这个热闹,也请亲朋好友见证!"

唐子风顿了一会儿,说:"大家都知道,我们泰达系有个公司叫泰达信托,泰达信托是我们泰达系公司中最重要的资产之一。从今以后,我将这家公司正式交给唐焕!"

圈内人都知道,泰达信托是泰达系中最重要的金融平台,泰达系的资产魔术都在这个平台上运作。而且,泰达信托旗下已经有10多个信托项目,从股权私募到房地产,无所不包,在业内颇为知名,它已是财富生产机器。

唐子风话音刚落,掌声一下子热烈起来。

唐子风心里也明白,如此一来,唐焕在金融圈定将人气大增,地位不止上升一个台阶。谁都知道,资产游戏中,名声尤为重要。

婚礼的高潮只是刚刚开始。

唐焕开心坏了,忙不迭地给大佬们敬酒,每到一桌敬酒,都痛快地直接倒进嘴里,他脸上红彤彤的颜色浮现出来。

照理说,唐焕是婚宴的主角,但唐子风才是无形的主子,时不时有人跑到唐子风那里,倾诉着各种各样的事,有些陌生的,就先客气地请求联系方式。还有个券商研究院院长跑来,直接与唐子风攀谈他们最近看好的股票,就像做了一场不知不觉的路演。

唐子风对这人只好摆摆手:"今天我儿子结婚,不谈这些!"

唐焕一桌一桌敬着,很快就敬到唐子风这里,唐子风没承想唐焕在他耳边悄悄地说:"爸,你有心事。"

唐子风心想,真是"知父莫若子"。就算请来邵冲做证婚人,就算儿子事业蒸蒸日上,就算整个婚礼盛大隆重,但他自己始终觉得,有个地方不完美。

唐焕的手机响了起来,他红红的脸上愈发亮堂起来,快步往大门方向走去。

没过一会儿,唐焕身边多了一位高个子的年轻人。

这个年轻人看起来有些瘦削,鼻子挺拔得过于硬朗,一脸清秀模样。他眼神坚定,深邃得几乎发亮。第一眼见到他几乎都会不约而同地想起"青年才俊"之类的字眼儿。

这完全在唐子风意料之外:这是他大约六年没见过的小儿子——唐煜。

在见到唐煜的一刹那,老爷子心头"咯噔"一下,一种从心底里冒出来的宽慰自然地散发出来——他由衷发现,原来这么多年过

第一章 婚礼盛宴

去，自己最疼爱的，还是这个小儿子。

自六年前那次争吵，他们父子没有见过一次面。唐子风只是从同行嘴里，侧面了解到一些关于唐煜的消息。唐煜先是在一家国际知名投行做对冲基金经理，业绩在彭博资讯（bloomberg）上还排到过年度前10名。

老爷子很为这个儿子骄傲，要知道，排名范围可是全球投资高手，不亚于天才球手泰格·伍兹（Tiger Woods）在世界高尔夫球上的排名。

唐子风自己知道，当年唐煜那番话刺激了自己的软肋。唐煜飞往香港后，唐子风气得两天两夜都没睡着。

他一想起唐煜跟他发飙的样子，就气得浑身发抖。那几天，凉意直接从老爷子身体深处散发出来，连身旁的人都不明所以地"跟着"冻得瑟瑟发抖。

很多年前，连唐子风自己都不记得多久前，他就极希望将自己的投资大业交给唐煜。

大儿子唐焕虽能独当一面，但随着事业越来越大，唐子风能明显感觉到，这个儿子在一些大局把握上，还缺少高瞻远瞩的战略眼光，总是很难一下子把握核心。这或许需要天赋，毕竟做大事，必须有更多的想象力与创造力，而不仅仅是历练。

在唐子风看来，高手总有一种出奇制胜的魅力，就如同他一贯喜爱的棋圣吴清源那样。老爷子看的人太多了，眼睁睁看着许多勤奋的人上升到越来越高的阶梯时，就失去了原先可以掌控的方向，似乎唯有天赋才能突破这样的天花板。不过幸运的是，唐焕每每在处理大局时，都会请教老爷子，让它在背后坐镇。唐子风也很高兴能有杨茗这样聪明的女人辅佐唐焕，至少可以弥补唐焕的一些不足。

二儿子唐烨，做基金经理自然是绰绰有余。然而，他好像天生没有魄力。那次，"潮清帮"对他的袭击，是对他身心上的摧残，如今他甲状腺激素分泌异常，身体发胖剧烈。他说话时总是不经意地重复一些不自信的词句："你觉得呢""或许""我大致这么想"。一个人骨子里的懦弱很难改变，唐子风从来不指望他能挑起大梁。现在他在基金公司的副总身份，也是靠唐子风拿钱铺出来的，唐子风想，让他做个内应足矣。

似乎只有唐煜，在唐子风心中，是最理想的继承人。

自从那次争执后，唐子风痛心地觉得，那是一次警告。在所有儿子中，他无疑对唐煜付出最多。然而，就这个自己最中意的孩子，对自己似乎完全不买账。就算他再出色，那与自己何干呢？唐子风曾经讽刺地想，不要再有什么寄托了！

与小儿子决绝的理性一直支撑着唐子风，以至于唐煜从香港打来的电话，唐子风从来没接过。

然而，唐子风发现自己终究无法欺骗内心。

在唐子风看到唐煜的那一刻，他明白，没法子，自己还是发自真心地喜欢这个儿子。

在唐煜走向唐子风的时候，老爷子还是把头冷冷地转向别处，板着脸，嘴就像被铁钉钉起来了似的。

"爸爸！"唐煜走上前，轻声叫着他。

唐子风的眼睛还是没有朝他瞥一眼，身体如铜像般纹丝不动。

唐煜轻轻地说："我在香港的时候，无时无刻不在想念您！"

唐子风感觉自己身体有个地方发出了松动的声响，像是坚硬的冰川从一个点断裂开来。在他印象中，唐煜从来不会说这种温情的话语。唐煜是一个像自己这样，不擅长表达自己感情的人。他知道，让一个执拗的男子汉说出这么深情的话语，需要付出多大努力。

唐子风闭起眼睛，深深地吸了一口气。

"这是我从香港给您带的礼物……"唐煜一边说着，一边在老爷子面前打开，"我知道您最近一直在骑马，这是我让一个北欧的朋友带的纯白蛇皮马鞍。爸爸，你看这个，这是我去西藏时找一个手艺绝佳的师傅，用上好的和田玉手工打磨的围棋。还有这个，国宴茶'大红袍'。"

这都是一些用心的礼物，尤其是大红袍——最近唐子风刚刚迷上在野外"斗茶",这斗茶的雅趣,早已在金融圈流行开来。

每次斗茶时,他就会想起苏轼那首词——"清夜无尘,月色如银。酒斟时,须满十分。浮名浮利,虚苦劳神。叹隙中驹,石中火,梦中身。虽抱文章,开口谁亲。且陶陶,乐尽天真,几时归去,做个闲人。对一张琴,一壶酒,一溪云。"

唐煜坐在唐子风身旁,握住了父亲的手:"对不起……"

唐煜手掌的热量传递到了唐子风心里,他终于转过头来,近距离地看着儿子——这是多么挺拔英俊的儿子,眉宇之间透出一股自信,目光是如此坚定,浑身充满了男子汉的气概。

两人不言不语,阻挡他们的石块却已彻底落下。

唐子风对唐煜这些年在大行做的对冲交易也产生了一些兴趣。

他知道,2000年年底科技泡沫破灭,对全球市场都造成了巨大破坏。2000年3月到2002年10月间,标准普尔500指数(Standard & Poor's 500 Index)暴跌38%,股市跳水,让投资商们心醉的科技股和网络股首先下跌。然而,套牢股票债券组合的投资商们普遍开始进行对冲基金投资。对冲基金做空高价股和高弹性股票,并做了一些让人较为警惕的海外投资,如东欧股、可转换债券和困境债务等,整体仅损失1%。他们仿佛有自己的制胜法宝——无论在何种市场,都能制造出源源不断的回报。

唐煜仿佛看出唐子风对自己事业的兴趣。

唐煜说:"就算利率上升,导致股市下跌,但债券价格也下跌,我们此时通过垃圾债借贷资金,行话叫作'杠杆借贷',这部分价格就会更加低。这样一来,我们就可以扩大投资,进一步吸入利润……"

唐子风觉得有些有趣,这与自己无风险套利的思维有几分相似。

"我再来说说这几年我自己的投资吧!"唐煜与唐子风提到了自己在香港做的事,眼睛就更有神了,"我是个奥地利经济学派信徒,投资应当放在一个宏大的经济周期里。我相信熊彼特(Schumpeter),技术革新会引爆新的经济增长点!如果我生活在18世纪和19世纪的英格兰,就想提前知道整个工业革命的结果如何。

我时常觉得，如果我不亲自坐在硅谷，就不知道20年后的世界会是什么样子。对冲基金中有一种量化策略，就好像香农这个发明二进制逻辑体系的教授所认为的，信息作为一个技术问题，与它本身的意思及语境没有关系。信息只是纯粹统计性的，因而可以编码，我就在想，能否将未来的技术革命带来的机会量化下来……"

唐子风继续不语，唐煜激动的样子让他想到了浪漫主义。

唐煜想起什么："对了，爸爸，听说你的事业越做越大。"

唐子风像孩子一样负气地说："尽是你瞧不起的玩意儿……"

"怎么会呢？爸爸，我后来想过了，六年前，我自己太幼稚了，中国有中国的投资方式。我至今认为，迈克尔·米尔肯（Michael Milken）和德雷克赛尔（Drexel & Co.）合作的垃圾债券投资，才是最具想象力的天才投资！20世纪80年代末，几乎每天都有公司宣布并购的消息，每只被并购的股票都可以在三个月内达到21%的收益。这是什么概念？不是天才是什么？爸爸，你就是这样的天才！"

唐子风冰冷的脸上不知不觉浮现出一丝暖意。

唐焕有点儿醉意地跑过来，说："唐煜，跟我上来！"

唐煜大大方方地跟着唐焕来到台上。

唐焕敲了两下话筒："我有消息要告诉大家——"

台下又安静下来，大部分人把目光投向唐煜，好奇这个风度翩翩的年轻男子是谁。

"今天我很开心。我活了30多岁，从来就没有像今天这么开心过！我要好好感谢我的爸爸，我的干爸爸，还有我的老婆，你们寄予了我这么多信任！是你们，让我觉得自己是个完整的人。"唐焕将目光投向了唐煜，"今天太完美了！我身旁的是我香港的弟弟，他特意赶过来看我！"说着，唐焕好像过于兴奋，不由自主地抹了一下眼泪。

大家不明白发生了什么，还是不由自主地拍起了手。

唐焕平静了一下，深深吸了一口气说："我宣布，今天的彩礼我都将捐献给市政府金融项目开发基金会，算是我唐焕为佑海金融业出份儿力……"

婚礼的场子又沸腾起来。

唐子风又笑了一下，他很清楚，这份基金很快会曲线转到邵冲下属部门管理，将有个金融建设基金会。

这时，有个手下跑过来，说："休息室准备好了。"

唐子风点点头，这张桌子上的一席人瞬间在筵席上消失了。

四

这是多年来一次难得的聚会。

一个大约50平方米的黑魆魆的房间里，围坐着唐子风、唐烨、秦笑与韩昊。

这个贵宾（VIP）休息室，平时供开会时宾客休息用，摆放着简单的几个软绵绵的复古大座椅，还有木雕精细的茶几，上面摆放着工夫茶的茶具。

此时，这群人都无暇把玩这些。

"过一会儿唐焕会过来……"唐子风开口道，"今天算是难得，大家都有时间聚在一起，以后这样的聚会，将固定下来。"

他停顿了一下："我先告诉大家一个振奋人心的消息，股权分置的具体方案已经通过了，这是刚才邵局长透露的，我希望大家保密……"

所有人都在认真聆听。股权分置改革，从政策制定者角度，是为了解决股权结构不合理的根源问题。在股市成立之初，为了让大股东掌握绝对控股权，大部分上市公司管理层都有成堆的国有股、法人股，但那些股份并不在市场上流通。没想到，这些股份真的有办法重新回到市场了！

对大股东而言，如果死守条规，套现就要等很长时间。然而，对这群金融大鳄来说，套现自然是门技术活儿，装满金钱的巨大钱匣子正悄然被打开。

"那么好的百年机遇，为何要与我们分享呢？"韩昊问道。

"万人操弓，共射一招，招无不中。就像九年前的那次合作一样，再大的局，只要默契，只要通力合作，无往而不胜。这一次，我们掘的是一座金山，我一个人哪有这个力气？"

每个人都神情各异。

"唐子风，这样的买卖，你早就驾轻就熟了吧！现在才想到分点儿肉汤给兄弟喝……"秦笑毫不客气地说。

唐烨想，看来秦笑多年不来佑海，完全不知道唐子风当今的地位，竟然还敢这么不留情面，他忍不住说："秦叔，您问问资本圈的人，我爸爸是不是仗义之人。这几年，我们可是从配售股、创业板那里，一点点儿积累起来的。几年来，我爸爸时不时通宵工作，才有了这么一点儿江山，您这么说，可太不近人情了。"

"废话少说！看你们接下来的表现！"

唐子风不动声色地说："眼下，有个浦兴银行的机会，佑海浦兴银行将成为首批全流通的上市公司。"

"要得到它的法人股，难度太大了。大股东的背景都不简单。"韩昊不禁发出了疑虑。

"原本是没什么机会，但外资方大股东花旗银行（Citibank）一直在二级市场暗中吸筹，已经威胁到佑海大股东的地位。现在上层决定，稳固大股东地位。方案是要求'佑海国际集团'与'上国投'把流散在外面的浦兴银行的法人股筹码以净资产的价格集中起来，一致对外。"

秦笑道："那我们的机会在哪里？筹码不是早就集中在了这两个……"

"奥妙就在这里。很多人以为有国字头的公司以净资产吸筹筹码，就没有机会了。事实上，一些筹码在不受控制范围内，我们完全可以收集，数量绝对不少。再说了，就算国字头跑去吸收筹码，谁知道能吸多少，我们可以给办事的人出个微高的价格，然后返佣给他们，这恰好成就了更千载难逢的合作机会。"

第一章　婚礼盛宴

"那我们如何拿到这些净资产的原始股呢？"韩昊问，又低头抽了口烟。

"这正是整个项目的关键所在。"

正在这时，有几分醉意的唐焕进来了，差点儿撞上门口的花瓶木架："对不起，来晚了。"

唐子风说："跟大家说说你的进展吧！"

他坐下来，喝了口水，精神马上恢复过来："是这样，我们找了一圈持有浦兴银行股份的机构，发现博闻科技是一个切口。这家公司是个民营企业，照理说，是没有资格拿到浦兴银行股份的，但在三年前，它收购了一家叫浦联电子的国有企业。那家企业是原电子部拉了10家省电子工业厅在1990年初成立的，是浦兴银行的发起股股东之一，手里有1 500万浦兴银行的社会法人股。也就是说，有1 500万股浦兴银行的股份实质在博闻科技这个民营企业手上……"

"它怎么可能转手给你呢？这些法人股，大概是这家空心公司最有价值的资产了。"秦笑说。

"我们正在打通关系。因为法人股都是博闻科技公司自己的资产，管理层除了老总之外，没有一个员工持股，与其让公司赢利，不如转卖给我们，不好吗？"唐焕说。

屋外的婚礼现场正在进行精彩的演出，喧闹无比。

屋里，几个大佬正在进行最隐秘的讨论。

忽然间，传来了很大的敲门声，咚！咚！咚！

这声音不同寻常，简直就是拳打脚踢。

屋里顿时鸦雀无声。

唐焕拍了一下脑袋说："完了，刚才喝得太醉，没在意外面的看守！"

韩昊快速躲到了门后，竖起耳朵仔细听外面的动静。

"别慌，可能是送水的！"秦笑喝了一口水，颇为淡定。

没想到，一个身材高挑、长相清纯的女孩一下子跃入他们的视线。

这时门口的一个侍卫进来，说："对不起对不起，她硬要闯进来，刚才我拖住她，她就用脚踹门。"

在场的人都松了口气，真是虚惊一场。

女孩一下子看到了油头粉面的唐焕，也不顾里面坐着其他人，一下子冲上去拉住他的领带。

唐子风心想，定是唐焕在外面拈花惹草搞来的，低着头走了出去。

其他人也迅速离开了。

唐焕也想走，没想到这个劲儿挺大的女孩死死拖住了自己。

保镖也冲了进来，手疾眼快地将女孩的双臂反剪过来。

女孩也不挣脱，只是一脸委屈状："放开我，我只是有问题想问他！"

唐焕又瞥了一眼这个女孩，确信自己完全不认识。

他刚想动身离开，没想到，女孩大声问道："袁得鱼在哪里？"

唐焕转身过来。

"你说什么？"

"袁得鱼在哪里？"女孩被架在空中，双腿在空中乱踢，力道十足。

唐焕对保镖挥了挥手。

"袁得鱼是不是已经被你杀死了？"女孩一边大声问，一边被人往外拖。

唐焕理了理衣领，走出门外。

这时，杨茗正好从走廊走过来，说："那女的怎么回事？"

唐焕说："我指天发誓我不认识！"

"袁得鱼是谁？这个名字好像有点儿耳熟。"

"以后慢慢跟你说……"

女孩被拖出去的时候，依然大吵大叫："你们都不是人！你们肯定把他杀了！"

这场小闹剧并没有惊动这场大型婚礼。一切发生得太快了，也搞定得太快了。

五

原本，女孩的出现整场婚宴的宾客浑然不觉，巧的是，女孩撕心裂肺的大叫声，正好被上洗手间的乔安听到了。

乔安听到声音后，跑到走廊，见到了一条熟悉的蓝裙子。

令她惊诧的是，两个大汉将这个看起来就手无缚鸡之力的蓝裙子女孩死命儿往外拖。

啊，那不正是那个在门口混入场的女孩吗？她当时只觉得女孩清新单纯的气质与这里格格不入，就像是一棵清新的小莜麦菜落入重口味的辣子鸡盘里。

当时乔安还很好奇，这个女孩为何非要跑进来？此时见到这般情形，乔安心里顿然觉得并不简单。

"你们想干吗？"乔安本能地冲上去。

"死开！多管闲事！"大汉说。

乔安紧紧跟在彪形大汉后面，眼看着大汉将女孩塞在一辆车子里，向门外开去。

乔安无心留在此地，叫了辆出租车跟了过去。

幸好车子开到大门处就停了下来，只见大汉将女孩抛在门口，用手指着她，让她不要再冲进来。

女孩仍凭着一股蛮力想冲进去，这次门卫聪明了，将她牢牢看在门外。那女孩索性一屁股坐在大门口的地上，知道自己使出什么解数都不顶用了。

乔安从车子下来，朝着女孩走去。

她向女孩伸出手："你好，我是乔安。我刚才听你说了个名字——袁得鱼？"

女孩打量着这个与自己年龄相仿的乔安，若有所思，忽然一下子跳起来："我想起来了！我听过你的名字，你是袁得鱼的同学！"

乔安很惊讶,觉得女孩与袁得鱼的关系非同一般,但此前从来没有听袁得鱼提过这个女孩。不过想想也是,当年他们在佑海也只不过相约了几次,不是相互调情,便是公事。

"你怎么认识袁得鱼的?"乔安脱口而出的时候,发现自己竟然更想知道,这女孩与袁得鱼之间究竟是什么关系。

"很高兴认识你!我叫许诺,许诺的许,许诺的诺!我是他的朋友!"许诺大方地伸出手来,"我听袁得鱼说过你,他说你是大才女!"

"哪里,只是在杂志社混口饭吃而已。"乔安笑起来,心想,难道只是大才女那么简单吗?此时此刻,不知为何,她宁可听到"擅长做菜"之类女人一些的评价,"你在找他?"

"嗯!这些年,我一直在找他,虽然到现在为止都没有半点儿消息,但我仍然不会放过任何可以找到他的机会!"

乔安望着这个有些古灵精怪的女孩,看她一说起"袁得鱼"名字时那种复杂情绪的样子,自己心底反而不由自主泛出一种同病相怜的伤感。

很长时间以来,她好像一直在压抑自己。一旦产生一种情绪,她就以一种理性、能干的姿态,忘我地投入工作。

辛勤的努力也算是有回报,对于初入职场两三年的新人而言,她的成绩就像火箭一样快速上升。

如今,她已经是这个知名杂志的首席记者,早已将很多与她同时入行的同人远远地甩在后面。

然而,就是这样一种她多年来克制的情感,却在这个女孩的眼神里尽显无遗,以至于乔安看到她的时候,有一种说不出的亲切感,但很快转而升腾起一种别样的酸楚。

乔安仿佛冥冥之中能感觉到,眼前女孩与生俱来的一些天性,相比自己对袁得鱼而言,恐怕更具一种致命的吸引力。

这女孩太真了,她的心你都看得见,与你没有半点儿距离。

乔安开始由衷地想与许诺成为朋友。

第一章　婚礼盛宴

"对了，袁得鱼在学校时一定很可爱吧？"许诺毫不掩饰自己对袁得鱼的喜欢，"四年前，你写的调查新闻，我也看过呢！写得太精彩啦！那本杂志我一直放在家里，没事就拿起来看！对了，我真的好笨！我怎么没早点儿来找你呢！你是大记者，神通广大，肯定知道袁得鱼在哪里。"

乔安故作温婉地笑了一下，说："有时间不？我请你喝点儿饮料吧？"

"好呀好呀！"许诺没心没肺地应道，一拍即合。

她们来到一家路边的小酒馆。

这家小酒馆有个尖尖的小圆顶，兀自横亘在路口，看起来有点儿没落。

她们走进酒馆，里面摆着几张长长的松木桌子。

"你喝酒吗？"乔安问。

"好呀好呀。"

乔安要了两瓶啤酒。

没想到，许诺一接过酒瓶子，双手捧着迫不及待地一口气喝了下去。

乔安心想她定是酒量很好，可许诺一下子就脸红通通的，晕乎乎的样子。

乔安问道："你没事吧？"

不问还好，许诺的眼泪就像断了线的珠子一样，簌簌地落下来。

她先是小声地哭泣，很快就放声大哭起来。

乔安吓得在一旁不敢说话。

过了好久，许诺深深吸了一口气："不好意思，我自控力太差了。大概很久没有与人提过袁得鱼了，不知怎的，今天特别伤感。"她停下来，睁着迷茫的眼睛。

乔安把自己的酒瓶推给她："老板，再来半打！"

许诺毫不客气，一口气喝下一瓶酒。

"袁得鱼是不是欺负过你……"乔安发挥了记者的天性，试探起来。她的直觉告诉她，许诺与袁得鱼的关系绝对不简单。她不由得心想，看起来大大咧咧、不解男女之情的袁得鱼，难道有什么不为人知的一面？

许诺说："我也不知道，我只是很想很想见到他，他已经离开我1 401天了。我每天早晨起来，就会在日历上画一个圈，心想，没有他的日子，何时才是个尽头啊。"

乔安低下头，仿佛在忙乱地掩饰自己的内心。

"你知道他的下落吧？"许诺有些着急，充满渴盼地眨巴着眼睛，"他，会不会出什么事？要知道，一直有人要暗杀他！"许诺一脸担心状。

乔安想起地下黑帮流传过对袁得鱼的"追杀令"。

"毕竟四年了，唐子风他们早就忘了这件事了吧。"

乔安发现这个女孩对袁得鱼的背景了如指掌，不由得敞开心扉地说起了自己的担忧："这件事情恐怕不是我们想得那么简单。他到现在还没出现，肯定有原因，或许死于非命也不一定。"

许诺眼睛睁得更大，拼命摇着头："我不信！我不信！他肯定还活着！"

"我也这么觉得。"乔安说。

许诺松了一口气："嗯，他这么聪明！怎么可能就落入他们手中呢？但是，他会去哪里？他至少应该偷偷找我们一下吧，不然也太缺德了！"

"我猜想，他肯定在做什么准备，目前还不是见我们的时候。"乔安推测着，"毕竟，如今的唐子风也不是四年前的唐子风了。这四年，他把泰达证券扩张成了泰达集团，泰达证券只是其中一个全资控股的公司，他还一手掌握了泰龙实业、泰兴医药等上市公司，还并购了云澜一家信托公司，改建成了泰达信托。如今它就像一艘坚不可摧的大型资本航母，是资本界威震四方的泰达系了。"

"泰达系？"

"嗯。也就是说，很多公司都在泰达旗下，都由唐子风父子掌控着。记得前阵子一家机构为它做过资产评估,报价简直惊人。这还不算他们家在佑海长寿路、同乐坊开的夜店,天马山上的高尔夫会所,还有江陵的马场……"

听得许诺有些两眼发黑:"我记得袁得鱼说,他会找他们复仇的。现在唐子风已经那么强大了?不过,我还是相信袁得鱼肯定有他的办法!"她一边说着,一边觉得自己底气不足,心里想着,怎么办?怎么办?袁得鱼怎么与他们对抗呢?

"这或许也是袁得鱼到现在为止还没出现的原因吧!"乔安叹了口气。

"但我有种感觉,他会创造奇迹的!就算眼前有条100米宽的沟,我也总觉得他能想法子跳过去。"许诺很认真地张大双臂比画着。

"嘿,我也有这种感觉。"

两人开心地喝起酒来。

两个女孩聊了很久很久。

她们聊起袁得鱼制造的麻烦,聊到第一次看到袁得鱼时的明媚春光,聊到袁得鱼在股场的神勇,比画着唐子风在申强高速失利时抽搐的面孔……

聊着聊着,她们都心情舒坦了,三年多来积在胸口的抑郁似乎也烟消云散了。

有时候,寻找一个爱逗乐的人,远不如找个志同道合的人一起分享内心的苦闷来得更为畅快。

"哎,你说,怎么一晃就三年多过了呢?"

"要不,我们去找他吧?"许诺傻呵呵地笑着。

"怎么找呢?"

"索性租个直升机,挂块红幅,写上'袁得鱼,你快出来'!"

"啊哈哈,你喝醉啦……"

两个女孩畅快地笑起来。

第二章　走，去南岛！

投机成为上海人的一种生活的道路。
——亚瑟·杨格（Arthur Young）

一

  天灰蒙蒙的，就像一团怎么也散不开的浓雾。
  "踏踏踏"，一辆破旧的军绿色吉普，一歪一扭地行驶在青灰色的高速公路上。
  这时，一辆小面包急驶而来，刚要超过这辆吉普，孰想吉普冷不丁地在路中央扭出条弧线。
  面包车司机一下子踩住刹车，才没有撞上。
  他怒不可遏地将头伸出窗外，没好气地对着吉普张开嘴，原本要恶骂一顿，然而，他越过吉普的一刹那，嘴唇似在风中颤抖——吉普车窗上，映出两张年轻美女的脸庞，其中一个美女还冲他俏皮地眨了下眼睛。
  差一点儿就要脱口而出的谩骂，一下子成了调戏的口哨声。
  女孩们笑了一下，吉普风一样地开过。
  不知道车子开了多久，手持方向盘的乔安，神情略有些严肃。望着前方茫茫的马路，乔安才清晰意识到，自己正在进行前所未有的冒险。
  车子前盖里呛人的汽油味不时飘来。
  这个冒险程度堪比自己前两年假扮风尘女子，亲近一个猥琐男获得新闻线索——幸好那次，只是被猥琐男摸了两下手，不过至今想来还是有些后怕。毕竟，网上到处都是"禁室培欲"那样的黄色新闻。
  此前，她只在佑海市区开过车，基本只需挂在三挡上蜗牛行驶。如今，却是一场差不多 2 000 千米之远的长途之旅，座驾还是随时可以扔掉的二手吉普。

她紧张地开着,目不转睛。

副驾驶座上坐着的长发女孩正是许诺,她时不时把头伸向窗外,时而望一眼泛白天空中的流移云絮,任凭风吹在自己脸上。

每次车颠一下,她就会忍不住咯咯笑,车后座的物品跌落的话,她就笑得更欢了。

她手舞足蹈,哼着小曲。

乔安心想,许诺唱歌还真不赖。

许诺正用甜美的歌喉唱着粤语版张国荣欢快的歌曲《莫尼卡》:"你以往爱我爱我不顾一切/将一生青春牺牲给我光辉/好多谢一天你改变了我/无言来奉献柔情常令我的心有愧/Thanks, thanks, thanks, thanks,(谢谢,谢谢,谢谢,谢谢)莫尼卡/谁能代替你地位……"

"你为啥唱这首歌?"

"哈哈,我的英文名叫莫尼卡!"

"自恋的家伙!"

在24小时前,她们恐怕还没想过自己会这么莫名其妙地上路。

前一天,她们酒喝得正酣,许诺抬起头,灵光一闪,说:"我有个办法,或许可以找到袁得鱼。"

她说的时候,乔安其实还在想,这个人不是醉了,就是在做青天白日梦。

"What?(什么)"乔安喝醉时喜欢说英语。

"我知道袁得鱼的股票账号与密码,当时他交给我让我转账过。我们查一下他有没有交易不就行了?"

"聪明的办法!"乔安对许诺刮目相看,"你怎么早没想到,这1 401天——我没记错吧,你干吗去了?"

"可能是酒给了我灵感吧!"许诺说,"今天可是交易日呢!"

许诺看了看时间,下午2点45分,还来得及:"我们快打电话给袁得鱼开户的券商吧。"

挂下电话,许诺用手捂住嘴。

第二章 走，去南岛！

乔安说："怎么啦？"

许诺咧开嘴大笑，高兴得几乎要蹦起来："天哪，竟然有交易记录，就在两个月前！"

两个女孩拥抱着跳起来："太好了，他还活着！"

"能查到他是在哪里交易的吗？"许诺问。

"这个容易，交给我就行！只要他是电话交易，就能找得到！告诉我他交易的具体时间，要很具体哦。"

许诺忐忑地查了一番，不确定是不是电话交易，她告诉了乔安具体的时间。

乔安联系上一个密友，报了券商的名字。

许诺在一旁焦急地等待。

过了个把钟头，只听乔安在电话里叫道："不会吧，区号089×？在南岛？麻烦你再帮我查一查！"

南岛是什么地方？许诺完全没有概念。

"天哪，真的是南岛打来的电话！请告诉我具体的电话号码……"

"袁得鱼在南岛？"

"嗯，八九不离十，如果他还没挪窝的话！"

"我先打个电话……"乔安拨打了那个南岛的电话。

她有些兴奋与焦虑——不过，电话一直没有人接，隔了半个小时打过去，还是没人接。

"我忍不住了，我们现在去找他吧！"

"这……怎么找？"

"我们坐火车去！"

"南岛很大的，地形也很复杂……"

"那你有车吗？"

"有倒是有。"乔安想了想，"不过是一辆我从旧货市场淘来的二手破车，很少用。"

"开过去的话，大概多久？"

"20个小时左右吧！"

"太好了，还不到一天呢！"

"你以为不吃不喝、马不停蹄地开啊？"

"但我以为要开一个星期。既然只要20个小时，我们就赶紧出发吧！"

"你有没有地理概念啊，2 000多千米啊！"

尽管乔安受不了许诺那疯疯癫癫的热情劲儿，但还是莫名其妙地和她一起在超市采购了一大堆物品，第二天一早就启程了。

可能她自己也觉得这是唯一可以把握的机会了，谁让那个该死的电话一直没人接。不过以她的经验看，电话号码已经确定了袁得鱼在南岛的大概位置，这么做不算太没谱。

此时此刻，乔安正襟危坐地开着车，许诺在一旁表现出一贯的兴奋。

"哎，我说，你看好地图！"

"我真的是好开心呢！乔安，你真是我的幸运小公主！我找了三年多，一点儿突破都没有，怎么一见到你，就有灵感了呢！"

"幸运小公主……这个称谓也太恶心了吧。我想，你大概是见到智商高的人，智力也被提上去了一点儿吧！哈哈哈！"乔安喝了一口许诺递来的饮料，放松地开怀大笑起来。

天色渐暗时，吉普转入了另一条高速公路。

"踏踏踏""踏踏踏"，刚转到路口，吉普突然震动，发出嘶哑的气闸声，这声音令人想起《罗成叫关》里老旦的唱腔。还没等乔安反应过来，车就突然停了。

睡了一觉的许诺伸了个懒腰："哎，第一次觉得坐在车上都这么累！是不是快到了？"

累得半死的乔安气不打一处来："是车子抛锚了！"

二

一个挺拔帅气的男子坐在江东机场头等舱休息室里，身穿定制西服，戴着名表，等候去香港的班机，他鼻子高挺，整个人透出一股英气。

唐煜一想到婚礼上父亲精神矍铄的样子，就放心很多。

尽管在大哥的婚礼上，他们之间没有太多话语，父亲对他的态度还是有些冷淡，但与四年的冷战比起来，已是个不错的开端。

唐煜看着电视里放的美国有线电视新闻网（CNN）的新闻——全球普遍是低迷的经济形势，美国严重的财政赤字，不断刷新的伊拉克战争中美军阵亡人数，中东与非洲探明的新石油储量以及油价高企。

他希望世界经济形势一片大好，但没辙，总有这样萧条的时期。

他想起迈克尔·刘易斯（Michael Lewis）的《说谎者的扑克牌》（*Liar's Poker*）里，作者谈到自己的客户如何从切尔诺贝利核事故和日本地震中赚钱。

他认为，一个优秀的对冲基金经理恐怕相对于普通人要铁石心肠很多，如果一条新闻说，飓风袭击了某地，大多数人会为那些逃离家园的人感到难过，但是操纵对冲基金的人，就会想到"做多"建筑公司和短期保险公司的股票，"做空"这个地方的债券。尤其在熊市，要获得超额收益，操作手法注定更为残忍，因为这不是10人而是100人中1人赚钱的比例，更何况是把别人的口袋统统掏空。

如今，唐煜在摩根士丹利（Morgan Stanley）权益部做对冲交易，他尽可能心平气和地做着自以为的理性交易。他认为，早两年在债券部的经历，让他具备了一种全球眼光。

但不知为何，他总觉得，自己与那些交易员不同，因为赚再多的钱也无法弥补内心的空虚。

他想起五年前，他在这里等待着他心爱的女孩出现。

这个女孩现在在哪里呢？

好几次，他都想拨打那个女孩的手机号码，就算自己换了手机，第一个存的号码总是那个女孩的手机号。然而，这么长时间以来，他一次也没有拨过，他用一种强大的意志力克制了。有时候，他觉得自己就像个千锤百炼的钢铁战士。

飞机还有一个多小时才起飞。

唐煜觉得有些无聊，便拿出看过很多遍的《漫步华尔街》（A Random Walk Down Wall Street）看了起来，看到美国 1960 年电子新股发行热时，居然还有一只股票叫"太空水力技术"，不禁笑出了声。

他抬起头，看见等候区外，一个背着硕大名牌包的女孩飞快地从走廊跑了过去，乍一看十分眼熟。

他张大嘴："这不是……在自己的梦中出现过无数次的那个人吗？怎么会那么巧？"他不敢相信自己的眼睛，马上追了过去。

她竟然做了一个让唐煜大跌眼镜的动作——一手攀着扶手，轻松跳了过去，整个动作一气呵成。

跳下的一瞬间，她的长发飞舞起来，精致迷人的耳鼻在发丝间若隐若现。

她与以前一样妩媚动人，眉目清秀得令人窒息，一件简单的白色针织开衫，也遮挡不住她身上自然漾出的气质。

是她！真的是她！唐煜心跳加速。

登机口处，一个工作人员起身欲拉上门。

女孩直接冲向登机口："等一下！"

工作人员抬起头，接过她的机票。

"邵小曼——"唐煜用尽全身的力气大声叫道。

她回眸而望：这是一张没有化妆的俏皮脸，却比任何化妆的面孔更为惊艳——生动的眸、小巧的嘴，肤若凝脂，清新得就像刚从泉水中捞出来，眉黛是细长的黑，恰到好处的深浅。

她应当看到了唐煜，眼睛眨了两下。

如果唐煜没感觉错，接触到他目光的一瞬间，邵小曼如梦初醒，只不过她没法再停留了，一闪便进去了。

工作人员把门拉了起来，最后的登机时间到了。

"这飞机的目的地是哪里？"唐煜问道。

第二章 走，去南岛！

"南岛。"

唐煜马上拨打了邵小曼的电话，好像存了那么久就是为了今天这一刻。

电话真的通了！

"喂……"传来邵小曼黄莺出谷般的声音，顺带气喘声。

这个气喘吁吁的声音让唐煜激动起来，这提醒他刚才发生的一切是如此真实。

"邵小曼！我是唐煜，我们一分钟前刚见面，就在登机口！"

"啊……"邵小曼说，"我要关机了……"

"能不能到机场后等我，我下一班就过来！"唐煜兴奋不已。

天哪，这难道不是缘分吗？

唐煜马上从候机室跑了出去买了一张机票。

一旁等待转签经济舱机票的人，羡慕地看着他这位白金会员。

运气不错，再过一个小时就能登上去南岛的飞机了。或许，就能再见到邵小曼了，唐煜一想到不久前的短暂邂逅就激动万分。

这些年，唐煜也遇到过几个对自己感兴趣的女孩，条件也都不错，但他对她们并不是一见倾心。

好不容易勉强交往了一个。有一次，他与这个女孩在香港迪士尼玩儿，女孩抱着一只大熊，因为自己心不在焉，在座椅上抽烟的时候，把熊屁股烫了个洞。

六年来，他正式谈过两个女孩，都是不到半年就分手了。

他坐在候机室，回想着在登机口见到邵小曼的样子——她的脸好像没有原来的婴儿肥了，眉眼之间倒是更加美艳动人了。

邵小曼，依旧还是唐煜的心动女孩。

唐煜摸了下怦怦跳的胸口——没错，我要尽自己最大的努力再去追求一次。

大约三小时后，飞机落地。

唐煜跑向候机大厅，找了半天，没见到那个熟悉的身影。

他多少有些失落，便拿起手机。

正在这时，一股宜人的清香扑鼻而来，有人在左边点了一下自己的脑袋。唐煜转过头，听到右边传来无邪的笑声。

嘿，是邵小曼，她正笑得开心！

唐煜惊喜万分，但还是尽量克制住了自己的情绪："小儿科把戏！"

"哈哈，对你就是屡试不爽！"

"你还真等我了？"

"别自作多情了。我饿坏了，就在机场里吃了点儿东西。你也知道，飞机上的东西太难吃了！我刚要走出机场，就想起好像有个叫唐煜的家伙给我打过电话。我看了看，来四海的飞机最早的只有一小时之后的一班。我还在犹豫要不要等你，你就出现了！"

"难得你那么有情有义！"

"哈哈，在你说这句话之后，请看前方500米！"

唐煜往前看了看，发现有个红色的牌子，上面写着两个大字——"租车"。

"走吧走吧，你当我的司机，老娘我可是累死了！"

唐煜一脸不爽状："你可真是一点儿没变！"

唐煜办了手续，一辆奥迪行驶过来。工作人员让唐煜签了张单子后，将钥匙递给了他。

唐煜给邵小曼做了一个邀请的姿势："请问，我的女王，你要去哪里？"

邵小曼说："一个叫海棠湾的地方，走吧！"

唐煜摸了摸头，他没去过那里，只记得此前认识的两个台湾人说起过，海棠湾是他们在南岛，又一块要打造的宝地。

"车的装备还算齐全，我们走吧！"唐煜打开车上的全球定位系统（GPS），进行了定位。

"你来四海干什么？"两人突然同时问道。

"我是去看我的一个舅舅，他60岁大寿。你呢？"

"啊……"唐煜想了想说，"我是过来看我一个客户。"

第二章　走，去南岛！

"你客户在哪里？我会不会耽误你的事儿？"

"难得你那么体恤！放心，放心，目前还不会。嗯，是显然——不会。"

奥迪车性能不错，启动后发动机轻声地响着。车子像短跑运动员踩了助跑器一样，马力强劲地平稳蹿出去。

三

翌日一早，稀薄的阳光照耀进来，道路上散布着雾气。

乔安与许诺把吉普靠在了路边，她们在车里躺了一晚。

两人爬起来的时候，黑眼圈对黑眼圈，不由得相互取笑了一番。

"嘿，看我们俩这鬼样子，不知道的人还以为我们在做什么坏事。"乔安说。

"什么？就是这样吗？"许诺用屁股用力压了压坐垫，"嘿，真的震起来了！"

乔安不由得笑起来："我们赶紧上路吧！这辆车越来越恐怖，昨天下午刚修好，晚上开的时候就发出这么奇怪的声音，就好像绿巨人浩克（Hulk）躲在车底下打嗝一样。"

"岂止打嗝，简直是乱拳出击。"

"话说，那个电话有人接了吗？"

"今天还没有打呢！"许诺拨了起来，"见鬼了，还是没人接！"

"那我们只好直接过去找了，希望我们走运吧！"

"嗯，大概还有多远呢？"

"还有600多千米吧，现在我们已经在福阳境内。"

"这——是不是还要开一天呢？"

"只要车是好的，晚上到达还是有希望的。"

"嗯。"许诺双臂抱腿，头放在腿上，说，"袁得鱼这鬼家伙，也不知道能不能找到。"

"给我点儿力量吧！"

"好吧，我来唱歌……"许诺想了想，唱起了王菲的《乘客》，"……这旅途不曲折/一转眼就到了……白云苍白色/蓝天灰蓝色/我家快到了/我是这部车/第一个乘客/我不是不快乐/天空血红色/星星灰银色/你的爱人呢？……"

许诺的歌声悠扬动听，乔安沉浸其中。

吉普间隔发出的咔咔声也像是在为许诺伴奏，只是每发出一下咔咔声，车身就散架般地轻弹一下。

太阳越升越高，空气中的雾霭渐渐散去。

车转入另一条高速公路，突然发出啪的一声巨响，咯噔几下就停了下来。

"真倒霉！"乔安生气地捶了下方向盘。她满头大汗地又启动了几次，均告失败。

"我下去推车吧！"许诺说。

"瞧你细胳膊细腿，弱不禁风的。"

话还没说完，许诺就一下子没了影儿。

正愠怒着，乔安忽然感觉车子在向前移动，她确认并非自己的错觉："好大力，真是神人！"

车子平稳滑动，发动机神奇地启动了。

"太棒了！"乔安开心坏了。

"等等我！"许诺迈开长腿，嘟着嘴跑着，敏捷地跳了上来。

"你力气真大！"

"岂止这点儿能耐，要不过会儿我来开吧！"

"你……也学过开车？怎么不早说？"

"是这样，以前在菜场运菜的时候，我开过那种长得跟推土机很像的小货车。"许诺甩了一下头发，"你开了这么久，我也在旁边看了这么久，还真觉得没啥区别。"

"去去！你个开推土机的，这可是高速公路！"

"好吧，你累了再说吧！"许诺一脸无辜的表情，"还有，你真的开得很慢哎！"

乔安赌气踩了几下油门。

"乔安，别生气了！"许诺拿出清新喷雾喷在乔安头上，"舒服些了吗？我这里还有青草药膏，我帮你按摩吧！"

"得得！你滚远点儿吧！"乔安不生气了。

刚入秋，还有些闷热，马路上都是蒸笼里热气似的风。

许诺穿着白色背心，戴着一顶黑色的贝雷帽，此刻正光着脚望着窗外。

她长这么大，还没有离开过佑海，如今为了那个想见的人，大老远地跑了来。

许诺发现，在高速公路的尽头，浮起一枚硕大无比的橙色太阳。

风吹拂着，路边的芦苇发出"沙沙"声。

许诺最喜欢的是江上鲜红色的余晖，还有疏朗云朵的迷蒙倒影。

她舒服地斜靠在窗沿上，夕阳在尘土飞扬的道路尽头一点点儿沉没。

她想起，自己与袁得鱼漫步在铁轨旁的情景，那天的余晖洒在轨道上。

如果没记错，当天是泰达证券搬入洋滩小白楼的日子。

那天，袁得鱼在铁轨旁大吼大叫，活像一个疯子。

那次，袁得鱼第一次与她说起了自己的父亲，说起自己童年的最爱——与父亲在铁轨上漫步，那时时光美好，父子之间有说不完的亲密话。

说实话，她觉得袁得鱼那天有点儿失控，就像个孩子一样在她身边又哭又闹，与平时判若两人。她甚至怀疑，自己是不是从那天开始真正喜欢上他的。

她至今还记得袁得鱼哭泣时抱住她的瞬间，她心里小鹿乱撞。

她很迷恋当时袁得鱼用不屑的口气说："千万富翁算什么？"

想到这里，许诺长长舒了口气。傻瓜，只要是你——袁得鱼在我身旁，是不是千万富翁又有什么关系呢？

"乔安，你看过海吗？"许诺想起袁得鱼向她描述过海的景色，有些向往。

"我从小就在海边长大的。"乔安说,"你呢?"

"不是呢。"

乔安有点儿于心不忍:"四海旁边就是大海,我们可以找个时间过去!"

"好啊!"

乔安也不知不觉陷入了回忆。

她回想起,中学时每天傍晚,自己最爱趴在家里木制的大窗台上,望着海滩上平躺的少年袁得鱼发呆。

袁得鱼叼着一片树叶的样子简直迷死人了。那时袁得鱼会知道,在海滩不远的窗台边,有个女孩注视的目光吗?

她至今还记得袁得鱼的样子——白色的褂子敞开着,露出黑黝黝、健壮的胸膛。他时而跳起来,像表演马戏那样倒立着玩水,时而安静地坐在礁石上看书。

自己是从什么时候开始注意袁得鱼的呢?在米乡玩漂流好像也是后来的事了。

乔安想起,高中时自己是班长,勒令转校过来的袁得鱼去参加校运动会的长跑比赛。袁得鱼尽管不乐意,但还是去了。

比赛当天,袁得鱼双手插袋,最后一个来到赛道。那时,发令员已经把发令枪都举起来了。

别人都屈身做预备状,袁得鱼还直直地站在那里,一副漫不经心的样子。

在观看席上的乔安暗自捏把汗。

没承想,发令枪一响,袁得鱼就嗖地如鱼雷一样出其不意地发射出去了。更有趣的是,他直接从最外圈抢跑到内圈,一下子就轻松冲到了第一。

乔安心想,天哪,我怎么忘了,长跑是可以抢跑道的,这个男孩看起来如此不上心,却是如此聪明。

袁得鱼一路上都是第一,直到终点。

比赛结束的时候，乔安红着脸对袁得鱼说："对不起。"

袁得鱼笑着，露出洁白健康的牙齿。从那一刻，乔安发现自己动心了。她有一种感觉，这个男孩做任何事都会像跑步比赛那样，有他自己巧妙的思路。看起来凡事无所谓，总爱把手插在口袋中，但好像总是会在关键时刻成功，真的是莫名就开始对他有了信任感。

她想起，高中毕业那天，她才知道袁得鱼要离开，她简直难过到了极点，无法想象见不到他的日子。

那天，她清楚地记得，天空灰蒙蒙的，下着大雨，雨丝断断续续地从屋檐落下，她斜靠在袁得鱼姑妈家门外的水泥墙上，静静地守候。

看到袁得鱼回来，她兴奋坏了，也不管对方身上湿漉漉的，就直接从背后抱住了他，她从来没有这么大胆过。在别人眼里，她一直是个羞涩、稳重的女孩。

但那次，她一点儿都不为自己的大胆而后悔。

袁得鱼的身体温暖着她，她至今还记得两人在雨水敲击的屋檐下热融融的呼吸。她闭起眼睛，心想，只要可以，她愿意为这个男孩做任何事。

她笑了笑，自己做财经记者，不是也有袁得鱼的原因吗？只是，袁得鱼恐怕一点儿都不知道，但这重要吗？

吉普踉踉跄跄地前行，风吹拂着女孩青春明媚的脸。

天全黑了下来。

"对了，那个朋友告诉你，这个电话号所属地是哪里来着？"

"好像是个叫亚宁的什么地方……"

"你不是说是南岛吗？"许诺惊讶道。

"你真傻，都是南岛啦，亚宁是南岛的一个城市，就跟四海一样……"

"四海是什么啊？名扬四海的四海？那，亚宁是个什么地方呢？"

"嗯，是南岛的最南端，也算是中国最南边的地方了……"

"天哪，袁得鱼为什么跑到那么远的地方，我们会不会搞错了？"

乔安擦了一下汗，心想，这个人到现在才反应过来，只好安抚："既来之，则安之。"

"难怪你叫乔安。"许诺没好气地看了乔安一眼。

四

大约一个小时，奥迪抵达了南岛海棠湾。

邵小曼伸了个懒腰："如果是敞篷车就好了！这么好的天气，我正想站起来，好好晒晒太阳，吹吹风呢！"

这是个美丽的海湾，典型的北回归线以南的热带气候——湿润高温，空气中弥漫着树叶的清香。尽管已经入秋，这里看起来仍然芳草鲜美，一派生机盎然的景象。

"哎，上次过来的时候，正好是这里的荔枝节，真想再大吃一顿桂尾呢。"

"桂尾？"唐煜问道。

"哈哈，这里的当地话，海棠湾盛产荔枝。这里每年7月，都会举办一年一度的荔枝节。不过最好的荔枝有两种，一种叫糯米糍，一种叫桂尾，口感都很好。要说有啥区别的话，糯米糍肉紧、营养丰富，桂尾汁多、爽口。"

"口福不浅嘛。"唐煜发出"啧啧"的声音。

"你舅舅怎么会在这里？"

"他当年去了台湾发展，后来因为这里政策不错，就在这里做房地产，生意做得很大。"邵小曼说，"南岛挺有意思的，很多人南下炒房子。1993年之前，房价炒得比现在还高，这里的金融业有段时间比佑海还发达，什么南岛汇通国际信托投资公司啊，什么富岛基金啊……后来在全国做得响当当的不少房地产大佬与金融大佬都是从南岛发家的呢……"

唐煜点点头，心想，邵小曼真是与众不同的女孩。

"你舅舅的寿宴在哪里办？"

"白云山庄。"

"在白云山脚下?"唐煜指了指车上的地图。

"嗯,是呢。"邵小曼心想,白云山可能是这一带的风水佳境了。这个海棠湾背山面海、坐北朝南,也算是灵秀之地。

"上次的荔枝节也在白云山上。那几天,就像是海棠湾的狂欢节,白云山遍地是荔枝。我就跟着一群亲戚沿着山路走,满眼都是枝繁叶茂的荔枝树,我摘了荔枝,就把大颗荔枝塞进嘴里,真是爽口甜美……"

"一骑红尘妃子笑,无人知是荔枝来。"

"真想回到唐朝的古城,看看那时倾国倾城的女人是什么模样。"

"那时候的不知道,但我知道现在倾国倾城的样子。"唐煜说着嘿嘿一笑,"小曼,你与很多富家女不同,你很聪明,也很有自己的想法……"

"唐煜,你不会还喜欢我吧?"

"还真被你说中了!"

邵小曼笑了笑,将头望向车窗外,忽然扬了扬手:"嘿,到了!"

夜色已经降临,雾霭中,一栋古朴风格的大酒店在点点光亮中气派非凡——墙面是通体的砖红色,大门是沉重的青铜色,犹如中世纪隐藏在深山中的英伦古堡。

唐煜与邵小曼穿过绿林掩映的幽暗台阶——青石板台阶两旁点缀着昏黄的光影,豪华餐厅在台阶之上,雅致又温馨。

"唐煜,要不与我一同进去吃顿便餐?"

"不用,这里风景不错,我想随便走走。"

"好吧!"邵小曼向唐煜挥了挥手,"过会儿来找你!"

唐煜在白云山脚漫步起来,可能是临水的缘故,草地有些湿,皮鞋很快湿透。

他走着走着,依稀听到了不远处巨大的水声。

他伫立了一会儿,向远处望去——在这个小坡,可以望见水、树和沉睡的镇，就像一幅黑白剪影！

寥寥无几的街灯照出不远处的公路。山那边笼罩在无边无际的夜色中，有点点灯光。凝眸远望，一些山脊线在月光中远远浮现。再往前是更深的黑暗，很难想象白天这里人来人往的情景。

夜幕中，哗哗直下的水库流水给这里带来了流动的生气，四周树影婆娑，苇草轻摇，时不时有鸟儿在水面掠过。

唐煜闭上眼，周围安静得可以听得见自己的心跳。

他深深吸了一口山野的空气，沁人心脾地凉。

真静，这里恐怕是海棠湾最令人心旷神怡的地方了，自己就像置身于一个巨型的水帘洞中，雅致天然的此岸和白云山对岸的楼群俨然两个世界。

他由衷地喜欢这里。他去过南方的不少地方，但很多地方都是制造业集聚地，整日都是漫天飞舞的尘沙。南岛的景色却是如此优美，让人流连忘返。

唐煜有些累了，索性躺了下来，仰望着星空，渐渐睡了过去。

醒来时，唐煜发现邵小曼正歪着脑袋望着他。

"啊，你怎么过来了？"唐煜一下子坐起来。

"寿宴一点儿都不好玩，我敬完酒，就溜出来了。"

他们两个人一起沿着山麓散步。

"你后来就一直在香港吧？"

"嗯。"

"还在做投资？"

唐煜很感激邵小曼还能记得这些："嗯，我在摩根士丹利做对冲交易。"

"什么是对冲？"邵小曼想起，自己的大学室友好像对那些口若悬河、熟悉复杂金融工具的男孩特别感兴趣，仿佛他们只要一提到金融，就无比性感。

她想起在美国看过的一个肥皂剧："你看过《我的孩子们》（My Children）吗？瑞恩（Ryan）对肯德尔（Kendall）说，'你明不明白，爱情可不是对冲基金'。可是，我就一直不太明白对冲是怎么一回事，更不明白对冲与爱情是什么关系？"

"哈哈，我们是挺受女孩欢迎的。不少女孩特爱听我们讲固定利息证券、资本结构、套利什么的。不过，她们心里想的肯定是，嘿，真是个能赚钱的家伙，她们才不管这些东西啥意思呢。"

"可我真想知道对冲是什么。"邵小曼难得认真地说。

唐煜想了想，就从对冲基金的发源说起："在1948年，有个天才基金经理叫琼斯（Jones），他发明了一种叫对冲策略的基金。1949年，这个人发表了著名的《预测的最新潮流》（*Fashion in Forecasting*）这篇文章，文中说的就是他发现的那种听上去有些匪夷所思的投资策略，他以'对冲'来命名这种投资策略。1950年，49岁的琼斯拿着妻子的10万美元，和另外三个合伙人创立了琼斯公司（A. W. Jones）——这是世界上第一家对冲基金公司。这个投资策略的效果，就是不论市场如何风云变幻，总能赚到一点儿小钱，久而久之，就能积少成多。"

"就像那句古话——'不积跬步，无以至千里'？可这怎么实现呢？"

"说来话长。其实，如果能一直赚到小钱，也是一种理想化的收益状态。"

"不太明白。"

"简单来说，就好像我与你、我爸三个人打赌，你们对市场的看法不一样。"

"我才懒得跟你打赌。"

"比方而已嘛。你说市场行情会跌，我爸说会涨。我就对你说，如果市场跌了，那我给你80元，如果涨了，你给我100元。同时，我与我爸说，如果市场涨了，我给他80元，如果跌了，他给我100元。这样一来，不管市场涨还是跌，我永远可以赚20元。"

"哈哈，有点儿懂了，是不是就像你去捉一条躲在水泥管里的狗，你在两头都放了粮食，随时可能牺牲一边的粮食，但狗儿总是会从一个管道出来。"

"啊哈,邵小曼,你真是冰雪聪明,特别有投资悟性!"

"其实我哪个方面都挺有悟性的!"

唐煜笑了笑:"你过得如何,还在美国?"

"嗯,我去美国继续我的学业,今年总算混了个研究生学历。导师问我,'艾玛啊,你要不再读个博士吧'!他一下子把我吓坏了,我一心想逃回来。说来也巧,前几天,我干爹正好找我,我就跑到佑海去看他了,不然还不一定能在佑海机场遇到你呢。"

"哈哈,确实很巧,我是因为哥哥的婚礼去佑海的。对了,我在唐焕的婚礼上也见过你干爹,不过他很快就离开了,就在门口打了照面。"

"嗯。我干爹一直很忙,不过他对我管得很紧,知道我毕业就要给我安排工作。"

"这不是件好事?"唐煜问道,"他安排你做什么呢?"

"我知道他是关心我,但我不想被安排!"邵小曼不满地说,"他非要让我去美国的投行,但我真不知道投行有啥好的!"

唐煜知道邵小曼并不在乎这些,但试图说服她:"你干爹是真心为你好,投行是很多人挤破头都想去的地方。很多富家子弟在那里待一年半载,镀一层金后,就去蓝行,一辈子无忧了。我估计你干爹也是这样安排的。"

"蓝行?"

"就是中国第一家中外合资投资银行,那是中国最富有的金融机构,也是资金规模世界前三的投资机构之一。现在很多投行大佬都会盯着蓝行的一举一动。"唐煜换了一下口气说,"我知道你肯定不会在乎这个,但你是我接触过的,对金融超级有悟性的女孩。而这个圈子,太需要像你这样聪明的女孩了!"

邵小曼叹了口气:"说实话,我倒也并不是完全没兴趣,我们哥伦比亚大学还出过格雷厄姆(Graham)、巴菲特(Buffett)不是?也有好几个经济学院的男孩追过我,我在读书时,他们还让我去一家投行实习,后来我真去了。你猜怎么着?投行的男人特别讨厌,有些人直接对我吹口哨,有人还二话不说就拧了一下我的屁股,简直气死我了!我直接把咖啡倒在了他们头上。我后来才知道,他们以为我是过来实习的模特,这些地方,经常有很多名模去实习。总之,我实习的那几天,被那群家伙搞得烦死了!我不喜欢那样的地方!"

"哈哈,小曼,你只是运气不好。我觉得这行挺适合你的,你肯定能从这个圈子里找到很大的乐趣。你缺的就是一个领路人,入门后就不一样了!"

邵小曼心想,怎么跟我干爹一样,她岔开话题:"对了,你刚才说什么,唐焕结婚了?我讨厌你的两个哥哥,还有你的爸爸。"

"他们与我们只是信仰不同罢了。"唐煜耸耸肩,"他们的信仰就是金钱。在我刚刚有自己想法的时候,坚信从一个人赚钱的多少可以判断他对社会繁荣所做的贡献大小。然而,我长大后做了投资发现,还真不是这么一回事。我估计我毕业一年后在华尔街拿的薪水,会让那些已经奋斗多年的功成名就的专家心里都不平衡。这种感觉,也真让我不好受。"

"唐煜,你好像没什么改变。"邵小曼说。

"深层的改变,一般很难发现。"

"至少,你对我没变。"邵小曼仰起自信的笑脸。

这个笑脸让唐煜难以抵挡,他低下头,想起什么:"对了,你与袁得鱼有联系吗?"

"袁得鱼……没有呢……"邵小曼笑笑,但心里还是有些忧伤,她多么希望把这个人从自己的脑海中删除,但她无论如何也没法做到。

当她得知袁得鱼在前几年就失踪的消息时,心头总有一些复杂的情绪。

"好像谁都不知道他去了哪里。"唐煜自言自语地说。

邵小曼有些恍惚,甚至怀疑这个人是否真的存在过。那天在白色城堡前离别时的情景,至今还历历在目。但她一想起袁得鱼第二

55

天早晨看到她时难得流露的羞涩，还是觉得他十分可爱。然而，他还是走了，不是吗？或许，这个人完全不懂得什么是感情，他可能生来就什么也不在乎。

五

  吉普一路颠簸，终于抵达了目的地。
  许诺与乔安面面相觑，不敢相信自己的眼睛。
  在路上，许诺也没能看到传说中的大海，不过那时是夜里，她早就睡着了。
  她们费尽周折查了黄页，发现电话号所属的地方，竟然是一个破旧的修车厂——在废墟一般的建材市场的仓库中。
  修车厂两旁多是卖建材的，清一色的仓库，都关着门。有一家是卖马桶的，一块大大的黑底招牌，印刷着粗糙的彩色瘦宋广告——"金丝利电动马桶，你不能不要"。招牌上还有几个白色的大圈，里面摆着各种各样的马桶，看起来就像一个个贪婪的迪士尼大嘴兽。另一边是卖地板的，看起来像桑拿房似的，由蜡黄的木板构成，也像一个日式的木板屋。
  四周嘈杂而凌乱，垃圾随处可见，一堆碎砖块里还躺着一个半圆形的破损浴缸。
  更奇怪的是，后面一条街竟然还是个海鲜市场，此刻还十分热闹。大卡车卸下的一筐筐鱼，在白色泡沫箱子里跳得有半米高，腥味儿不时飘来。
  车库的两扇铁皮大门上挂着一把厚重的锁，铁皮门上残留着斑驳的锈迹，几道粉笔抹擦的痕迹也依稀可见。
  "不会真的是这里吧？你打一下电话。"乔安不死心。
  许诺拨号。
  乔安把耳朵贴近紧锁的大门，果然从里面传来断断续续的电话铃声。

乔安对捏了一下手指，做了个"掐断"的手势。

许诺心领神会。她一按下挂断键，仓库里的电话铃声也戛然而止。

"见鬼了，真的是这里！怎么是个修车的地方？我们会不会搞错了？"

乔安在车库前的石阶坐下来，心情低落到了极点。

许诺这边走走，那边走走，有些确定地说："我觉得，这里挺像袁得鱼待的地方。"

"为什么这么说？"

"大概我是卖鱼的，这里有我熟悉的气息，哈哈。"许诺歪着脑袋说，"还有，你想，原来袁得鱼与师傅不就一直住在一个废弃的车库里吗？"

"可这里是汽车维修厂，完全不是一回事！"乔安抓了抓头，"你难道觉得袁得鱼会做汽车维修工吗？"

"如果这样，那倒是帅得很。"许诺不禁想起小时候看的电影《欲望号街车》（*A Streetcar Named Desire*）中，那个穿着背带裤的马龙·白兰度（Marlon Brando）露出健美的肌肉，玩世不恭地叼着烟的样子，不由得浮想联翩起来。

"这样吧，我们明天等他们上班的时候，再问问。不过，想来我们运气也算是不错，至少找到了电话的所在地。"乔安也看出了许诺的乐观。

"如果实在找不到袁得鱼，那我们就去看海吧！哈哈哈！"

"你的胃口还真好！"

"说到胃口，我还真饿了。这回，我请你吃饭吧！"

两人在海鲜市场不远处的海鲜馆搓了一顿，心情好了不少。

"老板，你知道距离这里最近的海边在哪里吗？"乔安问起了海鲜馆老板。

"这大黑夜的，去海边做什么？"

"没说现在呢！"许诺继续问道，"老板，你在这里是不是很久了？有没有看到过一个小伙子……"许诺比画起来。

"我在这里是待了很久，"老师傅一脸困惑，"不过，好像没见过你说的人。"

"那你知道你们后面那家修车厂吗？"乔安问道。

"哦，你是说那个修车厂啊，好像很久没有营业了。"

"那你去过那里吗？里面的人长啥样子？小工啥样子？老板啥样子？"许诺迫不及待地问。

"我去过一次，只见里面坐了一个上了年纪的头发灰白的老头儿，不过手艺很一般。"这个老板耸耸肩。

两人面面相觑，心想，还是明天去问吧，于是又与老板聊起了去哪里看海。

"海？这里不到处都是？"老板像看怪物一样地看着她们，"不过呢，亚龙湾海滩是全南岛最美的，也是这里有钱人经常去观海的地方，很多人在丽兹卡尔顿的私人海滩开游艇……"

"有没有近一点儿的？"

"也不算太远，如果你们觉得麻烦，不妨去海棠湾那里，那里刚开发。"

这天晚上，她们在海鲜市场附近的一个简陋的宾馆住了一晚。

海鲜市场大约到晚上三点才安静下来，空气中弥漫的海鱼腥味难以散去。

乔安翻腾了几下，终于睡去。

许诺却一点儿也睡不着。

她轻手轻脚地爬起来，拉开晒得发白的窗帘，抬头仰望夜空——天空像一块厚重的油画布一样清晰，闪亮的星星像是在灰蓝的天幕上打的孔，风轻轻摇曳着扶桑树的花，不远处是一排排低矮的民舍，一个石堤旁边，矗立着闪着怀旧情调的路灯。

她看着海鲜市场最后清场的两三个人，推着电动车缓缓消失在下坡路上，交谈声忽儿近忽儿远。

许诺第一次产生了一种身处异乡的感觉。

第二章 走，去南岛！

乔安与许诺清晨六点多就起床了。

她们去了一趟修车厂，发现一切都是老样子，连那把大锁歪脑袋的方向都没变。

许诺有点儿不甘心地拍了拍门，没有任何动静。

大约八点，两边的店铺终于开了门。

卖马桶的店铺里，最早来的是一个短头发的 30 多岁的女人，她推着一辆电动车从坑坑洼洼的道口进来，娴熟地打开仓库的锁，铆足劲儿拉开铁门。

乔安冲了上去："你是这家店的吧，想问一下，隔壁汽车修理厂的老板啥时候过来？"

老板看着眼前焦急的乔安、许诺，觉得两个朝气蓬勃的女孩出现在这里有些新鲜，就打开了话匣子："不知道，但这家修理厂的生意很奇怪，也不见营业，但老板却很有钱，隔三岔五地从外面拖车子回来修……"

"那这里面的人长什么样？"

"一个老头，姓王的，你们认识？"

"不是不是！那有没有年轻一点儿的员工呢？"

"都有点儿年纪吧……"女人想了想，"还真没有。"

许诺与乔安刚刚翘首以盼的目光一下子黯然无光。

"难道只是袁得鱼路过打了个电话？……"乔安有点儿沮丧。

"那么，大约两个月前，有没有人找过你们打电话？"

"什么意思？"女人愈发觉得奇怪，"你们是谁啊？你们找人的话就去管委会好啦，我要做生意了。"女人说着，就大步跨进里间，头也不回地把门关起来了。

卖地板的"桑拿房"也终于有人陆陆续续进去，不过都是 20 岁左右的年轻小工。

许诺问起隔壁修车厂的情况，她们都一问三不知，口径与那卖马桶的女人差不多。要说见，也只见过一个上了年纪的老头儿。不过营业的时候，生意倒也不差，经常看到很多车停在里面。

"哎，唯一的线索也断了，要不我们先去看海吧？"

许诺嘟着嘴，有些不大乐意，但还是心不甘情不愿地被乔安拖上了路。

真的走了霉运！

这辆军绿色的吉普晚节不保，刚开出去20多分钟，沾到地上一摊黑黑的污迹，乔安没能及时闪开，没想到，这摊黑色污迹像是一抹润滑剂，吉普车轮就好像在雪地上的冰橇上，"嗖"一下滑行起来。

乔安猛踩刹车，一点儿都不管用，破车一下子滑到50米开外。

乔安与许诺发出"哇哇"的叫声。

还好路上没有什么车，没想到，前方一个路口，一辆奥迪拐弯，几乎与吉普同时到达路口，两辆车毫无防备地撞上了。

撞击瞬间，乔安与许诺的头都晕了，紧紧握住方向盘的乔安浑身都像散了架。

幸好奥迪刹车及时，吉普因惯性停止了。

正在这时，马路上传来刺耳的警笛声，奥迪飞快地开走了。

"追！"许诺怒不可遏。

乔安甩了甩胳膊，有点儿拉伤，但并无大碍。

她猛踩油门，车身晃动了两下后，一下子弹了出去。"竟然还能开！"她擦了下汗，"真是辆'无敌老坦克'。"

两辆原本在后面的警车瞬间就开到了吉普前面，前方的奥迪还是开得飞快。

就在警车飞过的瞬间，许诺看到一个熟悉的身影，她恍惚了。

两辆警车以"人"字形将奥迪截下。

奥迪车上走下来一个戴帽子的黑皮大叔，40多岁，又走下一个头发半白的老头儿。

"没错，这辆正是我在车行借的车！"从警车上跳下一个风度翩翩的男人，看着奥迪，很确信地说，一旁交警飞快地做着记录。

这时，从警车里又走下来一个气质超凡的美女。

女人对男人说："这车怎么跑这里来了？"

警察拿着对讲机说："我们终于找到偷车的团伙了，人赃俱获……嗯，什么？他们还是骗保案的团伙？"

许诺点点头，她看了一眼那对男女，不知不觉眼睛离不开了，对女人大叫道："难怪刚才我看到车上的你觉得眼熟，原来是你！"

女人一脸迷惑。

旁边男人问："你认识她吗？"

"很眼熟……"

"袁得鱼……"许诺提示道。

女人想起什么，点点头："原来是你！"

"你，你就是邵小曼吧！我叫许诺，许诺的许，许诺的诺。这是我的朋友，乔安。很高兴见到你！"许诺大方地说。

乔安不知道怎么一回事，心想，怎么这么巧，号称自己不出佑海半步的许诺竟然在这里还能遇到朋友。

"这是你们的车吧？"

"没错，是我们租的。我们还不知道发生了什么事，就一大早接到电话，说过来一趟，还有警车专送。后来才知道，原来车被偷了！"

"让你休息，非要跟来。"男人不由得说道。

"反正闲着无事，我也一直想坐警车！"邵小曼看到两个女孩都在打量唐煜，没好气地说，"这是我的朋友，唐煜。"

"哦，你就是那个唐家三公子。"许诺自言自语道。

警察转过头对"黑皮"说："你们还骗了不少保啊？"

"不，不是……你看我跟我爸，都是老实人，怎么想得出这种主意……"

"你们都已经骗了300多万，可是专业人士啊……"警察冷嘲热讽地说，"又偷车、又骗保，你们真会搞钱……走，去你的修车厂看看！"

"黑皮"一听，腿都软了，他身边的老头儿递给他一根烟，自己

61

也埋头猛抽。

三四个警察跟着"黑皮"他们走进仓库。

好奇的群众也跟着"黑皮"走进仓库。

老头儿哗的一下打开了车库门,所有人都惊讶万分,成堆的车停在那里。里面黑魆魆的,空气中散发着一股浓烈的发霉味,还夹杂着机油味。

正在这时,传来一阵咳嗽声。

"黑皮"一下子紧张起来。

警员警惕起来,带头儿的那个顺着车子自然形成的一条通道,走到仓库尽头。他凭经验摸了摸墙角,竟摸到一个开关。

啪的一声,一个白炽灯亮了起来。在这盏白炽灯下,竟然出现了一个几块白色隔离板拼成的小屋。

"黑皮"绝望地闭上眼睛。

警员走上前去,敲了敲小屋的白色房门,里面没有任何声响。

他大声叫道:"快开门!快开门!我知道你在里面。"

里面依旧没有任何动静。警员索性撞了进去,门哗地打开了。

一伙人冲了进去。

大伙不由得被眼前景象惊呆了——屋子里凌乱地放着啤酒瓶、废报纸,地上堆着瓜子壳、几本翻烂的香艳杂志,整个房间散发着阵阵恶臭。

几只老鼠倒是被突然吓到,一下子四散逃开。

小屋里很快传来女孩的尖叫声。

破烂的草席铺在屋中央,草席上是一个被窝。这个被窝看起来就像是一堆垃圾,被子上面还有几块补丁。

没想到,这像垃圾一样的被子竟然动了起来。

被窝里,一个长头发的人安然地睡着,背对着大家,还起劲儿地打着呼噜。

"这是什么人?"

"赌,赌场认识的……就,就是他教我们骗保的!"

第二章 走，去南岛！

"怎么教你们骗保的？"

"他说发现了车险制度有个漏洞，我们修车厂既然能拿到车主的身份证与保险，那把客人的车拿到外面撞一下拍个照不就能骗保了吗？反正最后还是会把车修好后交给车主，车主未必知道……"

"他跟你们一起做了吗？"

"这倒没有……"

"那人家说抢银行，你也去？你们这叫栽赃，懂不懂？"这个很像警长的人觉得很好笑。

他捏着鼻子，朝那皱巴巴的被子走了过去，他眉头皱了皱，难以抵挡恶臭。

他用脚踢了踢被子，里面纹丝不动。

这个警长与另一个警员索性对视了一下，"一二三"，他们捂住口鼻，一下子将被窝掀了起来，一股馊味涌出，差点儿就把所有人的隔夜饭呕出来。

被窝里是个蜷缩的人——像个原始人一般，胡子拉碴，长长的头发盖在脸上，头发好几处都打着结。

他穿着斜条纹的不合身的睡衣，只扣了两粒扣子，衣领挂下来，露出了半个肩膀。睡裤的一个裤管还卷在膝盖上，露出"杂草丛生"的腿以及黑黑的、满是污垢的双脚。

神奇的是，即便如此，那人依旧一动不动。

警员硬是把这个人费力地拖了起来——这个人无精打采地耷拉着脑袋，看起来病恹恹的，像是一条冬眠的蛇被外界的动静惊醒。

就算警员使劲儿摇动，那人的身体只是不由自主地晃了一下。可能适应不了光亮，他终于醒来，两只手用极其缓慢的速度抬起，挡住眼睛。

手指的缝隙中，依稀可见坚挺的下巴。他的双眼半睁半闭，眼袋浮肿，眼眸倒是丝毫不见浑浊。

他的皮肤干裂，像杨树皮。他的鼻梁挺拔，嘴唇干枯，嘴角浮

63

出伤肿的红色，歪斜着，弧线是戏谑的笑。

他整个身体靠在警员身上。

警员忽然叫了起来："啊，这个人像火炉一样烫！是不是病了？"

"站好！"警长对这长发男人很是不满，大声喝令道，并示意两旁的警员将手松开。

没想到，那个警员手一放，这个长发男人就像一尊石像一样，直挺挺地倒了下去，"轰"一声砸在了地上，额头也顷刻间渗出血来。

"天哪！"所有人都惊叫起来。

"完了！不是装的，真的病了！"警员着急地说，"我们赶紧让李医生过来看看！"

"渴……渴……"这个邋遢的人伸出手臂，发出嘶哑的声音。

许诺听这声音，忽然警觉起来，这是她无法忘记的声音——懒洋洋的，低音中带着几分浑厚，难道是……她的心脏猛烈地跳动，眼前的这个人，正是她梦里寻他千百度的那个人。

一道闪电划过般，许诺、邵小曼、乔安只觉电流击身，她们在第一时间同时辨认出来。

"袁得鱼？"她们同时叫出声来。

年轻长发男人本能地背了过去。

她们几乎同时看到男人那张还算是英俊的脸，不过上面的污垢厚得可怕。

毋庸置疑，此人，千真万确就是那个失踪多年的袁得鱼！

唐煜在一旁大惊失色地张大嘴巴，他不敢相信这个人是他当年神采飞扬的兄弟。他好像一个垂死的植物，随时就要枯萎一样。

三个女孩谁也没想到多年后重逢时的袁得鱼竟然是这个样子。

他实在太邋遢了，说是被人擤在马路上的鼻涕也不为过。

黑皮大叔也很惊讶："他很有名吗？你们怎么都认识？"

"放老实点儿，他怎么会在你们这里？"一个警员问道。

"那……那小子是赌场高手，我想叫他帮我们赌两把……"

第二章 走，去南岛！

"只是叫吗？人都被你们打伤了！"警察看到被子里一摊摊的血迹。

"但真的不能怪我啊。他到这里还没一天，就好像发烧了。可我要出去做生意，心想，他就躺几天吧，原本想，他躺几天就好了。没想到我爸也有事出去了，老人家又健忘，几乎忘记了他在这里。如果真出什么事，别怪我啊……"黑皮大叔显然有些慌乱。

那个长得像警长的人果然是个头儿，他果断地指挥两个手下把黑皮大叔与老头儿带走了，他对其他围观的人叫道："你们先出去。"

屋外，死一样地沉寂。女孩集体陷入沉默，唐煜站在她们身边，光鲜的样子无比刺眼。

李医生到了，过了大约一刻钟，像是吓破魂一样地出来了。

唐煜马上拦住，问："里面那人怎么样了？"

"怎么……怎么可能？是……是非典！"

"啊？"

所有人惊讶万分。这不是2003年一个几乎造成全球恐慌的灾难性疾病吗？现在是2004年，这个人怎么还摊上了这个病！

"医生，你没开玩笑吧？"邵小曼生气地问道。

"现在还有人得霍乱呢。"医生捂住口鼻，镇定了很多，"还真神了，染了那么长时间，照理说会一命呜呼，但现在看来还是初期，你们快做隔离准备吧！"

"那有没有生命危险？"许诺焦急地问。

"现在看来还没有……得先送他去医院……"

警员押送他上了警车，方向是最有名的长安医院。

许诺打破沉默，说："我把屋子先收拾一下，你们先过去……给我电话……"

两个女孩点点头。

唐煜说："他得的是非典，屋子里也会被传染的。"

"没事，我整理一下就出来。"

唐煜又看了看还没缓过神儿来的邵小曼与乔安："我开车送你们过去吧！"

　　两个女孩机械地点点头。

　　在车上，乔安拍了拍脑袋："非典……这也太传奇了吧！"

　　邵小曼抬头望着天："感谢上天，找到你了！"

　　"是啊，晚一步可能就迟了！"唐煜说。

第三章　那局赢了父亲的棋

不可胜在己，可胜在敌。故善战者，能为不可胜，不能使敌之必可胜。
　　　　　　　　——《孙子兵法》

一

  天空悬浮着火热的太阳，底下几条蜿蜒的铁轨延伸开去，仿若游戏中的地下水管迷宫似的交织纠缠。
  太阳下的街衢、房舍、树木纵横交错，那是一个灼热的陌生世界，红色霞光照在铁轨上，全世界被一层红色的光芒覆盖，如旷野中挥之不去的雾带。
  一只灰鸟从头顶掠过，奇怪的鸟鸣声掠过铁轨上空。
  铁轨尽头，是一个黑魆魆的山洞，像有生命般一张一吸，洞中传出极美妙的乐声。
  像是被一股不可思议的力量吸引，袁得鱼不由自主地朝山洞走去——外面的世界仿佛越来越远……
  洞穴里光影稀疏——依稀可见，几十人随着乐声手拉手在转圈。
  这些男女，袁得鱼一个也不认识。
  在黑暗中，突然有个女孩抓住他，手冰凉冰凉的，她说："我想离开。"
  袁得鱼静静地看着她。
  女孩的目光充满渴盼，眼睛大大的、乌黑的，脸上浮出鬼魅的微笑。女孩用眼睛示意了一个方向。"出口。"她说。
  袁得鱼看到不远处有道光亮——却不是进来的那个洞口。
  "怎么出去？"袁得鱼问。
  "转圈……"女孩说。
  袁得鱼忽地看到，在这群人的上空，悬浮着一顶白色、软塌塌、尖尖帽檐的帽子。那帽子，像是沿着某种轨迹在一圈一圈地旋转。

"如果你正好转到离出口最近的位置……而且,那顶白色帽子正好浮在你头上……而且,那个帽子的帽檐正好对着出口,你就可以出去……"女孩带着一股虔诚紧张的语气说。

一股风从很深的洞穴里扑面而来,寒气刺骨逼人,袁得鱼一阵哆嗦。

他微微抬起头,帽子晃出一道白光,在他眼前一闪而过。

他想起小时候"排排坐,吃果果"的抢位置游戏,显然,这个难度大多了:"这是一场胜率很小的赌博,不是吗?"

女孩失落地说:"很久了,还没有见有人出去……"

袁得鱼紧握了一下她的手说:"一起出去。"

仿佛有什么牵引,袁得鱼不知不觉,加入了这群男女的舞步中,与他们一起手牵着手,转起大圈来。这场景,就像少年时,在学校里一群人围着篝火跳集体波卡舞。

他的手被两边的手并不友善地抓住,所有人随着缥缈的乐声,围着一个大圆圈旋转,他们一边跳着,一边口中还喃喃地哼唱什么乐曲。

袁得鱼瞄了一眼洞口,好像近了。

他的心跳不由得加快,自己也能听得到"怦怦怦"声。

他看了看身边的人,眼神都失去了期盼,好像忘了出去这个事,只是沉浸在舞蹈中,无休无止地欢跳着,脸上还挂着笑。

那女孩也这样,无端地笑着,与此前那个紧张地说离开的女孩仿佛不是一个人,她似乎早已忘记了那个可以出去的唯一方法。

袁得鱼不知怎的,有点儿惊恐,难道是迷离的乐声将他们迷醉?他试图甩开两边的手,但力量太大,他无法挣脱。

那顶白色的帽子忽然像一道白色闪电,飞快地朝他撞来,他侧身一闪……孰想那白色的帽子变成白色光芒,蔓延开来……

白光过后,他好像来到一个洞口,看到了一个熟悉的高大背影。

他激动万分,这不是自己日日夜夜都想见的那个人吗?

他原以为一些事情会随着岁月而逐渐淡去,比如迟早有一天他会记不清父亲的容颜。然而，父亲的面容却是如此清晰，甚至可以清楚地数出眉毛的根数。

"下棋？"父亲和颜悦色地问道，说着，便吹了下口哨，白色帽子就飞了过来，托举着一个棋盘，棋一下子就摆好了。

袁得鱼觉得此情此景似曾相识，记忆回到了少年时。袁得鱼从六岁起，就一直与父亲平等地下棋——所谓平等，是因为父亲从来不让自己一个棋子，也不让他悔棋。

他忽然觉得，这多么像在米乡嵊泗，与父亲下最后一盘棋的情景。

他点点头，盘腿而坐。

他望着沉静的父亲，心里升腾起一种伤感，他想珍惜与父亲在一起的最后时光。

他们激烈地下着，拼杀得很辛苦，袁得鱼很快汗如雨下——亦如当年。

最后的局势有些明朗了，袁得鱼想缴械投降，他觉得自己怎么下都不如父亲。

没想到，父亲突然说："你有一步好棋。"

几乎在同一时间，袁得鱼也看到了这步棋——他可以牺牲一个棋子，让父亲无路可走。

袁得鱼眼睛一亮，快速走出了这步棋。

他一摆完，就骄傲地看着父亲的眼睛。

父亲欣慰地说："太好了！你打败我了，你赢了，你让我在棋盘上受阻了！"

袁得鱼自信地说："爸爸，这回你信了吧，我可是什么都很厉害哦！"

嵊泗那次，是袁得鱼赢父亲的第一盘棋，也是最后一盘棋。仅仅一周后，这个人就永远离开了自己，他在梦里看着父亲，恨不得把他的样子永远抓到自己的记忆里。他闻到了父亲身上熟悉的栗子香味儿，记得当年，就是在这股香甜的空气里，这个自己最挚爱的人，在铁轨上永远停止了呼吸。

山洞里的父亲下完棋后也闭上了眼睛，他怎么推都不醒，像永远睡着了一样。

正在这时，整个山洞摇晃起来，他脚底下完全空了。

猛然间，那副棋盘猛地燃烧起来，一枚枚棋子犹如白雪中的黑洞般刺眼与突兀。那个燃烧的棋盘变作光芒，蔓延开来，如此刺眼，他极力想睁大眼睛……

"啊，醒了！"

袁得鱼的瞳孔透进光来——这个世界很亮、很亮，灰白色渐次镀上鲜艳的颜色，世界恢复了原本的形状与色彩。

这时，他见到一张久违的女孩的脸——那是一张熬夜的脸，两只眼睛像是没睡醒，浮肿得厉害，面黄肌瘦，头发束在脑后，乱蓬蓬的。

他没有忘记这张脸，是许诺。

他嘴唇翕动了一下，没出声。

"你现在什么感觉？"许诺惊喜地问。

"宛如新生。"袁得鱼不知怎的，脱口而出了这四个字。

"我们都以为你活不过来了，我去叫医生。"

袁得鱼看了看周围，白色的四周与消毒水的气味告诉自己，自己正躺在医院的病床上。

现在是什么时候？他头昏昏沉沉的。

他只是觉得自己睡了很久很久，像走进了一个荒郊，被吞噬进去一般，但又好像强大起来，就像莎士比亚（Shakespeare）说的"死即睡眠，它不过如此"。

他的脑海里还是回想着梦里的那盘棋。如果没记错，这盘棋的棋路与当年在嵊泗的一模一样。

然而，他这回发现哪里不一样了。

他忽然反应过来，一直不可思议地摇着头，梦仿佛通往了他沉睡深处的记忆——他如今的成熟让他意识到少年时未曾注意的细节——

不是到最后父亲发现自己快输了，才提示自己，把握住可以赢的机会，而是在好多手棋之前，父亲就已经看出了这最后的局势，并刻意朝这个方向下。

袁得鱼吃惊不小，原来第一次也是最后一次战胜父亲，是父亲的安排，与自己的棋艺无关。袁得鱼镇住了，这恐怕是父亲与他下的最有策略的一盘棋。

他至今还记得父亲在表扬自己赢棋的时候，对自己那种发自内心的笑。

袁得鱼又有了当年那种强烈的痛苦感觉——父亲的离去几乎使袁得鱼失去了生命赖以支撑的基础。父亲是那么完美、那么杰出的男人，他知道父亲总有离开自己的一天，但离开得实在太早了，然而，这一切就像是抵不过命运的某种安排。

他忽然泣不成声，发出像狼一般的哀号。

他难过的是，原来自己从来就没赢过父亲。他甚至觉得，父亲是不是明知道自己要死，故意送了他一个赢局。他更难过的是，自己挚爱的父亲那么完美，总是一心想着别人，总是那么有谋略，却永远地离开了自己！他猛然觉得身体像是哪里垮了一样，难过至极。

为什么如此？为什么等待父亲的是这样冰冷而残酷的死亡？

他闭起眼睛，又回想起在梦的最后，一枚枚棋子犹如散落的珍珠般落下。

转眼间，棋盘上只剩下七枚棋子，一枚棋子无力地横倒在棋盘上——难道不是血色交割单上杨帷幄的消亡？

袁得鱼转过沉重的头，看到床头放了一本鹅黄色书页的《奔流》，确信这是他在修车厂看的那本。

这时，又出现了一个女孩的脸。

袁得鱼有点儿不敢相信——竟是邵小曼！她依旧是那张美得令人敛声屏气的脸，眼澄似水，艳丽得不可方物，还透出淡淡的傲气。

邵小曼用一种怜惜的眼神望着自己。她像雪一样高傲冷峻的神情，在与自己目光交融的瞬间，骤然消失。

医生跑了过来，检查了一番说："嗯，恢复得不错，再观察几天，没事儿就可以出院了。"

许诺在一旁开心地拍起手来，随即摸了一下他的额头："果然一点儿都不烧了，我要赶紧告诉乔安与唐煜。"她说着就跑了出去。

邵小曼轻灵的声音传来："四年了，你去哪里了？"

嗯，四年，转眼就四年过去了。

袁得鱼闭起眼睛，记忆渐渐恢复。那记忆就像流沙，随时可以把人吞没。

二

"嘿，洗牌！"袁得鱼在南岛最大的地下赌场里，撸起袖子说——这是记忆中最近的一个场景。

袁得鱼手里一直拿着一枚筹码，娴熟地转着。

他盯着赌桌，潜心研究 21 点与轮盘赌。

这一天，他已经故意输了好几盘，身上没剩几个子儿。接下来，他得好好赌一把。

袁得鱼在轮盘赌前看着，很希望自己手里有什么精密的仪器——在他看来，球的运行轨迹是可预测的，就像行星必定沿着轨道运行一样——既然庄家是在球动起来后再下注，那么从理论上说，球和转子的位置和速度都是能确定的，球会落在哪一个也就可以预测。

不过，现在对他来说，21 点更有把握一些。因为赢 21 点的本质在于，胜算大时出重手，胜算小时就收手，这在理论上可以通过统计得出。

袁得鱼最后坐上了一张 1 000 元封顶的赌桌，也是全场赌注最高的一张。

短短 15 分钟，他就赢了 1 000 元，他所下的注在 10 元~500 元之间不等。

庄家毫无表情地瞥了他一眼，飞快地发了牌。

第三章　那局赢了父亲的棋

袁得鱼已经观察一天了，21 点的四张桌子，就数这个庄家赢面最高。

桌子上很快就只剩下袁得鱼与庄家两个人了。

庄家有点儿挑衅地看着他，像是在问："跟不跟？"

对袁得鱼来说，接下来全靠运气。然而，在他看来，谁能拿到最后一张 3，谁就能赢。这副牌只剩下三张，其余两张都是大牌。而现在，他是 16 点，庄家是 18 点。如果庄家和自己都放弃，庄家赢。自己唯一赢的可能就是拿到那张 3！但他怎么知道，接下来拿到的就是 3 呢？

接下来是袁得鱼拿牌。

这一张，就是那张 3 吗？

从概率上来说，袁得鱼应该放弃。但他明显看出庄家也有点儿不淡定，这就是现场赌牌有趣的地方，你能通过情绪判定，掌握更高的赢面。

他平静下来。

袁得鱼摸了一下鼻子，每一次的选择都面临着可能失去一切的风险。终于，他像是要放弃似的。"我……"这时，他又很快说，"我要这张牌。"

旁观的很多人发出无法理解的唏嘘声，不过他们都很期待地等着结果。

牌翻开了，是 3！

袁得鱼一下子蹦了起来。

"你小子运气不错！是什么让你改变主意，又拿牌了呢？"有人问道。

"我就是突然想拿了！"袁得鱼笑道。

"运气太好了！"

"哈，狗屎运！"袁得鱼虽然这么应着，但他心里想，这当然不是运气那么简单，这实则是个很简单的概率问题。前提是庄家知道结果。对他而言，刚才无疑有三种情况：他拿牌，庄家不拿牌，如果是3，他赢；另一种，他不拿牌，庄家不拿牌，庄家赢；最后一种情况，他不拿牌，庄家拿牌，庄家赢。也就是说，只有第一种情况他才能赢。如果是在电脑上玩牌，他只能选择放弃，但这里毕竟是人的战场。他分明看到，他选放弃牌的时候，庄家一脸如释重负。他从之前的牌局知道，庄家是知道这张牌在哪里的。他估计的三种情况中，有两种是通过改变才能赢的，改变的赢面是67%。也就是说，一开始的时候，他的机会与所有人一样，是33%。但庄家给了他一个暗示，感谢庄家，让自己获胜的概率一下子提高到了67%，所以，为何不改变自己的选择？

他知道此地不宜久留，马上将台子上的筹码收了起来。

"小兄弟，很厉害嘛。"赌场老板说。

袁得鱼此时正等着换现金，没想到自己还是被赌场老板盯上了。

"很多人都会受到情绪影响，容易固执己见。但你不同，你会随着变化而变化。"原来老板一直在暗中观察。

"哈哈，过奖，只是运气好一点儿罢了。"袁得鱼心想，什么灵活不灵活，对自己来说，这只是个概率问题，他只关心概率的变化，与其他情绪什么的都无关。

"跟我玩两把？"老板满脸堆笑，但笑容背后却是无法抗拒的强迫，这让袁得鱼想起在佑海地下赌场里遇到唐焕的情景。

袁得鱼有种强烈的感觉，老板想赶自己走，如果他不答应老板，估计以后再也不用来了。他点点头，显出无比淡定的样子——这种淡定仿佛也是袁得鱼与生俱来的。

老板很客气地对发牌手说："洗牌。"

袁得鱼暗笑，很多策略在洗了牌之后就无法奏效。说穿了，所有赌博上的胜算靠的都是概率的积累。

幸好，袁得鱼的策略在发了四张牌后依旧神勇如初。

"洗牌。"老板又朝发牌手点点头。

但后来，袁得鱼的策略被频繁的洗牌打乱。

原本袁得鱼赢了5万，但几个回合下来，他只好带着1万多元扬长而去。

临走的时候，老板凑近他的耳朵："以后休想让我见到你！"

他耸耸肩，知道自己无法再来这个赌场。

过了两天，他乔装一番，去玩老虎机。他刚观察了一下周围的动静，没想到老板就注意到了他。

这时，正好有人在问赌场老板，赌场是否有回报的问题。

老板大声地说："当一头羊羔在砧板上的时候，它杀掉屠夫的可能性也是有的，但是，恐怕没有屠夫被杀。"

袁得鱼一笑。他明白，自己就是杀掉屠夫的羊羔。

他走出赌场的那一刻，一个"黑皮"拉住了他。

"帮我赢钱，不然，我打断你的腿！"

袁得鱼毫不示弱："就凭你？"

"黑皮"直接挥拳过来，袁得鱼顺势一挡，但背后又被人猛敲了一下脑袋，晕了过去。

袁得鱼奄奄一息，醒来时发现自己躺在一个车库里。

他觉得头非常疼，四肢无力。

那天回来，"黑皮"还想教训一下袁得鱼，发现他浑身发烫，只当他是被打伤后身体弱，发了寒热，又想把这个发财工具放到医院里，逃走了岂不失算。

袁得鱼自己也没想到，这一躺就躺了这么久，差点儿进了鬼门关。

三

唐煜与乔安匆匆赶来。

袁得鱼看起来木木的，出奇地沉默，眼睛放空。

唐煜看着袁得鱼，他大叫道："兄弟，我是唐煜！"

袁得鱼连头也没抬。

他们一起忐忑不安地走到门外。

"看起来好像有点儿不对，不会是发烧变傻了吧？"唐煜说道，"要不要再找医生看看？"

"医生说挺正常的啊。"邵小曼也一脸费解状，"哦，我知道了！说不定是袁得鱼的孪生兄弟，我们认错人了！走，我们赶紧把他给扔出去！"

"那我可真扔了，到时候你可别打我！"唐煜求之不得。

"哈，你要真敢，尝尝我的铁拳！"邵小曼装凶猛道。

"别，别……"唐煜故作讨饶，随即严肃地说，"不过，小曼……如果，袁得鱼一直这样的话，你……会……等他吗？啊，我只是开个玩笑，他肯定会好起来的！"

邵小曼头一歪："那还用说，他肯定会好起来的！"其实她自己心里也没数。

许诺一个人坐在袁得鱼身边，像是看一个小孩一样地看着他。她心想，太好了，终于找到你了，你这样呆呆的样子，倒也可爱。

突然间，袁得鱼眼睛亮了起来。

"什么东西？"袁得鱼仿佛嗅到了什么好东西，一边吸着鼻子，一边寻觅起来。

找了半天，原来是隔壁床头柜上，家属送来的一罐蟹酱。

隔壁床病人正好不在，他一下子拿了起来："吃，吃……"

"哎，这是别人的，你要吃的话，我帮你去买！"许诺制止道。

其实是许诺想多了，袁得鱼盯着蟹酱，一脸无助，然后直接拿到许诺面前："打开！"

许诺说："你等一会儿……"说着就跑了出去，她想索性出去买一罐。

乔安原本一直坐在一旁的椅子上，看许诺出去，就移过来，给他递去一个苹果，袁得鱼开心地吃起来。

她担心地看着袁得鱼，袁得鱼好像很快忘记了蟹酱，吃得心满意足之后，又倒下去呼呼大睡。乔安叹了口气，顺手帮他拭去了嘴角的苹果汁水。

许诺很快回到了袁得鱼的病房，除了拿出一罐蟹酱，还拿了个手提播放机。

播放机里传出"第六套人民广播体操"的音乐，病人们不耐烦地看着她。

"啊，对不起！对不起！"她说着，就把袁得鱼死命拖起来。

袁得鱼被许诺拉着，来到医院的小花园里。

"嘿，醒醒，醒醒啦！"许诺推了他一把，"来，跟我做广播体操……"

袁得鱼歪着脑袋看着她。

许诺并不标准地摆动着，做得满头大汗。

等她回头看袁得鱼的时候，发现袁得鱼已经坐在一块大石头上，"呼呼"大睡起来。

"你怎么那么懒啊！"许诺生气起来，她对着袁得鱼的耳朵猛喊，"醒——过——来——"

其他人纷纷围过来。

邵小曼看到许诺一直揪着袁得鱼的耳朵，非常诧异："你在干什么？"

"我急死了，只想让他振作一点儿，他现在就是一摊泥、一摊泥……"

袁得鱼揉了揉红通通的耳朵，没过一会儿站着睡着了，鼻子里还在吹泡泡。

"气死我了，站着也能睡着，当自己是马啊！"许诺气愤道。

唐煜沉思了一会儿说："听警察说，他在得非典之前，好像被人暴打过，可能受到过某种刺激，他可能不想从他的世界里出来。"

"我看，还是把他带回家休养好了。"邵小曼像是下定了决心。

"带回家？你是说哪里？"许诺诧异地问。

"佑海！"

乔安死命摇头："邵小曼，你是不是不知道，唐家早就下了追杀令！如果袁得鱼回佑海，他恐怕小命都不保！"

"谁敢这么做？"

乔安有点儿心存芥蒂地看了唐煜一眼，但还是说了出来："唐焕，自袁得鱼失踪后，他就下了令，还有很可观的赏金，说赏金永久有效。"

"你们家的人怎么那么讨厌！"邵小曼愤愤道。

"我……我真的不知道。"唐煜有点儿结巴起来。

"你又是什么都不知道！赶紧打个电话给你哥，让他收回追杀令！"

唐煜想了想，说："依我看，我哥他们现在完全不知道袁得鱼的下落，万一没沟通好，岂不是自投罗网？还是先妥善安排再说！"

邵小曼很不满地看了唐煜一眼："这件事我来搞定吧，我这就回佑海找我干爹。"

"小曼……"唐煜还想让她再想想，但他知道，什么也阻挡不了邵小曼。

许诺心里很佩服邵小曼的果断，虽然她不知道，邵小曼是不是有把握。如果袁得鱼能安全回去，她会对邵小曼感激不尽。

"大家今天要不先到我家吧，我舅舅正好在海棠湾有一套半山别墅，平时也没人住。他说如果我有需要随时可以住……"

正在这时，乔安接到一个电话，是主任打来的，她这才想起，这是她年假的最后一天，主任对假期有多少天，比她自己计算得还精确。

"回来干活啊！"主任在电话里嚷道。

"我不是要到明天才回来嘛！"乔安嘟囔着。

"友情提醒一下，有大稿子要做，大稿子！我有最新发现！"

"哦，说来听听？"乔安职业化地回应，一说完这句就后悔了。

主任顿时滔滔不绝，噼里啪啦说了起来。

原来，佑海知名的地块东九块真的动工了。

乔安无比惊讶，她原以为秦笑也会像顽主那样，只是转手土地罢了。佑海很多黄金宝地都是如此，本来想好好开发一下，孰料一拖就是八九年，浪费了很多时间成本。不过这对于商人而言也无妨，至少这几年看来，闲置土地，对于地产商而言并非坏事，因为土地价格的涨幅不比直接买楼的收益低。

尽管东九块是一块稳赚不赔的黄金宝地，但拆迁难度太大了，原来的主子也不是没有动过开发的脑筋，但这里居民的成分过于复杂，还有不少是曾经立下功勋的老兵。过去，只要拆迁通告一下，游行示威就随之而来。看来秦笑是下了很大决心，真的要"大兴土木"。这类地产商，很多都在黄金地皮上疯狂造楼，毕竟，对那些地产大鳄而言，造楼是丰厚的利益来源。

"嘿，我已经把秦笑公司的资料都找出来了，你帮我好好摸一下他的底！赶紧看邮件，尽快给我回复！好了，布置好任务了，拜拜！"

这么一来，工作狂乔安有点儿焦虑了，一心想着去看邮件："小曼，你那边能不能上网？"

小曼轻轻一笑："我舅舅有一个书房，除了上网，打印机、传真机也一应俱全……"

乔安说："那我们赶紧走吧！"

许诺其实本不想去，但又不想与乔安分开："哼，我发现你们主任对你了如指掌，他现在打电话来肯定是故意的，故意的！走啦，我们一起去吧！"

唐煜与邵小曼一起，帮袁得鱼办好了出院手续。

这是一栋带大露台的湖景小别墅，浅红色，窗框涂以深赭色。房子四周低矮的石围墙上，红色的九重葛开得红红火火，石阶外，雅致的竹林随风摇曳。里面果然很大，一共三楼——顶楼有个很大的露台，透过平层，可以望见中庭式的挑空大客厅，二楼有好几间卧室。

袁得鱼一看见卧室的床，就倒了上去，很快就睡着了。

乔安奔向邵小曼所说的三楼转角处的书房，许诺也跟了上去。

那是个古色古香的书房，但乔安无暇欣赏。

她马上打开邮件，眼前一下子出现了一长串资料，还有一些零散的花花绿绿的介绍单，最后的附件，是不知从哪里搞来的并不完整的投资记录。

训练有素的乔安，翻看了所有资料之后，基本在脑海中绘出秦笑旗下从无到有的资产树——秦笑逃到香港后，先是蛰伏了几年，蠢蠢欲动的时期可以锁定在2002年年初。他的动作也是极为迅猛——短短几个月，就动用大约20亿港元收购了两家香港上市公司。随后，就像当年将米特要改名为中邮科技的老伎俩那样，秦笑将这两家上市公司更名为有佑海特色的名字——佑海置业与佑海贸易。在2003年四季度的一份报告上，第一次提到了一个公司的名字——林凯集团。

林凯集团？乔安心想，这会不会是秦笑在内地的主要资本运作平台？

然而，看着看着，乔安的汗都快淌下来了。

"怎么啦？"许诺好奇地问道。

"这绝对是难得一见的错综复杂的控股事件。这应该是我看到的最复杂的一个控股结构，最奇怪的是，这些公司都并非以房地产为主业，秦笑投资东九块的资金从何而来呢？"

"那东九块的拍卖方写的是谁？"长期在股市的许诺，对一些基本问题还是了解的。

"一直保密。参与的公司中，似乎没一家与秦笑有关。你看，这个文档里是所有参拍者名单。我原来也试图联系场内的几个人，他们都不太记得，从现场人员的描述看，根本与秦笑对不上号，估计他是派助理之类的出马的。"

"嘿，好复杂哦！你们记者怎么像个财务专家似的！"

乔安来回走了几圈，又强迫自己坐下来，眼前错综复杂的股权架构图在她眼里，就像是一堆绒线一样，如何抽丝剥茧地将资金流彻底理出来呢？

整理了两个多小时，乔安满头大汗，仍没什么明显进展，好像

第三章　那局赢了父亲的棋

进入了一个巨大的迷宫，明明看到不远处有快到的出口，又被一道黑色的大门阻挡了，甚至找不到回去的路——明明这根线的结束，是另一根线的开始，但另一根线在开始就有了死结，错乱中，一不小心还会丢了原先捏住的线头。

许诺打了个哈欠，从楼下给乔安倒了一杯咖啡："咖啡机还真好用，我很快就学会了用打泡机。我要学着咖啡馆里那样，在咖啡表面拉个花……"

"谢谢你，听说你厨艺惊人，看来你也不是一无是处！"

"嘿，我可是很厉害的！进展如何？"

"哎，还是一团乱麻。"

唐煜陪邵小曼去超市买菜，他们决定涮火锅。

他很喜欢与心爱的女孩一起去超市的感觉，但邵小曼似乎浑然不觉，一直在担心着袁得鱼："我们得快一点儿，不知道袁得鱼现在怎么样了。"

唐煜有点儿伤心，但又不想表现出来，为了隐藏自己的情绪，他只好说："我正好有些工作上的事，得赶紧回去了。我看你们几个女生都挺会照顾人的，有你们在，我相信袁得鱼肯定没事，我送你回去后就走。"

"要不吃完再走？"

"真的不吃了，我回去还得为第二天的工作做一些准备呢！"

"也好！"邵小曼的注意力完全在袁得鱼身上，不过她还是发现了唐煜眼中闪过的无比不舍，便说，"我送送你。"

"没想到能在机场遇到你，我们多有缘分。可惜，那么快就要分开了。"唐煜留恋地说。

"是啊，这次来南岛真是超级开心！"邵小曼仰起笑靥。

"是，因为找到袁得鱼了吗？"唐煜小心翼翼地试探。

"开心的事很多，有些就不好意思说啦……"

唐煜笑了，邵小曼这么说，让他觉得很甜蜜。

他忽然撸起衬衫袖子。

83

邵小曼惊讶地看到他手腕上赫然出现的一道红绳，只是那红绳已磨损得出现了毛边，颜色也褪了不少。

"记得吗？这是你给我系上的……我记得，你系的时候，脸都红了。我在想，怎么会有这么奇怪的女孩，看起来冰雪聪明又自信，竟然也会害羞。"

邵小曼不大记得唐煜说的是哪一段了，她只记得，当时自己靠近袁得鱼的时候，忍不住脸红心跳。

唐煜趁邵小曼发呆，亲了她一下："我也好开心，与最喜欢的女孩在一起共度那么多开心的日子！再见了，小曼！如果你来香港玩，我随时恭候！"

邵小曼恍惚了一下，唐煜就消失在了茫茫人海中。

传来敲门声，许诺打开门，惊讶地看见袁得鱼恍恍惚惚地走了进来。

袁得鱼换了一套领子敞口很大的广告衫，上面写着："I want to be a superwoman!（我想成为超女）"

许诺与乔安对望了一下，觉得很好笑。

"饿，饿……"

"快了！"许诺拍拍袁得鱼的头。

袁得鱼突然鼻子又嗅了起来："好香……"

他一下子蹿到楼下。

这时，邵小曼正好推门而入，许诺看到她，挥了挥手。

"他不是一直在睡觉吗？"邵小曼看到挥舞四肢的袁得鱼惊讶地问道。

"他刚起来，正在找吃的呢！"

袁得鱼看到邵小曼带回来的袋子，一下子蹲在袋子前，一脸对食物的虔诚状，嘴里还嚷嚷着："好吃，好吃……"

袁得鱼趁人不注意，捧起大罐牛奶，"呼啦啦"地喝起来，又突然捂着肚子，要流泪状："肚子疼！"然后横向奔到厕所。

乔安皱了一下眉头："不会有什么事吧？"

"我觉得挺正常的。"邵小曼还是很淡定,"我办手续的时候,医生还说,他身体基本都恢复了,就是需要心理上调节一下,没太大问题。再说,能吃能喝能睡,不是件好事吗?"

"我们赶紧做一顿好吃的给他吧,袁得鱼就像饿死鬼一样。"许诺摩拳擦掌。

"好啊!乔安还在工作啊?"

"嗯,工作狂!"

大家围坐在桌前干杯:"为我们能找到袁得鱼,干杯!"

袁得鱼只顾自己大快朵颐。

乔安心事重重。

"别想工作啦!"许诺安慰她,"跟我们玩一会儿吧!"

"我吃得差不多了,我把资料拿下来看。"

"我真恨你们主任!"

乔安说:"马上就要搞定了!我是这么想的,像秦笑这么聪明的人,不可能把股份搞得像一团乱麻,肯定是有规律的,我要做的,就是找到这个规律。"

"听起来很厉害,你现在有何发现呢?"

"还没有。只是我有种感觉,一家公司与另一家公司的股权结构确实有规律。"

"循环制,循环制……"袁得鱼一边嚼着玉米,一边说。

"啊,什么循环制?"乔安突然想到什么,立即心跳加速,她想起以前在高中安排运动会的时候,她做过比赛的编排,用的就是循环制。当时循环制有两种,一种是单循环制,另一种是双循环制。

"你说,会不会袁得鱼刚才进书房的时候,看出了什么?"许诺说。

正在这时,吃饱的袁得鱼蹦蹦跳跳地去看电视了。

乔安还是一头雾水,这究竟与秦笑的股权结构有何关系?她好像有点儿领会了。对了,资金流!这或许就是资金流的规律。

"啊!"乔安惊叫起来,"我明白了,果真是体育赛制那玩意儿,就像读书时做规律题一样！秦笑留着很多空白在那里，只有根据现有的数据找规律，然后再猜测空白处的数字。"

乔安马上打了个电话给主任："我知道秦笑公司的规律了，是循环制！"

"慢慢说！"

"秦笑控股的四家公司，我就称它们是A、B、C、D好啦，但我们根据秦笑拥有的股份将它们重新组合，AC股份形成交叉，BD股份形成交叉，正好符合循环制中'首位相对，依次靠拢'的规律。"

"你的意思是？"

"如果我没猜错，应该还有第五家公司。为了排好这个组合，他肯定还操纵着一家公司。"

"嗯，很好，与我的重大发现完全吻合！"

乔安继续说："通过你的资料，我们可以看到，秦笑实际控制了四家上市公司。但这样的话，你是完全理不清控股结构的，但如果你加一个数字，凑成五家，就会对他控股的结构一目了然，因为这样一来，完全符合双循环制的规律。"

"那第五家是？"

"不知道呢！主任，你有什么方向吗？"

"最近有个传闻，说唐子风对收购海上飞有意向。你看，海上飞是个房地产企业，如果把唐子风与秦笑当作一伙看，那收购的消息完全可以作为二级市场炒作……"

"我迫不及待地想回去！"乔安发自肺腑地说。

"嗯，明天一到，就来我办公室！"

"接旨！"

放下电话，三个女孩的眼睛齐刷刷地盯着袁得鱼。

"看来那小子的功力没减退嘛！"乔安端详了袁得鱼一会儿，"难道这就是传说中的大智若愚？"

"我知道了，肯定是装的！"许诺猛地踢了袁得鱼一脚。

袁得鱼滚倒在地，楚楚可怜地望着许诺，一脸莫名其妙的样子。
"别这样，他看起来真的很可怜！"乔安有点儿不忍心。

四

这一晚，许诺翻来覆去没能睡着。她看了一下身边睡着的乔安，睡得很踏实，她早就修炼成媒体人加班后随时睡着的习惯。

许诺只好自己一个人蹑手蹑脚地走下楼，想在客厅里坐坐。

她万万没想到的是，客厅的灯亮着，邵小曼一个人坐在沙发上看电视。

"嗨！"许诺问道，"睡不着？"

邵小曼笑了一下，没想到自己刚坐下来不久，许诺就出现了。

"有钱，是不是一件很开心的事？"许诺忽然好奇地问。

"嗯。不过，我倒并不这么觉得。比如小时候的秋天，是吃着成堆的一只重一斤的大闸蟹度过的，觉得日子本该如此。可到外面与别人一比，才发现事情并非我想的样子。"

"啊，原来有钱人是这样的，一只重一斤的大闸蟹……"许诺好生羡慕。

"但你想，这有什么意思呢？我吃那么大的大闸蟹，也不觉得有多开心。但大多数人，开着车去湖边吃一两个小的，就特别满足，你不觉得他们才更开心吗？"

"你这么一说，倒也是。"许诺挠了挠头。

"在我身上，自始至终缺少一种动力。"邵小曼叹口气，"我小时候，很多人夸我聪明。我学什么东西，都是轻轻松松的，确实也很轻松地考上了很好的学校。如果换作是一个平凡家庭的女孩，估计早就有一番作为了吧。至少，会像众星拱月一般。但我在这样的家族，所有人都有的是钱，他们也不会觉得聪明有什么好，反正到最后，证明人价值的还是财富。"

"你这样的女孩，生下来就是完美的！"

"从小到大,身边总是有很多追求者。但是很奇怪,他们越是喜欢我,我就越没什么感觉。我后来才明白,原来那时我还没有遇到自己喜欢、在乎的人。但能让我在乎的人,目前为止,也只有一个。"

许诺不知怎的,有点儿心跳加速。

邵小曼接着说:"有时候想想,人生也可以说是平等的。你看,虽然在很多人看来,我可能比你各方面条件都好,但也不是同样在等待对方挑选?在对方眼里,我所谓的优势,恐怕也是一文不值。可怎么办呢?我喜欢的,或许也正是他的这一点。"邵小曼说这些的时候还是带着一种自信的语气。

"小曼……"许诺没想到邵小曼也有这种烦恼。

"那个陪你来的唐煜看起来很不错,也很喜欢你的样子。你觉得他如何?"

"说实话,并不讨厌。"

"对了,还记得我们第一次见面是在医院里。那次,我太冲动了。"

"呵呵。我那天就看出,你非常喜欢他。"

"嗯。这四年,我一直在找他。我总是想象与他重逢的场景,但没想到他现在成了个吃货!"许诺笑起来,"小曼,你真的想让他回佑海吗?现在的唐家在佑海的势力,早就今非昔比了。"

"我不管别人什么样子,那都与我们无关。我只听从内心的声音!"

"但我们怎么知道袁得鱼心里怎么想的呢?万一他不想回去呢?他之前面临危险,完全不是唐子风他们的对手。再说,你不觉得他这样挺开心的吗?"

邵小曼沉默了,这也是她睡不着的原因之一。但是她始终有一种自信,她能抓到他的心意,如果他是自己完美对象的话。

"他这样才开心吗?"邵小曼反问道。

"其实我也无法忍受他现在像烂泥的样子。我也希望他像一个勇敢的男人一样去战斗！"许诺认真地说，"但这四年，我一直在搜集他们的资料，他们膨胀得实在太可怕了！遇到乔安后，她告诉了我一些唐子风的事，我发现实际情况比我想的更可怕。如果袁得鱼过去与他们为敌，受伤害的只有他自己！"

"我不这么认为！你的想法让我想起很多穷人的想法。当穷人看到豪车的时候，他们会想，这么贵的车我买不起，这样就把自己的门关起来了。但你如果想成为富人，你会想，我该怎么做才能买到豪车呢？你怎么就知道袁得鱼不行呢？"

许诺一时语塞。

"如果你真想让他开心，就让他去做自己想做的事！不要反对他，你如果觉得他现在还有哪里不足，那就想办法弥补！"

"天哪，我只想为他做饭烧菜……但，如果袁得鱼确实想过悠闲日子呢？"

"我心目中的理想对象是个勇敢有责任心的人，我相信他会重新回到那个战场上。如果他真的是你所说的那种人，那他就不是我喜欢的那个人，失去了又有什么可惜？"

"小曼，你看起来美艳动人，想法就和男孩一样。"许诺忽然像是鼓起了很大的勇气，"如果在你帮他的过程中，我发现袁得鱼喜欢的人是你，我是不会后悔的……"

"许诺……"邵小曼强烈地感受到许诺纠结下的真诚，一时不知道该说什么。如果她们之间不是这样一种微妙的关系，或许，能成为好朋友也不一定。

尴尬气氛还没来得及调整。

"我上去睡了！"邵小曼说。

"我也是。"许诺说。

五

第二天，乔安赶了最早的飞机回了佑海。

待邵小曼与许诺起来时，她们发现袁得鱼一个人在大平台上惬意地躺着。

"在告别南岛之前，去看海吧？"邵小曼提议道。

"太好啦，我还没看过呢！"许诺很开心地拍起手来。

红色保时捷开往葵涌海滩的方向。

抵达海岸时，许诺激动得差点儿从窗口爬出来——大海就像倾注了纯色的染料般，在鲜亮的暮色笼罩中，湛蓝湛蓝的。

海天一色的水面上浮现出若隐若现的小岛。那岛似乎都称不上岛，更近乎岩体，白色海鸟蹲在岩石顶端，敏锐地搜寻鱼影。就算游船经过，海鸟们也不屑一顾。波浪拍打岩体，四溅的浪花镶着耀眼的白边。

远处的一座岛上，有稀稀拉拉、样子甚是健壮的几棵树，白墙民居散布在斜坡上。

不大的海湾里漂浮着鲜艳的小艇，高耸的桅杆在蔚蓝的背景下划出弧形。一艘豪华游轮驶过，与一旁的小船相比，俨然一个庞然大物。

这是许诺第一次看到大海，海给她的感觉，倒不是很多人说的辽阔，而是沉浸于伟大自然的懒洋洋的快乐。

许诺不由自主地唱起了口水歌："我想我是海/宁静的深海/不是谁都明白/胸怀被敲开/一颗小石块/都可以让我澎湃……"

邵小曼哼起了索尔·哈德森（Saul Hudson）的《迷恋》（Gotten）："so nice to see your face again/tell me how long has it been/since you've been here/you look so different than before/but still the person I adore……"（能够再见到你实在是太好了，告诉我已经多久了，自从你在这里，你看起来变了不少，但你仍是我爱慕的那个人……）

袁得鱼踩在与她们有一定距离的一块大岩石上，静静地望着大海。

他极目远眺，夕阳下的海水，就像铺了一层金子般金灿灿的。他很快把视线转到了两个女孩身上——一个女孩面迎西边海面上终

第三章　那局赢了父亲的棋

于倾斜下来的太阳,及膝白裙轻缓摇曳,脚上一双球鞋,移动的步子不大,却很有活力。另一个女孩,套着淡黄色的无袖纱衫,头上一顶窄檐帽,与周围景物融为一体。

邵小曼不由得想起曹操的一首诗《观沧海》:"日月之行,若出其中;星汉灿烂,若出其里。"

他们漫步着,不知不觉,漫步到离海滩不远的一条古街——与大多数古街无异:成堆的地方小食、纪念品,木制的成排古屋,相隔不远的牌坊。

许诺感觉新鲜,对地上鱼缸里游动的小鱼也可以盯很久,手里总是拿着新鲜玩意儿,蹦蹦跳跳。

袁得鱼逛街时还是一脸呆呆的样子,唯独对食物兴趣十足。

他的注意力很快被一家新开张的餐馆吸引,店门口搭了个台,有很多人在那里围观。

有个主持人在上面吆喝,人人都有机会赢得免费的"满汉全席"。

台上已经有四组人站着,主持人说,再来一组人就开始。

"去玩一下?"许诺拉着他们蹦蹦跳跳上了台。

他们三个人运气特别好,回答"是与否"这类问题时,邵小曼基本眼睛都不眨一下,就全答对了。有个环节是辨别鱼的种类,正好是许诺的强项。

回答正确后,许诺每次都忍不住仰天大笑。

他们很快就拿下了冠军。

"哇!"在场的人都在感叹,"这三人运气真好!"

"运气最好的是那小伙子,旁边两个大美女,桃花运不错!"

"他们这个活动搞了快一周,还没人赢过呢!"

"可不是,今晚他们的厨师要累死了!"

他们高兴地坐在一张大桌子上。

"满汉全席"渐次上桌,其实也就是一些简单的小菜——冷菜的菜式简单,即开胃的三拼小食——豆腐、鱼和橙。

他们小酌了几杯,有点儿微醺。

主菜上桌，都是南岛当地菜。

"这也算满汉全席？"邵小曼问道。

"南岛乡土版的！"许诺说。

"饶了我吧，姑娘们，都是我们这个馆子最好的菜啊！"主持人又像菜品推销员似的说，"我们这里的菜主要有两种，一种是山乡菜，一种是水乡菜。山乡菜主要是鸡鸭鹅猪，水乡菜主要是贝类鱼虾。你们看这道，就是经典的山乡菜，为什么呢？因为主料是鹅嘛……那个，自然就是水乡菜了，因为是当地出名的禾花鱼。话说，当地有'三禾'，分别是生长在稻田中的禾花鱼，追寻禾虫的禾雀，在禾苗之上的禾虫。最刺激的是蒸禾虫，一般都与蛋蒸在一起，一条两三厘米长的虫子，就像蜈蚣一样，白白的、密密麻麻的脚，身体灰灰的，味道可好了呢！"

邵小曼捏着鼻子吃了下去，然后伸出一个大拇指。

主持人说："那道是这里的名菜——常平碌鹅，你们看，颜色金黄金黄的，看起来就很香，因为这道菜用的不是一般的煤气，而是用荔枝树作柴火烧出来的。炉灶上架一口锅，先把鹅肉进行油炸，想想都香味四溢！"

三个人吃得还算满意。

邵小曼来过南岛好几次，很多土菜也是头一次吃到，不由得感慨。

许诺吃得很开心，她自己也是会做菜的，没想到，中国任何地方都有那么多美味。

他们吃完后，摇摇晃晃地走在小路上。

三个人肩并肩走着，回到海边。

天空有星星微微闪烁。

当地人像是好不容易等到步履蹒跚的太阳落下，在海边信步走着，有一家老小、情侣、成群的朋友。海潮的气息弥漫开来。

路右侧排列着商店、小旅馆和饭店，带有木百叶窗的小窗口亮起柔和的鹅黄色灯光，淌出柔曼的流行音乐。

路左侧的海水漫延开去，夜幕下的波涛稳稳地拍打着码头。

两边女孩的裙摆在袁得鱼身边惬意地左右摆动，在月光下闪着微光。

不知走了多远，他们闻到一阵生蚝的香味。

透过树丛，原来在狭窄的石阶沿坡，有个门口摆着烤生蚝架子的烧烤店。一个赤裸的大灯泡把小店照得通亮。

袁得鱼口水都快流下来了。

许诺看他那副德行，只好说："在佑海，我也只在吴江路上的'小黑蚝情'吃过，估计这里的海味会很特别吧！"

那斜坡又长又陡，三个人爬了上去。只见一个穿着白背心的男人，将一个个生蚝从桶里捞出，放在炭火上直接烤，还在叫卖："都是刚从海里打捞上来的啊，新鲜直送！"

他们毫不犹豫地在油腻腻的小桌边坐下。

生蚝端了上来，个头都很大，贝壳紧闭。

"咦？"许诺吃惊道。

"在南岛，生蚝的嘴巴是要自己撬开的？"邵小曼说。

只见袁得鱼娴熟地用手掰开，鲜嫩的汁液迫不及待地流淌出来，露出柔软的肉体。

袁得鱼将盛了芥末的小佐料盘推到两个女孩面前。

两个女孩用筷子夹着大块生蚝肉蘸了一下，很快塞进嘴里，用力一嚼，一股芥末带着生蚝的鲜味冲鼻而来，只觉得痒痒的、酥酥的，恍如一道电流通过。她们陶醉地闭起眼睛，忽然整个人一下子精神起来："好滑好爽口，真是太好吃啦！"

袁得鱼喝着啤酒，大口嚼着生蚝，嘴里散发着酒香。吹着凉凉的海风，听着潮汐声若近若远，潮湿的海味不时袭来。

下坡时，生蚝店正好倒水，一条臭水沟横在路上，脏水不断涌出。

女孩们有些不知所措。

袁得鱼突然就蹲下来。

两个女孩看着他,不知该怎么做。

袁得鱼毫不费力地一只胳膊架起一个女孩,一边一个,就像挑山工架着两个担子那样,跨过了那条臭水沟。

这大概是许诺接近袁得鱼最近的一次。她不经意嗅到他身上男孩的味道,而背脊又充满了男人的力量——很混杂,有一种说不出的魅力,如果可以,她想多趴在他身上一会儿。

邵小曼还没反应过来,就被平稳地放下,她能感觉到刚才自己的心跳很快。

袁得鱼又开始遥望星空,谁也不知道他在想什么。

星空下,迷人的海岸慢慢在他们背后一点点儿下去,愉快的歌声传来。

邵小曼很喜欢这个时刻,海风、心爱男孩的臂膀、空气里飘散的迷人的啤酒香气……如果可以,她也想用图钉将此刻牢牢按在记忆的墙壁上。

第四章　茶馆里交易

世事的起伏本来就是波浪式的，人们要是能够乘着高潮勇往直前，一定可以功成名就。

——莎士比亚

一

　　米乡长兴顾渚山上，有一个高雅的贡茶院，它是中国历史上第一个茶叶加工厂。

　　院内绿篱青藤，柳荫花径，依山凿石，引泉构亭。拾级而上，左右皆是竹林，可谓"惊彼武陵状，移归此岩边"。阳光穿过长长的游廊，在地上形成斑驳的光影。

　　每行几步，游廊的石壁上便可见一块同等模样的碑，碑上是茶圣陆羽《茶经》中的内容，用不同的书法字体，雕刻其上，第一句便是"二十四器缺一，则茶废矣"。

　　冬至清晨，院内雾气缭绕，空气中弥漫着各种茶香。

　　唐子风、唐焕、唐烨、韩昊与另一个陌生的瘦高男子，围坐在游廊尽头的亭子里。一个体态婀娜的黄衣少女，笔直地坐在老树雕琢的茶桌旁。

　　少女取出一块茶饼，用铜色的小锤子，娴熟地敲了几下，茶叶掉落在一张白纸上，她洒了一些水，拿出一个铁架网，放在小炉子上烤。

　　没过多久，她将白纸上的茶叶放在一个深褐色的罐子中，只听见茶叶落在罐底的声音，白纸上却无半点儿水迹，只留下一缕缕清香。

　　一席人不由得惊叹。

　　接着是碾茶，她将茶轻轻碾压，手力均匀，并飞快地将碾碎的茶末倒在一个小筛子上，筛子上覆了一层纱，很快，筛出了大些的茶末。

女孩将筛完的茶放入一个暗红色的紫砂壶中。接着，紫砂壶里滚烫的水流，像银鱼一般飞流直下，是为煎茶。"银鱼"瞬间落入客人面前的茶杯中，每个杯子里都是一样多的茶水。

"二十四器缺一，则茶废矣。"唐子风感慨了一下，他随手拿起茶杯，呷了一口，兰香扑鼻，他不由得说，"这果然是个品茶的好地方，中国茶道博大精深，陆羽当年在这座山上发现了紫笋茶，潜心于此。如今身临其境，更觉茶艺精妙。真可谓'古亭屹立官池边，千秋光辉耀楚天。明月有情西江美，依稀陆子笑九泉'。"

"都说江南陆羽煎茶一绝，我看这小妹的手艺也非同凡响。"那位瘦高个儿喝了一口，满足地点了一下头。他是邵冲的密友——贾波。他转头问小妹："这里卖紫笋茶吗？"

"现在非常少。"女孩毕恭毕敬地说，"不过有上等的普洱茶、铁观音……"

"罢了，我们开始斗茶吧！"唐焕甚有兴致。

宾客们拿出自己准备好的茶叶，斗起茶来。

韩昊拿的是安吉白茶，贾波拿的是武夷山金针梅，唐焕拿的是肉桂，唐烨掏出名枞，唐子风准备的是大红袍，秦笑拿出佛手。

小妹仔细嗅闻了一下，将茶细分片刻，并将各种茶同时煎出，瞬间，每个人前面，都摆着热腾腾的六杯茶。

大家先看汤花浮沫，皆是上等——绿茶碧绿如茵，兰香扑鼻；大红袍清红澄亮……再闻茶汤气味，杯杯诱人。

呷完后，所有人都看着金针梅那杯，茶叶细如针，冲泡之后，汤色并不红艳，呈现的是华贵的橙黄，茶味却耐人寻味——温和、香醇。呷一口，两颊生津，唇齿留香，未饮，便醉在那赏心悦目的汤色中。喝完后，甘甜悠长。

"什么是茶？这才是茶。喝了这茶，盈亏皆浮云。"韩昊感慨道。

斗茶已有了胜负，众客欢笑不语，任凭微风吹拂。

小妹又唱起歌来："簇簇新英摘露光，小江园里火煎尝。吴僧漫说鸦山好，蜀叟休夸鸟嘴香。合座半瓯轻泛绿，开缄数片浅含黄。

鹿门病家不归去，酒渴更知春味长。"

唐烨也别有兴致，对起歌来："遥闻境会茶山夜，珠翠歌钟俱绕身。盘下中分两州界，灯前各作一家春。青娥递舞应争妙，紫笋齐尝各斗新。自叹花时北窗下，蒲黄酒对病眠人。"

"茶的价值，可通过斗茶体现。茶之王，理应是最好的品种，值得尊重，与股市的价格博弈倒有异曲同工之妙。"唐子风颇有感慨。

"中国的股市，自诞生起，就有自身的问题。我们推股权分置，就是为了让市场能更好地决定价格。"贾波思忖道。他是佑海证券交易所副总，也是唐子风的老手下。

"斗茶，虽说是用茶的方式，但在古代也不缺乏用武力一决高下的。其中的公正性，谁又能知道呢？"唐焕说。

"所以斗茶，不仅比的是茶，也在比技艺，更是比用心。"唐子风说。

几人很快把话题切入他们都感兴趣的那个项目上。

"浦兴银行的股份，收罗起来难度很大。"唐焕说，"比想象的难很多。"

"邵局长特意提醒，花旗银行一直在二级市场吸筹。我们都担心，它趁着这次重组，反客为主，这也是邵局长此番让我过来请教大家的。"

"是啊，佑海阻击花旗银行，绝对是正义之战。"唐子风义正词严地主持起来，"我们肯定站在政府这边，国有财产落入外国人手中，是我们绝对不容许的，尤其是金融业这样的命脉。在海外资本掮客眼中，只有利益，我们不能让对方卡住咽喉。"

"正是如此。这些股份落在很多国企手里，然而，它们大部分都不懂资本运作，所以，需要你们这些行家出手。"

"没错，但也需要你们多多照应，我们这里的高手。"唐子风指了指韩昊，"一直在二级市场与花旗银行周旋，让对方无法那么快拿到理想价位的股份。"

韩昊不说话，一直悠闲地抽烟。

"嗯。我上次推荐给邵局长一家公司，叫博闻科技……"贾波说。

"我们已经尝试收购了，但浦兴银行的这批法人股毕竟是值钱的玩意儿，谁都不肯放。"

"我明白，价格肯定是最重要的因素。佑国投与佑海国际集团对那些国企收购的时候，都阻力重重，让它们把转手价压到净资产价格，就像割它们的肉一样。"

"现在不少人都对以净资产价格收购的做法意见很大，好在强令在那里，谁也不敢违背。"唐子风接着说。

"不过，博闻科技不在我们可控的范围之内，我们更希望这些股份转手到自己人手里，万一杀出个程咬金，就麻烦了。"

唐焕心想，他说话如此客气还滴水不漏，就算录音下来，外人也听不出任何破绽，归根到底，把这等好事推给自己人，不就是想从中捞点儿油水吗？

唐焕已经找人了解了，那家在婚礼上提到过的博闻科技，虽然有1 500万股，但这个董事长熊峰最早是金融管理层的一个官员，非常懂行。当时之所以失势，主要是因为此人性情乖戾，根本没法融入官员圈。人的命运有时候可悲可叹，如今不仅被排挤，连合理的财产都要被瓜分。

"你们有什么难处尽管告诉我们。"

"这个熊峰，一定不会轻易卖给我们。这家伙这么多年，手脚一直不干净，在外面成天想法子牟利，也清楚自己公司就这块资产最值钱。他好像也了解到股权分置的进展，知道了浦兴银行的股份一旦全流通，这些股份的价值将有多大，总之非常难搞。"唐焕说，"不过，我们基本搞定了他手下的两名副总，他们自己也知道，是等不到出头的日子，不如直接与我们做买卖。"

贾波点点头："这恐怕也是这类公司的软肋，尽管转成了民营性质，但还是国企思维……"

"现在的难题是，那两个副总告诉我们，他们不是不想与我们合作，而是当前博闻科技虽然是民营性质，但还是国有资产单位，按国家国有资产管理有关规定,这部分资产转移,必须经过评估和监督机构批准。"

"按有关规定,法人股转让需要公证书及股东大会决议。"唐烨补充道,"就算我们搞定了公司,相关部门那关如何过?"

"原来你们纠结在过户上……"

"还请贾兄多担待了。"

"客气。"

所有人都知道,一旦这条道路打通,此后"这块金矿"便是取之不尽,用之不竭。

"如果贾兄喜茶,我们今晚还可以送上茗中精品——乳香茶。"

贾波露出错愕的表情,他知道,乳香茶是用少女的胸部"初烘"而成的,烤茶时会散发出一股奶香。在古代,这样的制茶技术可是绝世真传,在今世竟然还有!他咽了一下口水,摇了摇头。

唐子风使了一个眼色,唐焕就上前递了一份资料,第一页写着"聘书"二字。

他疑惑地翻开一看,原来是聘请他做泰达信托董事的合同。

贾波深知这份合同的分量,也不推托,只说有事先走,便告辞了。

"这次,怎么没见到秦笑?"韩昊禁不住问道。

唐子风与唐烨相视一笑。

唐烨道:"他说自己为拿海上飞做最后准备,没法赶来了。"

韩昊点了下头。

二

飞机上,两女一男的奇怪组合引起了很多人的注意。

最奇怪的是那个男人,摇摇晃晃地坐在座椅上,穿着一身波点睡衣。喝了一杯红酒后,他将报纸盖在头上呼呼大睡起来。

报纸的头版头条是《阔别九年,中国权证卷土重来》。文章称:

"在与中国股市阔别九年后，权证重出江湖，试点的品种是'农产品'，不过只是推出认购权证。虽然少了认沽权证，缺乏权证的基本形式——理想的两条腿走路的权证配置，变成了跛足而行，然而也算是一次开端。计划中，农产品认股权证只设定一个行权日，也就是说只有一个交易日，如果权证持有者未行权，或股价跌破行权价，该权证就成为废纸一张；而如果行权后第二个交易日的市价低于行权价，套现也会遭到损失。价格操纵将是最大的风险……"

报纸上"权证"二字金光闪闪，对真正懂得资本市场的玩家而言，捞金子的机会又来了。

下了飞机后，邵小曼在打电话："干爹，我回佑海啦！你在哪里？"

邵小曼刚转过身，就看到许诺一脸焦急的样子。

"他上厕所去了，等了半天还没出来。"

"啊？不会是身子不舒服，倒在里面了？"

"帮我们找个人！"她们赶紧拉住一个男人。

这个男人从洗手间走出来，摇摇头："里面只有一个老头儿，应该不是你们说的那个人吧？"

许诺两眼一黑："就这么从眼皮底下跑了？"

邵小曼摇了摇头："不过，你也别太担心，他已经在外面跑那么久了，应该不会让他们发现……"

"去安中区成都路桥。"出租车上，袁得鱼对一个司机说。

袁得鱼轻松地握了下双手，心想，总算摆脱那两个女人了。

他知道，自己只要一回佑海，就会有人盯上自己，用两个美女护驾真是相当聪明的主意。

司机很好奇地打量着这个穿奇装异服的人。

"看什么看？找抽啊？"

"你穿成这样，到底有没有钱啊？"司机不甘示弱。

袁得鱼伸手往裤裆里一掏，掏出一张100元，散发着一股怪

第四章 茶馆里交易

味儿。

司机露出鄙夷的神色。

袁得鱼嗫瑟地说:"你没见过有口袋的内裤吗?"

他很快就到了位于安中区的东九块。

他的脑子里很快闪现前一天乔安手上的那些资料。如果他没猜错,其中有很大的漏洞。但这个漏洞具体是什么,他也无法确定,先过来看看。

东九块是由九个连绵的旧街坊组成的旧城区,在佑海整个范围内,位于中心区域。东至海山北路、南至帝北西路、西至石庭二路、北至新开路,总面积约 18 万平方米。

袁得鱼打听到,这块地方之所以叫东九块,是因为这是安中区的九街地,由代号 5 至 K 的九块国有土地组成。他笑了一下,这多么像赌场里散落的扑克牌。

一阵风吹过,顿时灰尘飞扬。一眼望去,楼里空房子较多,但窗外架子上挂着几件衣服,应还有住客。

袁得鱼赶得正巧。

距离东九块不远的一个大停车场上,拆迁动员大会正在进行,很多居民被召集过去。

他也随着人群走了过去。

只见停车场里全是车,一旁的水泥墙上的油漆已斑驳。

停车场中央有个大台子,应是拆迁队临时搭建的。

台上是清一色的彪形大汉,个个目露凶光,套着黑色背心,挥舞着棍棒,胳膊上的龙虎文身清晰可见。

聚集的人陆陆续续多了起来,"虾兵蟹将"开始发出"啊啊啊"的声音,他们每个人头上系着一根带子,敲锣打鼓的,令人烦躁不安。

还有一群打手在围观的人群外围,边跑边向人们散发传单。

白色的传单劈头盖脸飞来。

一个挂着四脚拐杖的老人抬着头:"光天化日下的大白纸钱?"

袁得鱼在一个不起眼儿的角落，静静地注视着这一切。

袁得鱼有种感觉——无言的威慑现在只是刚刚开始。

袁得鱼眼尖，一眼就看到台子背后的一排椅子上，坐着一个似曾相识的男人。

这个人万年不变的板刷头，立领中山装永远挺括——没错，正是唐焕。

很久没见这个流氓了，气色倒比前几年更好了，袁得鱼心想。

此时唐焕接起一个电话："什么，袁得鱼来佑海了？旁边还有两个女的？有个女的像是局长千金，所以没下手？什么，人跑得太快，又找不到了？"

唐焕无奈地摇摇头，心想真是废物，这点儿小事到现在还没搞定。

一张传单正好飘到袁得鱼脚边。

袁得鱼捡起传单，扫了一眼。

如果让袁得鱼总结，就四个字——"滚去复浦"。

复浦在佑海属于"下只角"（因佑海租界多在西南边，有钱人多住在那里，大型工厂多在东北边，贫苦人多住在那里。20世纪30年代，人们把买办、洋人、社会名流聚集的地方称为'上只角'，东北贫民居住区称为'下只角'），住惯安中区东九块的居民，根本不乐意搬去那里。

正在这时，发生了一件很奇怪的事——一个十几岁的男孩迈着奇怪的步子，坚定地往大台走去。那个男孩衣衫褴褛，面黄肌瘦，眼睛很大，但深凹下去，脑袋还缠着一圈红色的带子，十足一个大头外星人。

人们议论纷纷，同时对这个男孩投去好奇的目光。

男孩太胖了，走路时浑身的肉一颤一颤的，每走一步，身体就颤动一下。

他费劲儿地拨开挡在他前面的"虾兵蟹将"，跳到台上。

跳到台上的瞬间，男孩全身的肉一颤，整个台子晃了晃，像是要坍塌似的。他没站稳，一下子倒了。他胖乎乎的小短腿一缩，整个人几乎是滚上台的。

台下哄笑起来。

胖男孩好不容易爬起来，又跳了两下，仿佛在检查自己有没有掉什么零件。看自己没事，索性摆出一个扎实的马步。

他叫了一声，突然意识到话筒太高，便抬起头，伸出肉乎乎的手，将话筒慢慢地降下来。

台下又是看滑稽表演时的爆笑声。

这个男孩的声音像是用沙皮纸摩擦过的声带发出来的，在扩音器中放大后显得异常刺耳。他一字一顿地说："我——不——搬！"那个"不"字拖得很长，像是老式录音机在放磁带时突然卡带的音。

袁得鱼笑得很开心。

台下有个居民拍了两下手，但这个掌声很快就在空气中戛然而止——犹如按下了停播键。

"像你这样的，也想做钉子户？"唐焕上前，众黑衣人跟在身后，一起捧腹大笑起来。

胖男孩跳下台的时候，用力地一蹬，话筒一下子倒下来，砸出一声巨响。

一个黑衣人没反应过来，吓得跳起来。

又是一阵哄笑。

唐焕面露尴尬。他很快用一种肃杀的眼神扫荡了一遍台下，笑声顿时停止了。

唐焕无意中扫到人群里一个俊美的年轻男人，正盯着自己，眼神中有一种不可一世的不羁与傲慢。唐焕恍惚了一下，待回过神儿来，那男人早已不见踪影。

袁得鱼喝着可乐，闲逛起来，进了东九块的另一个小区——那里正好围着一群人。

他望了一眼——小花园的大平台上，刚才那个说不搬的胖男孩，盘腿而坐。

地上是歪歪扭扭的几个粉笔大字——"动我房子者死！"

一旁的阿婆在向围观者诉说孩子的命运。

"这孩子有点儿命苦。他爸爸是个画国画的，年轻时长得不错，娶了一个如花似玉的老婆。没想到，这孩子出生后不久，他爸爸就被人捉奸在床，硬是被送到他妈妈面前。他妈妈一声不吭，把自己关起来，出来的时候就疯了，据说是先天性的，很快就离了婚，人一直在医院里。他爸爸后来与一个外地女人同居，同居了七年。那女人大概知道，自己很难要到房子，就离家出走了，于是，他爸爸就一直酗酒。有一次没回来，孩子就报了警，结果发现他爸爸被车轧死了，发现时，已经死了，轧得不成人形，还流出绿色的胆汁，尸体是在商务楼地下车库的一个角落里发现的，估计是肇事者拖过去的……这个孩子从此就怪怪的，原本读书还不错，愣辍了学。如今，这个地方要拆迁，说给40万元。这孩子打算死守在这里，但他哪是拆迁队的对手，前几天晚上，听说他在路上被人暴打了一顿，有人逼他签字，他死也不肯。他现在每天都在这里写这些字……"

袁得鱼看着这个男孩——这是个看起来若有所思的男孩，板刷头，神情呆呆的，他穿着磨破的中学校服，眼神中有种天生的顽固。他不管人家是否围观，照样在地上圈圈画画，写着一行行同样的字。

一个黑衣猛男不知从哪个角落突然冒出来，踢了一下男孩的脑袋。

围观的人聚集得更多了。

男孩依旧动也不动，还在地上出神地圈圈画画。

猛男那双锃亮的黑皮鞋又直接往男孩头上踹了过去——男孩好像已经接受过这些考验，被踢倒在地后，在地上翻滚了两下，很快又顽固地坐回原地，继续在地上圈圈画画。

猛男用脚抹掉地上的粉笔字，又扇了男孩两个耳光。

男孩也不理睬，继续在地上圈圈画画。

终于，那猛男也没办法，扔下一句"明天不要让我见到你"就

第四章　茶馆里交易

扬长而去了。

袁得鱼走到那孩子面前，说："走，哥请你喝酒去！"

男孩抬起头看了看他，依旧毫无表情，脸像个大土豆，坑坑洼洼。很奇怪的是，他仿佛就在等待袁得鱼的出现，不假思索地站了起来，跟着袁得鱼，只是一言不发。

"你好，我叫袁得鱼，你呢？"

男孩默不作声。

袁得鱼对他的反应一点儿都不意外。这男孩的世界里，兴许只有母亲的医院与父亲留下的房子。他早已把外界的一切都挡在心门之外，就像当年的自己一样。

"如果你不说话，我就叫你旺财啦！"

"丁喜。"男孩终于吐出了两个字。

"丁，就是人的意思，喜，就是喜欢的意思。你爸爸希望你做个讨人喜欢的人。"

男孩的脸上不由得浮出一丝受宠若惊的笑容。

袁得鱼在杂货店买了几瓶啤酒，他们坐在花园的露天长椅上喝了起来。

"听说，你父亲死了？我父亲也是。"袁得鱼直截了当，喝了一口酒，"都死得很难看。"

男孩抬起脸静静地看着袁得鱼，什么也没说，只是他的神色与先前截然不同，那种僵硬奇怪的表情消失了。

"听说你妈妈在医院里……你比我幸运，我还没你这么大的时候，也成天去医院看妈妈，但她很早就病逝了。不过，我至今还记得医院里的那些味道，各种药物的呛鼻味与病人身上的气味混杂在一起，弥漫在空气中，闻着就无法愉快。那段时间，我与爸爸就守在妈妈床边。手术失败后，我们静静地看着她死亡后的脸。葬礼时，发现妈妈化妆的脸好可怕，几乎都不认得妈妈了。"

男孩诧异地望着袁得鱼。

"很奇怪，这些经历算是苦难。但从小到大，在很多人眼中，我

107

好像是个令人羡慕的人——也许幸福有各种各样的形式。我有时候也会为自己天生的聪明而得意，我总是很轻易地学到别人要学习很久的东西。很多人会想，这小子怎么做到的。我反而觉得奇怪，为何他们做不到。从小到大，一直有女生喜欢我，与校花交往的一天，她在我家里，我们自然地拥抱在一起，但我却忽然没了吻的兴致，好像自己的兴趣不在此。很奇怪的是，有些女生就是喜欢我这种满不在乎的样子，所以，在那些优秀的女生中我更受欢迎，可能她们会觉得有挑战，我也不确定。我有好感的女生，好像对那些解风情的男生反倒并不感兴趣。总之，女生很难捉摸，不是吗？"

胖男孩的脸，可能是喝了酒的关系，微微红了起来。

"我并不喜欢钱，但命运仿佛把我往这个地方使劲儿拖。到后来，反而像是冥冥之中一种压在我身上的责任，怎么甩也甩不开。有个声音会一直对我说，'请你，继续沿着这个轨迹走下去'。我很多次想逃出去，却发现命运使然，有些事情仿佛就这么静静地在那里，等待着我，没有人可以替代我，一切就好像被选择了一样。"

胖男孩对袁得鱼的话并不惊讶，依旧是淡然的，但整个人渐渐放松下来。

他用一种很生硬的声音说："从来没有人跟我说过，那个事……"

他的眼睛里，随即透出一种别样的神情，仿佛征求袁得鱼的反应，但又早就知道袁得鱼注定会点头。

袁得鱼"嗯"了一下，胖男孩仿佛又放松了一点儿，说起了他的事。

前几年，只要一放学，丁喜就去精神病院看母亲，久而久之，就与医院里的很多病人熟悉起来。有一次，丁喜看到有两个人在医院底楼的一个大厅里下象棋，旁边还围着一群人观战，丁喜也挤进去看。

下到一半的时候，突然一个人拍案而起，对另一个人怒喝道："你作弊，你这枚棋子根本没法这么走，怎么可以吃掉我的棋子。"

第四章 茶馆里交易

另一个人很强硬地说:"我就可以这么走,不然我就吞棋子给你看。"那个拍桌子的人问大家,是不是对方走错了。围观者点点头。那个人恼羞成怒,就真把棋子吃了。

没想到,这枚棋子一下子卡在那人的喉咙里,他脸色发青,青筋暴起,"咿咿呀呀"一阵子,还是将那枚棋子咽了下去。

这时,医务人员赶来,但根本没有采取任何救治措施,只对那个咽下棋子的人命令道:"你去厕所把这枚棋子拉出来……"

结果,那个人就蹲在厕所里,一整晚都没有拉出来。找他的时候,他已经昏倒在地上,光着屁股。医务人员吓坏了,这才赶紧把人送去了医院。

后来,医务人员就把气都撒在那个拍桌子的人身上,说:"你知道吞下棋子的后果吗?吞棋子是会死人的。如果这个人死了,你就要为这个人负责!"那个人被彻底吓到了,三天三夜没睡着。没过几天,他看起来更加恍惚,精神彻底崩溃了。

丁喜再次去医院的时候,那个三天三夜没睡着的病人就眼神空洞地蹲在大厅的沙发上,望着窗外,嘴唇干裂,像一株僵死的植物。丁喜走过去,那个人可能是太累了,就将头靠在丁喜肩膀上,丁喜随手拿了一本书看起来。丁喜看得投入,也不知过了多久,只感觉靠在他肩头的那个人,变得越来越冷,越来越僵硬,丁喜这才发现,他就这么靠在自己肩头死了……

"后来,我再也没去过那家医院,我会'撞见'那个人,肩膀上的那个人,在那里,委屈……"

丁喜一直用一种异常平淡的语气在叙述,这反倒让袁得鱼有一种毛骨悚然的感觉。

丁喜叙述完之后,缓慢地将眼睛望向前方。

袁得鱼没想到丁喜经历过这些。他只是暗自觉得,丁喜拥有不可思议的智慧。在一个荒谬的世界,谁相信权威,谁就是输家。有些人天生是输家,但丁喜不是。

袁得鱼伸出手，丁喜望着这只手。

过了许久，这个内向的男孩像是苏醒了一般，轻轻攥住袁得鱼的手。

袁得鱼明显察觉到，对方释放出的是信任与释然。

袁得鱼淡淡地说："我看到你写的粉笔字了。"

丁喜低声说："如果，签协议，就像听了医务人员的话，那，等于，死亡。"

袁得鱼心想，这个男孩看起来呆呆的，关键的事情上，倒是清醒得很，甚至比绝大多数人更知道自己应有的权利，知道自己该做什么，在权势面前丝毫不让步，这恐怕就是苦难生活教给他的。

"房子，不能丢，我只有，这个。妈妈，前年过世了。"男孩依旧用冷冷的语调说。

袁得鱼怔了怔，说："你若相信我，或许我可以帮到你。"

男孩疑惑地看着他，眼神还是木木的。

"一个人战斗是很孤独的。"袁得鱼想了想说，"他们给你的价格是40万，在我看来，这个房子至少值80万。我有办法，让你得到房子应该拿到的价格。"

"为什么，帮助我？"丁喜像是刚刚睁开眼，认真地打量袁得鱼的脸，仿佛能从脸上找到他想要的答案。眼前的这个男人，是个多少有些神奇的人，身形高大，看起来也算正常，却竟然在大街上穿着松松垮垮的睡衣，就算如此随便，也掩饰不住骨子里散发出来的英俊之气。

"就算是为了同类。"袁得鱼直言不讳，"我在你身上，发现了似曾相识的东西。尽管，在外人看来，我们迥然不同，但有些地方出奇地相似！"

丁喜张大嘴，有些不可思议。

"你肯定想知道我怎么做吧？到时候你自然会知道。"

丁喜点点头，这才擦了擦嘴上的血迹："他们，给我40万，你，至少给我41万。"

"才多1万？哈哈，那你就太小看我了！"袁得鱼大笑起来，"你不怕我把你的40万都卷走吗？"

"我在精神病院，很多年，知道，好人与坏人。我，知道，你不是。"丁喜停顿了一会儿，说，"我，相信你。"

袁得鱼自信地笑起来："我会来找你的，你住哪里？"

丁喜指了指不远处的一栋楼——只有一家还是传统的绿色铁窗。

正在这时，一群彪形大汉朝他们追过来。

袁得鱼撒开腿就跑。

丁喜莫名地看着他。

"袁得鱼！"乔安开着那辆从南岛空运回来的破烂吉普及时赶到。

"嘿，乔安，你来得刚好！"

袁得鱼敏捷地跳了上去。

三

几个小时前，乔安接到袁得鱼在出租车上给她的电话时，非常意外，她没想到袁得鱼恢复得那么快，她满脑子还是袁得鱼似人非人的样子。

乔安记得接电话的时候，还不由得问道："你们什么时候回来的？许诺与邵小曼呢？"乔安记得，她们提过，如果回佑海，她们会跟他一道过来。

"别告诉她们，其实我是想跟你私会！"

"你真是袁得鱼吗？"乔安觉得还是有些奇怪。

"如假包换！你怎么那么容易就把我这个初恋情人给忘了呢？"

"好啦，我知道你是真的了！你在哪里？"

"要不一个小时后，我们在帝北西路与成都北路交叉口见面吧？到时候我一一说给你听，现在一言难尽！"

"好吧！"

乔安及时赶来，没想到袁得鱼竟然还穿着睡衣，但看起来还算

111

神采奕奕。只是第一次看到自己倾慕那么久的人如此邋遢，乔安还是恨不得掉头就走。

没想到，袁得鱼如此敏捷，直接跳了上来。

"有人在后面追，赶紧开！"

"看到了！"乔安也瞥见了几个可疑的人，使劲儿踩油门，很快把那几个人甩掉了。

见他们跑几步就停了，乔安松了一口气："解除警报！"

"他们没开车就好，我觉得这辆车随时会抛锚！"袁得鱼看了一眼这辆吉普，"你啥时候开始开这个车的？我发誓我在梦里肯定见过！"

乔安差点儿晕过去："谁知道你一回来就搞得这么心惊胆战！话说，你怎么会来东九块，现在唐焕坐镇拆迁，这里可是群狼出没，他们刚才没把你抓走是你运气好！"

"我倒不后悔，不然怎么会有美女救英雄呢？"

"对了，刚才在你身边的是谁？"

她想起袁得鱼身边的男孩——一米七不到，身材肥硕，眼睛很大，目光呆滞。

"别告诉别人，是我的私生子。"

"我说正经的，跟你认识那么多年，从来就不知道你还有这么个弟弟。"乔安很想在弟弟前加上"极品"二字，后来想想还是忍了。

"嘿，你们这种女生，总是以貌取人。"袁得鱼说，"你别看他这副样子，用处可大着呢，我的第一桶金就靠他了！"

"啊，难道你想骗钱？"

"我在你眼里是个坏人吗？我玩的可是谋略，我从来不用那种下三烂的手法。"

"什么谋略？"

"你到时候自然会明白。"袁得鱼想了想说，"总之，以其人之道，还治其人之身。"

"什么其人之道？"

第四章 茶馆里交易

"你说,秦笑最擅长什么?"

"不知道!"在乔安眼里,秦笑不过是玩资本权术的大鳄,与很多金融大鳄一样,"你还没告诉我,你干吗来东九块?"

"你先告诉我,他为什么要搞东九块?"

"有钱呗,自己有实力再开拓'疆域',而且这又是佑海的顶级地块,没什么不好!"

袁得鱼摇了摇头:"我跟你想的正好相反,我觉得他不是因为有钱,而是因为没钱!"

"没钱?那他为什么还敢那么高调?"

"难道不正是因为没钱,才高调吗?再说,精准地运用高调,不也是一种资本与技能吗?"袁得鱼微微一笑,"我知道你们记者不喜欢猜测,喜欢实证研究。你现在就开车去离这儿不远的江宁路兴业大厦,秦笑的林凯集团就在那里。"

乔安将信将疑地往那里开。

她站在办公楼的公司牌前时,就震住了——林凯集团,八、九楼。然而,同时在八、九楼的,还有好几家公司。她不禁诧异,这个林凯集团会有多大,有多少人。

她站在门口张望了一下,果然没多少人,一进门右首的关公像让她有些意外。那里摆放了一个供台,一尊黑色关公像,像前供奉着水果。

乔安没想到秦笑会把关公像放在公司,这还真不常见。

"你明白了吗?"袁得鱼说,"这里是秦笑唯一的办公场所,只有两层楼,而且楼层的大部分办公区都不是他的。我在香港也去过他的两个上市公司,也是这样。"

"原来是这样,这是一个超级大的皮包公司。那他的客户不会发现吗?"

"秦笑需要什么客户?他只是在玩资本游戏,从这只手,倒到另一只手。"

乔安一下子陷入沉思:"有时候,需要想半天的事情,竟然有这么直接的方法揭开谜底，我原本一直以为自己是很优秀的记者。"

"你还是很优秀的，我经常看你的报道。"袁得鱼说，"每篇都看得我意犹未尽啊！"

乔安笑了笑："你是在说我没写透彻吧？不过，客户也就算了，银行也贷了不少钱给他们。"

"这几年秦笑膨胀那么快，不就是靠银行贷款拆东墙补西墙吗？银行，就像是这些资本大鳄的取钱机。不过，也不能怪银行傻，心甘情愿借钱给这些看起来很美的空心公司。秦笑的公司虽说是'空麻袋背米'，但是还能折腾出一个说不清道不明的品牌效应。"

"难怪这两年，品牌排名那么盛行，都是可以拿来估值的啊。这样对评估资产太有利了，但谁也说不清品牌究竟值多少钱。"乔安不由得想起，这种手法不正像她接触过的一些实业掮客吗？专门有一类人，安排相关人员与商人吃饭，再贵也由他们买单，随后就会有源源不断的机会与财富，"我记得一个做工程的企业家，给某大学捐了两辆当时还非常罕见的保时捷。当校方问他有何要求时，他先是感谢党感谢国家，然后表示只想上思想理论课，于是校方安排他去省长班上了三个月课。"

"是啊，对秦笑这样的资本市场赌客而言，手法自然要高明得多，看起来豪掷千金，但都会连本带利地不断赚回更为丰厚的回报。"

"这下我明白了，秦笑最擅长的就是空手套白狼！"

"没错！你看他已经很久没那么高调了，特意选择在唐焕的婚礼上宣布东九块是他的，难道还不能说明什么吗？很多人觉得有个规律，一些富豪一高调，距离他们倒下就不远了。其实不是因为他们高调带来更多麻烦——有时候或许是一个原因——而是他们本身就不行了，所以必须得高调，高调是他最后一根稻草！"

乔安不得不佩服袁得鱼天生的逆向思维，只惭愧自己反应太慢："那你打算怎么做？"

"既然对方是空手套白狼，那我就把他打回原形！"

第四章 茶馆里交易

"这要怎么办啊？"

"你想想，当时西方那些玩杠杆收购的人是什么下场？"

"说起这个，我原来听过一场讲座，主讲人是做投资的，说实话，那时候我对投资还一无所知。他的讲座是关于科尔伯格（Kohlberg）的，就是最早进行'杠杆收购'的人之一。两名银行家，几乎不花一分钱，通过贷款买下一家公司，六个月转手后赚了1 700万美元。怀特黑德（Whitehead）、鲁宾（Rubin）这些高盛（Goldman Sachs）合伙人，当年也不过赚了50万美元。"

"很有趣，不过都是短期暴利，无法持久吧？"

"嗯，他们后来都被抓起来了。"

"一个人如果使劲儿吹一个泡沫，这个泡沫膨胀起来是很快，也最容易破裂。所以，我的思路很简单，同时吹几个不大不小的泡沫，加起来比那个大泡沫大，又不会破。"

"袁得鱼，你就吹吧。那我问你，怎么戳破秦笑的泡沫？"

"我问你，这几年，股市是不是很惨淡？所有投资品中什么涨幅最可观？"

"大概是房地产吧！"

"你真是冰雪聪明，乔安！这下你知道我为何来东九块了吧？"

"哈哈，你绕了那么大一个圈子，回答我的问题啊，我还不是很懂！"乔安摇了摇头。

袁得鱼自己也不是特别清楚："只是直觉告诉我，东九块可能是击败秦笑的关键。"

乔安说："你啥时候凭直觉了？"

"那我问你个简单的问题，佑海高峰时段，高架路上怎么开车？"

"我只知道会很堵。"乔安不明所以。

"在最右边开，因为这条道上，很多车会下匝道，流量最快。"

"你不开车竟然知道这些！"乔安心想，真不知道袁得鱼这样的人观察的世界会有多大，但她好像放心他这么做。不过，她又想到另一个问题，"你至少需要一点儿进入门槛的资金吧？"

115

"这个会很难吗?"袁得鱼自己也知道,眼下最迫切的,就是搞一笔钱搅局。因为现在的市场,机构云集,玩票门槛无形中大幅提高。这个群雄逐鹿的大赌场上,已经容不下任何小虾米了。

乔安开着车,一路向东。

"现在去哪里?"袁得鱼靠在车窗旁,打量渐渐弥漫夜色的佑海繁华街景。

他已经很久没有回来了,但感觉就像昨天刚离开,如此清晰亲近。

他深深地吸了一口气,还是闻到了佑海股市上的金钱味。

"我想带你随便逛逛,让你看看近些年佑海的变化。"

乔安将他载到了江东,沿着世纪公园开着。

世纪公园正在举办烟花节的活动,黑夜中盛放着大朵大朵的烟花,曼妙的音乐不断传来:"嘿,正好是烟花节。"

袁得鱼很开心地看着:"他们是在庆祝我回来吗?"

"这里叫联洋社区,现在已经是佑海国际化社区之一,看起来很高端,原来可是一片荒芜。前些年,一个企业家过来,先是把艺术大师恺撒(Caesar)的一个雕塑——《大拇指》(Thumb)买了下来,把它放到这里,建造了一个大拇指广场。广场有艺术博物馆、美食街、购物商场等。后来,这位企业家又投资了几个社区,这一带就逐渐兴旺起来。他自己说,他就像在规划一个新的城,是他想法之上的新的、幸福的城。"

"我知道这个人,他是个出色的投资家,曾经在南岛创立了第一只基金——富岛基金,听说他马上要投资建造的一个商务楼与他的母校'五道口'有关。"

"是啊,五道口是'中国金融黄埔军校',商务楼以此命名其实也相当有意思。哈哈,你比原来更博闻广识了呢!我都忘了,你在南岛那么久,肯定对这些了如指掌。南岛这个地方好神奇,好多冒险家去那里淘金,在那里发家,比如现在影响地产界的'万通六君子'。"

第四章 茶馆里交易

"但他们也制造了一堆泡沫。"袁得鱼出神地望着世纪公园周边齐整干净的社区——这里没有喧嚣,绿树成荫,是个好的投资环境。

他觉得很有趣,那个企业家,在建造一个顶级社区的时候,第一件事是把一个有文化味儿的雕塑搬过来:"我喜欢这里。如果可以,我也要造一个世界!不过不是地产,是金融!未来改变世界的力量,是金融!我想让这个世界,因为我的存在,而有改变!"

"你还是自大狂!"乔安笑起来,她认识的袁得鱼又回来了。

乔安低下头,总觉得这些年,袁得鱼身上发生了一些变化,但她分辨不出是什么,只觉得是好的东西。但令她最开心的是,袁得鱼那种属于他自己的激情一直没变。她很喜欢他玩世不恭时,不经意间显现出的坚持与执着。

"你看这条民生路,有低调、安静、独立的投资氛围,但又有一种多元化与不可一世的气质,我相信未来很多投资者会来这里。但我还是更喜欢洋滩,我想在未来,倚着自己办公室的窗口,看江水的流动,还有万国建筑倒映在波光粼粼的江水中。这些都提醒着我,这里曾是金融发达的城市,这个辉煌迟早有一天会回来!"

乔安笑着,她心想,自己的梦想是什么呢?是媒体人吗?她原来想过,佑海传媒一条街威海路是否会变成美国的麦克逊大街,只是在任何光辉的背后,都有资本之手在挥动。

车子开过证券大厦,袁得鱼不经意地低下了头。

"想起常凡了?"

"嗯,能否陪我去礼查饭店那里走走?"

"好啊。但是让你失望了,那里的大排档没有了。不过好消息是,洋白渡桥会迁到礼查饭店对面。"

礼查饭店门口,原来大排档的地方已是一块空旷的荒地,但他脑海中仍浮现起他与杨帷幄、常凡坐在礼查饭店门口大排档吃夜宵的情景,不禁感慨往的时光。

"记得上次来的时候,是四五年前了。"

"嗯,你那时候穿着一件红色的大毛衣,袖子长过手,我还在

117

想，你是不是穿着你外婆的毛衣就过来了。"

"袁得鱼，那可是当年最流行的日式毛衣。"

他们在超市买了一堆啤酒，面对着东江喝起来，不由自主地想起多年前的时光。

袁得鱼看着礼查饭店，想起爸爸当年在大排档的时光，小时候的自己也喜欢这里热腾腾的气息围绕着那些开创资本时代的一群年轻人，那是属于他们豪情壮志的时光。

"杨帷幄、常凡，袁得鱼回佑海了！"袁得鱼大声对着东江喊，"爸爸，我回来了！"

说罢，袁得鱼直接一杯酒下肚。

正在这时，一辆黑车猛地开了过来，突然从车上跳下两个人，朝袁得鱼跑来。

袁得鱼想躲闪也来不及，他们立马将袁得鱼塞进了车里。

乔安追了过去，但无济于事。

她马上拨打了"110"，但电话一通，却被她按掉了，又马上拨出了另一个电话号码。

四

邵小曼赶到天乐汇仙炙轩，这里并不显眼，藏在一片丛林的后面——一栋法国文艺复兴时期风格的白色洋楼。如果她没记错，这是一位军官在佑海的老宅子。

她到达那里的时候，夜幕刚刚降临，天空呈现一片宁静的深紫色，这让她想起哥伦比亚校园里拜占庭建筑背后高阔的星空。

仙炙轩的入口不大，第一层是狭小的空间，招待台的后面，是两排供客人放衣物的柜子。走上旋转的玻璃楼梯，出现一片开阔的天地——从大玻璃窗往远处眺望，凭着黑夜前的一点儿白光，看到了一片草地，还有几盏马灯。

邵冲告诉过她，他有时会与朋友在附近谈一些事。

第四章　茶馆里交易

邵小曼想，干爹总是能找到佑海形形色色的好地方，他总是对老佑海的历史了如指掌。或许，干爹对于这些地方，与常人的感触不同。

她很快看到了邵冲，他在三楼平层的桌子前悠然地叼着烟斗。

"干爹，我来啦！"邵小曼一下子坐在他面前，"你什么时候开始抽烟斗啦？"

邵冲有滋有味地吸了一口："香烟是妓女，享受了后就彻底丢掉；雪茄是情人，需要大量的金钱去维持；烟斗是老婆，不弃不离，悉心呵护。"

邵小曼一下子乐了："真像个老克勒（old clerk，最先受西方文化冲击的一群人）。"

邵冲微微一笑："南岛那里的大寿如何？"

邵小曼这才意识到，自己去南岛是祝寿的，只是这些天发生了太多事，竟把正事给忘了："非常好！老人家收到你让我带给他的礼物非常开心。"

"不错。"邵冲打量了她一会儿，觉得有些好笑，不由得直截了当地说，"你今天怎么这般乖巧模样？还一下飞机就打电话给我，是不是有什么事求我？"

"干爹——"被识破的邵小曼一时不知道该说什么好。

让邵小曼更没想到的是，邵冲直接说："是不是为了袁得鱼？"

邵小曼不由得张大嘴："天哪，如果用料事如神这四个字形容你都远远不够！干爹，就帮一个忙好不好？我知道，你与唐家关系非同一般，你让他们取消追杀令，好吗？"

"这个事情我管不了！再说，你怎么非说人家有追杀令呢？胡说可不好。"邵冲轻描淡写地说，"吃一点儿冷盘吧，这几个小菜的味道都非常好。"

邵小曼无心吃菜，她有一种摆脱不了的心慌："干爹，我真的求你了，你让我做什么事我都愿意。再说，袁得鱼回佑海，根本就是身无分文，放他一条生路有什么关系呢？"

"不会是他让你过来求我的吧？太可笑了！"邵冲摇了摇头，

119

"你真是太幼稚了!"

"不是这样的,不是这样的!他只是我朋友罢了,他没让我过来,是我自己过来的!"邵小曼着急地说,"我知道,唐家的势力很大,他的处境真的太危险了!"

邵冲完全不为所动,只顾自己一个人玩着烟斗,吐出浓浓的烟雾。

正在这时,邵小曼接到一个电话,是乔安打来的:"小曼,你是不是在佑海?告诉你啊,袁得鱼被人抓起来了!你有办法吗?"

邵小曼挂了电话,脸转向邵冲,他依旧一脸冷峻。

邵小曼鼓足了很大勇气,紧紧握住邵冲的手,深情地说:"求求你了……爸爸!"

这是这么多年来,邵小曼第一次叫他爸爸,平日里只叫他干爹。

邵冲顿住了,他也没想到邵小曼竟在这个时候叫他爸爸。

邵冲闭起眼睛,微微摇了摇头:"我真的不忍心看你这样,我很不喜欢你现在的样子,很不喜欢!"

邵冲是邵小曼爷爷28个孩子中,年龄最小的幼子。他刚长大成人的时候,就家道中落,只身去贵远插队落户。他自小就身体强壮,打一手很好的乒乓球,平时也喜欢书法,年轻时最爱看的是林语堂的书,但一直没有结婚。

邵小曼长大后才听说,这个叔叔一直暗恋自己的母亲,而母亲因父亲出轨离家出走。那时的父亲已经在美国,因为妻子离家,在美国很快就组建了新的家庭,也渐渐与邵小曼疏远了。

邵小曼对父母的印象,只有家里的合影,她早就快不记得父母的样子。

在她记忆中,小时候的自己一直很依赖母亲,脑子里至今还回旋着母亲带她去看的《天空之城》的配乐。

因为邵冲一直没有孩子,便成了邵小曼的监护人。邵小曼自中学起就一直在美国上学,但只要放假,就会回来。邵小曼也不清楚,为什么邵冲与家里的其他人不来往。

第四章 茶馆里交易

邵小曼一直叫邵冲"干爹"，但她分明能感觉到，当她叫邵冲"爸爸"的时候，他的眼眶里似乎闪动着一点儿泪光。

"我看着你从小长到大，一向光鲜靓丽，骄傲自信，从来没有这么低过头。你了解这小子吗？你到底喜欢这小子什么？到底喜欢这小子什么？"邵冲咆哮起来。

"爸爸，我就是喜欢他！喜欢一个人需要理由吗？"邵小曼反问道。

邵冲平静下来："你知不知道我为什么不跟家里人来往？"

邵小曼困惑地摇着头，她有点儿印象——邵冲跟家里人吵得很凶。她心里一直觉得，邵冲有问题，不然家里人不会远离他。

"因为他们都反对我带你！他们看我那么坚持，还说你是我的骨肉！"邵冲仰天长叹，"这实在太好笑了！"

邵小曼强烈地感觉到这个男人身上散发出的一丝寒意，她从来没有见过邵冲这般模样。平日里，邵冲总是不动声色、胸有成竹的样子。

邵冲摇摇头："你与你妈妈太像了！不管是长相还是性格，什么都好，就是一根筋！很多人进我们邵家，因为我们邵家有钱。但我当年第一次见你妈妈的时候，就知道她根本不图这个，她是真的喜欢你爸爸。我之前，从来没见过哪个女人会那么爱一个男人！"

邵小曼沉默了。

"我大学学的是工程力学，当年不甘心一辈子待在大山里，就只身来到佑海打拼。那时在佑海我一个人也不认识，而且已经是邵家的弃子！我找亲戚的时候，他们一个人都不理我！我只好住在一条河旁边的棚户区，不仅每天要闻河水的恶臭，还有很多老鼠在我身上爬来爬去。一开始我经常吐，后来也就习惯了。有一天，一只蜈蚣爬到我脸上，我以为是被子的角，就猛地一扯，留下了脸上的这道伤疤！"

邵小曼看了一眼那道伤疤，有点儿难过地闭上了眼睛。

"那天晚上，我去了和平饭店楼顶，看着万家灯火，对自己说，我为了自己的梦想来到这个城市，每天都在看西方原版的金融书学习，我相信，只要坚持下去，我的梦想就会实现。10年后，我真的实现了自己的梦想！"

"爸爸，我错怪你了！"邵小曼说。

"我太了解你了，我知道你不会在乎那小子有没有钱，你喜欢他的聪明，你甚至喜欢他舔伤口时那种痛苦的样子，但这样的人不会珍惜你！因为你没有力量去触动他的内心，一个聪明的男人只会记得那个改变他、影响他的女人。"

邵小曼摇着头。

邵冲把邵小曼拉到平层外："你看大玻璃里面，每天都有很多人在寻欢作乐，享受美好的生活！但大玻璃外面，你看前面那栋楼，就在今天，一个绝望的母亲因为儿子不孝顺自杀了！很多股民都渴望，股市给他们一个平等赚钱的机会！但平等赚钱的机会，会有吗？谁给他们这个机会？游戏规则掌握在谁的手里？我亲眼看到很多人因为倾家荡产而自杀！你知道我的想法吗？我让你去金融机构，是为了让你学习这些规则，这才是真正掌控世界的规则！你知道致富的奥秘之后，你以后做什么事情都会很容易，这也是我一直想给你的最大一笔财富！"

"爸爸，我知道你为我好。但袁得鱼，连玩这样游戏的机会都没有！他现在真的身无分文，你就让他在这里自生自灭，用不着赶尽杀绝啊！"

"如果你再提这件事，我就不要你这个女儿了，我们从此一刀两断！"

邵小曼一下子泪流满面，哽咽道："你为了我，能与亲戚们决绝！那你也肯定能理解我，为什么要这么苦苦哀求你！放过他，真的有这么难吗？"

邵冲自有苦衷，他心里清楚，以邵小曼的才智，如果她与袁得鱼联手，这将是一股可怕的力量，连自己都未必能够控制，他怎么能答应呢？

邵小曼说："求求你了，爸爸！就算为了我妈妈，求求你！"

邵冲一直在摇头："邵小曼，你太倔强了！太强的女人，是不会得到幸福的！"

邵小曼终于说："爸爸，我听你的话，现在就去美国，去投行！这样可以吗？可以吗？"

"在我答应你之前，你必须得答应我一件事！"邵冲像是忽然想起了什么重要的事，顿了一下，"必须经过我首肯，你才能结婚。那小子，你就甭想了，我永远不会同意！"

五

乔安还是很焦虑，于是又打了电话给许诺："你在哪里？"

"我回佑海了，我在家里打扫屋子呢！还不到半个月，家里怎么这么多灰，脏死了！"许诺一边说，一边还在忙着掸灰。

"袁得鱼被人抓了！"

"啊？怎么回事？你在哪里？"许诺担心起来，"我马上过来！"

许诺赶到洋滩礼查饭店的时候，看到乔安一个人站在破车旁，惊魂未定的样子。

就在这个时候，一辆黑车突然开了过来。

乔安诧异地盯着这辆黑车，一下子反应过来："就是这辆！许诺，你赶紧记车牌号，我打电话报警！"

她还没拨通，车子就停了一下，又"刺溜"开走了，留下一个熟悉的身影。

只见袁得鱼摸了摸后脑勺，一副莫名其妙的样子，看到乔安，不由得说："刚才不是我的幻觉吧？我这就安全了？"

"刚才到底发生了什么？"许诺赶紧跑过来。

袁得鱼见到许诺就想跑。

"你这次别想跑！"许诺眼疾手快，拉住了袁得鱼的皮带扣。

"我被拖上车，就有人把我打晕了。我睁开眼的时候，头被袋子

123

一直套着，但闻着好像是到了一个潮湿的老房子。我听到了开门声，心想，这下估计死定了。没想到又被拖上车，回来了，真的好奇怪！"

"太好了！"许诺还是很开心，"你安全了！"

乔安还在那里想着："难道是邵小曼？"

他们都看着她。

"我刚才也打电话给邵小曼了。"乔安说。

"我一直听邵小曼说，她会找她干爹。"许诺想起什么。

"不行，我要见她一面。"袁得鱼突然说，"乔安，你能联系上她吗？她在哪里？"

"好的，我问问。"乔安没见袁得鱼那么紧张过，过了一会儿说，"她关机了。"

袁得鱼有种不祥的预感，无聊地沿着旁边的路来回跑起来。

"你怎么啦？"

"不知道，就是很慌，不要管我！"

正在这时，一辆出租车在袁得鱼眼前一晃而过，袁得鱼看见了什么，极力地大叫道："邵小曼——"他狠命地追着。

许诺与乔安看袁得鱼猛跑，也跟在后面跑，但很快就被袁得鱼远远甩在后面。

邵小曼把手贴在出租车后面的玻璃上，无奈地望着袁得鱼，眼泪流了下来。她难道不该高兴吗？她坐出租车，见到了心上人一面，但眼泪还是控制不住。

出租车在红绿灯处停了下来，袁得鱼追上车，一个箭步在车前面拦住，然后立马拉开车门，把她往外拽。尽管邵小曼一直在拒绝，但还是没拽过他，下了车。

袁得鱼大口喘着气，上气不接下气地说："小曼，我以为再也见不到你了！"

邵小曼平静的脸上，两行眼泪又滑下来。

"到底发生了什么事？"袁得鱼关心地问道，"你到底怎么跟你

第四章　茶馆里交易

干爹说的？"

邵小曼沉默着，闪动着动人的眼眸，一直盯着袁得鱼的眼睛。

"我要去美国工作了。"邵小曼终于说，"我是来跟你道别的！"

袁得鱼松了口气："我还以为你出了什么事，你不是一直在美国吗？去美国工作有什么大不了的，你以为这样就跟我分开了吗？说不定我很快也'杀'到美国去了！"

"好好对许诺，祝你们幸福！"说着，邵小曼的眼泪又流了下来。袁得鱼轻轻地帮她拭去眼泪。

"如果这是我最后一次见你，你必须得把所有话，现在的、将来的，就在此时此刻全部倒出来。你会对我说什么？"邵小曼问道。

袁得鱼盯着邵小曼的眼睛，这个女孩是如此完美，仙姿玉色，美艳倾城，对自己又是如此痴情。他猛地想起那次在别墅里，这个骄傲自信的女孩，第一次显露她的娇羞。他何尝没对她动过心呢？然而，现在的自己，算什么呢？只会给她增加麻烦，在很多时候，只会依赖她，这次又多亏了她。他怎么忍心让她为自己如此辛苦呢？

邵小曼见袁得鱼沉默，故意轻松道："前面有一条我很喜欢的路，陪我走走吧？"

袁得鱼点点头。

两人安静地走在圆明园路上。

这是一条幽静的小路，没有车辆，就他们两个人。

路两旁尽是万国建筑——真光大楼、兰心大楼……袁得鱼惊叹哥特、巴洛克等建筑的美妙，这里的一切与灯光映照的地面，形成迷离的历史宫殿，像是穿越到了地球的另一端。

"这里好美！我第一次来这里，佑海让人惊讶的地方太多了！"

"呵呵，我想到第一次去洋滩19号，发现里面没多少人。于是我就问我干爹，那里为什么没有人，那里的一杯鸡尾酒也不过60元，与外面三流酒吧的价格差不多。我干爹说，那就是大多数穷人的心态，默然接受世界上大多数不公平的规则，其实他们只要突破自己，就会发现一个与自己之前想象的全然不同的世界。我很喜欢这里，我曾经想过，如果与我的白马王子一起在这里会怎么样，没想到第一个陪我走的男生是你！"

袁得鱼抓了一下头。

"袁得鱼，能答应我一件事吗？"邵小曼像是心情好了很多，调皮地看了他一眼。

"好啊。"袁得鱼点点头。

"抱我一下。"邵小曼轻轻地说。

袁得鱼心里咯噔一下，说："万一抱了后，你爱上我怎么办？"

"抱不抱？"

邵小曼还没反应过来，就被轻轻一拉，一下子倒进袁得鱼的怀里，如此温暖，还清晰地听得见他慌乱的心跳，她闭起了眼睛。

"是我自己舍不得你。"袁得鱼低下头，对着她的耳朵说。

邵小曼再次泪如雨下，很快沾湿了袁得鱼的胸襟。

袁得鱼说："我多么希望，自己现在就变得强大！"

"你已经很强大了！强大不在于你现在拥有多少财富，而是别人怎么也抢不走你的东西。"

袁得鱼露出健康的牙齿，笑得很好看。

"好了，我不想再沉沦在你的笑里。"邵小曼从袁得鱼怀中跳开，随即深深地吸了一口气，"再见！"

"再见！"袁得鱼挥挥手说。

袁得鱼默默地看着邵小曼消失在圆明园路的尽头。

他走回去，看到许诺与乔安在等他。

"你跑到哪里去了？"

"一个很近，但又好像很远的地方。"

"是回家吗？"许诺小心地问道。

袁得鱼也想起什么，抓了一下头说："不知道我的老巢还在不在。"

乔安在学校的时候就知道，袁得鱼在佑海的老宅子早就在他走前就卖了，在佑海可以说他是无家可归。她不知道哪里算是袁得鱼

第四章 茶馆里交易

的老巢。

乔安跟着他们,一起来到一个三岔路口。袁得鱼来回走了两圈,没发现原来的门。后来才发现,自己原先住的废弃旧车库,已经被人改装了,只留下一道边门。

他推开那个虚掩的刷着红漆的木门——里面堆满了垃圾,散发着一股霉味,地上还扔着几杆秤与几条麻袋,看起来这里被收垃圾的人霸占了。

"这是我的地盘!"袁得鱼冲进去大叫,这才发现人家五口人睡在地铺上,两个小孩被惊醒后,傻傻地望着他,一个比较小的女孩瞬间哭了起来。

那个脏兮兮的丈夫顺手捡起一杆秤就向袁得鱼挥来。

"这是我的地方!"袁得鱼一边闪躲一边说理。

许诺与乔安把袁得鱼拉走了。

"你们不要管我了,我住我弟那里。"

她们面面相觑。

"我怎么不知道你有个弟弟?"许诺吃惊地说。

"我明天还有一些事,能用你的车吗?"

"好吧,我这几天正好不用。"

袁得鱼把她们送回家后,就把车往东九块方向开去。

127

第五章　填漏洞戏法

你已经边缘性地进入了这场阴谋，除了主动乃至假作愉快地参与，似乎别无选择……

——歌德（Goethe）

一

袁得鱼靠近东九块的时候，远远看到，一个胖胖的男孩，一直呆坐在东九块小区门口的椅子上，满头是血。

袁得鱼看了一下时间，快半夜12点了，他为什么还不回家？如果受伤严重，该去医院啊。

"你的头怎么回事？"

丁喜抬起头，看见熟悉的吉普，又看到了车子里的袁得鱼——眼前这个人不就是白天遇到的大哥哥吗？虽说他说会来找自己，但速度也太快了。丁喜还是有点儿结巴："被，被打的。"

"还是白天那帮人吗？"

丁喜点点头："你，你走后，他们，他们又回来了。狠命，打我。"

"我带你去医院？"

"没，没钱。"

"上车！"袁得鱼不假思索地说。

到医院后，丁喜的头被包了起来。医生说，再晚点儿，就会破伤风。

袁得鱼把丁喜送回了家，这是个不大的空间——约35平方米，是佑海老的公房最常见的一室半，直筒式的穿堂风房间。装修是20世纪90年代初的样子，泡沫墙纸已快掉落。老式家具像是出自江湖手艺，袁得鱼摸了摸一个颜色不太搭调的绛红色五斗橱，心想，真是怀旧的房子。

袁得鱼心满意足，这个歇脚地比那个车库好多了。

袁得鱼还没开口，只见丁喜突然向袁得鱼跪了下来："哥——"

袁得鱼不知道发生了什么。

"我，我要跟你一起。"

"要不我们先睡吧，我就不回去了！"

丁喜点点头，很快帮袁得鱼铺好床，自己睡到半间的阁楼里。

这天晚上，丁喜像是心里有了着落，有点儿兴奋，直到清晨才睡着。

第二天，丁喜还没起床，突然发现一个帅哥站在自己面前。

今天的袁得鱼，穿着一身挺拔的西装，头发被发蜡伺候过，根根都充满蓬勃向上的朝气。他的胡子刮得很干净，露出俊美阳光的脸庞，眼睛黑得就像深井，水盈盈地发亮，完全不像之前站着就随时会睡着的胡子拉碴的大哥。

"柜子里的西装借我啊，我刚才出去找了家店稍微改了一下。"

"嗯，原来是我爸爸的。"

"我去把车开来。"

丁喜刚走出门，就看见那辆破破烂烂的吉普，但座驾上的袁得鱼很出彩，显得格格不入。

袁得鱼从车里探出头，开怀地笑："走吧，今天我带你去兜风！"

胖乎乎的丁喜开心地点点头，他一坐上来，车子就发出"轰隆"一声怪叫。

车子在大马路上飞驰，直奔延安路高架。

穿过延安路隧道的时候，袁得鱼看了一眼丁喜——那孩子以为自己来到了光影忽明忽暗的山洞里，有点儿害怕地用双手捂住眼睛。

袁得鱼笑得很开心。

出隧道的时候，丁喜惊喜地叫起来，仿佛车子冲出了山洞，右前方钢结构的金茂大厦赫然跃入眼帘，那大厦威猛地屹立着，尖尖的金属反光大厦顶上，是火红的太阳。

前方的视野更为开阔，转了一个弯，大厦群一下子出现在眼前，围成了一个圈。

第五章 填漏洞戏法

"来过吗,金家嘴?"

丁喜摇摇头,他发现自己喜欢这里——绿树成荫,大厦林立,充满活力,清凉的风,时不时地吹来。

"这里是全中国独一无二的金融城,你知道为什么独一无二吗?"

丁喜摇摇头。

"因为这里有一条江,欧洲的金融之城伦敦,有一条泰晤士河,美国的金融之城纽约,有一条依斯特河,亚洲金融中心东京,东南部濒临东京湾。"

丁喜的眼睛难得一见地亮了起来。

袁得鱼继续说:"前几年,我在南方待过一段时间。南方人说'财',与'水'的发音一样,所以有人觉得,像这样的金融之城,有水在,就更容易聚拢财气。古时诗人说,'山不在高,有仙则名。水不在深,有龙则灵',水充满不可思议的灵气。"

丁喜沉思起来,喉咙里发出奇怪的"咕咕"声,好像刚刚意识到,自己活这么大,就像一只蛰伏在原始森林里的动物。

"你看这里的窗户——最有钱的老板们,都坐在那一格格落地玻璃窗后面,看江水起伏。你想和他们一样有钱吗?"袁得鱼也这么看过窗外,他记得,那时很多船只,平静地"游弋"在水面上,还有远处的汽笛声传到耳际。

丁喜想了想,老实地点点头。

"这一点儿也不难,你看到他们了吗?"袁得鱼努了一下嘴——一群充满朝气的白领在大道上走过,"这些人,都在亲自给落地窗后面的富人们送大把大把的金钱,自己却浑然不觉。知道我与他们的区别吗?"在袁得鱼看来,全世界的财富结构就是一个硕大的金字塔。这个世界有两种人,一种人让钱为自己工作,为改变世界而存在;另一种人为钱工作,被不公正的体系压迫。为钱工作的人,在金字塔底端,勤劳而痛苦,用的也是金字塔底的思维方式。唯有站在顶端的那群人,才有源源不断的金钱!

丁喜两唇略张开,像是在寻思什么。

"是不是不知道我在说什么？你看着我做什么？"

袁得鱼将车开到一家银行的大楼前，办了一笔无抵押贷款。

此时此刻，他分文没有，但他需要一小笔启动资金，他想要的钱不多，2万元。

他把那笔无抵押贷款放在了丁喜那里。

丁喜看了看合同，看到利息时，吸了一口气——2万元，借一周，就要支付2 000元利息与手续费。

他打开袁得鱼交给他的黑色商务包，小心翼翼地把钱塞了进去，紧紧揣在怀里。

他们又来到银城中路上的一栋商务楼。

九楼，是个大型国有信托公司，里面人来人往，办公桌整齐排列。经济不景气的时候，这里的生意一如往常，实属难得。

袁得鱼来到深处的一个办公桌前，这里他不是第一次来。

记得第一次来的时候，他还是个少年，跟着一个陌生人来到这里，办理父亲的房产抵押。

他当年很惊讶，父亲把房子都赌进去了，在这样一笔胜率只有50%的买卖中，赌得这么彻底、这么大。

在离开那个桌子的时候，少年袁得鱼回望了一眼，在他眼中，这里就是个可怕的无底洞，吸走了巨鹿路的别墅，吸走了父亲的希望，也彻底吸走了他原本平静而美好的生活。

如今，袁得鱼却坦然地走到这里，他分明知道，现在的自己，与当年不同——他掌握了某种与财富有关的力量。

"有没有抵押到期的房屋？"袁得鱼问道。

"是你？"桌子后面的人，记忆力好得出奇，竟然把袁得鱼认了出来。那人看起来是个典型的佑海男人，皮肤很好，瘦高个，40来岁，普通话里带着佑海腔。

"嗯，你应该记得，当年你说过，给了你那么大一笔单子，以后有生意，我们有优先权。"

"这……"男人面露难色，当时不过是客套话罢了。但在当时，

第五章　填漏洞戏法

那个巨鹿路的别墅，确实给他事业带来了巨大的转机。看起来，时隔近10年，他还在做同样的买卖，但他知道，自己拥有了自己都不敢想的财富。

"前阵子，我一直在打听你，听说你还在这里，我真的很高兴，还以为找不到你了。"袁得鱼说。

"这样吧，等到中午休息时间，就是11点半的时候，你到楼下的咖啡馆等我。"

对方没有直接回绝，袁得鱼预感到有戏。他看了一下手表，还差20分钟，点点头。

中午，那个男人迟到了一会儿，但他并没有喝咖啡的意思，开门见山地说："刚才在单位里不太方便，我带你们去我自己的公司。"

袁得鱼跟着男人去了地下车库，男人载着他们，过了10多分钟，在一栋破烂的大楼前停了下来。这栋大楼的大门并不起眼儿，大门旁是一个喧嚣的菜市场。不知怎的，袁得鱼看到那个菜市场时，分了一下神。

他们进了一楼一个并不起眼儿的房间，男人叼起一根烟，说："你想要什么样的商铺？"

"好出手的。"袁得鱼不假思索地说。

"我这里很多商铺，基本都是公司抵押的，很多都是抵押整层办公室，面积动辄1 000平方米。恕我直言，恐怕不适合你这样的投资者。"

"我知道，你与很多律师行和产权事务所有关系。"

那人只是一个劲儿地抽烟，像是将他们晾在一边："这样，一般人我还真不会说，因为这样的商铺我们只会让自己人拿下。这是一套商业别墅，性价比倒是很不错。"

"总价多少？"

"880万，地段在复浦的五角场，整整两层的黄金商铺。"

"还有没有便宜些的？"

"这太难了，不然我自己早就出手了。"

"一点儿心意。"袁得鱼用眼神使唤了一下丁喜,丁喜将信将疑地把手伸进公文包里,拿出一沓钱,袁得鱼摇摇头,丁喜又拿出一沓钱。

2万元现金,放在了茶几上。

那中年男人神情有了很大转变:"你太客气了!我再找找的话,应该还是有希望的。"

说着,他转身就朝里屋走去。

大约过了10分钟,他拿出一沓资料:"这个你肯定喜欢!对你再合适不过了,500万的投资!这是一个商家抵押的商铺,他做了新的生意后,还是破产了,急于出手,这个足足比市价便宜100万。我正好有另一个生意要做,资金周转不过来,不然就自己做了。"

"450万?"袁得鱼报了个价格。

"真的是很便宜了。最多让你10万,490万。"

"480万?"

"好吧,480万,成交。"

谈完价格后,袁得鱼看了男人一眼,说:"拆迁房可以抵押吗?"

"这要看时间了。"男人的语速比之前要快很多。

"如果我没猜错,房子在拆迁通告下发之前就可以。"

"原则上是这样的。"

丁喜在袁得鱼的提示下,拿出了房产证,还有自己的身份证。

"你们运气不错,我能操作!"

折腾了一下午,手续都办齐了。

"接下来我们做什么?"丁喜疑惑地问。

"当然是卖商铺!"

"我有个疑惑,我的房子,不是,只值20万吗?怎么,可以,抵押那么多钱?"

"因为他也知道,我会很快转手。你的房子,只不过是一张信用凭证而已。"

"你怎么知道,这里能,买到便宜的商铺?"

第五章 填漏洞戏法

"因为经济不景气,大部分实业公司面临资金链断裂的风险,便会出现很多抵押的商铺。那些抵押的商铺,都会有很高的折扣。比如原先要卖 100 万的商铺,现在只卖 75 万,唯一的区别是要求全部现金。大一点儿的投资标的,基本都要走拍卖流程,但这些小项目就未必。只是我没想到,这个熟人,竟然还偷偷地自立门户,反倒给我们提供了方便。"

丁喜沉思了一会儿说:"我,有个直觉,见这个人,你,像预料到了。"

袁得鱼笑了一下,心想,未来会有更多的棋子,这仅仅是整个庞大计划的开始。

"如果他,没项目呢?"丁喜问道,依旧用他的说话方式,"不就,没戏了?"

"我还有备选方案,再说,他手上的这些项目,我基本都打听过,我打的是有准备之仗。"

售房程序随即启动。

袁得鱼在报纸上刊登售房广告,说自己因为要做生意,以 550 万元的一口价,卖出市价 600 万元的商铺。

袁得鱼留下了联系电话号码,手机很快就响个不停。

袁得鱼对有希望成交的买主进行一一筛选。

当房屋在法律上归袁得鱼所有后,所有有望成交的买主都被允许去实地察看这套商铺。

很快,商铺在几分钟之内就售出了。

袁得鱼要求先交 3 万元的定金,买主很高兴地支付了。

袁得鱼马上用这笔钱支付了中介服务公司的手续费尾款,还偿还了银行的 2 万元、利息和手续费。

几乎是马不停蹄,袁得鱼用买主支付的余款 577 万元,第一时间赎回了丁喜的房产,支付了高达 1% 左右的贷款利息与手续费 2 万元。扣除房屋名义成本 480 万元,袁得鱼净赚 65 万元,而所有时间累计起来不到 2 天。

当多数人的大量资金无处可投，做生意失败率很高的时候，袁得鱼反倒发挥了现金优势，"空手套白狼"了一把。

丁喜一直坐在车上发呆，后来比画着问袁得鱼，自己的房子是否完好无损。

"没错！"

他做了个放大的手势："多，多了65万？"

"是啊，只要脑筋活，一个粗通财务并能阅读数字的人，就能挣到钱。即使在萧条的市场中，也不怕没有机会。"

丁喜有点儿后怕："你，不怕，他们不付钱？"

"你看，我对买主可是精挑细选的。再说，若是如此，倒是个好消息。因为房地产未来将是最火爆的市场之一。我们那栋售价480万的房屋，若交易失败，至少还能以500万的价格重新卖出。此外，我们可以以对方违约的名义，将对方定金收入囊中，这个赚钱过程还可以继续下去。实在不行，对于新买主，我们还可以提供别的优惠，比如首期零支付，对我们而言，只是资金进入的时间长短问题。我计算过，对于信用好的买家，银行放款时间最多一个月，反正我们总是能拿到现金，也让买主感觉有十足优惠了。"

"别，别人，怎么做呢？比如，我，我没熟人，就没有，房源？"丁喜着急地拔了自己一根头发。

"你觉得我与那个给我们提供房源的家伙有密切关系吗？熟人，都是自己创造出来的。我只是恰好认识这个人，就不想找其他人了。"

"哈——"丁喜摇头晃脑，露出不可思议的表情，"一下子，那么多钱！"

"这才是开始。"袁得鱼开着吉普又来到那个简陋的办公室。

那人正在办公室里喝咖啡。

"你上次说，你还有一套880万的商铺，是吗？"

……

袁得鱼、丁喜一同做了三笔交易，另一笔交易，因为那人是这

第五章　填漏洞戏法

老板的熟人，只是利用他们的现金周转了一下，基本没捞到什么钱。

他们通过这四笔交易，一共赚了 200 万元。

"嘿！"在银行里，袁得鱼让丁喜看自动柜员机（ATM 机）显示的存款。

"啊！"丁喜满眼都是 2 后面的零，他数都数不过来。

"别那么激动！这又不是真金白银，不过是一堆数字而已。"

丁喜吃惊地望着袁得鱼："可以，可以用来买吃的。"

"如果你不会玩，这些钱，就是一堆越来越少的数字，不说这些了。"袁得鱼说，"你说说你自己最爱吃什么，哥带你去！"

丁喜想了很久很久，终于吐出了几个字："白，白斩鸡。"

袁得鱼倒也不意外："那就走吧！"

啃着小绍兴白斩鸡的时候，丁喜还一个劲儿地在那里发呆，眼前还是那一长串数字，他仿佛能听见钱从天而降的哗啦啦的声响。

袁得鱼一脸满不在乎的样子。

"你，你见过，那么多钱，钱吗？"

"没有啊！"袁得鱼果断地说。

"那你，为什么，那么，那么平静？我这里，跳得，好快，好快！"丁喜说着，捂着自己的胸口，"你，一个子儿，也没，没出。"

"因为我会用杠杆啊！"袁得鱼说，"现在房地产市场清淡，所以我可以用很大的杠杆玩。用杠杆玩房地产，就是最好的交易。不过有个前提，你会这门生意！"

"那，那你会吗？"

"你说呢？"

丁喜一下子愣住了，眼睛再次放光。

袁得鱼啃了一口鸡腿，又喝了一口啤酒："从技术上讲，我在交易中没有投入任何资金，可我的投资回报是无穷大。你看，当我第一次卖出商铺时，我就归还了银行的 2 万元、利息和手续费。我在做第二笔交易时，就完全不需要银行的成本，而且选择范围变得更大，我还可以将贷款延期至 30 年。那样，我就可以拥有更多现金，猎取更大的投资标的。我借第一笔资金,就用了一次杠杆,我用这个杠杆撬动了第一套小商铺,接着,我撬动了更大的商铺,也是杠杆!"

"你,你是天才,一个月,月还不到,200万!"

"喏,这是给你的报酬!"

丁喜满脸不可思议,张大嘴巴,嘴角的葱花也顾不上擦——足足20万元现金。

他使劲儿摇着头不肯收:"不,不,我,我只想,想跟着你。"

"那就先放我这里。"袁得鱼倒也痛快,"我倒不是说,不给你,而是现在的我,比你更会用这笔钱,所以,你做了一个聪明的选择。"

丁喜一个劲儿地点头。

"不过,你,你能先给我2万吗?"

"当然,这本来就是你的钱!"袁得鱼说,"我正好拿出了一点儿散钱,包里有2万,你先拿去!"

丁喜受宠若惊,摸到一张张钱的时候,比看到那一长串的数字更激动。

"你现在知道,你的这套房子值多少钱了吗?"

丁喜又点点头。

"如果他们拆迁,只给你40万。"

"啊!"丁喜一脸怎么可以的表情,随即若有所思。

"想想未来,什么是你的王牌?"

口袋里银行卡的卡角不时触碰着袁得鱼。这张卡像在时刻提醒着他,这里有实实在在的200万元,这是很多普通人可能要辛苦大半辈子才能赚到的财富。

然而,此时的袁得鱼确实没有太多兴奋。

他想起自己曾在车库里看过的《说谎者的扑克牌》里的一个片段。一个大学刚毕业,进入华尔街所罗门兄弟公司(Salomon Brothers)上班的小职员,公司给他的薪水是4.2万美元外加6 000美元

第五章　填漏洞戏法

奖金。而当时，他学校的一个老师——伦敦经济学院的资深教授，已经40多岁，收入只有他的一半。

他冷笑了一下，这个世界哪有公平可言，完全由懂得金钱游戏的一群人在控制。

袁得鱼不爱那个世界，但他深知那个财富世界的规律，也知道如何利用自己的过人天赋将这个规律发挥到极致。他知道，明不明白那些规律，决定着一个人是一生清贫还是有享用不完的财富——这可是两个截然不同的结果。

袁得鱼原本不想介入这个纸醉金迷的世界。

然而，他所面对的那些劲敌，全都是世界级的高手。兴许，这20多天赚的200万元，仅是一张进入那个世界角逐的入场券，就像进入"门萨"的人智商至少140，就像每个高尔夫球手必须把球打过250码才能离开练习场。

袁得鱼也知道，至于你将在那个世界，跑到更远的何处，要依靠你本身的天赋，这也是他如今能自信地与他们决战的源头。这个世界的规律好在，财富的起点有时候并不是那么重要。袁得鱼自己也好奇，自己在那个世界，将有多大的主宰力。

毕竟这只是开始，在未来，他可能会抵达他自己都无法想象的地方。

此刻，他觉得，那个复仇棋盘比以往任何时候都清晰可见，尽管上方的空气更为稀薄——黑魆魆的赌桌上，他面对着六个风格各异的玩家，还有一个人的面孔至今未被看清。就是这些人，在中国证券市场这个危险的大赌场上过招，各显神通。

如果把这200万元现金换成筹码会怎样？他能想象筹码倒下的哗哗响声。只是，这么点儿筹码，现在恐怕连一把像样的轮盘赌都玩不起。

袁得鱼开着轰轰响的吉普。

"接，接下来去哪里？"丁喜好像也有点儿兴奋起来。

"A股市场！"袁得鱼不假思索地说。他知道，眼下的房地产市场已经无法满足自己的胃口,他的下一站是资本市场!

二

下班的时候,偌大的办公室就只剩下唐煜一个人。他习惯性地打开了自己的一个资金账户,看后心里想,距离目标似乎不算太远了。

他松了口气,眺望窗外,夜空下尽是星星点点的摩天大楼灯光,充斥着物欲横流的味道。

他忽然看到那个他熟悉的电话号码亮了起来,是邵小曼!

自上次从南岛回来,他们一直没有联系,邵小曼就像消失了一样,打电话给她也不接,没想到这次主动打来。

电话里,邵小曼像是有什么心事,直截了当问:"一个人,是不是只要忙碌起来,就可以忘掉很多不开心的事?"

"理论上,是的吧!"唐煜完全不知道邵小曼在想什么。

"你陪我出去吃点儿东西,我在香港!"

"你在香港?太好了!你具体在哪儿呢?在兰桂坊吃个饭?"

唐煜几乎是从中环交易广场飞出来,赶往中环最有特色的酒吧区。

兰桂坊最大的特色就是坐落在山间的蜿蜒小路上,有贴近原始的野趣。然而,兰桂坊又是那么现代,那么灯红酒绿,那么时尚。

佑海似乎就缺少这样错落而干净的山坡,即使是低调坐落了美琪大戏院的奉贤路,也完全没有神秘慵懒的气息,无数曲折的阡陌更像是别有隐喻。

唐煜在山间电梯里,看着发呆的邵小曼——她发呆的样子竟也那么美,无可挑剔的侧脸,白皙修长的脖子,头发扎起来更显干练。

唯一不同的是,她鼻梁上架着一副无镜片的黑框眼镜,像是在遮挡白天工作的疲惫。

她看起来没有在南岛时精神,眼睛里有点儿忧伤。

第五章　填漏洞戏法

"小曼!"唐煜大方地坐下,"我带你去有好吃好喝的地方!"

邵小曼打量了一下唐煜,精神不是很振奋:"我都可以。这些地方,对我来说,没什么区别。"

"那怎样才有区别?"

"只有开心与不开心的区别。"

"怎么啦,小曼?你有心事?"

"没事。"

"饿吗?"

邵小曼摇了摇头。

唐煜想了想说:"要不我们先点一些小食与咖啡?我记得我们在佑海一起喝过咖啡。如果我没记错的话,你喜欢意式特浓咖啡。嗯,这张单子上正好有!"

唐煜看了一眼小店柜台前一排罐装的咖啡豆,说:"我后来才知道,Espresso(意式咖啡)是 on the spur of the moment(立刻)与 for you(为你)的意思,就好像,嘿,来杯咖啡,因为那是我与你一起独享的时光,这感觉还挺美妙。这家店的特色是自制咖啡,我亲手为你做一杯吧!"说着,他取出一点儿咖啡豆,娴熟地倒在研磨勺上,合起来,在竹炭上加热……

唐煜端上来的时候,金属容器中,咖啡还在翻腾,散发出浓郁的香味,直冲鼻腔而来。

邵小曼心满意足地喝了一口,像是心情好了一些:"没想到你还挺细心的!"

"看你开心了,我也好多啦!"唐煜呷了一口蓝山咖啡。

喝了一口后,邵小曼依旧一个人发呆,若有所思。

"现在袁得鱼怎么样了?"唐煜随口问道。他想起,自己离开南岛的时候,好几个女孩一起照顾他。

邵小曼听到这个名字的时候,又有点儿伤神:"不要跟我提这个人,好吗?"

"好吧。我们都不要理他了,他是个坏人,行不行?"唐煜哄着她。

邵小曼突然站起来:"走吧,带我去喝酒!"

唐煜还没反应过来,就被她拉着袖子,直接往兰桂坊走。

酒逢知己千杯少。

这是一家创意酒吧,整个像一个太空舱,大门会自动滑开,银白色的墙壁,昏暗得只看到一臂距离的灯光,在欧洲风弥漫的兰桂坊反倒有些另类。

酒端了上来,一个银色大冰钵中插了25只试管,每只试管里都有清澄的鸡尾酒。

唐煜说笑道:"我最爱这款鸡尾酒,因为是我的泡妞神器。"

"哈哈哈,像你这样的乖仔,还有泡妞神器?"邵小曼笑话了一下,"不过,这个倒让我想到原来去欧洲玩的时候,医院主题酒吧。他们的服务员都穿着护士装,酒就从试管里倒出来,还是红酒。"

"真是毛骨悚然啊!"

"确实!为你这个泡妞神器干杯!"

两人说着,就拿着试管碰了一下。

邵小曼一仰头就把整只试管里的酒都喝完了,嘴边还留下了甜香:"好喝。"

唐煜笑了起来。

试管酒最大的特点是,一试管一试管喝下去的时候,觉得量小,很爽口。酒量不佳的人,一旦喝到10只以上,就会自动醉倒,和古人喜欢用小盅喝白酒是一个道理:一小杯一小杯地喝,自己也记不得喝了多少,真的去想的时候,也许早已醉意十足。

他们开怀地喝了起来,聊了不少开心的事。

"你说那次我们玩'摩天轮'的运气怎么那么好?"邵小曼有些喝多了,抓起唐煜的手说,"我上次在南岛的时候,就想笑话你,还系着,都脏死了!"

"话说,当年我就想要这个奖品,没想到还真是它!"唐煜痴迷地看着邵小曼,"如果这个红线,真的是月老的红线就好了。"

"哈哈!"邵小曼开玩笑道,"那我赶紧成全你跟袁得鱼,他也有一根。"

"那还不如我把他手里的那根夺过来!"

"说不定他早就扔了,上次就没看到!"

"这种时候,谁长情谁专一真是一目了然。"唐煜故意捋了一下袖子,又把红线亮了出来。

邵小曼很开心,把脚翘起来:"你看,我的红绳也在,在这里呢!"

唐煜分明看到白皙的脚踝上有根红绳:"原来,我们都是痴情的人呢!"

他看邵小曼又发呆了,于是拨动了一下冰钵里的冰沙:"话说,你去了哪家投行,哪家投行的人真是有福呢!我干脆也跳槽过去算了。"

"高盛,我现在在一个很奇怪的部门,做swap(掉期交易)。"

"我知道,掉期交易。"

"我跟别人说,别人都不知道,还以为我是卖斯沃琪(Swatch,一个时尚手表品牌)手表的。我在那里做交易助理,刚去的时候,他们都以为我是实习生。"

"哈哈,投行经常会招募一些顶级名模做实习生,一方面可以让她们做销售,另一方面可以激发金融男的斗志!那可是金融衍生品最核心的部分,你干爹真是用心良苦!你真的可以好好锻炼一下,而且,高盛的创业氛围很不错,这是我很羡慕的一点。"

"那大概是高盛没有上市之前吧,听说上市之后,走了很多人。成了公共公司之后,它就不是原来的味道了,因为有些事要做给公众看。那些走的人,反倒成了高盛创业精神的象征,真是讽刺。对了,我听说,你们摩根士丹利有个部门特别厉害!"

"是过程驱动交易部吧,Process Driven Trading,即PDT。这个部门有个很厉害的人,叫穆勒,该部门过去10年的业绩足足可以傲视华尔街,区区50个人就为公司带来了60亿美元的利润。"

邵小曼点点头,发现自己好像有点儿喜欢投行的氛围了。

唐煜也有点儿开心，他从没想到可以与自己心爱的女孩聊这些，尤其是他对未来已经有十分明确的计划，如果心上人也是 partner（搭档），那就更美妙了。不过，他也知道，目前看来，这仅仅是个小念头："看你适应得那么快，我好高兴。我就知道，你是个特别聪明的女孩。记得上次在南岛，你好像不是很乐意的样子，怎么突然就想开了呢？"

这不由得触碰到了邵小曼的伤心之处，她拿起面前一只试管，把酒一口喝了下去，自言自语道："为什么一点儿都不自由呢？"

这句话说到了唐煜的心里："虽然我跟我爸爸现在有些疏远，但我还是觉得自己在他的安排之中，所以，我一直在酝酿自己的计划。"

"你是说，成立自己的对冲基金？"

唐煜有点儿兴奋起来，他很喜欢邵小曼这种知己的感觉，不是只有对自己有兴趣的女孩，才会这么理解自己吗？唐煜目前最大的目标，就是赶紧成立一个对冲基金。

虽然这些年投行的高收入，让他积累了不少资金，但目前，不论是从在市场上的号召力还是成立一个对冲基金所需的起始资金来说，自己都还做得不够。他相信自己的实力，他差的，可能就是一个机会，或者说，一点儿运气。最理想的方式是，在资本市场上，他能成功打一场有影响力的战斗，并在这场战斗中，攫取自己最大的第一桶金，这是最完美的方式！

他后悔很久以后，才明白当年父亲让他参与申强高速一战的用意——那可是当年佑海最受瞩目的股票。只不过，当年因为袁得鱼的出现，彻底搅了那场局，真是辜负了父亲的一番好意。但现在的唐煜，无论如何，也不想再依靠父亲了。

唐煜已经意识到，在投行正儿八经地积累财富，绝对不是自己最好的出路。可以说，申强高速一战是他与袁得鱼这一代的小试牛刀，但那还是属于他们父辈一代的资本游戏。如今，他要自己找到这样的战役，还要赢得漂漂亮亮！

第五章　填漏洞戏法

邵小曼意识到唐煜眼睛里的亮光，她知道他误解了。她这样聪明的女孩，很多人接触过都说，怎么会那么理解自己呢？她的美女身份更增加了这些人的喜悦感，而她不过是把记忆中的一些事串联起来罢了，所有人做事都是有前后逻辑的："为什么不在摩根士丹利做自己的团队呢？"

"爸爸会管我！有时候，我只想离他远远的。"

"想离开就能离开吗？"邵小曼有点儿触景生情。

"我什么都不怕，因为这里有动力！"唐煜指了指自己的心，突然深情地说，"你的笑，比我的心跳重要！"

邵小曼已经喝了很多酒，听到这句话，突然"扑哧"一下笑了出来。

"我知道你受你干爹的管束，也不快乐。我们一起离开，好不好？"

邵小曼有点儿恍惚地看着眼前的男人，眼睛迷离起来："唐煜，你真好，我做你的女朋友，好不好？"

唐煜怔怔地望着小醉后娇嗔的邵小曼，心里求之不得，但总感觉有些奇怪，他小心翼翼地说："你放得下袁得鱼吗？"

"放得下，放不下，是我可以选择的吗？"邵小曼冷笑了一下，痛快地又喝完一试管酒。

"他到底对你做什么了？"唐煜紧张起来。

邵小曼闭上眼睛，不知为何，脑海中忽然浮现了袁得鱼把自己揽入怀中的一幕。她至今能记得他"怦怦"的心跳声，还有那温热宽广的胸膛，真的让人好安心，真想一直靠在他身上。

如果袁得鱼对自己狠一点儿就好了，为什么能察觉到，他是喜欢自己的呢？不然自己也不会那么伤感。邵小曼沉默了半晌，眼睛又红了。

唐煜捏了捏拳头，有些愤愤不平地说："我一定要去收拾那小子！"

三

2005年的A股市场，依旧是一片阴郁之气，犹如烈日暴晒下又干又热的沙漠，毫无生机。

袁得鱼走进了一家证券公司的营业部。

丁喜也半信半疑地跟在他身后走了进去，他完全不知道这是什么地方。

袁得鱼娴熟地打开营业部散户室的操作界面，看了没多久，嘴角很快露出一丝笑意——目标出现了！

他锁定的这只股票叫海上飞，如果没有判断错，这只股票会给他带来不错的收益。

他翻看了一下F10（股票非行情类的基本面资料）中这只股票的最新动态——当前，海上飞正在轰轰烈烈地"公开选秀"，不少财经媒体也在跟进报道。所谓"公开选秀"，就是上市公司在市场上找东家。中国很多国有企业转型为上市公司，但有的管理方式还比较落后，一不小心就沦为债务重重、有大量不良资产的"烂公司"，这时，它们往往会选择重组改制。

早在2004年年初，海上飞因持续亏损被列入需要改制的82家大企业集团名单中。半年前，海上飞开始正式公开寻觅东家。据说，不少机构有意向。还有约10天，谁是东家就会水落石出。

丁喜在一旁看到袁得鱼一直在研究海上飞，不由得好奇地问："为，为什么是这只股票？"

"赌过马吗？"袁得鱼问丁喜。

丁喜摇摇头。

"那你赌过钱吗？"

丁喜继续摇头，他不明白袁得鱼问他这些做什么。

"连赌博都没碰过，还能叫男人？"袁得鱼笑了一下。

"不，不是说，赌博是不好的吗？"

第五章 填漏洞戏法

"又没说让你做赌徒!"

"这,这跟股票,啥关系?"

"赌马的时候,你不能赌那种特别热的马,因为这样没钱赚。你也不能赌那种特别冷的马,因为参与的人太少,可能会玩不下去。这个海上飞,就是最好的马——它呢,还算有点儿热,但没太多人敢碰,因为它不赚钱。"

丁喜完全听不懂,但他认真地说:"我,我学得会吗?"

袁得鱼啼瑟了一下:"投资是需要天赋的。"

从盘面来看,海上飞的股价很长时间都纹丝不动。

袁得鱼看了加入竞购程序的公司——一家是摩根士丹利,一家是明日系旗下的投资公司,还有一家是泰达系旗下的泰达信托。

他不由得想,这下好玩了,竟然还跟唐子风有关系。

他突然想到,自己在南岛装傻期间,乔安说过秦笑公司架构的事。他当时就觉得,秦笑应当还暗中控制了一家公司,这家公司会不会是海上飞?

袁得鱼又看了一些资料,海上飞的盘子实在太小了,总市值8亿元,流通市值才1亿元不到。袁得鱼暗想,这不正是自己搅局的最好机会吗?

他把丁喜拖了出去:"走,喝咖啡去!"

"现在不,不买吗?"

"不着急,我们的弹药都准备好了,就差个信号了。"

"什么信号?"

袁得鱼微微一笑:"到时候你自然会知道。"

他端着咖啡,泡在营业部,翻阅最近的报纸,报纸上很多财经媒体都刊登出了海上飞的尽职调查情况,还对这三家参加竞购的公司做了热门点评。

有媒体称:"唐子风作为佑海江山稳固的金融大鳄,在资本市场上一路斩获,他为何会竞标呢?难道海上飞有它不可思议的价值?非常值得观察!"

149

也有媒体犀利地指出："这恐怕是唐子风做得最不策略的一个决定，海上飞只是个奄奄一息的死公司，这笔交易，最大的受益者将是佑海政府。"

难怪海上飞的股价没有变化。

袁得鱼觉得很好笑。

快到收盘的时候，营业部的很多人都叫了起来。

袁得鱼抬起头——大屏幕上显示的正是海上飞的日线。只见临近尾盘时，海上飞股价笔直坠落，若不是因为收盘，都很难想象，股价会跌到多少。

袁得鱼火速查了一下信息——原来，就在三分钟前，海上飞突发公告称，未来三年不再提交再融资方案。这也就意味着，就算新东家入驻，也无法进行圈钱。不少机构竞拍这类资质不好的公司，主要就是看中上市公司的壳效应。未来三年连钱都没法圈，海上飞的吸引力自然大大削弱。

"买不？"

"还不是时候！"

他觉得海上飞走势相当蹊跷，直觉告诉他，这只股票可能与秦笑有关，距离开始整个复仇计划不远了。

正思忖着，乔安打来电话："有个重大发现，有没有兴趣一听？"

"关于什么的？"

"你知道海上飞吗？"

"哈哈，那不是我的猎物吗？"

四

袁得鱼好歹也算是见过世面的人，但他到达丁喜住处的时候，还是被眼前的景象惊呆了。

丁喜家门前从来没有过那么多人，整个走廊都被挤满了。

"哎哟，这就是那个大英雄！"一个阿姨一见袁得鱼，就激动地

第五章 填漏洞戏法

赞许道，"不愧是天才，长得真是一表人才！"

"阿姨，您才是天才，您长得比女明星还漂亮！"

"这孩子真会说话，阿姨好开心！"

袁得鱼穿过人群，不由得轻声问丁喜："这是怎么回事？"

"阿，阿姨说，今天下午来，来找我。"丁喜指了指一个穿着粉色衣服的中年女人说，"就是，我，我这个邻居，大，大概，是她，把他们拉过来的。"

那位阿姨说："我们听丁喜说了，你小子特别会赚钱，我们打算不迁了！"

丁喜转头对袁得鱼说："那，那天，我，我一回来，就还，还给她 5 000 元，以前，借，借的。她，她问我，钱哪儿来的，我，说，说是你赚的。"

袁得鱼大致明白了，但他没想到会把这么多人引过来。

"小兄弟，我们都不想迁了！"一个人突然叫起来。

又一人附和道："对的，对的，小兄弟带我们发财！"

袁得鱼只好安抚大家："我明白了，非常感谢大家那么看得起我！我不是不想为大家赚钱，不过呢，有些赚钱的办法，只能用一次，第二次就不管用了，就像做生意一样，一条街，如果一家人卖酒肯定生意不错，人人都做这个生意，肯定得亏钱！"

"那你肯定有其他门道吧？"一个阿姨还朝袁得鱼抛了一个媚眼。

丁喜一直低着头，非常不安，又束手无策。

"这样吧，我们进去也不合适，房间那么小，又很闷，我们下楼说。"袁得鱼说。

一帮人跟着袁得鱼下了楼。

袁得鱼心里琢磨着，若秦笑的资金出了问题，自己就有办法拖住东九块，说不定能让秦笑功亏一篑。既然这帮人自己主动过来了，不如顺水推舟。

袁得鱼先在小区花园里跟他们忽悠了一些赚钱之道，那些人个个像得到了什么真传。

151

袁得鱼最后总结道:"总之,不要轻易迁,这是你们的第一桶金!"

"我们才不管是不是第一桶金,我们知道,就这么搬走,肯定不划算!"

"是啊,你看,丁喜都能搞200万出来!对吧,丁喜?"

丁喜在那边一个劲儿地擦汗。

袁得鱼瞪了丁喜一眼,他没想到连200万这样的细节都透露了。

这时,几个在东九块的黑衣人正好看到了这一幕。

黑衣人认出了袁得鱼:"怎么又是这臭小子!"

"老大说了,不能动他!"

这时,雷声轰鸣。

"哎呀,要下雨了,我下次再跟大家说!"袁得鱼赶忙溜走。

那些人在他背后狂喊:"带着我们发财啊,我们做钉子户!"

窘迫不堪的丁喜跟在袁得鱼后面:"对,对不起!"

袁得鱼把丁喜远远甩在后面。

"原,原谅我!"丁喜哀求着。

袁得鱼不作声,继续大步往前走。

"如果,如果你不原谅我,我就一直站在这里!"

袁得鱼没空理他,他要去见乔安。

袁得鱼沿着余姚路一路向北走去,路上形形色色的美艳女人,时不时地向他抛来媚眼,这里是佑海著名的"红灯区"之一。

袁得鱼嬉皮笑脸地看着她们,反倒把几个本来想迎过来的女人吓了一跳。

他斜靠在余姚路路口一家酒吧墙上,低头点了根烟。

不知怎的,他想起了妹妹苏秒。

他吐出烟雾,看着它一点儿一点儿消散在空中。

他不知道乔安的报社怎么会在这种地方。

他朝四周望了望——那是安中区北面一个老厂房改建的文化创意产业集聚地,三角地形,最早是被一个女明星包了下来,难怪取了个听起来有些纸醉金迷的名字——同乐坊。

乔安来了。

她穿着一件紫色的格子衬衫,浅蓝色牛仔裤,随意的模样,与周遭香艳的氛围很不一样。

"这里是什么鬼地方?你怎么在这里上班?"袁得鱼问。

"哦,这里有好几个佑海出名的酒吧,还有个知名的'鸭店'。不过,我们的办公室也在这里面,也算是濯清涟而不妖。喏,就是那栋大楼。"

"看起来真像监狱!"袁得鱼瞄了一眼老厂房改造的办公大楼,整栋楼外墙都是灰色的。

他们来到同乐坊里一家叫"老灶店"的餐厅——白墙乌瓦,里面有老佑海的家具物件:四方桌子、红格子的小方巾……袁得鱼觉得像是回到了小时候,像回到了弄堂里奔跑的那个热闹年代。

"这个店是佑海一位老演员开的,本帮菜,你应该喜欢。"

"难怪我觉得这里有种似曾相识的感觉,原来是老克勒风格。"袁得鱼嚼着腌制的小黄鱼,一脸满足状,"对了,你说什么重大发现?"

"给你看个东西。"乔安想起什么,从包里拿出一沓纸放到了桌上。

"这是什么?"

"海上飞的财务报表。"

"这白纸黑字写得清清楚楚,不用说都看得到!"袁得鱼指着封皮。

"你这人怎么那么讨厌!"

"这就是你说的重大发现?这些不都是公开数据吗?"袁得鱼颇为不满。

"你先看看吧。"

袁得鱼仔细翻阅起来。

"我们发现,其实秦笑早在2003年年初,就对这家公司的股票暗中操盘。"

"这么说来，差不多三年，可以看出不少名堂了。"

"你是说，什么样的名堂呢?"

"至少可以看出管理层是否诚实，如果是我，从来不会买不诚实的上市公司的股票。"

"怎么判断他们是否诚实呢?"乔安好奇心又来了。

"看他们是否会自相矛盾，因为吹牛的话，他们必须得用一个谎圆另一个谎。你想，如果是真事，他们三年前讲的，总会记得，而那些自己吹出来的假话，时间一长，自己都会忘记，三年后就随便编。而且，假话是圆不了的，编来编去，总是会首尾不能兼顾。你发现这些人前言不搭后语的时候，就特别好玩！所以，平日里，你若想注意高管的言行，一个最好的方法就是看年报。诚实的年报很连贯，逻辑性很强；不诚实的，时间一拉长，你就会发现其中很多内容很难自圆其说。"

袁得鱼看了没多久，仿佛心领神会："不出我所料，果然有破绽。"

"我怎么就看不出来?"

"你看，海上飞2002年的年报称公司亏损0.1亿元，2003年年报显示，一下子亏了6.73亿元。凭直觉，这里面有问题，应当是隐瞒了什么真相。乔安，你认识什么财务专家吗?"

乔安想了想，说："哈哈，财务专家认识是认识，但并不太熟。我倒是知道一个人，对财务十分精通，虽说本行不是做财务工作的，但我只要稿子中遇到财务问题，请教他，每次都能解决。而且你需要，他马上就能到！"

"是谁?"袁得鱼有些惊喜。

"是我们主任，是名牌大学世界经济系毕业的，对财务研究很有一套。不瞒你说，他之前就提醒我，海上飞财报里有问题，但我没搭理他。如今看来，英雄还真是所见略同。"

"好，他的专业或许能给我提供更多细节，他人在哪里?"

第五章　填漏洞戏法

"就在对面那栋楼的办公室里。"乔安笑得一脸得意。

大约 10 分钟后，袁得鱼看到一个瘦高男人进来，30 岁左右，身高约 1.8 米，戴着一副精巧的无框眼镜，很斯文的样子，乍看起来还有点儿腼腆、内向。

他看到袁得鱼后，神情透出一丝诧异。

"幸会！"袁得鱼伸出手。

"幸会！"

"我来介绍一下，这位就是我高中同学——袁得鱼！这位是我英明神武的主任——吴恙，我们办公室全体女生的暗恋对象。"

"啊，我知道你！"吴恙笑起来，他打量了一下眼前的袁得鱼，没想到传说中的投资天才是这样青春逼人的小伙子，眉宇间还透出少年英气，乍看还以为是哪里来的调皮高中生，很随性的模样，与金融业里那种自命不凡、成熟狡猾的精英气质完全不同，"请问，你在哪个机构？"

"我就是一个人在家没事的时候，看看盘。"

吴恙点点头："乔安经常提到你，当年，那个震惊资本市场的中邮科技，好像你也参与了？"

"那是我师傅做的。"

"那你师傅呢？"

袁得鱼停了一会儿，透过窗外，看着星空："天各一方。"

"对不起。"

乔安打破了尴尬："主任，我跟袁得鱼说，你对财务方面非常精通。"

"这不是做财经调查类新闻的基本功吗？"

"哎呀，我要无地自容了，我就学不会。"

"如果你想好好学，我随时等着你！"主任的镜片闪了一下，"你现在还小，还要多跑跑，见见世面。"

"主任，你对我真好！"乔安随即将那沓纸放在吴恙面前，"你白天扫了这个财务报表一眼，就说有很大问题，但我看了半天都没看出来，赶快给我指点迷津吧！"

吴恙的镜片又闪了一下。

"主任，多吃一点儿。"乔安将刚端上来的虾丸夹了一个放在吴恙碗里。

吴恙满足地吃了一口，随即对着财务报表看起来，像是着了迷。

过了一会儿，他举着纸说："我看出造假的点在哪里了。"

乔安激动起来："主任快赐教！"

"'固定资产减值准备'这一项有矛盾。"

乔安吐了吐舌头，她完全不知道有这个财务项目。

"2002年年报显示，公司亏损原因是计提固定资产减值准备。2002年财务报表中，公司从营业利润中，共计提了3.04亿元做资产减值准备，那年本身收入确实有所下降，出现了整体0.1亿元微亏。到2003年，公司又做了5.04亿元资产减值准备，这让公司整体亏损1.73亿元。这意味着，如果不算计提，公司正常的经营利润是3.31亿元。然而，这家公司过去每年都是赚钱的，尤其是在2002年之前，每年的营业利润都在3亿元左右。当时，2002年年报首次呈现微亏0.1亿元时，公司说有生产线投入，并没引起太多注意。以至于2003年到1.73亿元亏损时，很多人以为是正常亏损扩大，其实2002年的微亏，很可能就已经有了腾挪资金的动作，也是对2003年更多亏损的一个过渡性伏笔。"

"是的，是的。"乔安点头。

"好玩的是，2003年公司前三季还显示，营业利润为0.1亿元。你不觉得奇怪吗？第四季度一个季度就亏了1.83亿？我们再看单价信息——公司第四季度的营业收入是1.36亿元，营业成本高达2.62亿元。这意味什么？说明海上飞在以近一半的价格销售产品。这可能吗？就算真有这样重大的成本变化，肯定会有公告，这不就是明显的造假吗？"

"主任，我觉得你今天特别帅！"乔安看了吴恙一眼。

"那这笔资金，是去哪里了呢？"袁得鱼问道，这才是他最关心的问题。

"如果我没猜错,应该是关联公司。"吴恙顿了一下说,"2002年年报上,海上飞承认了关联方非经营性占用了 2.34 亿元,2003 年年报上,经营性占用了应收账款 4.61 亿元。但是,谁能分清经营性占用与非经营性占用的区别?应收账款与其他应收款的区别?这笔资金加起来是 6.95 亿元。"

"有意思,这笔资金如果加回去,正好与公司往年水平的两年利润差不多。"袁得鱼说。

"对,海上飞正是通过这些手法,隐瞒了与关联方发生的巨额资金往来。"

"合情合理。"袁得鱼点点头。

"利益方吞掉的资金还不止这些。如果涉及'占款假还',那说明公司还可能通过资金循环运作,或者倒贷的方式偿还欠款。那公司第三季度的实际账面上 3.66 亿元现金也可能早就被关联方非经营性占用了,如果真是如此,关联公司占用的资金达到 10.61 亿元。"

袁得鱼像是被打通了任督二脉一般,高兴地拍了一下桌子:"好一个调虎离山!"

"依你看,这家公司现在被秦笑掏空了,照理说恨不得赶紧卖个好价格,为什么还要发布三年内不融资的公告呢?"乔安不由得好奇地问道。

"如果要融资的话,公司的财务状况会被查得更细,三年是个过渡期。说不定,这家公司背后还有其他的利益输送!乔安你好好跟踪一下,查查关联公司到底怎么一回事。"吴恙说到这里,木讷的神情一下子放开,"哈哈,又有大新闻可做了!"

乔安禁不住拍起手来:"太精彩了!我终于知道,我们杂志的调查类新闻为什么在同行中遥遥领先了!"

吴恙不好意思地推了推眼镜,低头喝起汤来。

乔安忽然将头转向吴恙:"主任,以你的财务分析能力,很多上市公司的暴利手段你都一清二楚吧？为何你连股票账户都没开呢？"

"想来，很多与我一起入行的同行，好像就这样暴富了。但这样，怎么能做出纯粹的新闻呢？"吴恙一脸书生的样子，"乔安，你仔细想想，如何把这个稿子做出来，找到它们的前后逻辑。这里面已经有很多有意思的新闻点了，如果没事，我就先告辞了！"

乔安望着主任瘦高的背影，不知为何，有些感动。

她转过头对袁得鱼说："你知道吗？他大学的世界经济系是每年录取分数最高的系之一，他们很多同学现在都身家上亿了。他那么有才华，随便进入一家金融机构，都可以赚取可观的收入。"

"身家上亿又怎样呢？"袁得鱼转过头说，"不过，我喜欢你们主任。他知道，什么对他来说是重要的事。得到不是最难的，知道怎么放弃才算人物。"

"我此前好像误解他了，总觉得，他这样的人有点儿傻，说不定，他自己很幸福呢！"

"小心哦，他喜欢你！"袁得鱼凑近乔安的耳朵说。

"别乱说！"乔安的脸红了一下，朝袁得鱼踢了一脚。

五

秦笑拿着高尔夫球杆，狠狠地砸向了拆迁户刚递来的联名抗议信。

秦笑强烈地意识到，这个东九块是块难啃的硬骨头。

抗议信里说坚持要回搬房。这些身经百战的拆迁户在信里直接挑明，什么货币安置，什么搬到复浦，对他们来说，都不算划算的买卖。唯有回搬房，不仅能继续在同样的地理位置，还能享受政策优惠。拆迁户想在原地买大点儿的新房子，因为在价格上还可以打个折扣。

然而，秦笑等不起。对秦笑来说，这歇一天，比拍影视剧时大

第五章 填漏洞戏法

腕拒演，养摄制组可烧钱多了。

秦笑奇怪的是，之前拆迁工作都进展得还可以，怎么突然冒出这茬儿？

"怎么回事？"秦笑对着一群黑衣人大发雷霆。

黑衣人中，有两个人面面相觑，终于，他们站出来说："老大，下午的时候，我们看见一大群拆迁户，跟着袁得鱼，说不搬了。"

"什么，袁得鱼？就是当年那个小子吗？"

"没错，就是他！就是那小子从中作梗！这帮拆迁户一边跟着他，一边还在喊，他们都做钉子户。"

秦笑想起邵冲的关照，顿时头痛。

另一个黑衣人仿佛看出了老大的难处，马上出主意："老大，我们还发现，他好像有个弟弟。"他对着秦笑耳语了一番。

秦笑点点头，想起自己原本就设好的埋伏——唐焕，他马上打了个电话："唐弟，有个事，我看就你出马最合适……"

唐焕心领神会，毕竟，这个东九块也有他的1/9，尤其他听到袁得鱼这三个字就更恨得咬牙切齿。

唐焕他们"杀"到东九块的时候，天已经下起了暴雨。

"那小子的弟弟呢？"唐焕问道。

黑衣人指了指东九块小区门口的一个胖胖的男孩，只见雨水把他浑身都淋透了。

男孩仿佛发烧了，看起来迷迷糊糊的，正发着呆，嘴里喃喃地说："哥，请，请原，原谅我……"

"原来是真傻！"唐焕对手下说，"再帮我搞几个钉子户过来，就说我们约他们谈谈，问问他们的需求。"

手下很快就从联名信上找来几个带头儿的钉子户。

钉子户们走过的时候，诧异地望着他："走啊，小兄弟，去'望日'后面。"

"不，不走！"丁喜继续喃喃地说，"我答应好的……"

衣服上流下的雨水在他脚边形成积水，但他仿佛一点儿也没有

159

察觉。

黑衣人来拖丁喜，丁喜死命儿不走。

后来又来了两个人，才把丁喜塞进车里。

谈判地点是延安中路望日会所后面的一栋黑魆魆的三层小楼。

会所一边是乌烟瘴气的泉池，另一边是家叫红高跟鞋的酒吧。

"上去吧！"一个黑衣人叼着烟，看了一眼表，推着这帮人往上走。

"我们老大就在上面。"黑衣人指了指楼上的灯光说。

拆迁户虽然觉得有点儿不对，但仗着人多势众，还是上去了。

他们沿着潮湿的楼梯上了二楼，穿过一条长长的走廊。

丁喜抬起头，走廊顶部是圆弧形的透明玻璃顶，雨水在顶上拍打出"啪啪"声。他头发上的雨水也机械地滴落下来，他感到一丝寒意。

正在这时，一个黑衣人接了个电话，他没听几句，就停下脚步，脸色有些阴沉，说："老大想和你们在一楼谈。"

他们只好折返，黑衣人说："坐电梯吧，就在前面。"

在走廊的拐角处，有一部破旧的电梯。

黑衣人拿出一把钥匙，对着电梯旁的钥匙孔旋转了一下，电梯的楼层显示电子板亮了起来，电子板上的数字从"1"变作了"3"。

电梯门打开了，一个瘦高个儿先走了进去。

很奇怪的是，只听"啊"的一声回音，这个瘦高个儿就不见人影了。

这时，大家才发现，原来这个电梯根本就没底，只有两块松动的反光纸板。

瘦子在下面发出一声声惨叫，像是见到了什么恐怖的东西。

钉子户们有点儿害怕了，他们退缩着，想从楼梯下去。

正在这时，从走廊尽头突然冲出一群黑衣人，把他们一下子包围了。

只见这些黑衣人来势汹汹，一句话也不多说，面无表情地靠近

第五章 填漏洞戏法

他们……

一个大妈鬼哭狼嚎："呜呜呜，求你们了，我不要一分钱了还不行吗？我家里有神志不清的老公、得了精神病的儿子！"

黑衣人毫不留情，将大妈死命往电梯里推，大妈的手死死扒住电梯门。

黑衣人拿着铁棒敲打她的手，门上一下子有了醒目的红色血印……大妈用一种绝望的神情望着丁喜："我，我签字！"

一个中年男子，他看起来很健硕，但见此情形，声音也颤抖起来："你，你们想干吗？你，你们这是犯法的！"

他想突破重围冲出去，但还是被几个彪形大汉挡了回来。

只见一个大汉用脚朝他肚子一蹬，中年男子一下子就倒在了电梯旁。幸亏他眼明手快地抓住电梯边儿，没让自己掉下去。

黑衣人竟按了一下电梯按钮。

只见两扇电梯门重重地朝那男子夹去。

"嘭嘭嘭"，男子的身体被夹了三下，他发出痛苦的哀号，掉了下去。

在掉落的瞬间，丁喜见到他张大嘴的痛苦表情。

丁喜也不禁瑟瑟发抖。

"哎哟，怎么那么臭，怎么搞的？"

"哈哈哈，这小子尿裤子了！"有人捏着鼻子，打量着丁喜。

"岂止尿裤子，'黄金'也下来了吧？"

"哈哈哈。"三四个黑衣人大笑起来。

丁喜瘫软在地。

"哎哟，你小子不是很会搞的吗？"有人嘲笑道。

丁喜跪在地上，声音发抖："我，不，签！"

这帮人如一群猛兽般，冲向丁喜，有人直接拿刀架在他脖子上……

袁得鱼赶回东九块的时候，发现屋门是关着的，丁喜不在里面。

他又跑出来找小区门卫，问丁喜去了哪里。

"哦，这小子，刚才一直在门口站着，站了三个多小时，浑身上下都是雨水。"

袁得鱼惊讶不已："那他现在去哪里了？"

"我们也不知道，有几个人把他带走了，好像……"

"你刚才说，他就一直站在那根柱子旁吗？"

"是啊。"门卫上下打量着袁得鱼。

袁得鱼看到柱子上密密麻麻地写着："哥，请原谅我。"

他心里"咯噔"了一下。

他的视线一直下移，发现有行小字，歪歪扭扭地写着一个地址。

这群黑衣人刚想走，突然听到警车的警报。

一个黑衣人往楼下看："妈呀，警车来了！"

袁得鱼与警察一同赶来。

袁得鱼一眼就看到倒在血泊中的丁喜。

丁喜的脸是青白色的，唇上无一丝红。他左边瘀青的脸上，还有好几个被烟头烫的印子。

丁喜看到袁得鱼的时候，嘴角上扬。

"丁喜，你一定会好起来！"

"哥，我，我太笨！"

"不，你有投资天赋！投资中最重要的一条就是纪律。在恶劣的环境下，能信守自己的诺言，遵守自己设定的纪律，不是一般人能做得到的。所以，你会是最厉害的投资高手！"

"原，原谅我！"丁喜艰难地吐着字。

袁得鱼点点头。

丁喜笑着闭上了眼睛，颈部的血还是一个劲儿地往外流。

"下手太狠了。"一个警察说。

送到医院的时候，丁喜已经失去了知觉。

第五章　填漏洞戏法

"医生，他怎么样？"

"可能脑部有损坏。"

袁得鱼一个人静静地站在病房门口，握紧了拳头。

六

日本北海道的温泉故乡登别，四处飘散着刺鼻的硫黄气味。

与温泉酒店隔一条街，是非常奇异的地狱谷景观——所有山石都曾被火山的岩浆覆盖，留下青黄、姜黄、鹅黄、灰白和褐色的岩层，四处雾气腾腾，地面的裂缝冒着热气，整个人就像在地狱的沸水大锅中。这里的水质异常闻名，多为硫化氢与食盐水质。因为温泉海拔200米，坐落于原始森林之中。路上时不时地会出现一些小鬼的石雕，却并不吓人，有父子鬼、地鬼，就像长着角、露出獠牙的有血有肉的人。

一群来自佑海的大佬在"第一滝本馆"相会。

这是周末的夜晚，几个大佬聚在露天温泉，头上都盖着一块白布，上面还冒着蒸汽。

这珍贵的泉水仿佛能洗尽满身铅华。

就在第一滝本馆温泉池不远处，有一个大约50平方米大小的泉源，热气腾腾，时不时地有高达10来米的滚烫泉水喷出。很奇怪的是，虽说是泉源，待平静时凑近看，还是无法看到泉眼，也看不到岩石上可以让地下水涌出的裂缝。

然而，滚烫的泉水，源源不断地从地底流出，嘟嘟地冒出滚烫水泡——仿若热闹的资本界，圈内早已刀光剑影，圈外人怎么也看不清，以为一切太平。

此时，他们躺在温泉中，山中正好雾气大，朦朦胧胧的，看不清对方的脸。这让他们无比自在，一边聊天，一边痛快地喝酒。

这群人聊着一些八卦，在他们的眼里——任何事物总不过资本二字，而他们对这种世界的底细了如指掌，一切都是由各种各样的人脉与金钱搭建的。

"温泉真能治疗很多疾病吗?"有人问道。

"有一定道理。不过,若是我面前放着两套别墅,一套温泉别墅,一套高尔夫别墅,那我宁愿选择高尔夫别墅。最近佘山又建了个高尔夫别墅,业主直接享受每年40万元的高尔夫年卡,你们可以考虑考虑。"

"我知道那里,是仿莱茵的一个小镇,私家庭院很大,外墙都是从德国空运来的石灰岩,私密性不错,还有个马场。"

不过,他们讨论的焦点,很快又落在了海上飞上。

"上次秦笑不来,是为了运作海上飞吗?这一次,他怎么还没出现呢?你们唐家,一会儿说要竞拍海上飞,一会儿又撤出,是不是跟他在联合操盘啊?"一个长得有点儿富态的中年男子说,他是银海证券总裁卞时庆,说话非常直接。银海证券是佑海数一数二的券商,在券商重组大潮中,它通过并购其他小券商奠定了自己的江山。

"他说要以空间换时间,我们只是帮他多争取一点儿时间而已。"唐烨说。

卞时庆笑了笑,他这个人很喜欢嘴角扯一下的冷笑。

"最近秦笑是不是动真格的了?听说还是那小子惹出来的事,本来不是说要干掉他吗?"卞时庆只是略知一二。

唐子风将身体往水中潜了一下。

唐焕的声音在雾气中升起:"哼,那小子估计最近也很痛苦!"

韩昊冷笑了一下,忍不住说:"我看最好还是赶尽杀绝。"

唐子风目露凶光,以他的个性,早就斩草除根了,若不是邵冲那天的电话,哪还轮得到那小子在眼前跳来跳去。不过,邵冲只是暗示他们撤回追杀令,不要动静太大,但他还有其他选择——不让这个人死,可以让这个人生不如死。

池子雾蒙蒙的,热气流动,水珠一颗颗滴落。

韩昊仿佛能感觉到从水底透出的唐子风的杀气。

唐子风环视了一圈,心里想着计划——找谁呢?这里每个人都

第五章 填漏洞戏法

各有长处。

韩昊是个神奇的波段操盘手,精于计算,还有强大的盘感,总能用直觉捕捉到市场上一闪而过的短线机会。

唐焕是个社交天才,很多电影明星时常在他的豪宅里聚会。那塞满小野马敞篷汽车、钻蓝色大切诺基吉普和灰色单排座宝马汽车的车库,时髦的游艇,在法国石灰石眺望台的求婚仪式,都能成为社交圈的焦点。他那上天入地的老婆恰到好处的作秀方式,也总是与他相得益彰。他总有不断来自投行、金融圈高层的一线消息。

唐烨本身就是基金圈人士,此前的传奇也令他拥有重要的投资圈人脉。他平时喜欢打德州扑克,是牌局上的高手,像蓝行这样最有钱的投资机构,少不了他的"混迹"。

那些证券公司的老总、佑海交易所的人,虽说有官方背景,但也算得上半个市场人士,这群与这个圈子若即若离的重要人物,总是带来精准的"官方"消息。他们也清楚,像邵冲这样高学历的金融高官,也需要这样的组织,新政策推进,总是需要来自一线市场的精准反应。而他们自己,同时是邵冲们将伟大想法兑现为利益的纽带。

没出现的秦笑,原本是个台面上的人物,唐子风原先都要让他三分,毕竟帝王医药是以他的名义为主搞起来的。只不过,他的身份更像实业家,虽然现在已经正式转型成超级地产商。他不断冒险,用杠杆的方式,把虚拟资金搞到最大。

唐子风,如今成了这个圈子的核心人物,是这里的老爷子。

当下,谁有什么好的赚钱主意,总是先与唐子风分享。

唐子风很享受如今这个地位。谁让杨帷幄与他们一刀两断?谁让秦笑自己去香港避难,把这么好的江湖地位拱手相让?这个圈子里的关系早就不再是此前的制衡,他唐子风一人就足以统筹一切。

只是,唐子风知道,在他们中间一直有个神秘人物,这个人几乎从来没有出现过。这个人惊人的视野,总是将他们推向一个更大的局。这个人不管是全球宏观思维,还是股票方面的交易天赋,绝对不亚于当年的袁观潮。

据说，很多人如果处在迷局，与他对谈几分钟，便一切都了然于胸。

世界上是有这样一种人，总能让人心悦诚服。

只是，在这个圈子里，只有邵冲清楚那个人的底细。

唐子风看着韩昊："我看，对付那小子，一人足矣。"

韩昊笑了一下，心领神会："好，既然老大这么看得起我，那这事就包在我身上！我一定让那小子在市场上输得再也爬不起来，痛不欲生，从此不再找我们麻烦。不过，我更喜欢打配合战，不要让那小子觉得是我一个人在欺负他！"

"哈哈，你有什么需要，尽管提。"唐焕笑着说。

"话说唐总，你真有远见。主板市场刚设立中小企业板块，你早几年在高科技园与高校一起合作软件公司，如今，这些公司上市在望，你的大钱又要来了！"卞时庆又说。

唐子风虽然也觉得自己的这几个项目运作得还不错，不过，在他心里，他最希望的，还是自己一手筹建的泰达证券赶紧上市。只不过，自2004年8月26日首次公开募股（IPO）暂停以来，这个上市通道就被封住了："以卞总看，泰达证券什么时候上市？"

"这家公司早在一年多前就该上市，只是IPO叫停，确实有点儿生不逢时。毕竟那年，德隆系倒了之后，相关部门加强了对民营企业进入券商的监管。民营资本想要进入券商通道，眼下看来，绝非易事。"

唐子风倒也淡定："不过，叫停IPO是暂时的。第一次暂停到重启IPO，是1994年7月21日到1994年12月7日，不到五个月的时间；第二次，是从1995年1月19日到1995年6月9日，也不到五个月的时间；第三次，1995年7月5日到1996年1月3日，时间稍长，近六个月；眼下是第四次，从2004年8月26日开始，不知道什么时候重启，但肯定会重启。我们只要准备充分，机会还是会回到我们手里！"

卞时庆暗暗佩服唐子风的记忆力，他接着说："只要有谋略，也

第五章　填漏洞戏法

未必走 IPO 那条路，这也是唐总您最擅长的。"

一说到上市与资本，在场所有人都无比兴奋，这是财富金字塔顶端的隐秘部分。

无论何时何地，他们总能想出不同的赚钱方法，有时，哗啦啦的金钱就像水流，流动不止。

很快，大家的盘子里都出现了两个鸡蛋。

"这是现做的日本温泉蛋。"唐子风说。

很多人拿起来，将蛋壳敲开。

半凝固的蛋清流出来，落入碗中。蛋黄竟是熟透的，蛋清不全是透明的，白色的部分，像是一朵一朵小雪花，尝起来柔软爽口。

吞的时候，温泉蛋整个从喉咙滑下去，口齿间只留有鲜嫩的口感。

"味道真是不错，这个蛋是怎么做的？"韩昊问道。

"蛋清与蛋黄的沸点不同，若在普通的沸水里煮，蛋清与蛋黄都会凝固，温度由外及里，蛋清先熟。这里煮蛋池的温度在 85 度左右，是蛋黄的沸点，达不到蛋清的沸点，就形成了雪花状的蛋清与凝固的蛋黄，也才有了独特的温泉蛋。"唐烨说，他有时更像是位学者。

大伙儿点点头。

"很多事情，谁都能做，但是又有几人真能把握得好火候？"唐子风突然冒出这么一句，他的声音不高，蒸汽缭绕中的回声更显低沉。

他们心领神会——在佑海，只能有一个老爷子。

这个圈子就是论资排辈，当然，是资金的资。

"你们看，这个地方叫地狱谷温泉，听起来像个很危险的地方，大多数人不敢去危险的地方。关于这个，有个八字箴言我非常喜欢，分享给大家——"

温泉池一下子安静了。

"人心惟危，道心惟微。"说罢，唐子风站起身，离开了温泉池。

其余人也纷纷离开，跟随着他。

167

第六章　东九块血案

人心惟危,道心惟微;惟精惟一,允执厥中。

——《尚书·大禹谟》

一

这些天，袁得鱼一直守在丁喜的病房门口，他想了很多事情。

病房墙壁的颜色是清冷的绿。

他想起三天前，医生从手术室出来，摇摇头说："脑干出血太多，苏醒可能性极小，先留院观察吧！"

袁得鱼走进病房，静静地望着丁喜的脸——他胖胖的脸，没之前那样有弹性，像一个风干的面包。他的嘴微微张开，听不到呼吸声，整个人虚弱得就像秋天的枯叶。不到一天的工夫，丁喜整个人像缩小了一圈，只有胡须在顽强地生长。此刻，他静静地昏睡，完全看不到会醒的迹象。

生命像一辆行进的列车在一点点儿减速，总有一刻会停止。

现在的丁喜也像是在徐徐减速的列车。

沉默了半晌，袁得鱼有点儿像自言自语："我也想像你这样躺着，不管外面发生了什么。但是，我好像生来就为一些早就设定好的目标活着，必须得沿着预设的轨迹走。"

"爸爸告诉我，高手做出的判断很惊人，往往可以预估将来的可能性，且八九不离十，因为事物之间本身就有一种最合理的逻辑。我好像天生就有这个能力，就像小时候看兵书的时候，发现很多谋略与思路，我本来就会。我看那些，仿佛只是在印证自己已有的想法。说着，袁得鱼坐了下来。"

"我认识你后，发现事物之间，什么都可能发生，本就没有预设的道理，只有新的平衡，所有正在发生的都是合理的。就好像你遇到一个女孩，你不确定你们是否适合在一起，怎么想也没用，不如直接与她交往，因为结果就是最好的道理。他们都说你是傻瓜，在我看来，再聪明的高手，也不如像傻瓜般主动出击。"

丁喜没有任何回应，只见丁喜的眼窝一点点儿深凹下去。

袁得鱼好像闻到了什么熟悉的清新气味。

他听到门外渐远的一串零碎的脚步声，立刻追了出去。

医院的草坪上，那个熟悉的背影在他眼前晃动。

"许诺！"袁得鱼唤出这个名字。

女孩有些迟疑地转过身。

没错，真的是这个女孩——她永远那么亭亭玉立，却瘦弱得叫人怜爱。许诺与此前看起来没太大不同，耐看精致的眼角眉梢，每次笑的时候都会差点儿把牙肉露出来，眼睛眯成一条缝，阳光的样子一下子让人心里暖融融的。

"这几天，你一直在这里偷偷照顾丁喜吧？"袁得鱼问道。

"你自己都睡得迷迷糊糊。"

袁得鱼有点儿感动。他很喜欢许诺的笑，那笑容舒展，她阳光单纯的笑脸总能让袁得鱼轻松自在。

草坪上是青绿色的嫩草，好闻的清香围绕着他们。

此时，两人大约相隔10米的距离。

许诺歪着头，看到袁得鱼嬉皮笑脸地冲她笑，乱蓬蓬的头发，但还像以往那样意气风发。

"对了，你还在卖鱼吗？"

许诺侧了一下脸，说："上次去南岛的时候，我发现了很多便宜的海产品，比佑海铜川路的还便宜。我现在帮他们在佑海做代理，不用每天去菜场，赚的还比以前多得多。"

"那菜场岂不是少了个令人牵肠挂肚的卖鱼西施？"

"我可不想做菜场的卖鱼西施！"

"哦，你想做全佑海的卖鱼西施？"

"好傻！"许诺仰起头，心里想，我只想做你一个人的西施。

这时，阳光从梧桐树叶子间透过来，正好照在许诺仰起的脸上，

第六章 东九块血案

整个脸在发光,袁得鱼看得有些入神。

许诺一想到丁喜,就难过地说:"真没想到会这样,我听乔安说你在东九块,就过来找你,一过来就听说这个小区有血案,真是太恐怖了!"

袁得鱼打算回东九块看看。

许诺跟在他身后。

他看到小区又空了不少,不由得黯然神伤——估计这两天迁了不少人家。

"袁得鱼,你打算怎么做呢?"

袁得鱼沉默了一会儿,问道:"你认识可靠的律师吗?"

"你想做什么?"许诺说。

"把秦笑告上法庭!"

"你告他什么?"

"非法拆迁!代表丁喜打这场官司!"

"支持你!"许诺点点头道,"再聪明的高手,也不如像傻瓜般主动出击!"

袁得鱼笑了笑。

他突然想到什么,开始左顾右盼,又冲到门卫那里,将那里的电视调到财经频道。

门卫不愿意。

袁得鱼像头豹子一样吼了一声,门卫老头儿顿时不吱声了。

电视里,袁得鱼看到,海上飞高层正在信誓旦旦地向媒体表示:"我们并不在意潜在股东的退出。受让人的风险资质是我们评估的重要因素,我们要防止投资者把公司作为资本运作的工具。海上飞希望改制后的股东着眼于海上飞品牌的长期发展,而不是急功近利地利用海上飞做其他的事……"

真是冠冕堂皇,袁得鱼心想。

他看到电视最下方的行情移动列表中,海上飞跌停了——跌了10%。

"照顾丁喜的事，就拜托你了，我有急事先走一步！"

袁得鱼一溜烟儿就没影了。

袁得鱼走后，许诺心情低落，她觉得袁得鱼有些冷漠，好像在隐忍什么。

不过，许诺知道袁得鱼会去哪里。

营业大厅，袁得鱼飞快地操作着自己的账户。

他查了一下信息，海上飞已经连跌三天了，跌了整整17%！就在海上飞发布三年内不融资的公告后，摩根士丹利、明日系旗下的投资公司宣布退出。

然而，距离海上飞的竞标会只剩下最后一周了！

袁得鱼快速将银行卡里的资金转入证券账户，他已经很久没有看这个账户了。他听了一下电话，账户里只有他病得迷糊时，用电话交易的那只股票。那只股票带给他的收益果然翻了一倍。

他将所有资金都转入证券账户，凑到了近300万元。

袁得鱼一次性拿出200万元资金狠狠砸向海上飞。

很多人看到接近尾盘时，海上飞股价飞速回升了1个点——这对于一直暴跌的海上飞来说，是个诡异的信号，一些跟风盘也开始出动。结束时，海上飞上扬了2%。

这一天海上飞的成交量，创造了近几日海上飞交易的"天量"。

"好像有异常情况！"乔安打来电话，"有人买海上飞了！"

"哈哈，你们知道这人是谁吗？"

"从成交金额来看，在190万到210万元之间，此人操作娴熟，所有单子都在倒数10分钟之内分次完成，下单非常有节奏。只是路数很怪，因为中间有2分钟没有成交量，后又以之前一倍的速度完成了所有交易。"

袁得鱼不由得乐了："那是因为我中间实在憋不住，去上了个厕所！"

"啊？原来是你！"乔安也觉得很好笑，不过她很快担忧起来，

第六章 东九块血案

"海上飞资质那么差,你不怕被套住?毕竟现在不同于前阵子,买股权转让公司的股票就能赚好几个涨停。最近几起股权转让公司的财务造假案子被披露,搞得大家都小心翼翼。"

"你查海上飞查得怎么样了?"袁得鱼突然问道。

"进展不大,但可以确定的是,海上飞被秦笑彻底掏空了,他的资金都进入了一个叫林凯投资的平台,就是这个平台,目前在运作东九块。"

"看来我判断得没错。"

"你为什么想到这个时候买?"

"你不觉得很奇怪吗?如果你分析得正确,秦笑应该已经掏空了海上飞,那么他此前在二级市场掌握的很多股份,应该赶紧撤出来啊,这样他也好给东九块提供更多资金不是?按这个逻辑,应该抬高股价才是。然而你看,海上飞的股价一直在下滑。再说,唐子风的泰达信托到现在还没出招!"

"他会出什么招?"

"我不用知道这个,我只知道,现在我可以先趁火打劫!"

"你是说,接下来泰达信托会与他一起抬高股价吗?"

"这不好说,但我觉得,秦笑现在还不想把股份撤出来,不知道是不是跟海上飞高管达成了什么协议。"

"我明白了,原来真正会收购海上飞的是秦笑!"

"你终于跟我想到一块儿去了!"

"天哪,我之前怎么没想到?这样一来,秦笑就可以理顺这些账目了。袁得鱼,你真是天才!"

"你知道我现在在做什么了吧?"

"当然。只要收购消息明确,股价肯定会疯狂上涨。那我也跟我几个媒体朋友分享一下盘面信息,个股异动是投资者最爱的短讯,真是——'林凯泰达暗中合谋,坏小子袁得鱼横刀夺爱'。"

"哈哈。"袁得鱼挠了一下头,"你真会拟新闻标题啊!"

二

秦笑拿到法院传票时，气得七窍生烟。

不过，秦笑知道自己当务之急，是赶紧正式把海上飞收入囊中。不然，万一查起来，再加上利益输送的罪名，岂不更被动？闹不好，连到手的东九块都会受影响。

虽然秦笑在第一时间就发现了海上飞尾盘的走势非常诡异，但心想，可能是游资玩一下，就没太在意，他还有更重要的事要做。

没想到，当天晚上，财经媒体纷纷报道，二级市场上出现了一匹黑马。

有网络媒体引用佑海知名的华阳证券淮海中路营业部负责人的观点："从盘面走势看，接盘者应该是实力非凡的机构。"

网上还有人曝光了10个交易日营业部的交易数据，说发现了佑海四大敢死队营业部有控盘的痕迹。

第二天，海上飞又跳空高开，早盘10分钟上涨了3个点。

秦笑额头上冒出了汗，他明显地感到了压力。

他妻子贾琳也忍不住出了主意："依我看，我们就得像玩梭哈那样，把手上的流通股放出去一点儿，把对方活活吓死，不，活活淹死他！"

秦笑想了想，说："不管如何，我必须得控制住局面，快速把股价打下去！一来把一些散户吓跑，二来提醒他们不要跟我夺食。时间不多了，也就一天的操作时间了！"

海上飞股价一下子被秦笑打落了。

袁得鱼看到账户上密密麻麻的挂单觉得很好笑，当机立断，把账户里最后的100万元又加了进去。

秦笑有些烦躁，显然，对方把他紧紧咬住了，但已经没多少时间了，他只好收手。

不过，秦笑开始不放心，索性跟踪了那个账户。

第六章　东九块血案

他打开交易数据研究了一番后,不由得有点儿恼怒,马上打了个电话给唐子风:"是不是你干的?我已经压了那么长时间的价格,你干吗要跟盘?"

唐子风耸耸肩:"老兄莫着急,不过,你错怪我了!现在市场机会那么少,半路杀出个程咬金也很正常,应该是短期资金疯炒一下,不碍事!"

秦笑说:"我不是没有根据地怀疑你,你也知道,海上飞盘子特别小。龙虎榜上明明白白是原海元证券小白楼的账户,就是你们的人追过来几百万资金,我越打压,他跟得越凶,这不是明摆着跟我对着干吗?这几天我用来打压的少量对倒股份都被那家伙吃掉了!那小白楼不是你的老巢吗?你还敢跟我说与你无关?"

"我们这里大户太多了,我怎么可能一个个去查人家账户呢?"唐子风耐住性子。

"唐子风,你不要以为我不知道,你去年4月就与他们谈过并购。你说,你参加竞拍,到底是玩真的还是帮我掩护?你不要到最后关键时刻跟我乱来,搅乱我的风水!"秦笑把话挑明了——海上飞可是他的救命稻草,你唐子风不可以落井下石!

"哈哈,老兄,让我参拍的是你,不让我参拍的也是你,那东九块的事我还没找你算账呢!我帮你张罗了半天,结果你倒好,拿了全部的地不算,还在我儿子的婚宴上做好人,你也好意思!"

"唐子风,如果你这次真的跟我抢食,你可别后悔!"

唐子风觉得好气又好笑:"秦兄,你是狗急跳墙还是怎么了?怎么这么糊涂啊!"

秦笑沉思了一下后,好像醒悟过来:"看来我误解你老兄了!"

秦笑挂了电话后,还是一筹莫展。

听唐子风的口气,应是真话。退一步说,如果唐子风真的想拿下这个公司,自己也没有应对办法。只不过,这样一来,自己投入的筹码岂不是被动了?

贾琳看秦笑一个劲儿地抽烟,不由得说:"你真是太猴急了,怎么可以这么对唐子风说话，我觉得你多虑了，他既然答应帮你护盘，应当不会做这种背信弃义的事。他若不在明处帮你挡着，万一真的有公司拍走，你岂不是一点儿办法也没有？还能让你在暗道大展拳脚？"

贾琳说着，又欣赏着自己刚涂完的大红色指甲。

"我不是担心上次我在东九块上捞多了，他们怀恨在心吗？他们这些人，连肉汤都想喝，难道肉骨头会放过？"

第三天一早，一条消息在网上疯传，似"涨停股密参"。一家权威的资产评估机构对海上飞实际的赢利情况做了分析，直接得出结论：海上飞故意隐藏自己的资产，现在股价绝对低估。

逻辑很简单，这么做的目的是转让方想有更低的成本。而海上飞高层之所以同意做假账隐藏自己的资产，是为了提高自己手里的持股比例。上演这出好戏的重组方，就是现在唯一的竞拍者——泰达信托。现在如果买入海上飞，到时候股价将会有大的飞跃。

很多机构都在前一天晚上在邮箱里看到了这个消息。

市场反应无比灵敏。

海上飞一下子成了热门股，无数机构抢单扫货，都趁着海上飞重组前购进。

毕竟，历史上复牌后连续几个涨停板的股票为数不少，谁都想押中这样的奇迹。更何况"密参"上的财务分析有理有据，不无道理。

受到强势消息的影响，这天一整天，海上飞股价封死在涨停板后，一直没有下来。

袁得鱼顺利将手上筹码完全放出，短短三天，300万元变成了370万元。

"你怎么出来了？"乔安说，"很多机构还抢着进，都说复牌后还能创新高呢？"

"时间也是成本啊！"袁得鱼说，"三天赚20%以上收益，还不知足？"

"对了，你怎么会想到这么玩的？"

"哈哈，江湖上一直有种玩法，叫'僵尸股活跳仙'。市场上专门有一类玩家，会找一些死股，就是流动性很差、盘子小、业绩看起来很不理想的股票，然后死马当活马医。这类股票获得超额收益的可能性很大。而我做的，不过是放出了符合逻辑的利好而已，市场上的明眼人自然会抓住机会，我就跟着水涨船高一下。"

他话音刚落，海上飞的股价就掉落了。

原来，泰达信托退出竞拍了，谣言不攻自破。

海上飞管理层当即发布公告，停牌一周。如果这期间，没有出现新的竞拍者，这一轮"公开选秀"就此结束。

袁得鱼与乔安看着这场闹剧发生。

"得鱼，我一直有个问题，你说秦笑的真正目的是收购海上飞，但都没有参加竞拍，怎么收购呢？还有，我还是很奇怪，为什么海上飞会甘心把那么大一笔资产送给秦笑呢？暗地里还打算让秦笑控股？"

"这就是我刚才想明白的地方！只有一种可能——秦笑已经承诺把自己的一块核心资产注入海上飞，而这块资产的价值，或者说带给公司的潜在价值，远远高于海上飞转移出的部分。"

"你说的核心资产是？"

"如果我没猜错，应该就是东——九——块！"两人说到"东九块"的时候，几乎异口同声。

"天哪，好多事情都理顺了！海上飞前不久披露正在洽谈一个资产收购项目，估值 2 亿元，这并没有引起太多注意。它故意低调处理这个消息，是因为它是用成本计价，而不是工程计价。账面上看，可能只有 2 亿元，但实际可能要值几十亿元。而且，一旦实现收购，海上飞就完全可以掩盖之前的利益输送。"

"的确，这个公司就算挪出 10 亿元资金输送给秦笑，又算得了什么？"

"是这样。"

"你有没有观察秦笑的动作?"

"我刚得到一个消息,秦笑的一家上市公司用短期融资券刚刚融资到手1亿元资金。这笔资金,秦笑在短短一天内火速用完,感觉像是等了很久。你说他用这笔资金做什么了?"

袁得鱼拍了一下脑门说:"你赶紧去看看,他在香港的上市公司是不是也有相似动作?"

"好吧,我去看看。"乔安有些惊讶地说,"真不知道你们是怎么想的,你与我们主任的思路还真一致。吴恙他知道这个消息后,也在收集秦笑在香港上市公司的资料。"

没过一会儿,乔安的电话就来了:"嘿,真的有消息!他的一家上市公司,最近在香港的投行贷了一笔约1亿元的过渡性贷款。好奇怪,香港的贷款利息绝对不低。"

"哈哈!"袁得鱼大笑起来,"我明白了,我问你,过渡性贷款是不是可以用来并购,而短期融资券不行?"

"什么意思?"

"他现在已经打通了所有环节,就要正式上位了!"

"啊?"

"你看,秦笑在香港的上市公司——佑海置业,贷了1亿元的过渡性并购贷款。同时,他在A股上市的一家公司,融了1亿元的短期融资券。"

"什么是并购贷款?"乔安问道。

"这是在玩曲线并购啊!秦笑在用短期融资券,抵偿香港的并购贷款,这不是做了一个空麻袋背米的游戏吗?就像当年美国垃圾债之王迈克尔·米尔肯的手段一样。"

乔安这才明白过来——原来,这就是典型的垃圾债收购啊!只是在A股市场,还没有专门用于并购的债,也无法实现那样的杠杆收购。然而,现在秦笑把香港金融工具变通了一下,通过两家上市公司转手一下,把短期融资券变成了并购债券!

第六章 东九块血案

"对了,这种过渡性贷款需要秦笑本人签字吗?"

"是的!"

"那最快去香港的飞机是什么时候?"

三

香港中环的国际金融中心,一个戴墨镜的男人坐在香港交易所旁的咖啡馆里,看了一眼"香港交易及结算中心"这个新招牌。

秦笑在等什么人。

秦笑想起刚刚路过香港半山区时,那里坐落着好多豪宅,但真正能成为标志的也就几座罢了。

秦笑想,自己对地产的爱好,似乎来了香港之后越来越浓厚。

他记得自己在香港的一个竞标会上,拍下了一座南区浅水湾的半山豪宅。

他很快把房子装修得很吸引人,还选了两张巨大的性爱画作,挂在豪宅西边,把一张元代纸币打造成黑金属质地的样子,悬挂于大门上方。房子的其他地方是当代越南艺术与欧洲古典风的融合,他还请了秘鲁木制品雕刻家制作壁炉雕刻和天花顶。

秦笑找了很多人,给豪宅选定了个很洋气的名字——Palazzo di Amore,意思为"爱的殿堂"。他觉得好听的名字会是一个卖点。

"每一座伟大的房子,都应该有个伟大的名字。"秦笑说。

这座房子很快以他购买价格的50%涨幅出售。

秦笑觉得,东九块也会这样。

佑海是未来群雄逐鹿的圣地,中国的发展速度太快了,他正好又在发展的金字塔尖,自己真是赶上了好年代。

如今,佑海市中心稀缺土地上的豪宅,就像一件奢侈品,房型可以复制,地段无法复制,无论如何,东九块必然能卖个好价格。

只是此时此刻,秦笑的压力还是很大——这是资本人士惯有的压力，因为未来是不可控的，但他也清楚，自己必须得冒这个险，他的思路很清晰——东九块迟早是造钱工具。

到时候，贷款也罢，卖产权也罢，只要炒作到位，东九块这个金字招牌就是无穷无尽的财富。

东九块，铁定能包装出一个好价格，秦笑想。

这时，电梯里下来一个清瘦年轻的男子，挺拔英俊，一身英伦风的纯色西装。

"嘿，秦叔！"那男人开心地与秦笑打着招呼。

"你真是天才啊！"秦笑拍着他的肩膀说。

"秦叔过奖了。"

"现在都顺好了？"

"是的，所有手续都办完了。"

秦笑点点头，之前的偷梁换柱现在看来，真是天衣无缝。

秦笑刚走，袁得鱼就上气不接下气地赶到香港交易及结算中心，刚好看到唐煜在楼下拿文件。

袁得鱼跑过来时想起，擦肩而过的身影有些像秦笑，一下子反应过来："难不成是这小子干的？"

"唐煜，你站住！"

唐煜诧异地望着袁得鱼，刚想微笑，就被袁得鱼当场质问："佑海置业融资，是你干的吗？"

唐煜不知该说什么，确实是他一手经办的，他仿佛看出袁得鱼来的目的："你现在来做什么？融资手续都已经办好了。"

袁得鱼一拳挥向唐煜。

唐煜躲闪不及。

门卫冲上来拉住袁得鱼。

"你知不知道秦笑在做什么勾当？他给了你多少钱？"袁得鱼大叫道。

唐煜不知所措。

袁得鱼还想继续挥拳，但被门卫拦着，他只好气愤地看着唐煜。

第六章　东九块血案

唐煜很想说什么，但他不想知道秦笑这么做有多复杂的背景。凡是资本游戏本身就是残酷的，不是吗？对唐煜来说，他只是为了自己的梦想，拼命赚钱，就这么简单！

"我想秦笑怎么会这么聪明？你知不知道，这么一来，你节省了他多少收购成本？你让他完成了原本根本无法完成的并购！"

唐煜发了会儿呆，平复了一下后说："你们这些恩怨跟我无关！"

正在这时，邵小曼正好从美国过来找唐煜，意外地看到两人在一起。

这两人脸上都有些伤痕，还都怒气冲冲地望着对方。

"你们在做什么？"邵小曼上前制止。

"不要你管，这是我们之间的事！"袁得鱼把邵小曼的手甩开。

"你怎么可以这么对小曼！"唐煜一下子怒不可遏，"袁得鱼，你不要以为你自己会做点儿投资就神气得不得了！我才是资本市场的高手，你有种跟我一决高下！"他这句话像是当着邵小曼的面发出的挑战。

"你在发什么神经？"袁得鱼觉得不可理喻地摇摇头，转身就走了。

"你等着，我会去佑海找你！"唐煜大叫道，又安慰着邵小曼。

邵小曼还对刚刚发生的一切惊讶无比："究竟怎么回事？"

"我帮秦笑搞了一笔并购资金，还告诉他抵销利率的方法，秦笑可以拿它低成本收购一家 A 股上市公司，我不知道袁得鱼干吗火气那么大，有毛病不是？"

邵小曼陷入深思。

袁得鱼从摩天大楼走出来，蹲在天桥上，给乔安打了个电话："秦笑已经拿到并购资金了！"

"并购没那么快吧？"

"我估计这周能搞定。"

"明天东九块案开庭，你去吗？"

"怎么那么快？"

183

"好像是秦笑一手安排的，我猜他也不想让东九块在'装入'海上飞的关键时期，变成一个争议资产，他想速战速决。"

袁得鱼冷笑了一下："他这么有把握？"

"据说请的是佑海最好的律师之一。"

四

东九块案在安中区法院审理。

安中区法院坐落在安中区低调的康定路与万春街交会处。

外面是白灰色的外墙，看起来并不醒目。

这起案件安排在第一审判厅。

庭审现场，座无虚席，还挤满了来听审的拆迁户。

袁得鱼环视了四周，觉得这里的摆设有点儿像教堂——多排质地坚硬的赭红色长椅，最前方是个方厅。

审判长与审判员坐的是镂花高脚背椅，背椅上刻着一个天平，衬出肃穆的气氛。法官身后有几个仿宋大字——"公平、公正、公开"。

袁得鱼安静地坐在长椅的第一排。

庭审现场，原告方是安中区东九块58位街坊的代表丁喜，由公益律师全权代理。

被告方为林凯投资。

不过，被告席上，只有律师代表。

原告律师提出，应当撤销安中区房屋土地管理局核发的《2002年第26号房屋拆迁许可证》，暂停对58位街坊的暴力拆迁行为。

庭审的焦点很快就落在"原址回搬"上。

原告律师据理力争："10份裁决书中，没有1份显示要向居民提供原址回搬待遇！"

被告律师请求休庭。

法官点点头，宣布休庭。

下午，庭审继续。

第六章　东九块血案

庭审一开始，精瘦的被告律师推了推眼镜："在座的诸位想想，如果只有一个人要求回搬房，难道我们还特地为满足这一个人的需要，在商务区专门造一个小居民楼，让这一个人独用吗？这就好像一个人住了十个人的一栋楼。一个人要听电子摇滚音乐，难道另外九个人就要陪着这个人一起听吗？我们没有义务满足所有人的需要！我们只有义务，满足多数人的需要！"

他说到"所有人"与"多数人"的时候，都用语气特意强调了一下："法官，我们的拆迁方案非常合理，是所有人都认可的方案。我代理人的合同上，有补充条款，上面称，如果认同的方案少于总人数的10%反对，那我们就放弃满足这10%的人的利益。"

原告律师不由得说："这些都是被迫签字的，如果我们把所有拆迁户邀请到现场，进行投票，我们更愿意看看结果。"

"你这是强词夺理，你明明知道，法院是不可能请所有拆迁户到现场的。好，你说被迫签字，你要拿出证据。"

原告律师知道没有拆迁户愿意站出来，就连丁喜也还躺在床上。

被告律师乘胜追击，拍了一下手："你没有证人，我倒有证人证明大家都乐意接受我代理人的方案。"

这时，一个老伯走上来，他站在证人席上，苍老的眼睛环顾了一圈，说："我们很乐意搬到复浦，那里空气清新，房子也大，我不用每天出来倒马桶，我要谢谢开发商。"

被告律师"哈哈"大笑起来："请法官明示。众所周知，我们的钉子户在全球也是出了名的，哪里是维护合法权益，分明是变本加厉地敲诈！"

原告律师请求休庭。

间隙，原告律师在法院门口掏出一个烟嘴，娴熟地套上一根烟，抽了起来："很显然，他们在做伪证，但我们也找不到反驳的证据。"

袁得鱼怅然地抬起头，仰望纯净的蓝天，将背靠在水泥墙上，心想官司果然难打，一开始就碰壁。

185

五

秦笑的并购交易却是异常顺利。

海上飞停牌几天后，就发出公告，林凯集团董事长秦笑强行收购了海上飞。

他果然是通过林凯系旗下香港佑海置业注资的林凯投资，借道短期融资券，复牌的前两天，在大宗平台上以10.2元的均价，火速买入海上飞980万股，一举获得总股份12.25%的比例，蹿升为公司第一大股东。

海上飞高管层对媒体说，这个结局令人意外，但他们默认这个结果，因为来了一个强主，反而解决了海上飞长期以来"选不出秀"的问题。

海上飞复牌后，圈内人士都极其看好这次并购，因为秦笑的林凯系正朝着地产方向转型，而海上飞全国地产开发商的背景，也给了秦笑一个极好的平台运作东九块这个巨型项目。

谁也不知道这个并购案具体发生了什么，大家只知道秦笑拥有东九块，而他并购公司后，东九块的运作权与收益权都将过渡给海上飞，海上飞成为东九块的直接运作商，这一切都顺理成章。

很多人评价，这简直是一场天作之合的交易。

袁得鱼心想，海上飞高管层当然欢喜，这笔交易满足了他们多年的增持心愿——管他谁控股，本来资产属于国有，自己一分也捞不到，通过外部股东，可以实现自己的愿望。更何况还有一个预期收益非常好的项目呢，他们注定能分到这个地王板块在未来的巨额收益。

对于秦笑而言，这又是一次空麻袋背米的绝佳操作。

坊间传闻，在秦笑和管理层私下签署股份协议时，那些人自己都没想过能分到那么多，但双方都觉得这是一场对等的买卖。

第六章 东九块血案

秦笑也很开心,他这次在香港学了很多财务技巧。

从这次并购资金的成本看,香港那边给秦笑的并购贷款利率是9%,他已经用短期融资券抵了这部分利息。

这也就意味着,一年后,秦笑只需拿出3.6%的利息,就获取了并购海上飞的资金,这甚至比美国杠杆收购的成本都低多了。

如今,作为第一大股东的秦笑,知道自己下一步,要将全部精力放在海上飞的资本注入上,这绝不能出什么差错。

只要秦笑把东九块装到海上飞里,他之前一切的资产窟窿就可以填补了。重组后的海上飞,也将为自己的林凯集团提供源源不断的现金流,因为很多市场人士会通过股市不断追逐这个变好的公司,实质为现金流,这是他们最爱的事物。

秦笑拯救林凯集团的这个布局天衣无缝——拿下东九块批文,为自己收购海上飞奠定基础,海上飞拿下后,再用东九块炒作海上飞,股价上涨后,填补海上飞利益输送的窟窿,同时回补收购方林凯集团——自己真正的资本运作平台。

林凯集团原本是随时会融化坍塌的冰川,全靠重组后的海上飞进行拯救。

资本运作的支点是东九块,这个杠杆太美妙了,不仅能让他做"佑海地产巨头"——这是他转战到地产界后由来已久的心愿,还给了林凯集团真正翻身的机会。

这个赢面太大了,而且他并没有太多资金,都是杠杆,全靠杠杆。对于善于运用杠杆的秦笑而言,他心甘情愿去冒这个风险,他自信能控制好这个风险。

秦笑心知肚明,他已经成功用低成本拿下了海上飞,将东九块放入海上飞,是他修补林凯系这个资本航母漏洞的关键。

他最得意的是,案情也朝着他预想的方向发展。他仿佛已经看到二级市场上,海上飞连续拉了无数个涨停。而自己,心满意足地看着海上飞完美的上涨曲线就可以,因为很快,他就能将这些收益收入囊中。

庭审最后一天，案子依然没有任何进展。

袁得鱼发现最后一次庭审的时间，被秦笑安排得恰到好处——那天，正好是海上飞复牌的前一天，袁得鱼不由得感叹了一下。

如果按现在的情形，再没有任何有利的证据，法庭很可能当场宣布林凯集团胜诉。秦笑申请公开审理，应是为公司洗白考虑。

一旦胜诉，秦笑当天就可以直接放出消息，说案件只是拆迁户们无事生非。他可以宣布，东九块的资产已排除法律纠纷，将顺利注入海上飞。

这样一来，海上飞复牌后，在二级市场注定表现神勇。即使袁得鱼早就看出林凯是空心资产，可通过海上飞这么一理顺，想胜诉很渺茫。

袁得鱼走到法院，看着街道两旁葱绿的梧桐树，一点儿主意也没有。

如果还像前几次那样，他们最终将以失败告终。

乔安走到袁得鱼身边："上午10点有东九块项目推介会，一起去看看吗？"

"好，庭审下午开始，那就先去那里看看，走吧！"

佑海恒隆广场，东九块项目的推介会正在热烈进行。

恒隆广场是知名的商业地产品牌，选址均在市中心的黄金地段。大门口是青石板高墙，瀑布飞流直下，溅起一片水雾。

好几个佑海的风云人物站在巨大的红台上，个个红光满面，依稀可以看到，每个人的兜里都塞得鼓鼓的。

台上一个知名的地产咨询界老总在发言，他身材矮壮、秃顶，身穿卡其裤、开领衫。他拥有一家地产俱乐部，专为富人寻找合适的地产标的。

他公司的另一块业务是倒腾情报一样的开发商数据，顺便骗取竞争对手的资金，所以，地产大佬都对他敬畏三分，也可以说是警惕三分。

此人声音洪亮，他宣称，东九块是个很有远见的项目，未来潜

第六章　东九块血案

力无限。

他专业地分析了商业前景，说开发投资超过50亿元，预计销售额超过80亿元，若加上周边100多万平方米的联动改造，10亿元年商业销售额稳如泰山。他明白，有些话是秦笑故意让他说给银行听的。

秦笑走上台，掷地有声地说："东九块项目正式启动，欢迎各路合作方前来洽谈！"

袁得鱼很久没有见到秦笑了，尤其是他掩饰不住的笑意。

袁得鱼原本想，秦笑在香港漂泊，肯定憔悴不少。但秦笑看起来神清气爽，光脑袋更亮了，也依旧带着一种草莽的精明，眼珠灵活转动，俨然是游走黑道的商人。现在东九块的顺利推介，也让他的信心倍增。

彩炮响声不断，彩色的碎片在空中飞舞，人恍若进入了一个巨型的万花筒。

秦笑话音刚落，一个巨大的氢气飞艇冉冉升到空中，犹如一只雄鹰在空中翱翔。"鹰脚"的横幅上是几个黑体大字——"佑海之星"，背面是"能看到摩天轮的中央商务区（CBD）"。飞艇上绘了一个华丽的摩天轮，一闪一闪的，很像"伦敦眼"，方圆三千米内，只要人抬头，都能看到这个活广告。

袁得鱼想着，不出五年，东九块将崛起佑海顶级娱乐消费新地标，办公楼、酒店以及商业购物中心一应俱全。佑海地产界确实缺少这种顶级地块的大型商业娱乐项目，这简直像缩小版拉斯维加斯。

"不过，恐怕秦笑有个地方失算了！"袁得鱼突然说。

"是什么？"在一旁的乔安不由得问道。

"哪里可以搞到东九块的开发项目数据？结合我们从海上飞财务报表分析的资金挪用情况，看看能否找出破绽。"

"我去报社调一下数据，一会儿在法院门口见！"说罢，乔安匆匆离开。

189

袁得鱼站在人群中，一边看着恶人秦笑，一边脑海中回想着海上飞财务报表上投资条目里的几个关键数字。

然而，无论怎么算，抵押担保金、土地使用税、土地出让金、土地拆迁费等前期开发资金，与银行贷款、利息等统统加上之后，还少2亿元。

为什么会这样？怎么算都找不到秦笑能在什么地方生出2亿元。

这笔钱绝不会是银行给的。因为银行已经公开表示，在拆迁没有完成之前，不会提供贷款——东九块历来的开发风险都很大。

袁得鱼当然了解秦笑，他处心积虑地组织强大的拆迁队，巴不得他们都迁到复浦，这显然是拆迁方案中最廉价的一个。

可再怎么廉价，也没法多出2亿元。

从有问题的资金链入手，是打败秦笑的唯一方法，但从哪个缺口切中要害呢？

袁得鱼暗想，爸爸、师傅，如果你们是我，会怎么做呢？

那2亿元，究竟是从哪里来的？赶紧给我一点儿灵感吧！

距离最后一场庭审开始的时间不多了！

台上，秦笑潇洒地与大人物们碰撞着酒杯，撞击出阵阵芳香。

并购程序在明天完成之后，秦笑就能随时把二级市场的上涨变现。想都不用想，他肯定会拿去填补东九块在资本游戏中藏起来的2亿元空缺，这是多可怕的现金流游戏！

袁得鱼黯然离去。

六

袁得鱼回到法院，坐在草地上，顺手拔了两根杂草。

乔安走过来说："我没找到特别新的数据。"

"没事。"

"你跑哪里去了？"

"去看丁喜了。"

"是不是很烦躁？"

"没什么。"袁得鱼从不轻易向人表露自己的不淡定，那是懦夫的行为。

看他难得沉默，乔安觉得，陪他安静地坐着，或许是最好的选择。

她还是喜欢着他，他在草地上的样子，就像一个在地上画圈圈的小男孩。

她像是想起什么，索性另起话题："嘿，你别闷声不响的，我有个问题一直想问你。"

袁得鱼抬起头，虽然还是有些低落。

"记不记得，我们高中的时候，你有一次在体育课上，与我们几个女生说了一个故事，关于兔子的。但你刚说完，就打下课铃了，你一下子就蹿出去玩了，后来也一直没机会问你。"

袁得鱼好奇地看着她，想乔安这女孩的心思真是厉害，怎么能记这么久？兔子的故事是怎样的，自己没有印象。

乔安说："你给我们这么说的，从前，有一只小白兔要穿过一座很大的森林，可她到了一个路口就迷路了，正好看见一只小黑兔，于是就跑过去向他问路。小黑兔说，'你让我爽一下，我就告诉你'。小白兔很委屈，但她要过去，想了想就答应了。"

袁得鱼听后坏笑不止。

"你别笑，你是不是想起来了？听我说完！"乔安继续说，"后来，小白兔继续蹦蹦跳跳地往前走，到了一个路口的时候，又迷路了。这时候，出现了一只小灰兔，于是小白兔就向他问路，小灰兔邪恶地说，'你让我爽一下，我就告诉你'。小白兔只好又答应了。她走啊走啊，终于穿过了森林。但是，小白兔发现自己怀孕了，过后生了一堆小兔子。你当时问我们，生下的小兔子是什么颜色的？你还记得吗？"

袁得鱼肚子都快笑疼了："我当然记得，当时，你们好几个女生都听得特起劲儿。那我问你，你想知道小兔子是什么颜色吗？"

"想啊想啊,那么多年过去了,我还不知道答案呢!"

"哈哈,我说出来之后你铁定要杀死我!"

"快说快说,我想知道!"

"你让我爽一下,我就告诉你!"

"啊?"乔安气不打一处来,"这个故事我琢磨了这么多年,就这个破答案!"

袁得鱼哈哈大笑:"这是当年耍你们女生的啊!谁像你,会记这么多年!"

"你们男生怎么那么坏啊!"

袁得鱼突然眼睛一亮,说:"我好像有主意了!我们也爽一下秦笑他们,好不好?"

"这……"

"你想,当时那个玩笑的谜面就在故事本身。我们想办法,让他们自己把答案说出来!"

"要怎么做呢?"

"他们的要害是什么?"

"你不是一直说是资金链吗?"

"没错,本质上就是一笔账!我们想办法让他们自己算一下!因为我算了老半天,这笔账平不了,那就让他们告诉我们,这笔账怎么算平。只要他们算,那我到时候就不怕找不到他们的破绽!"

"听起来不错!"乔安欣赏地望着袁得鱼,觉得这就是这个男人身上的优点,看起来什么都不在乎,也从来不会给人任何压力,却总在不经意间,有一种什么事情都能搞定的沉着,反而让人更为依赖。

法庭上,袁得鱼申请自己辩护。

法官征求被告的意见。

被告律师看袁得鱼一脸稚气,就甩甩手,说:"请自便!"

袁得鱼说:"这个案子,很简单。我方认为,被告之所以找那么多借口,还强拆,故意逃避责任,归根到底就是没钱!如果我没钱,

第六章 东九块血案

我也会请这样的拆迁队,这群人头脑简单又好用!"

在座的人发出轻微的笑声。

"但这笔账又很好算,东九块的开发成本,由土地使用税、土地出让金、土地拆迁费等前期开发资金和银行贷款、利息组成。"袁得鱼停顿了一下,"如果开发商能告诉我,这些资金,它完全有实力负担,那我马上就撤诉,不会再找麻烦,现场的诸位都可以给我做证!"

"凭什么搞这么麻烦,小子?我的代理人很有钱,而且这和大家搬到复浦有什么关系?你怎么能有这样的假设?他们搬到复浦,就是我们没钱?再说,开发商为了追求更高的利润,降低成本也正常啊!"

"我说了,只要证明你们有钱就行,都不需要几分钟的时间,就能让所有人心服口服!"

法官有点儿累,就同意了袁得鱼的提议。

"林凯集团的代表来了吗?"助理法官问道。

"我在!"林凯集团的代表出现了。

这时,乔安听到有人在交头接耳:"这个律师是专打房地产官司的知名律师,也是林凯集团常年聘用的律师,从未败诉过。"

乔安暗自担心——这个对法律完全不懂的袁得鱼,怎么能对付得了这种经验丰富的高手呢?获胜的唯一可能性,就是速度,现场反应的速度。乔安默默祈祷,袁得鱼能像那次学校的跑步比赛那样,一个箭步抢跑到最内侧的跑道,但现实比比赛复杂多了。乔安紧张地看着台上。

这个律师精神抖擞,整个人像打了鸡血一样兴奋:"好,要我们的费用凭证,是吗?好的,就让你们心服口服!"

这个代理律师拿出了一份由银行房地产信贷部出具的证明。证明显示,2002年6月25日9时20分,被证明人在该银行房地产信贷部资金存有人民币3.32亿元。

袁得鱼看了一下,与自己估计的差不多,他不动声色地说:"这笔资金,只是第一笔资金,其余的拆迁资金呢?"

林凯集团的律师似乎是有备而来,他一下子拿出了一份海上飞股份的抵押合同,上面写着抵押金 5.75 亿元。正是这个抵押,腾出了划账到银行的 3.32 亿元资金。另外,加上海上飞现金流的投资,正好是 10 多亿元,与现在东九块投资的账目完全相符。

律师得意地望着袁得鱼。

映照在墙上的幻灯片资料清晰可见。

在场的人也都看见了,整个场子一下子没了声响。

正在这时,袁得鱼忽然举起手来:"我发现了一个问题!"

"什么问题?"

"字好小啊!"袁得鱼说。

底下的人发出一阵哄笑。

法官敲着小榔头:"肃静肃静!"

袁得鱼乜了一眼被告律师,那家伙趾高气扬。他再看了一下林凯集团的其他人,有一个中年女子,估计是财务人员。

刚才,就是这个女人给律师那些财务资料的,那人一直盯着左上角看,神情紧张。

袁得鱼歪着脑袋,指着幻灯片,对书记员说:"请朝左边移动,放大一点儿。"

书记员放大了。

袁得鱼继续看了一眼座位上那个中年女人的反应,那人非常紧张。

幻灯片越放越大。

中年女人不由得痛苦地闭上眼睛,她的表情说明了一切。

袁得鱼一下子笑起来,走到幻灯片前,说:"我看到了,土地使用权转让费是零,而在海上飞的土地使用权转让费一栏里,写着 2.89 亿元。"

大家也都看到了,文件上有一行字——海上飞投资的资金中,有 2.89 亿元资金作为支付给林凯集团的土地使用权转让费。

第六章 东九块血案

"什么，土地使用权转让费为零？"在座的人沸腾了。

此时，在场的人几乎同时把目光投向林凯集团的人，土地受让方怎么可以做如此卑劣的事？这是明显的利益输送！

这个数字已经出乎袁得鱼的意料之外。

不过，他终于理解，为什么他头脑中的数字总是凑不齐，原来关键在这里，秦笑的开发抵押金的 2 亿元，是从这里来的——他实际没有支付土地使用权转让费。所以，秦笑撬动东九块的资金，表面上既支付了土地使用权转让费，又支付了开发抵押金，账面上虚增了 2 亿多元，其实折腾一番，仍是同一笔资金。

不过，这个土地使用权转让费的"零"太夸张了。

袁得鱼煽风点火道："谁都没想到吧？这么一个优质地块，拆迁费还没下文，就已经享受最高优惠，天理何在？我们看一下前几年香港富豪李嘉诚在佑海虹桥收购的一块同等地段的地皮，支付了每平方米 1 000 美元的土地出让金，我算低点儿，按每平方米 800 美元计，仅 58 位街坊的 4 万多平方米，被告人就至少应该支付 3 亿元以上的土地出让金。以目前市场行情，佑海城区二级地块每亩的土地出让金约为 600 万到 800 万元，58 位街坊的 4 万多平方米的出让金应该在 4 亿元上下！"

庭审现场一片哗然。

这个细节，让在场的听众都愤怒了——那么一大笔费用竟然是零！这样黄金地段的土地使用权转让费竟然全免！

代理律师马上慌了，说："这不关我们的事啊！这……这是合法的！"

律师取出一份资料："根据《佑海建城（2001）第 0068 号文》的规定，这个旧区改造房优惠政策的第一条就是，土地使用权转让费为零。"

袁得鱼不慌不忙地说："这样，既然合法，那我们打电话问问佑海市房屋土地管理局房屋拆迁管理处，你们是否有权力享受这样的优惠。"

现场立即拨电话。

"喂?"管理处有人接了电话,听筒放在扬声器上,所有人都听得见。

那人一听来意,就说:"是啊,我们这个条款是施行过一小段时间,现在已经不提倡了。"

"好,既然这个零是合法的,那么,这个账目上的 2.89 亿元是怎么回事呢?"袁得鱼愤愤地说,"难道是你们这些人分了这笔钱吗?"

袁得鱼对乔安眨巴了一下眼睛。

乔安在底下带头拍起手来。

台下很多人跟风发出嘘声。

袁得鱼咧开嘴笑了,他把双臂高举起来,振臂高喊:"很显然,你们在撒谎!你们钱根本不够,所以你们必须强拆!"

被告律师一下子冴了。

"你们会发现这样一个事实——开发商根本不需要一分钱,就可以拿一块价值至少 50 亿元的地!它根本不需要花自己的钱,用银行的钱,用上市公司挪来的钱,用发公司债的钱,就可以把这个事情做成,而它真实的成本可能是 2 亿元。然后,它把这个 50 亿的地,变成了 100 亿的样子。它只要赚20%,就是 20 亿,足足是成本的 10 倍。况且地产项目远远不止赚 20%,可能是 50%,也就是 50 亿!很多普通人以为自己买的房子价格已经上涨了,但开发商只花了 2 亿元,就足足赚了 50 亿,是亿啊!然后,它可以用 50 亿再去搞 25 个项目。所以,富人越来越富,而穷人永远买不起房子!"袁得鱼突然指向在座的居民,"没错,你可以说,那就是富人的本事!但他们,只想要一个舒适的家而已,他们仅有的机会也被这些贪婪的商人给剥夺了!"

底下的人一下子沸腾了。

因为是公开审理,很多记者都在现场,他们纷纷跑出去给自己供职的媒体打电话,向领导汇报这一重要发现。

第六章 东九块血案

……

乔安一下子冲上来，他们抱在了一起。

袁得鱼有点儿激动地说："我是不是打败秦笑了？"

"是的，你太厉害了！"乔安深知，东九块土地使用权转让费为零的内幕，将震动整个财经界！不，整个佑海滩！不，全国！

乔安抬起头问："你怎么知道土地使用权转让费有漏洞？"

"是他们告诉我的，哈哈！真的是他们告诉我的！"袁得鱼说，"我本来也没有多少把握，财务表面做平很容易，但再聪明的财务人员，也无法圆一个弥天大谎，在细节上总会有破绽。如果刚才幻灯片唰唰放过去，我没有看到的话，他们就过关了！"

"你太厉害了！"乔安激动起来。

"关键是……"袁得鱼坏笑了一下，"我真的爽到了！"

"哈哈哈，爽死你！"

"我太知足了！秦笑，这个佑海滩的大佬，竟然给我爽到了！"

所有人都没想到，这件拆迁权益案，竟然演变成了一起活生生的利益输送案！

在庭审现场的几个小喽啰马上给秦笑打了电话。

听到这个消息后，秦笑一下子瘫倒在地上。

他知道，任凭自己如何施展乾坤身手，也无力回天了。

七

东九块的任何灰暗角落都暴露了，什么黑幕都被挖出来了。

这样不干不净的资产不可能注入海上飞，也不可能成为撬动整个林凯系的跷板。

东九块的拆迁事件，就像一个大雪球，卷入了各路人马，成了最热门的财经八卦，层出不穷的黑幕被一一曝光了出来。

市场反应很激烈——海上飞经历了短暂的停牌后复牌，股价暴跌起来比涨停还快，秦笑知道自己距离"末日"不远了。

拘捕人员抵达时，秦笑彻底瘫软了。

他没想到，这个拆迁，竟然会惹出这么大的麻烦。

他苦笑，原本想在佑海滩再次施展拳脚，闯出一片新的天地。

没想到，做"佑海地产巨头"还不到几个月，就又变成了阶下囚。

这辉煌的地块，如今成了最悲剧的烂尾楼，不，几乎是一片无望的废墟。

他苦笑的，不是自己再次入狱，而是他的合作伙伴们怕惊动面太大，最终，还是默契地牺牲了他。

他觉得，自己有点儿像当年的杨帷崿。

不过，他对自己的罪名有些哭笑不得——不是操纵土地交易，而是"操纵股价"。

这个判决，用不了多长时间，他就可以出去，或许，他没什么值得抱怨的。

秦笑被捕的消息传出后，更悲惨的，是他好不容易用尽最后力气并购的海上飞，又是11个跌停板。林凯系股票因被停牌或连续跌停，市值缩水达30多亿元。

要知道，就在他并购海上飞的消息传出后，银行的人原本对待东九块谨慎放款的态度大为转变，他们认为，秦笑真的能成为东九块的终结者。当时，他在恒隆开完项目推介会之后，好几家银行已经主动说愿意与他签订东九块的授信协议，他本来是可以理顺全局的。

可就在东九块案判决结果出来的当天，他就接到好几个电话，说之前谈好的合作一律取消。

东九块像个魔咒，连秦笑这个"混世魔王"也没拿下。

秦笑知道，因为东九块的垮掉，原本可做成"美味鸭子"的海上飞也飞了，因为这个上市公司彻底垮了。他最后费尽心力腾出的用在海上飞上的资金，因东九块的覆灭拿不回来了。

秦笑面对着监狱冰冷的墙壁，似乎听到了不远处自己"帝国"倒塌的声响。

第六章　东九块血案

而这一切本应该是完美的。

毕竟，原本只要等到东九块拆迁完，银行的授信资金进来，他就自然而然拢起一个新的雪球，那个泡沫一样的林凯系盘子，也就会又活起来。

他事先无论如何也没想到，东九块这根救命稻草，反而压垮了自己。他精心安排的公开庭审，如今看来，更像是一个笑话。

他又苦笑了一下，自己在 10 多年里，已经来这里 3 次了。

他站在牢房里四处张望，不由得发慌。

如果他没记错，这个牢房，正是当年杨帷幄住过的。

当年，那个将杨帷幄往外推的黑手，难道与自己没有关系吗？他还清楚地记得，对方再三确认了杨帷幄的狱号——039。

这难道是宿命？

秦笑躺在牢房里，听到有人在猛烈地敲击着铁门。

他不由自主地朝对面望去，一下子恐惧起来，这是一个约 10 多年前的生意朋友。当年，他问这个朋友借了 300 万元，后来陆陆续续只还了几十万元。

没想到，这个生意朋友也进来了，在同一时间，同一个地方。

放风的时候，那个黑老大拍了拍他的肩膀："事业做那么大，把老朋友忘了？"

秦笑赔笑说："大什么？还不都是些皮包公司。"

"那钱呢？利息都快赶上本金了！"

"老大，我帮你敲背、洗脚，难道不值这点儿钱？"

黑老大说："你怎么讲到这个地方去了！"

秦笑不算矮小，可是被一群高大的人围住，觉得自己就像一只可以任人踩躏的小鸡。

秦笑不慌不忙，索性躺在地上："只要你们乐意，我躺着给你们踩。"

这群人朝他吐了几口唾沫，就散开了。

黑老大掐住他的脖子："出去后，第一件事就给我还钱！"

秦笑拼命点头。

贾琳来监狱看他，见他眼睛是肿的，脸上还有些瘀青，忍不住眼睛红起来。

"喝点儿鸡汤。"她说。

秦笑立马将鸡汤喝了个精光。

贾琳爱怜地看着他："以前我要煮鸡汤，你还不让我动手，说这是下人干的活。"

"我不舍得你煮。原来我刚出道的时候，每天给大哥们煮。"

他望着贾琳，此刻，却有了幸福感。

不知怎的，他想起第一次见贾琳的情景。

当时，贾琳家离自己家不远。有一天，她穿着一袭白裙，来到油腻腻的小方桌前。那时候，他还是个小馄饨摊的摊主。

"老板，我要一份馄饨。"

那时的秦笑，还是复浦的一个小流氓，20 岁出头儿。这个小馄饨摊，是母亲帮着经营下来的。

但他知道，馄饨摊可不是他的理想。

贾琳一个人吃着馄饨，朝他微笑，长裙在风中起伏，不时露出迷人的长腿。

她笑说，自己刚看完杨丽萍的《雀之灵》，现在整个人都被迷住了，也爱穿白长裙。

秦笑在夜色中，叼着烟，一边刷碗，一边欣赏着她，心想："总有一天，你会成为我的女人。"

现在的秦笑，多么想回到那个时候。他拉着贾琳的手，在大雨中抢购了一台视频压缩碟片播放机（VCD 机）。在当时，VCD 机还是稀罕物，他们惊喜地打量着银光闪闪的小盒子。

两人在雨中深情地望着对方，然后，就像普通恋人一样，一人耳朵上塞一个耳塞。在雨幕中，踢着雨水，享受着音乐带给他们的快乐，这恐怕是他们年轻时最浪漫的时光，应该不是唯一。

秦笑永远记得那首歌，是柯受良的《大哥》——他特别迷恋歌

第六章　东九块血案

里那种情非得已的爱情，他每次在 KTV（提供卡拉 OK 影音设备与视唱空间的场所）都会唱："我是真的改变/但没有脸来要求你等一个未知天/只恨自己爱冒险/强扮英雄的无畏/伤了心的诺言/到了那天才会复原/我不做大哥好多年/我不爱冰冷的床沿/不要逼我想念/不要逼我流泪……"

他唱的时候，贾琳总是难得乖巧地靠在他身上，完全是他理想中女人的样子。

有时候，他觉得这样的生活已经很幸福。

然而，他是一个不缺乏进取心的人，贾琳也是。他们没想到，这样的野心，竟有一天会葬送他们。

秦笑万万没想到的是，继老婆后第一个探监的，竟然是这么个年轻人。

这个年轻人顶着一头乱草，双手插在裤袋里，坐在自己的面前。

秦笑自然认得这个年轻人，这个年轻人与之前相比，看起来有些邋遢，胡须也没刮干净，眼神却是异常犀利。

不知为何，他这个 40 多岁的老江湖，在这个 20 多岁的小子面前，却没有任何心理优势，对方的某种气场反而压迫着自己。他早就听说，他是个天才，如今看来，就算完全不加修饰，也掩盖不住这个年轻人的狂放不羁与不凡气度。

那年轻人倒也直接："你还记得我爸爸吗？"

秦笑笑了一下："我当年可是你爸的铁杆兄弟。"

"当年不就是你要收购帝王医药吗？从而发起了帝王医药的多空赌局，这个事儿可是惊动了整个佑海滩，你那时候可是一代枭雄！"

秦笑的脸在抽搐。

"不过，你没收购成功。你与当年临时倒戈的唐子风交情不浅啊！"袁得鱼停了一下说，"我告诉你个事儿，不过我想你也知道了，现在接手海上飞的是唐子风！他用对价的方式，将上市公司与海上飞换股，得到了海上飞的控股权！海上飞管理层估计也快疯了，真的是不计成本地抛售。不管海上飞资质如何，毕竟是上市公

201

司，价格到这个地步，唐子风无疑是趁火打劫，捡了一个大便宜！"

秦笑想起唐子风曾提过用对价的方式收购，没想到是真的。

他有点儿恍惚，甚至怀疑，这些是不是唐子风事先就安排好的。如今，唐子风不仅拿到了更便宜的股份，还取而代之地彻底控制了海上飞。

"虽然因为东九块的案子引发调查，牵出的事越来越多，但海上飞的管理层还是滋润的。他们安然无恙，因为很快有唐子风罩着他们，他们很欢迎唐子风。想想也是，海上飞从本来不能流动的限售股，直接转成了能在二级市场买卖的流通股，尽管折价出售，但总比股份在一个阶下囚的手里好多了。"袁得鱼的每一句话都刺激着秦笑的神经。

不过，秦笑还算平和，他觉得，自己怪不得唐子风。

原本，秦笑是可以在这场资本游戏中分到一杯羹的，但是自己搞砸了。毕竟，只有唐子风介入，才能把原本漏洞百出的财务账搞得眼花缭乱，也才能瞒天过海；也只有唐子风掩护，自己才能有时间暗度陈仓，把海上飞牢牢握在手里，尽管后来还是飞了。

"秦笑，你是天才，能想出用跨境金融工具进行利息套利，做出新的并购资金！"袁得鱼叹了口气说。

秦笑冷笑了一下。

"中邮科技后，你一连收购了两家香港上市公司，我问你，这些资金哪里来的？这些收购几乎同时进行，如果说是巧合，也未免太蹊跷了！"

"你在说什么？难道不应该是我想收购哪家公司，什么时候收购，都可以做到的吗？"

袁得鱼对他笑了一下，令秦笑浑身不自在。

秦笑觉得，这个年轻人知道自己将中邮科技的胜利果实转换成了香港上市公司的资产，可这有什么用？自己只会搞资本运作，所有实业都在亏钱，不得不用新窟窿的料去填补旧窟窿，最终还不是山穷水尽？

第六章 东九块血案

袁得鱼仿佛对秦笑的事情兴趣不大,他问了自己最想知道的问题:"一直以来,我都有个疑问,你就以我爸曾经的铁杆哥们儿的身份回答我,好吗?"

秦笑不吭声。

"我爸爸就算当时做多失误,但我在他本子上发现,他有沽空的交易记录,他为何放弃兑现这笔巨额收益?为何要白白承担这样的后果?你们到底在暗地里做了什么?"

"我听不懂你在说什么。"秦笑老奸巨猾,什么都不肯说。

"那我问你一个很简单的问题,为何我爸爸最后能追沽 22 亿,这笔钱从何而来?"

"我为什么会知道你爸爸的事?"

"如果我没记错,你们在帝王医药大战之前,玩过一场叫七牌梭哈的游戏。"

秦笑定睛看了袁得鱼一会儿,心想,这个年轻人究竟知道些什么。

"你们约定了如何分成。我只想知道,你们究竟让我爸爸扮演的是什么角色?"

秦笑依旧不动声色,思绪却早已飘到了过去。

那个事距离现在已经太久远了。但是那个帝王医药事件,无疑是他雄踞佑海滩的真正起点,他怎么可能忘记?

再说,这个手笔是如此惊心动魄,此后,再也没有见过如此有想象力的大手笔。

或许,当时他们是太残忍了,至少,应该关照一下袁观潮的孩子。但怎么办呢?他们也不是完全不厚道,最后难道不是因为袁观潮自己也失控了吗?

"刚才我在等候的时候,看到一个美丽的女人,她犹豫了一会儿,还是走了。我想,她应该是你的妻子。我几年前见过她,她明显苍老很多。我知道,你们还有个在英国读书的孩子。如果我爸爸还在,或许我也在海外读书。"

"对,对不起……"不知为何,冷血的秦笑突然脱口而出。

"我后来好不容易有了一个干爸，他叫杨帷幄，但他就在我看望他的那一天……"袁得鱼稍稍停顿了一会儿，"你觉得，你会比他更幸运吗？"

秦笑深深地觉得，眼前这个男孩是一个巨大的风火轮，一旦旋转起来，可能永不停息。

"我只想问一个简单的问题，当年，我爸爸原本不想介入帝王医药事件，但两个客人来后，改变了他的想法。如果我没记错，这两个人一个是日本人，一个是香港人。那个日本人头很大，样子很奇怪，整个人是方的，总之，脑袋与身体都是方的。我之所以记得，是当时想过，如果去推这个人一把，恐怕都不会滚。那个香港人是高个子，说起话来语气生硬，他的样子很像军官，身材高大挺拔，却是长短脚。如果我没记错，你与日本那边的关系很好，这两个人你认识吗？"

秦笑陷入深思，他当然知道那两个人。

袁得鱼仿佛看出了什么，继续问道："你只要告诉我，当年我爸爸那笔钱是不是他们给的？"

秦笑不由自主地点了下头。

"他们怎么会有那么多钱？"

秦笑不语。

"我还是不解，我爸爸在当年的 5 月 28 日，已经掉头用 3 亿元杠杆沽空了帝王医药。29 日，也就是相关部门宣布补贴的前一天，他还追沽了 22 亿元。就算最后九分钟无效，他这笔资金可以稳赚 33 亿元，现在，这笔资金又去了哪里？账面上怎么亏损了 5 亿元呢？"

秦笑摇摇头。

"好，那你能不能告诉我，唐子风究竟找的是什么？如果不是钱，那究竟是什么？"

"是一本册子，红色的册子。"秦笑终于开口了。

"红册子？"

第六章　东九块血案

"我也只是听说,没见过。上面有很重要的信息,可能能帮你找到资金的去向。我只能告诉你这么多了,因为,我也希望你能扳倒唐子风。"

"那两个人究竟是谁?"袁得鱼又问道。

"不是你能想象的。"秦笑最后想了想说,"总之,你是斗不过他们的!"

袁得鱼嘴角歪斜地笑了一下:"恐怕你看不到这个结果了。"

这天晚上,秦笑怎么也睡不着。

他好像来到了一个黑魆魆的洞口,洞口处有一个人,背对着他。

他看不清是谁,走近一看,那人转过身来,竟是杨帷幄,他的脸看起来是斜的。杨帷幄乜了他一眼,头上还顶了一朵鲜红的花。

"你也来了!"他的声音仿佛是从洞的深处传来,四周都在发同一个声音,洞里似微微颤动。

"你在这里做什么?"

"是你把我推下去的!是你把我推下去的!……"那个声音重复着。

秦笑开始发抖:"不是我!"

秦笑记得,当时有人特意来香港找他,让他提供监狱里的一些地头蛇的联系方式。

他没想到,那个人那么快就对杨帷幄动手了,还不留一点儿余地。

秦笑见到杨帷幄朝他张牙舞爪地冲来,吓坏了,下意识地跑进了山洞。

那个山洞里竟然出现了一条璀璨明亮的橙黄色光带,忽明忽暗,就在他的前方。

山洞里寒风回起,凉意袭来。

一列火车呼啸而来,由远及近,几乎要吞了自己……

他趴在洞壁上尝试躲开,但那山洞剧烈晃动起来,两边的洞壁

205

越来越靠近，他想往上爬，可洞壁好像倒挂的光滑漏斗，没爬几步，自己就滑了下去。

　　火车越来越近，声响震耳欲聋，这个黑色的庞然大物风驰电掣般，它撞击的一瞬，秦笑胸口感到一阵剧烈的绞痛，似被火车碾轧，魂魄与身体一下子分离……

　　袁得鱼走着，一阵寒意从背脊传至全身。

　　他还是双手插袋的姿势，抬头望了一眼快被云雾遮挡的月亮。

　　他知道，自己已经得到了一个重要线索，可以慢慢填补那个复仇棋盘。那棋盘在没有星星的黑暗夜晚，竟是那么清晰。

第七章　唐少的挑战

当音乐停下时，有关流动性的各种神话肯定非常麻烦。不过只要音乐还在继续，你就必须起来跳舞，舞会还没有结束。

——查尔斯·普林斯（Charles Prince）

一

袁得鱼站在一块石碑后面，等一群大佬散去后，在秦笑墓地上默默地放了一枝花。

黄昏的陵园，异常沉寂。

他走出陵园，慢慢地走向了街上。

干掉棋盘上的敌人，是他长久以来的心愿，或者说是使命，但从报纸上得知秦笑在狱中死于心脏病突发的时候，他的第一反应竟是胸口撕裂般的疼痛。

他发现自己骨子里竟是佩服秦笑的。秦笑是真正的白手起家，凭借自己的天赋，创下了自己的江山，确实是有能耐。只可惜，秦笑虽然神通广大，搭建了不少关系，但这些交情抵不过真金白银。

袁得鱼想了想整个过程，自己也没料到，最终会以这样的方式破坏秦笑的一手好戏。如果再拖延一点儿时间，秦笑的资金窟窿就能填上，他的"帝国"又会坚不可摧。

袁得鱼想起，秦笑最后对他说："不是你能想象的。总之，你是斗不过他们的！"

"你是斗不过他们的！"这句话这些天一直回响在袁得鱼耳边。

袁得鱼回到丁喜的家。

他想起自己已经有一段时间没去看丁喜了，也不知道那家伙怎么样了。他想起，在赚第一桶金的时候，他们睡在一个屋子里。沙发那端，丁喜会发出轻微的鼾声。

他的床头摆着用捡来的石头组成的国际象棋，或许就他自己知道，这些奇怪的石头各自的身份。

他轻轻地推了推一枚棋子，它便倒下了。他很难过，秦笑会是这样的命运，一个枭雄倒下了。

他盯着棋看了很久。

他想到了爸爸与自己下最后一盘棋的情景，那场景在梦中诡异又令人伤感。

虽然从秦笑那里得到了一点儿线索，比如，那两个身份诡异的人，其中一个确实是日本人；比如，参与其中的，可能不止七牌梭哈的人，即不全是当年血色交割单上的人。而且，真相或许与那本红色册子有关。

袁得鱼隐隐觉得，唐子风他们还在进行着更大的交易，他们的关系应当比自己想象的更为盘根错节。

他苦笑了一下，自己眼下需要更多的资金，才能真正卷入未来变幻莫测的局势中。

只是眼下这些线索，仍然是支离破碎的，揭不开谜底。

在一切明了之前，他只能继续准备战斗。

从陵园回来后，唐子风坐在家里的皮沙发上，摩挲着手里的小黑猫。

电视里正在播放"佑海地产巨头"秦笑的传奇历史。

电视节目最后，提到了东九块，说这个黄金地块像被施了魔咒，仍然没有开发商在此建设工程。但听说一位香港商人对这块地有浓厚的兴趣。

唐子风有点儿坐不住了，他不是对东九块有多大的兴趣，而是刚才放资料影像时，他一眼就看到了袁得鱼在法庭上振振有词的样子。

唐子风关掉电视，犹如香港大亨那样，一边叼着雪茄，一边摇了摇头，心中琢磨着如何干掉这个让他心烦的家伙。

他冷笑，秦笑眼看胜利在望，竟又被袁得鱼搅了局。无论如何，自己这次必须主动出击了。

第七章 唐少的挑战

他想起那次泡温泉时，韩昊说过的话："我一定让那小子在市场上输得再也爬不起来，痛不欲生，从此不再找我们麻烦。不过，我更喜欢打配合战，不要让那小子觉得是我一个人在欺负他！"

这家伙滑头得很，想必也不会那么容易对付。

正在这时，唐子风把目光放在一旁的唐煜身上——因为秦笑的葬礼，唐煜也回了佑海。唐子风心想，唐煜这几年成长快速。他印象最深的一次，是多年前唐煜看破杨帷幄管理者收购计划的财技。当年，唐煜折戟于申强高速一战，算是在与袁得鱼的对抗中败了，不过那场战役的主角还并不是年轻的他们，而是自己与杨帷幄。

唐子风知道，如果真要说谁是袁得鱼的对手，那个人非唐煜莫属。

唐子风唯一担心的是，唐煜比较正义，不像袁得鱼那么邪气。不过，唐煜也越来越成熟，再说，他背后还有自己。

唐煜刚才也看了电视节目。

他有点儿难过，他想起，秦笑给了自己想都没想到的一大笔资金。正因为这笔资金，他的事业马上开展了起来。在他心目中，秦笑是一个了不起的人物。

不知不觉，唐煜的眼泪竟流了下来。

唐子风见状故意说："太可惜了，太可惜了！"

唐煜望着父亲："秦叔为什么会这样？他怎么会心脏病突发呢？"

"监狱不适合上了年纪的人啊，暴毙是常有的事。"

"爸爸，我好后悔！"唐煜突然说。

唐子风有些诧异："你后悔什么？"

"我不知道他的公司只剩一个空架子，我以为他只不过需要一笔短融资金，是我帮他准备了并购资金。如果不并购的话，或许，秦叔也不会那么快被媒体……当然，我也知道，秦叔必须得面对惩罚，但未免也太……"

唐子风的反应大大出乎唐煜的意料，他兴奋起来："原来是你一手导演的？我还想呢，秦笑怎么会想出这一手！原来是我儿子的主意，太妙了！"

"爸爸，早知道会惹这么大的麻烦，我死也不会这么帮秦叔操作的。"

"你不要太难过了。内地玩地产就是圈地，先行一步，就能圈更大的地。你如果不圈，就相当于缴械投降，你说你是圈，还是不圈呢？"

唐煜默不作声，他知道爸爸这么说肯定有他的道理。唐煜现在对中国内地的发展模式有了一定了解与认识。

"唐煜，在你看来，秦笑最后失败在什么地方？"

"因为林凯系是一个空心架子，不该玩那么大，容易玩火自焚！"不过他说到这里却说不下去了，这杠杆里不是也有自己的一份吗？他好像能理解当时袁得鱼在香港为何怒不可遏了。

"你错了。在中国资本市场这么做的人比比皆是，真正打败他的，是那起拆迁案。"

唐煜马上问："你的意思是袁得鱼？"

"是啊！"唐子风自言自语道，"你看这家伙多厉害，不仅拉了那么多拆迁户，还一下子识破了秦笑的财技。"

唐煜心想，在这一点上，他不得不佩服袁得鱼。要知道，他自己运用的是西方那套理论，然而，毫无国际投行背景的袁得鱼竟然丝毫不逊色。

"听说，那个女孩也跑到香港去了？"唐子风突然提道，他非常清楚儿子的心思，"你们有没有交往？"

"爸爸！"唐煜被爸爸说得烦躁起来，"哪是想交往就能交往的，人家各方面都很优秀。"

"你不懂女人。女人是需要征服的，你如果不争取，不就是拱手让人吗？"

"我可是一直在表白啊！"唐煜有些负气地说。

"女人是看你做什么，而不是听你说什么。所有女人都希望等到那个保护她的男人出现，你要证明给女人看，你能保护她。你看人家袁得鱼，总是能适时地表现一下自己，这些对女人来说，就是无声无息的影响。你真觉得你比袁得鱼差吗？"

"哎！"唐煜托着下巴，"虽然袁得鱼上次打了我，但他还是我兄弟！"

"他打了你？"唐子风很惊讶。

"他上次去香港，本来想阻止秦笑的，看是我经手，而且都办完了，就直接打了我一拳，还一副恨铁不成钢的样子，无奈地走了。"

"那么，那个女孩是不是也看到了？"唐子风追问道。

唐煜点点头："正好过来撞到了。"

"你看，你总是输给人家，怎么会赢呢？"

"爸爸！"

"你还记得爸爸有个兄弟叫韩昊吗？如果你想好好与袁得鱼干一仗，你可以与韩叔联手，爸爸会在背后全力支持你！"唐子风随即把他的计划和盘托出。

唐煜有点儿纠结，他本来想尽快做自己的对冲基金，好好证明一下自己的实力。不过，这一仗或许对自己未来的对冲基金也有帮助。把握这次机会，他的资金实力也可以壮大，那就彻底可以自力更生了。

这不正是他梦寐以求的吗？

最重要的，还是邵小曼！他又想起那晚邵小曼在他怀中痛苦的样子，便下决心要看看谁是天才。

事业与爱情将距离自己都不再遥远。

唐煜认真地点了点头。

二

第二天，袁得鱼还在睡觉，就被电话铃声吵醒了，竟是唐煜打来的。

"老兄，出来见个面如何？我到佑海了！"

袁得鱼挠了下头，照理说，兄弟久未见面，再相见是开心的事，为何唐煜的声音听起来，带着一点儿不想善罢甘休的愤懑？难道他记恨上次打他的事？

"好啊！"袁得鱼也不多问，不假思索地答应了。

他们约在恒隆广场的采蝶轩，那里简洁优雅，有地道的港式美味。

袁得鱼到的时候，看到唐煜一个人坐在考究的沙发上，一副风度翩翩、有教养的富家公子模样，头发油光可鉴，神情从容淡定。

唐煜抬起头看了一眼袁得鱼，不由得感慨这小子就像吃了什么不老丸似的，还是那副青春逼人的少年模样，随意地站着，手永远插在破牛仔裤的裤兜里，风流倜傥，掩饰不住的聪明。

难怪他让邵小曼那么着迷，他有些难过地想。不过，不管怎么样，现在是该了结的时候，他无法再容忍了。

"嘿，怎么臭着一张脸？"袁得鱼拍了一下他的肩膀，"还生我气啊？"

"没有，没有。我看到新闻了，我能理解你。这个海上飞一下子猛拉了13个涨停板，复牌后连续20个跌停板。"

"不过，这是很难改变的，如果给他重做一次的机会，他恐怕还是会这么做，他没法选择。"

唐煜想，虽然你对秦笑有成见，但你怎么能把这种事说得如此轻描淡写，真是太无情无义了："你不觉得秦笑很可怜吗？"

"哈哈，来，喝点儿酒！"袁得鱼见唐煜低头不语，"开心点儿，你看，这件事与我们都有点儿关系。"袁得鱼说完，痛快地喝了一杯酒。

"我觉得你还是在南岛时那个死样更好些。"唐煜不动声色地嘲讽着，"我有件很严肃的事要跟你说。"

"什么？"

"你还记得邵小曼吗？"唐煜说出"邵小曼"这三个字的时候，

心里还是纠结了一下。

怎么可能忘记呢？袁得鱼脑海中闪过与邵小曼在圆明园路临别时的场景。他又想起，在香港时，邵小曼忧伤的神情。

袁得鱼故作镇定地吃了块红烧肉："这个好吃！"

唐煜喝了一杯酒，心想，邵小曼怎么会喜欢这种人："你猜她来香港时，跟我说了什么？"

"什么？"袁得鱼顿了一下。

"她问我能不能做我的女朋友。"

"这不正中你下怀吗？"袁得鱼盯着唐煜的眼睛，笑了一下。

"我一开始当然很开心，以为她真心实意想和我在一起。但她看起来不对劲儿，原来是太伤心，负气这么说。后来我才知道，是你伤害了她！"

"伤害？"袁得鱼感到疑惑，他实在想不起来自己做过什么对不起邵小曼的事。

"一天，她不太高兴，非要我请她去兰桂坊喝酒。没想到，她喝到最后，突然大哭起来，她说你怎么可以对她那么不好！"

"她……她真是这么说的？女孩究竟都在想什么？"袁得鱼差点儿语无伦次。

"我后来把她送回酒店，她醒后打电话给我，说她有些冲动，因为太苦闷了。她在去美国之前，与你在佑海道别，你当时到底做了什么，让她那么伤心？"

袁得鱼埋头喝了一口酒。

"我不知道你对邵小曼做过什么，但你见过邵小曼喝醉的样子吗？她就那么搂着我，一会儿哭一会儿笑，问怎样做才能与他在一起，我知道她不是在问我。她那么靠在我的肩膀上，像小猫一样抽泣了一个晚上。我不忍心看她那个样子，今后也不想看她那个样子，我看不下去了！我在想，你这个禽兽，你到底对她做了什么？"唐煜重重地放下酒杯。

"我配不上她。"袁得鱼沉默了一下说。

"懦夫！那就让我取代你在她心目中的位置吧！"唐煜恶狠狠地说，"这次我回来，一为我全新的事业做准备，二要与你一决高下！"

"一决高下？"袁得鱼有些不解。

"你不是邵小曼眼中的金融天才吗？我相信，市场的反应是最公正的，我们就在金融市场上打个赌，好不好？"

袁得鱼没直接回应。

"这样吧，权证九年后第一次复出，这个品种在国内会怎么样，对我们而言，都是未知，我们不妨就在这次交易上打个赌。不管我们的资金有多少，从权证入市第一天开始计算，一个月后，看谁在这个品种上赚的收益多。谁赢了，谁就有资格得到邵小曼！"

袁得鱼心想，虽然他不懂女生，但他至少明白，怎么可以用跟赌博差不多的交易来决定邵小曼的感情去向呢？但唐煜似乎是来真的，现在的他，是如此咄咄逼人。

不过，袁得鱼觉得权证会有点儿意思。他想起曾在机场看到过的《华夏财经报道》，上面提过一句话，"权证将卷土重来"。权证这玩意儿，自己在南方时，曾与一帮投机客玩过，不过他们那伙人多少会受香港市场的影响。

权证在香港叫作"涡轮"，它像是交易世界里的"阴暗王国"，交易量一般较小，通常是在投机经纪商手中买进卖出。说白了，权证就是信用合约，属于长期合约。而认购权证属于期权当中的"看涨期权"，认沽权证属于"看跌期权"。

他想起来，前几天，财经新闻上有个新消息放出来了——"重返中国的第一个权证是新赛棉花"，这也就意味着，这个权证与大宗商品有了关系。

袁得鱼太了解大宗商品的期货圈了，因为交易形势变化莫测，棉花在期货市场上也被称作"邪恶之花"。

这么一来，权证就可以当作一类特殊的金融衍生品，就像大宗商品那样玩一番，另外，新赛棉花还是一只 A 股的权重股。

仅从题材看，袁得鱼对这个品种就充满了想象。

第七章 唐少的挑战

袁得鱼相信，按常理，他自己都能轻松看到的机会，绝不会逃过对市场敏感的做手眼睛。

或许这里真的存在一个难遇的暴富机会，就看怎么玩了。

不过，袁得鱼想起了自己对于大势的判断，不由得担心起来。

"你到底应不应战？"唐煜喝得有点儿多，情急之下还推了一下袁得鱼。

"你有邵小曼的授权吗？"袁得鱼只好找了个借口，挑衅地看了唐煜一眼。

唐煜愣了一下："这是我个人对你发起的挑战！"

说罢，唐煜眼睛里燃烧起熊熊怒火！

很长时间以来，袁得鱼都能隐隐感觉香港那边有个无形的强大对手。

在他的棋盘上，有一股足以左右局势的力量。但他没想到，这股力量如今竟会以这样的形式出现。

"袁得鱼，你怕了吗？别告诉我，你都不懂涡轮怎么玩！难怪我爸爸说，大多数人都不太熟悉这个品种。"唐煜有点儿醉了。

袁得鱼心想，难道唐子风也关注了这个品种吗？难道他也会卷入其中？他故意问道："原来你是为你爸爸来做这场交易的！"

"不是！是我自己要在这个全新的战场向你挑战的！"唐煜怒火中烧，"你个自私的家伙，你到底是答应还是不答应？"

"你喝多了吧？再怎么样我也不想把邵小曼牵扯进来！"

"我以为你很男人，原来你只是个懦夫！"唐煜挑衅道。

"男人不就是要能伸能屈吗？我回头想想。"袁得鱼只好用缓兵之计。

一回到家，袁得鱼打开久违的期盘看了起来，他意识到，这个市场早就风起云涌了。

他前几年一直在期货公司做经纪业务，对很多期货品种的研究也算很久了。

他之所以长时间没看期货，因为就像他看淡当前的股市一样，他也看淡所有期货品种。前阵子的期货行情如他之前的判断,价格一直往下跌。

他重点看了一下郑棉行情——这个品种不仅可以代表不少农产品,也反映了整个期货市场。

如果用一个字总结行情的话,那就是惨!

2005年以来,棉花行情急转直下,主流近期合约和远期合约同时出现暴跌。

他沉思了一会儿,问了圈内几个消息人士。非常有意思的是,他们都说,棉花背后的大主力是韩昊。

"韩昊?可当真?"袁得鱼警觉起来。

"韩昊垄断了这个市场,他直接调集了800万吨棉花现货。"

袁得鱼暗想,韩昊搅进棉花市场,会不会与唐煜操作权证有什么关系?

袁得鱼知道,国内的棉花数量比报盘中的数量多很多。期货交易中,供需法则总是会起作用。现在,需求方主要是韩昊——这个自己一心想干掉的敌人!对袁得鱼而言,这次或许有机会一箭双雕!

他想了想韩昊的风格,江湖上一直流传着关于他的传说。

一次,韩昊看电视上播放的一个非常热门的证券访谈节目。节目预告说,将采访一家上市公司的总裁。这个节目前一期采访的是另一家上市公司的总裁,在节目播出的第二天,那家公司的股票就开盘涨停。这时,正好距离股市收盘还有30分钟,他火速买了这个即将被采访的上市公司的股票。在访谈节目播出的第二天,这家公司的股票就涨停了。这种典型的"事件驱动"思维,也是一种无比敏感的敢死队作风!

袁得鱼看了一眼床头的棋盘,这个棋盘现在充满了死亡的气息,这种气息越来越浓。

袁得鱼会心一笑,他有了一个不错的主意,他打了个电话给唐煜:"唐兄,我答应与你打赌。只是,这纯属我们兄弟之间的战斗,不管结局如何,都无关邵小曼!"

"只要你答应就好!"电话另一头的唐煜兴奋地说。

唐煜心想,自己总有办法让邵小曼知道最后的胜负结果,到时候,他与袁得鱼之间,总有一个结果。

"你选什么权证?"

"你先选吧,我怎么玩都可以。"袁得鱼说。

唐煜想了想说:"还是你选吧,省得别人说我欺负你。"

"那我不客气了,我选认购权证。"

"好,你买升,我就买跌!"唐煜选定了认沽权证。他心想,不管你买跌买升,我都可以驾驭。

"那就一言为定了。"

"第一个交易日是决战的开始,一个月后,也就是6月6日,自见分晓!"

三

袁得鱼接了一个从医院打来的电话。

他飞也似的赶到医院,发现丁喜已经端坐在床上,旁边还围了一圈医生、护士。

"醒了!"看到袁得鱼进来,护士有些欣喜地说,"嘿,你知道吗?我在这里工作了九年,还是第一次见到这样的病人会醒来。不过,他是你弟弟吗?怎么不太像?"护士打量着袁得鱼,脸庞微微泛红。

袁得鱼几乎是蹦到丁喜面前:"丁喜,你瞧瞧我,还认识哥吗?"

丁喜眼珠缓缓转动起来,看到袁得鱼的时候,眼睛亮了一下,不知怎的,眼泪一下子涌了出来,还使劲地点头。

"别动,别动!"袁得鱼看他眼神里流露出一丝担忧,说,"那场官司我们胜诉了!胜诉了!"

丁喜嘴唇翕动着,泪流不止。

袁得鱼的目光很快被床头柜上的一只巨大的黄色维尼熊吸引了。
"这只熊……"
丁喜吃力地努了一下嘴："这个姐姐拿来的。"
袁得鱼转过头，一眼就看到疲惫的许诺。
原来这些天，许诺一直在照顾丁喜。
许诺看着袁得鱼，冲他一笑。
"对不起，我来的次数太少了。"袁得鱼有点儿内疚起来。
许诺有点儿担心地说："听说，唐煜要跟你一决高下，你最近在忙这个事吧？"
"啊，你怎么知道？"
"很多报纸上都写着呢，说佑海热闹了，过来一个香港投资奇才，要与一个佑海朋友打一个赌，据说是为了一个女人。我一看，就猜到是你。"
"啊，搞那么大动静？猜到是我？报纸上没有提到我吧？"
"没有，你是隐身的江湖高手。你答应他了？"
袁得鱼点点头，他明显看出许诺脸上闪过一丝不快。
"是为了邵小曼吧？好奇怪，你们不是好兄弟吗？怎么还像放学一起回家的小男孩一样，打个架才痛快？"
袁得鱼嘿嘿一笑："真要打架，我也是个好手，可以奉陪到底。"
"真是受不了你们男生，不知道你们在想什么。"
他们走进病房，医务人员帮丁喜检查完后，高兴地说："可以出院了。"
丁喜听到后，像是被注入了什么力量，一下子坐起来，想下地，没想到，没能站稳，一下子摔倒在床上："头，好痛！腿，没力！"
袁得鱼扶着他："你躺那么久，还不适应在地下活动。"
丁喜忽然看到镜子里的自己，惊喜地说："这，这是我吗？"
"你瘦了好多！"袁得鱼打量了一下。
许诺也看着他："话说还真是！记得我刚来照顾你的时候，你还真的是个胖子！丁喜，你这场病真是别人花钱也换不来！现在瘦身

第七章 唐少的挑战

产品，一盒就要上千元，几个疗程下来，少说也要好几千元了。"

"走吧？"袁得鱼说，顺势把丁喜背到了自己背上。

"要不要找个轮椅？"许诺问道。

"这里离门那么近，何必那么麻烦！"

许诺想起第一次在百乐门那个十字路口见到袁得鱼的时候，他腿上满是血，却毫不在意的样子。

她笑了一下，他还是像以前那样大大咧咧，还是那个自己熟悉的男孩。

袁得鱼背着丁喜出了门。

"等等！"许诺说。

袁得鱼转过头，看见许诺抱着一只大大的维尼熊跟在他们身后。

"对了，我刚才还想问呢，这只熊怎么来这里了？"

"你走后，我经常对着这只熊说话，希望你平安归来，果然很灵验。我前两天突发奇想，想把这只熊带过来，给丁喜一点儿好运，没想到还真灵！我真是太开心啦！"

许诺把脸贴在维尼熊庞大的躯体上。

他们很快来到丁喜家。

许诺看到房间后，有些惊讶："天哪，丁喜老弟，没想到你这么有品位！"

丁喜环视一圈："这，这是我家吗？"

袁得鱼说："许诺，没想到你与我分开那么久，眼光在你们菜场还是那么与众不同！"

"袁得鱼，其实我走进这里的一瞬间，就觉得有你的气息！"许诺仔细环视了一下房间，随即拿起了桌上的《奔流》，"这不是你在修车厂时爱不释手的书吗？我也想看！"

"拿去吧，我早就烂熟于心了！"

许诺一下子蹦到袁得鱼的电脑前，那个屏幕没有关，上面是一个期货的盘面。

"得鱼，你还在玩期货？最近期货不是一直在暴跌吗？"

"是啊!"

袁得鱼又看了一眼盘面,突然警觉起来,下跌形势加剧了。他知道,现在外围市场也不是很好,这么下跌,也算是情理之中。

许诺歪着脑袋,有些不明白:"你与唐煜是怎么赌的?我记得好像是赌大小,一个月后,看股价是跌是涨?"

"没错。"

"你赌的是?"

"我买升。"

"袁得鱼,你在赌什么啊?只剩下10多天了,你能保证形势会有改变?"

袁得鱼很快就呼呼大睡起来。

丁喜与许诺两人只好面面相觑。

四

唐煜特别高兴,形势完全在朝他想的方向发展。

他觉得,邵小曼到佑海的时候,一定高兴得要跳起来。

他在机场看到邵小曼的时候,几乎什么都忘记了。

邵小曼不知道发生了什么,闪动着迷人的眸子:"什么事那么神秘?非说有重要的比赛,要我做评委,是不是模特比赛?很好玩吗?不要让本小姐的年假落空哦!"

唐煜故弄玄虚地说:"当然会很精彩,比模特大赛还精彩,而且,少了你还真不行,只有你才是最当之无愧的评委,不然我也不敢把你从那么大老远的地方请回来。"

"我想也是!"邵小曼调皮地仰起头,"不过唐煜,我发现,多日不见,你气色很不错呢!肯定有什么开心的事瞒着我,对不对?"

"到时候你就知道啦!"唐煜满面春风。

"那就等那个惊喜啦!"邵小曼也不好奇。

"来,小曼,我带你去一个地方!"

第七章　唐少的挑战

邵小曼坐在副驾驶位，车直接开到了金家嘴，沿着金家嘴环路，一路向南，在一个优雅的庭院前停了下来。

邵小曼看到门口像刻的名字，立马念出来："汤臣一品？"

只见唐煜掏出门卡，轻轻一划，两人乘的电梯缓缓上行，门一打开，就看到正对的房间。

这是一个敞亮带落地窗的大房间，微微的灯光透出低调的奢华。落地窗外，繁华夜色就在脚下。船只在水面上轻轻移动，如年少轻狂的心，懵懂又好奇。

"喜欢吗？"

邵小曼将双手贴在窗玻璃上，出神地望着迷离的东江景。

她虽然见过很多豪宅，但她能感觉到，这里恐怕是佑海滩独一无二的顶级豪宅，因为房型可以复制，地段无法复制——这里显然拥有佑海最美的夜景，住在这里的人能俯瞰江景，尤其对岸还有尽收眼底的未来金融之城的豪宅，所以，这种档次的豪宅在佑海绝对屈指可数。

"你知道是谁开发了这里吗？"

邵小曼摇摇头。

"是汤臣集团。小时候，我最喜欢看的《绝代双骄》《好小子》，都是汤臣影视投资的。他们投资的《霸王别姬》，也是好看的电影。你肯定知道这家公司的女主人徐枫，她原来是女打星，获得过金马奖最佳女主角奖。我记得第一次知道这块宝地被他们买下的时候，大概是离开佑海去美国那段时间。前几年，我知道他们要做'汤臣一品'之后，就很想成为这里房子的主人，也算是圆我小时候的武侠梦。"

"武侠梦？"邵小曼笑了笑。她想，金家嘴原来是一块荒地，汤臣集团用低廉的价格，买下这里的黄金地块，就像当年他们邵家，以无法取代的影响力，加之政策航向标，坐拥旁人看来"富可敌国"的财富。

但她诧异的是，唐煜为何要不惜重金买下这里？最让她奇怪的是，他为什么会有那么多钱？

邵小曼记得去香港找唐煜的时候，他是投行的基金经理，难道

223

他在这里创业了？但从汤臣一品的级别来看，他的发展速度也太快了："这里是不是你爸爸投资的？"

"不，是靠我自己的努力得来的。"唐煜看着一脸将信将疑的邵小曼，"说真的，我确实运气不错，因为我会资本游戏！"

唐煜娓娓道来。

之前，他去洛杉矶出差时，遇到一个朋友，正在拯救一家濒临破产的日本供应商驻洛杉矶的分公司。

这家公司连续七年破产，当他们去拯救公司时，总公司给了他们两年时间。

他们去的时候，公司一年就亏损超过 700 万美元。

不过，他们到公司后，经过一系列的缩减成本、财务控制和重新设定公司策略等措施，一年后，公司就接近了损益平衡。

后来与这位朋友聊天，唐煜好奇地问道："公司现在如何？"

"很好啊，如果一切顺利，今年年底应该能赚到 200 万美元左右。"那个朋友诚实地回答。

唐煜一下子眼睛睁得很大："你知道你遇到了一个多好的机会吗？如果你做好了，五年之内，你会拥有这家公司，并且成为百万富翁。"

"怎么做呢？"这个朋友问。朋友只是随口提到这个事，他也不知道这个事在这个基金经理眼中，就变成了一个资本游戏。

"你把公司的财务报表拿来给我看看吧！"

他们再碰面的时候，唐煜了解到这家供应商的基本数据——年度业绩约是 4 000 万美元，负债近 3 000 万美元。

在看过这些数据且做了相应调整后，唐煜相信，这个公司有可能实现年度 400 万美元的盈利。

然而，现在这家公司由日本人经营，被弄得一片混乱，没有明确的策略，会计账也是一团糟，员工的士气低落。

最重要的是，现在的总经理虽然是个好人，但却是一个糟糕的管理者。因为，他从小就被认定为第三代接班人，但他完全不知道他在做什么，也不知道如何管理美国人。

第七章 唐少的挑战

唐煜的点子来了："我有个主意，要不我们一起拿下这家公司？"

后来，唐煜就带着朋友去了银行，并告诉银行如果现在继续由这个老板经营，这家公司会持续亏损，银行将永远拿不回自己的3 000万美元。

一开始的时候，银行并不买账。

那位朋友便依靠自己在公司的权力，故意让公司股价跌得更多，并给出方案——降低成本、开除员工、拉低业绩。

然后，他们再去银行提案，说现在的管理层不作为，告诉银行，现在唯一能够救这家公司的就是他们。

银行于是想办法逼走现在的老板，因为银行是公司最大的债权人。

在银行的帮助下，他与朋友两个人就成了公司的联席主席。因为对银行来说，他们比之前的老板要可靠得多。毕竟，银行原本觉得没希望拿回自己的3 000万美元。

于是，银行支持他们，直到他与朋友完全控制了这家公司。后来，公司每年有400万美元业绩，在几年内还清了银行的钱。

之后，公司赚的每一块钱，都进到了他们的口袋。

"所以，我就这么成了百万富翁，我28岁，与朋友拥有一家年收入可以达到400万美元的公司。你说，对于我们而言，买一套汤臣一品算什么呢？"

邵小曼觉得不可思议："难怪你在摩根士丹利每天加班，原来一直在想办法赚钱。你说的这个事，虽然在财务上是合理的办法，但你不觉得这么做过于残忍吗？不能因为你们能赚更多的钱，就把接班的管理者毁掉！"

"这是资本运作啊！如果不这么做，这家公司永远老旧，没有效率，没有改进。不过，我们一开始也没决定这么做，毕竟是这个家族邀请我的朋友帮公司解决财务危机。"

"所以？"

"我们是从敌手公司入手，实现了这一切。我们相当于帮公司彻

225

底干掉了敌手,因为敌手比公司更虚弱!"

"好吧,真是惊人!"邵小曼有些不情愿地说,"但你们太贪婪了,总是不断寻找下一个交易,总是期望下一个更容易的赚钱方式,永远不顾及后果。我想,华尔街那帮人和你们这群人,会毁掉世界的整个金融体系。"

"到那时候,岂不是另一个暴利机会?"唐煜坦然地说。

不知怎么,邵小曼突然想起了袁得鱼在别墅说的话——"你们之所以富有,是因为你们不仅是庄家,还是规则的制定者"。那段话曾让她伤心,但她现在似乎有点儿理解袁得鱼了。邵小曼猛然意识到,自己当时有点儿错怪他了。如果可以选择,她宁愿选择不富有,她想与袁得鱼一起奋斗。

唐煜完全陷入了一种自我欣赏的情绪中:"你知道这件事给我最大的启发是什么吗?我突然变得很有信心。我这次出差来佑海,是公司派我研究国内权证市场的。如果我在权证上做得好,就能带给公司上百亿利润。这样,我不只赢得这个房子,还能赢得整个世界!"

邵小曼忽然觉得江景不再那么美丽了。

唐煜看出她脸色有些泛白,慌忙问道:"怎么了?"

"我有些困了,想早点儿回去。"

唐煜有些担心地说:"我送你回家吧?"

"不用,只要送到门口就好,我想一个人回去。"

走到门口的时候,唐煜说:"小曼,我与袁得鱼将在一个权证品种上进行最后的决战!"

邵小曼有些惊讶:"最后的决战?你让我当评委的比赛,就是这个?"

"6月6日那天,来佑海证券交易所吧,这是我的席位号。"唐煜递来一张卡片,"相信你不会失望的,袁得鱼已经接受了挑战,我相信他也会全力以赴!"

邵小曼看着眼前既熟悉又陌生的男人,一想到他的对手是袁得鱼，心头就有点儿隐隐作痛。

她不明白，自己不是已经完全放弃袁得鱼了吗？但为什么唐煜表示要把袁得鱼彻底收拾一下的时候，又真心接受不了，自己怎么了？

她预感到，那一天将有一场凶残的战事，她想逃开，但又不得不去。

五

一连好几天，棉花价格仍在低位徘徊，一周不到，又跌了15%，成交量呈锥形放大。

许诺担心袁得鱼。

然而，袁得鱼这些日子对商品市场仿佛漠不关心，一直在研究A股市场。而且他睡饱了就吃，吃饱了就睡，一副淡定的样子。

"袁得鱼，好歹你也把自己的资金都投下去了，怎么那么不在意呢？"许诺关心地问道，"为什么我怎么看都输定了呢？"

"为什么这么说？"

许诺抓着头说："现在，韩昊垄断了整个棉花市场，价格要涨要跌不是由他说了算？"

"对啊，你说得没错，的确是这样！"袁得鱼点点头。

"也就是说，唐煜跟你打这个赌，根本没有悬念嘛！他请来韩昊助阵，完全控制了棉花市场，到时候价格完全可以跌到他想要的，赢你是易如反掌的事。我们没有韩昊这样的资金实力，该怎么办？"

"对啊，该怎么办呢？"袁得鱼也摊开手。

"除非你能垄断棉花市场，不然怎么可能抬高价格？"

"但这个市场也不是就他一个人在玩，还有很多精明的做手。"袁得鱼冷静地说。

"好吧，就算市场上有很多聪明的做手，但你怎么能确定，他们会帮你的忙呢？不要卖关子啦，你到底打算怎么做呢？"许诺着急地说。

"你看盘面就知道了,未来有个大机会!"

许诺歪着脑袋看了很久:"我的脑袋都歪到180度了,怎么还没看出来呢?"

"哈哈,你脑袋的角度,跟看出这个有啥关系?"

袁得鱼又快睡着了,硬是被许诺推醒。

"韩昊的确是垄断了棉花市场,但你不觉得,韩昊的垄断战略,就像草船借箭中的大船一样,由铁链连在一起,虽然平稳,但一旦遇到火攻,就会成为最大的隐患吗?"

许诺抓了抓头:"那我们是不是还要借东风?"

"许诺,你终于说了句明白话,哈哈!"

"可我自己还不明白呢?"

又传来袁得鱼的鼾声。

低迷的行情一点儿也没有出现什么变化。

6月6日当天,大盘依旧很弱,新赛棉花微微下跌。

唐煜坐在佑海证券交易所席位上,有些忐忑地朝开放式玻璃层望了一眼。

他见到邵小曼趴在护栏上。

他朝她挥手,他心想,太美妙了,自己的心上人完全能看到自己如何完败袁得鱼了。只要时间一到,韩昊放空,新赛棉花再下跌一点点儿,他就能彻底击败袁得鱼。

邵小曼似乎也感觉到空气中弥漫的火药味。

她打电话给唐煜:"你真的有那么大的把握吗?你为什么有那么大的把握?"

唐煜觉得这个时候无须再隐瞒什么:"因为棉花期货肯定会大跌,到时候,新赛棉花的价格也会联动下跌。这次的胜负像设定的闹钟那样精确,赌博的输赢是有必然性的。有些人总是胜率较高,因为他们总能把手中的牌发挥到极致,就算是烂牌,也有烂牌的玩法,更何况我现在手里握的是好牌。"

"唐煜,我懂了,是不是到时候有人会做空棉花期货?"邵小曼

第七章　唐少的挑战

一下子反应过来,"这就是你所说的赢面吧?"

"小曼,你太聪明了!市场已经完全被我掌控了,11点的时候,棉花期货就会暴跌,到时候,新赛棉花少说也会下跌3个点,我下注的认沽权证就会满载而归了!"

"那袁得鱼大概会亏多少?"

"从我们每人进手的100万张权证计算,大约亏150万吧。"唐煜想到了什么,马上一种安抚的口气,"小曼,你不用替我担心,你就等着看我精彩绝伦的演出吧!"

邵小曼已经无暇看决战,她来回踱步,内心强烈不安。她左思右想,终于拨出了一个电话,幸运的是,电话通了。

许诺睡得迷迷糊糊的:"喂——"

"你能找到袁得鱼吗?"邵小曼语速很快,"我这里有确切消息,棉花期货会在11点的时候开始砸盘,千真万确!他本来钱就不多,让他赶紧把资金撤出来!"

"当真?"许诺突然清醒过来,但很快又陷入了睡眠状,"不对,不对,如果你都知道棉花会大跌,那袁得鱼应该也知道吧,我懒得通知了!"

邵小曼气不打一处来,心想,怎么会有许诺这么大条的女孩,这可是生死攸关的事:"这是内线消息,你赶紧通知他吧,不然他至少会损失150万!"

"什么,150万?我要卖多少鱼啊!"许诺总算频频点头,"好的,好的,这个话我一定带到!对了,你在哪里?你怎么会知道?你为什么不直接跟袁得鱼说?"

"说来话长,对了,不要说是我说的!"邵小曼急忙挂了电话。

许诺看了一下时间,已经是10点40分,她打了袁得鱼的电话,但一直没人接。

她知道,袁得鱼忙着操盘的时候,是无暇顾及电话的,其实就算不是操盘时间,袁得鱼也懒得接电话。

许诺只好迅速地爬起来,以最快的速度冲下楼。

"嘿，出租车！"蓬头垢面的她一头钻进汽车。如果说 10 个女人 9 个不化妆不敢出门，许诺绝对是那个特例。

一下车，她就以最快的速度冲向丁喜的住处。

丁喜开了门，袁得鱼果然坐在电脑前，眼睛盯着盘面。

许诺上气不接下气地大声说："袁得鱼，我要告诉你一个很重要的消息！"

"哦？"袁得鱼头也没回，头发像是刚起床的样子，胡乱地翘在那里。

"11 点的时候，棉花期货会大跌！商品期货不是与资源股走势相同吗？期货大跌的话，联动的新赛棉花也会大跌，你输定了！"

"哦？"袁得鱼抬头看了一下墙上的挂钟，距离 11 点还有 3 分钟，"你怎么这个时候才告诉我？"

"谁让你不接电话！"许诺好不容易从一堆脏衣服里找到了袁得鱼的手机，"我可是拼命奔过来，看我连妆都没化！"

"你妆化得再好也没人看！"袁得鱼还是头也没回。

"气死我了！"许诺气得浑身发抖。

袁得鱼心里寻思着许诺的话："你这是哪里来的消息？当真？"

许诺睁大眼睛："消息源绝对可靠！你这次绝对要相信我！"

袁得鱼点点头："从盘面来看，我觉得可信！"

"那你赶紧把认购权证撤出来吧，还有你那些在棉花期货上的多头头寸。"

"不，我还要再买一点儿。"

"袁得鱼，你大概没听清楚我的话，我说的是棉花期货会大跌，新赛棉花也会随着期货大跌好几个点呢！"

"是啊！"袁得鱼点着头，"所以，我就再买一点儿。"

许诺歪着脑袋看着袁得鱼，一副完全没辙的样子："你自己玩就算了，我听丁喜说了，他有 20 万在你这里，你不要把丁喜的 20 万也扔在里面！"

"我剩下的钱可不多了，不加他的加谁的？"袁得鱼笑道。

第七章 唐少的挑战

"啊啊啊！"许诺一屁股坐在地上。

果然，大约 11 点 03 分，有人一下子抛出 4 万多张多单，棉花期货一下子惨绿一片。

棉花期货惨跌的走势瞬间蔓延开来。

"嘿，许诺，你的消息还真可靠！"

"袁得鱼，你是不是活死人啊！那你干吗还买多啊！"

棉花期货市场的消息直接带动了股市：11 点 04 分，人们纷纷大量抛出新赛棉花，股价直落 3 个点。

这时有人惊叫起来："新赛棉花是大盘股，权重占指数 2 个点，大盘也要跌了！"

大多数人都没意识到，一个重要的历史时刻就要来临。

原本还颤颤巍巍站立在 1 000 点关口的上证综指应声而落，千点大关以迅雷不及掩耳之势崩溃！

998 点，这是上证综指 8 年来首次跌破 1 000 点大关！

市场上所有人都傻了眼，谁都无法忘记这个时刻——2005 年 6 月 6 日，998 点，上证综指击破千点大关。

"走吧，最好看的戏码已经看完了！上证综指都到 998 点了，今天不看盘了！"袁得鱼收起架在桌上的双脚，一下子从座位上站起来，抖了抖衣服。

"袁得鱼，你的权证会亏多少？"

"谁让我是认购权证呢，大概 150 万吧！"袁得鱼不假思索地说。

"你什么时候可以认真点啊！"许诺倒是算得飞快，"相当于 18 000 斤黄鱼、3 800 斤三文鱼、7 900 斤海螺、23 000 斤蛤蜊，天哪，巨款啊巨款！"

"好啦，我请你吃个饭，安抚一下你？"袁得鱼说着搂住了许诺的肩膀。

许诺一下子逃开："别碰我，我真不想理你！"

袁得鱼毫不在意，吹起了口哨。

231

第八章　998点大反底

敬胜怠者强，怠胜敬者亡。义胜欲者从，欲胜义者凶。凡事不强则枉，不敬则不正。枉者灭废，敬者万世。
　　　　　　　　——《丹书》

一

　　唐煜自己都没想到，新赛棉花的走势会如此惨烈，自己梦寐以求的胜利那么快就达成了，新赛棉花正股下跌了8.87%。
　　当日，新赛棉花认沽权证最高时涨幅超过300%。
　　唐煜有些得意地想，这次袁得鱼输大了。
　　不过，唐煜也没想到市场的炒作程度如此令人瞠目结舌，他先前也低估了人们投机中贪婪的疯狂。不管怎样，这场与袁得鱼的战役，他赢得不费吹灰之力。
　　唐煜对着邵小曼振臂高呼："小曼，看到了吗？我赢了！"
　　他在证券交易所的红地毯上飞奔，冲到了邵小曼面前。
　　"小曼，我赢了！我打败了袁得鱼！"
　　邵小曼情绪复杂："袁得鱼真的还是买涨了？"
　　唐煜兴奋地说："是啊，这个赌我们在一个月前就打了！我们各自买了100万张权证，当时的市价是1.5元一张，小曼，这数字确实不能代表什么，关键是，我与袁得鱼之间有了胜负，不是吗？"
　　唐煜固执地看着她，他奇怪的是，邵小曼关心的点怎么与自己不同。
　　"你真的与他这么打的赌，你说，谁赢了，谁就能追求我？"邵小曼低下头问道。
　　"是的，虽然他的确说过不想把你牵扯进来，但他应该很清楚这场交易在赌什么！"
　　邵小曼纠结了，她不敢相信袁得鱼会输得如此轻易，他怎么可以这样对待这个比赛，难道自己对于他那么不重要，不足以让他去赢这场比赛?

　　令邵小曼万万没想到的是,唐煜这个时候"哗"一下单膝下跪,交易大厅中庭上方,无数玫瑰花瓣纷纷落下,四周响起热烈的掌声与口哨声。

　　唐煜认真地望着她:"小曼,能给我一个做你男朋友的机会吗?"

　　邵小曼不知道该说什么,嘴唇翕动着。

　　她不想伤害这个年轻人,但也绝对不允许这个年轻人伤害自己心爱的人。

　　但那个人,真的值得自己如此吗?自己为什么这么矛盾呢?

　　她恨自己无法像许诺一样,无论如何都任性地在他身边。

　　她恨袁得鱼,最后告别的时候,送给她一个让她难以释怀的拥抱。她至今还记得袁得鱼在她耳边动情地说:"是我自己舍不得你。"

　　她之前总是心存侥幸,总觉得聪明的袁得鱼会有办法反转,再说,袁得鱼为了自己,也要赢一把吧。

　　然而,随着显而易见的结果出现,她竟完全透不过气来。她很懊悔,她甚至觉得是自己让袁得鱼背负了这场早就被人算计好的巨亏交易。

　　但她更加伤心的是,袁得鱼难道真的没有把她当一回事吗?怎么可以如此无动于衷?难道真的没有能力赢吗?难道他不知道我给他的可靠消息吗?明明知道会输,为什么还要去输呢?

　　唐煜看邵小曼一脸纠结的样子,不由得站起身,温柔地说:"没关系,我会等你彻底放下那个人的那一天。"

　　邵小曼看着唐煜的微笑,恨起自己,为何对他就是喜欢不起来呢?

　　突然有人对着大屏幕大叫了一声。

　　所有人齐刷刷地抬头看。

　　这根飞流直下的大盘行情线,像是突然遇到了同极磁铁,止跌的收口一下子变小了。

　　显然,这场较量没有结束!

　　就在新赛棉花带动上证综指跌破千点关口后的三分钟,股指停在 998.23 点时，几乎所有人都不约而同地在各自电脑前，飞快地点击鼠标购入股票——似乎所有人都在等待这一刻，甚至还有一丝高兴：僵局终于打破了，新的行情就会到来，股市是置之死地而后生的！

唐煜的拳头握紧了。

邵小曼在一旁认真地看。

收盘的最后一分钟，唐煜拭去了额头上的汗珠。

袁得鱼回到丁喜家的时候，似乎很累，很快就在沙发上睡着了。

许诺趁他睡着的时候，翻了一下盘面——截至最后收盘，新赛棉花还是跌了 1.2%。

许诺明白，这场决战对袁得鱼而言意味着什么。

袁得鱼的账户是开的，她不忍心看。

许诺学着袁得鱼白天那样，关上了电脑。

她只想好好睡上一觉，但怎样也睡不着。

她依稀听到，袁得鱼在沙发上咳嗽。

午夜，袁得鱼睁开双眼，他做了一个长长的梦。在梦里，许诺一直在对着他哭，他轻轻地拍着她的背……

他醒来时，发现房间里漆黑一片。

他蹑手蹑脚地打开灯，看见许诺依偎在沙发边，熟睡着，几缕头发凌乱地披散在脸上，双手轻合，露出好看的侧脸。

袁得鱼小心翼翼地给她盖上毯子，轻轻来到电脑旁。

他看了一下分时交易记录——上午，基金的卖压在 998 点之后骤然消失。

下午收盘时，沪市成交仅几个亿，然而，一个明显的信号是，整个市场已经缩量。如果没有猜错，那个酝酿已久的机遇就要来临。

6 月 7 日，这一天的佑海格外闷热。

大盘高开，可能是此前的熊市过于漫长，谨慎的投资者一直守在电脑前，只要自己的股票涨两三毛钱，就纷纷大批抛出，毕竟，这些股票已经沉在很多股民的资金账户里太久了。

这种股票也叫"死亡心电图",因为它就像垂死之人的心电图一样,没有任何起伏。

然而,袁得鱼还是守在盘前,仿佛对外界发生的一切都置若罔闻,就像一座雕像,一动不动地蹲在那里,眼睛一眨不眨地盯着盘面。

下午,一根上升线撬动了整个大盘,朝着无限高度冲去!

"终于来了!"袁得鱼激动得差点儿从椅子上掉下来,惊醒了客厅里熟睡的许诺与房间里的丁喜。

他们睁开惺忪的睡眼,以为出了什么大事,看到袁得鱼在房间里翻筋斗,都拥到电脑前看,他们惊讶地睁大眼睛……

这不就是传说中的"满江红"吗?

浦兴银行等10多只大盘股集合竞价后涨停,占股指权重近十分之一的某石化公司开盘后半小时就拉至涨停。

石破天惊的转折时刻终于到了!

市场上超过100只股票涨停,成交额放大到320亿元,涨幅超过了8%,上证综指收于1 115点。

袁得鱼心想,牛市早该来了,自己就在等待这个信号。

既然等不来,那就创造一个。

股市砸落千点的瞬间刚好就是这个信号。

在袁得鱼看来,6月以来,相关部门官员的行程如此之密、会议如此之频、出台利好政策如此之多,均属历史罕见。

救市的万箭早就准备好了,只是等待一个明显的触底信号齐发。

袁得鱼正好趁着与唐煜一搏,让他们猛砸权重股新赛棉花,直接把大盘往1 000点下方砸。

市场第一次到了千点之下!

998点,市场恐慌到了极致!

谁也绷不住了,不在这个时候救市,更待何时?

市场上所有人都觉得998点那天的下影线美妙绝伦。

袁得鱼笑得很开心,那个创造大盘下影线历史的点位,貌似有

第八章　998 点大反底

他的一份"贡献"。

袁得鱼更开心的是，期货老手们纷纷赌韩昊还在船上，都去火攻他！

邵小曼与唐煜坐在一辆车上，正听着新闻："下午一开盘，上证综指就直接高开 13 个点，深能股份等 18 只股票直接冲上涨停板……"

唐煜一下子愣住了。

邵小曼警觉起来："难道这就是袁得鱼前一天坚持做多新赛棉花的原因？"

唐煜急忙打电话，他想知道袁得鱼账户的情况——当时为了交易公正，袁得鱼与唐煜都向对方交出了自己的账户信息。

看完之后，他不由得沉默起来——袁得鱼的账户里全是能做多的杠杆产品，从期货到权证不一而足，买入时间，无一例外都在 998 点的那一刻。

唐煜叹服地说："太厉害了！太厉害了！"

邵小曼不解地看着唐煜。

"小曼，输的人是我！"唐煜沮丧地说，"袁得鱼知道整个市场要反转，市场上只需要一个诱多的诱饵。这个诱饵，就是新赛棉花。"

唐煜停顿了一下，继续说道："如果我没猜错，他在答应与我决战的时候，就想好了，他故意答应与我打赌。他知道，我背后肯定会有实力让我赢，这样一来，6 月 6 日当天，我背后的资金肯定会猛烈砸盘。"

唐煜有点儿哽咽起来："没错，如果仅从 6 月 6 日那天来看，我是赢了，但我一共只赢了 150 万。但是，袁得鱼除了新赛棉花权证品种那天亏损以外，他在整个市场上的获利是 850 万！减去他在新赛棉花上的损失，他足足净赚 700 多万，约是我的 5 倍！"

唐煜一直在自言自语。"是的，三天前，我还以为自己是了不起的大赢家，但我现在明白了，谁才是真正的大赢家。我只赢了新赛棉花权证这个小品种，但袁得鱼赢的是整个市场这个大牛市，新赛棉花权证只是个小小的导火索！这个导火索，自砸破千点的那一刻，就把市场给彻底点燃了！"唐煜把头转向邵小曼，"小曼，输的人是我！他用输掉的150万，换来了整个市场的胜利！袁得鱼的输，是为了更大的赢面！"

邵小曼听傻了，一下子愣在那里。

她不知道该开心还是难过，她又陷入了一种难以言状的纠结中。

"大盘受到明显支撑，午后更是在蓝筹股的带动之下，上证综指突破半年线压制，发力冲过1 150点关口，并且收盘顺利，在这一高点，两市成交量依然十分活跃，达到200亿以上。上证综指1 150点是公认的本轮反弹第一目标，这一目标达到后，大盘又将如何运行呢？"新闻广播里的男主持人慷慨激昂。

唐煜突然想到了什么："完了！期货市场更危险，那里现在肯定是多头市场！"

他与邵小曼告别，披上外套，飞快地朝韩昊的老巢奔去。

二

股市的兴旺也带动了期货市场。

期货市场的所有品种骤然翻红，连跌的棉花市场蹿升得比任何时候都凶猛。

敏锐的期货做手发现千载难逢的机会来了——这些市场上敏感的交易者会这么想，如果市场上能有一股力量，一旦敲开由韩昊垄断的这个市场，就会获得非常惊人的利润。

在期货市场多年的袁得鱼能摸透这些期货做手的心态！

果然，这些交易高手非常起劲儿地敲开棉花价格之后，市场一下子兴奋起来。

韩昊压根儿没想到自己会陷入被股市与期货两头夹击的局面，他措手不及。

最悲剧的是，韩昊完全找不到对手盘，连一包棉花都卖不出去。

韩昊有一种强烈的不祥的预感，他现在无比后悔当着唐子风的面，答应帮唐煜这个忙。

尽管唐煜说，只需要帮他顶到权证到期日，即从垄断棉花市场开始算起，顶短短10来天，但韩昊始终觉得，市场如沙场，自己只能顺势而为，不然一不小心就会丢性命。

韩昊发力了，既然市场信心在这里崩溃，也可以在这里重建！

然而，个人力量怎么能拗过大趋势呢？

做多的行情一浪紧接一浪，就像惊涛骇浪一般，将他一次一次拍倒在沙滩上。

大量的平空单，让行情快速发展，直冲四浪、五浪，价格不断刷出高位。

当天持仓量和交易量都创本轮新高。

疯狂的多逼空完成了！

由于韩昊的空头单太多，再灵活的掉头也不可能了！

棉花尾部行情又因已经形成的上涨惯性，价格一路高走300多个点。

韩昊只得眼睁睁地看着自己的资金急剧缩水，在痛苦地强行平仓的一瞬间，他清楚地知道，自己不仅输得精光，而且负债累累。

韩昊胸口像是被什么堵住了，他忽然有一种被外力追击的感觉，这种久违的感觉，怎么会那么强烈？

他警觉地从沙发椅上蹦起来，跑了出去。

韩昊来到电梯前，想了想，还是打开了安全出口门，从楼梯往下跑。

韩昊在大厦后门转弯时，还是被人堵住了。

韩昊没想到自己会败在自己引以为豪的期货市场上。

有时候，自己最自信的地方，往往会掉链子。

因为在失败的地方，你会知道自己的过失在哪里，至少会避而远之，然而，成功会遮住自己取巧的影子。

他被人带到河边的一个仓库。

仓库外面是各种涂鸦，鲜艳的颜色似乎在安慰他，让他不至于想起多年前，同样的冰冷与绝望。

他被人推倒在阴冷的水泥地上，那尘封已久的记忆开始复苏起来，尽管多年来，他都不忍心去回忆那不堪的往事。

韩昊算是少年得志，初中毕业后就进入社会。他记得，自己的学习成绩其实不错，家里贫穷，少年时就一直和父母、俩兄弟一起挤在佑海城隍庙附近老弄堂里10多平方米的屋子里，因为大哥头脑不灵光，他只得过早地子承父业。

他记得，那时并没有"创业"这个词，他一直将出售自己手工制作的皮包，以及后来开小商店卖东西归结为"做小生意"。

他只是为了多挣点儿钱，于是，在做皮包之余，还在佑海老城隍庙附近干起了百货买卖。在经营百货的同时，他还开出租车，成了佑海第一批有牌照的出租车司机之一。

20岁那年，韩昊对中国资本市场还一无所知。他只是发现，那个时候，佑海滩的米店开始减少，大量证券公司和各类机构"安营扎寨"，各路热钱涌入佑海滩。

1980年年末，韩昊开始买国库券，与大多数的老股民一样，当时的他并不知道中国还有股票。

那时候，钱多了，股票显得少，从1994年上证综指330点起步一直到20世纪末，全中国的各路热钱都涌进股市想捞一把，那时的市场真是相当壮观。

他记得当年市场不规范，游资肆无忌惮，他跟着庄家玩，从中宁开，玩到沈国发，再到南岛格赛、中农庆、广申港……一直玩到这些金融机构和准金融机构的市场主力消失，他自己的风格却与时俱进，反倒是越做越大。

他仿佛很早就知道自己与众不同，也明了自己身上有种与生俱来的"取之不尽、用之不竭"的淡定。

在期货市场成立的时候，他就搞了一台电脑在家里操作，练就了神乎其神的手法，他细长的手指在键盘上灵活自如。

他看着这群人，回想起年轻时的场景，懊悔万分。

他记得那个地方，是复浦的一个空置大仓库，平日里堆积一些杂物——外地人在那里承包了一个地下室，专门存放香蕉，因为可以防止腐烂。所以，他至今还记得在混杂的空气中弥漫着一股香蕉味。

那群人作势要砍他的手。

他哭着求饶，鼻涕、眼泪挂满了脸。

他觉得自己就像港片里那些势单力薄的赢钱小子，不管自己多聪明，是不是凭自己本事赚钱，总会被人栽赃为老千，总会被赶出赌场。总之，自以为很聪明，却聪明反被聪明误。

他看到白花花的刀朝他扑来时，立刻就昏了过去。

他们是看上了他生财的潜力，但他没躲过另外一劫——砍手指变成了喝一口马桶水。那些人铁青着脸看着他，让他彻底滚出期货市场。

后来他真的隐退了，尤其当他发现自己的操作风格在股市上也能大有作为。

他最有把握的赚钱路数很简单，就是敏捷地捕捉市场机会，然后积少成多。

他认为，要尽可能把握较高确定性的机会，就像玩21点那样，有心算能力的人，总是大致能估算出，每把获胜的概率，股票也是一样。

之后不久，他就以"敢死队"名扬天下。

不过，他发现自己对操盘术虽然精通，但年轻时的遭遇时不时在自己眼前掠过，所以他想方设法转型做私募基金。

然而，股权私募的玩法，自己没有任何优势，如果算上关系网，或许还算有一定资源。

他没想过自己会重回期货市场，本来只想给唐煜一个面子，或者说，是给唐煜身后的唐子风一个面子。

他原本以为，做这些交易，就像玩闪电战一样，速去速回。没想到这一次就失手了，还招来了期货市场最大的饿狼，自己活活被套了进去。

他觉得，每一个灾难发生之前，上天总会给人一个启示。

上一次，就在他年轻时遭遇劫难的地方，那个叫常凡的年轻人痛苦的样子，令他战栗！那几根断了的、沾着鲜血的手指，就是一个活生生的触目惊心的盘面。

他很绝望，此时此刻的他才意识到，自己将会遭遇比那血腥盘面更悲惨的命运。

就在这个时候，一个年轻的声音传来："停下！"

众人转过头，只见一个风度翩翩的男人站在门前。

"唐煜？"韩昊惊讶唐煜的出现。

"这里不关你的事！"带头儿的汉子说。

"他落难与我有关，我怎么能不管？"唐煜指着韩昊反问那个大汉。

"唐煜，你别管了，这是我与他们之间的私人恩怨！"

这群人把唐煜围了起来。

"你们放了那个年轻人吧，他是无辜的，我担保他不会报警。"

"你别管，我们自会处理！"

唐煜被人打晕，拖进了一个幽暗的密室。

韩昊则被这群人拖到一个布满钢刺的老虎椅上，他的脸上瞬间露出痛苦的神色，尖锐冰冷的钢刺一根根戳进他的肉里，他痛得一下子昏过去……

他被人浇了一盆水，勉强醒来："我现在只有一个请求，让我见一下袁观潮的儿子——袁得鱼！"

大汉们面面相觑。

"你们老大知道他……"满身血的韩昊艰难地吐出这句话。

三

袁得鱼见到韩昊的时候，韩昊身上的衣服早就破破烂烂，满身都是血，整个人无力地瘫倒在地上。

韩昊，这个内向的不动声色的汉子，看到袁得鱼的时候，灰暗的眼睛亮了一下。

第八章　998 点大反底

他喘着粗气，费力地说："这次，你打了一场无懈可击的漂亮仗，我心服口服！"

袁得鱼将他从地上扶起来，把他的头靠在自己强有力的胳膊上。他看得出，韩昊的眼神没有丝毫恶意，甚至有一点点儿温暖。

"你的……爸爸……"韩昊吃力地说，"是我的偶像……"

袁得鱼看着这个中年男人眼神中透出的执拗，实在无法想象当年他在帝王医药上恶狠狠的大手笔。

袁得鱼永远无法忘记，他在帝王医药中的一举一动——就是他在帝王医药关键日子的前一天晚上，买通了佑海礼查饭店的"红马甲"们，以至于在形势发生变化之前，将自己手上的筹码尽数抛出，就是他的临时倒戈，给了帝王医药致命一击。

韩昊最早的时候可是与父亲统一战线啊，却活活让父亲孤身一人负隅顽抗。

韩昊在最关键的时刻，先平了 50 多万口单，又追加了 50 万口空单，正是这 100 万口逆转单，让他足足赚了 10 多亿元。

不过江湖传闻，韩昊在帝王医药事件前一天，喝得烂醉，在大街上蹒跚前行，左一倒右一歪，感叹道："要想在证券市场赚钱，还是要有铁后台。"这句话引来了很多人的侧目。

袁得鱼想，他所说的铁后台，到底是什么人呢？他为什么要在一个就要胜利的战场上，临时倒戈，从而反转整个战局呢？就算父亲施尽回天之力，也难抵最后被宣布九分钟无效的命运。

如果不是韩昊的倒戈，父亲也不会做出"非法"透支的拼死一搏。

这中间，到底发生了什么事？

袁得鱼有太多问题。

却没想到，韩昊先问他："你知道我最喜欢哪个军神吗？"

他说话很吃力。

袁得鱼脑袋里一下子冒出很多军神："英年早逝的护国军神蔡锷？"

"不是。"

"三国屡出奇招的郭嘉？"

"不是。"

韩昊咳了两下："是尽打'神仙仗'的粟裕。"

袁得鱼一下子愣住了，这也是他极爱的一个军神，很少有人与他有这共鸣。

韩昊这么一说，袁得鱼就清楚韩昊的路数了——除了他过去与邵小曼等提到过的，粟裕四五成把握就敢打之外，还有个特点，就是专打"枕边师"。

"你说，粟裕的优势在哪里呢？"韩昊又咳了两声。

袁得鱼缓缓地说道："我觉得，他对把握的理解，与多数人不同，他可能只有五成把握就开始干。因为在粟裕看来，如果等到大家都认为有八成把握的时候，那敌人同样也想到了，早就跑了，打不起来。不过这一招，也只有粟裕可以这么玩，因为他的速度不是一般人可以比的。当然，他卓越的突破能力非常人所能及。这一点，不也正是你韩昊擅长的吗？"

"袁得鱼，你果然是个天才！"韩昊欣慰地笑起来，"我没想到竟有人与我一样，那么喜欢这个军神，我真的没有看错你！他赢的……就是速度。在……在孟良崮战役中，他迅猛消灭了74师。在……苏中战役中，凭借速度，他七战七捷。"韩昊深深地吸了一口气，"然而，这种速度与机敏，是一种天赋，尤其是做出判断的反应，是否能转化为你的行动！"

"就像你卖货一样，对你来说，你赚钱就是靠卖的功夫，不是吗？"袁得鱼不屑地说，"我倒是还有个自己格外欣赏的军神。"

"谁？"

"陈庆之。"

韩昊的眼神充满惊异，他强烈感觉到，眼前的年轻人有自己未曾想象的深度，如果他自己是在股市上有天赋的人，那么这个年轻人的能力，完全超越了自己。或许，袁得鱼还有更加深不可测的能力。

第八章 998点大反底

袁得鱼说:"南北朝时期的南梁将领陈庆之一生身经数百战,没有一场败绩,而且没有一场不是在绝对劣势中大胜敌军。读过《梁书·陈庆之列传》的都会发出'再读此传,为之神往'的感慨。南北朝时期,洛阳街头流传着这样的一句童谣,'名师大将莫自牢,千军万马避白袍'。"

"在你看来,他常胜的原因是什么?"

"不可说。"袁得鱼笑道,"留给后人神往就足够了。"

韩昊铁色的脸上,难得浮现出一丝微笑:"你肯定很想知道10年前的帝王医药事件,前前后后究竟发生了什么。"

袁得鱼点点头。

韩昊回忆起当初的情景——

他至今还记得帝王医药战役前一个月那场"七牌梭哈"聚会,还有那张记录分成比例的交割单。

从此以后,他们这群人,在私下也相互叫对方为"七牌梭哈"成员。

前一天晚上发生了什么?虽然距现在有些久远,但韩昊绝对不会忘记。

那天之前,韩昊自己都没想到自己会被如此安排。

他原本也像他们大多数人以为的那样,站在多方阵营,因为他们估算过云澜当地政府的财力,根本无法偿付这个贴现。然而市场上必须得做对手盘,不然无法吸引大量资金进入这个赌局。

所以,杨帷幄就担负了多方诱饵这个角色,他们还约好,让他在关键时候多翻空。然而,就在前一晚,来自唐子风那里的消息,一位高人给云澜政府出了一个非常绝妙的主意。但那天时间仓促,就韩昊、唐子风两人与邵冲一起赴会了。邵冲把高人的想法一说,他们吃惊得嘴巴张老大。

邵冲说:"所以,我们的计划要改一下。"

唐子风当时就提出:"要不要都通知一下?"

"不用了,就让他们按原来的计划行事,这样才会出现最理想的资金冲力,这个最新计划,也就会执行得相当漂亮。"

韩昊坐在座位上,一言不发,最后他说:"这也就意味着,贴现依旧,帝王医药不会被收购了?"

"是的。"

"可不可以认为,我们这些人早就被安排好,负责把帝王医药疯狂炒作起来?"

邵冲笑了一下:"此前都是你们自己在做局,只是在一个月前,你们被发现了,被选定了,就这么简单。所以,这个计划是从那场牌局开始的,行动名称就叫作'七牌梭哈'。"

韩昊猛灌了几杯酒:"不过,这个计划也未必能成功,袁观潮未必会参与进来,他本来就不太情愿入这个局。"

"我们的消息是,他已经回来了,不然你们都做空了,谁来挑做多的大梁呢!"邵冲点到为止,举起酒杯,"为了明天的旷世之战,干杯!"

袁得鱼听到这里,不禁咬牙切齿起来:"你们这么做,不是故意让我爸去送死吗?"

"你错了,你爸爸是个很了不起的人,他早就看破了!他好像也知道那个高人的想法。你不是也发现,你爸爸自己的账户也在做空吗?我总有一种直觉,他是故意陪我们这么玩的。他在决定负隅顽抗的那一刻,就已经知道自己会是什么结局。"

袁得鱼吸了一口气,强忍住自己的愤懑,问道:"那高人的计划究竟是什么?"

韩昊看着袁得鱼,犹豫了一下,像是鼓足很大勇气:"在我说之前,我想把我的绝技教给你。"

说着,韩昊在冰冷的水泥地上,用小石块,艰难地画出了64格围棋棋格。

韩昊与袁得鱼下起棋来,落子之处,两人只是轻点一下棋盘,所有的落子都是默记。

"41扭断!"

"飞出。"

第八章　998 点大反底

韩昊落子如飞。

袁得鱼沉着应对，很快就汗如雨下。

最后，袁得鱼松了一口气，韩昊以半目之差，负于袁得鱼。

"没想到你竟也是围棋好手，能把刚才的棋记下来吗？"

袁得鱼点点头："每盘棋多至 300 多手，我脑子里本来就有几十盘棋，每下一盘经典的棋，我都会记忆犹新。"

"为什么会记得？"

"每一手棋都有逻辑，每一盘棋都有生命，怎么可能忘？"

韩昊的嘴角浮出一丝笑意："交易中，我的长处在于卖，知道我为什么能卖得比别人好吗？对我来说，从我手里出去的每一手，都有生命。"

袁得鱼愣了一下。

"我对不起你爸爸。外面有人在监视我们，我不能说出那个秘密。不过，刚才你问我的答案，已经在你我所下的这盘棋中。"

袁得鱼狠命地点点头："我会明白的！"

袁得鱼看着韩昊死灰一般的脸，说："你伤得这么严重，我要救你出去！"

"我本来就快死了，我查出鼻咽癌晚期一年多了。只是我没想到，我的末日会经受这般折磨。"这个硬汉喉咙里发出了强忍疼痛的咕咕声。

正在这时，一大帮人冲上来，把袁得鱼打晕了过去。

袁得鱼醒来时，看到一旁的韩昊倒在血泊中。

袁得鱼看着他毫无血色的脸，号啕大哭。

四

韩昊的葬礼在殡仪馆悄悄举行。

那天，下了很大的雨，潮湿的水汽充溢在灰蒙蒙的天地中。

袁得鱼撑着一把黑伞，他静静地守在韩昊棺柩边。

他发现，韩昊的很多亲戚完全不知道韩昊是做什么的，只知道他有本事赚钱。

家属席上，韩昊傻乎乎的哥哥歪着头坐在那里。

韩昊父母死去的时候，葬礼据说办得很热闹。

袁得鱼的复仇棋盘上的又一个棋子倒下了，但他并不快乐。

葬礼上，唐家人也来了。

袁得鱼低着头的时候，偶然瞥见唐煜身边的邵小曼。

她看了袁得鱼一眼，他还是那个令自己心动的男人，满脸胡子茬儿透出些许颓废。

邵小曼与唐煜说了什么，走到袁得鱼身边，轻声说："好久不见。"

袁得鱼点了一下头。

"唐煜后来被他们放了出来，一直惊魂不定，我陪了他几天。"邵小曼说，"你还好吗？是谁下这么重的手？"

"是韩昊做期货军师时得罪的人，但我没想到他们积怨那么深。"袁得鱼有些无奈地说，"有时候发生在多年前的事情，自己忘了，就以为别人也忘了，然而，恩怨仍在那里。"

"是啊，冤冤相报何时了！你又为何要离开呢？"

"'黄鹤一去不复返，白云千载空悠悠'。"袁得鱼笑了一下，不过他发现自己还是蛮喜欢看到邵小曼素装的样子，他咳了一下，问道，"唐煜待你如何？"

"还是老样子！"

袁得鱼笑了一下："你可别耽误人家。"

"谁耽误谁啊？"邵小曼嗔怒道。

这时，撑了一把白伞的乔安走了过来，身边站着瘦高的吴恙。

她在南岛时，与邵小曼见过，打了招呼。

灵堂里突然传来一个男人无法自已的大哭声："韩叔，都是我的错！"

袁得鱼看到，唐煜跪在灵柩前，抖动着肩膀，愧疚至极。

邵小曼走上前去,抚摸着他的肩膀。

"看样子,两人关系非同一般啊。"乔安对袁得鱼说,"听说,这场葬礼的费用还是你出的大头儿?他不是你的仇人吗?"

"一言难尽。"

乔安说:"哎,跟你说个事。还记得当时我们在看海上飞财务报表的时候,秦笑有一笔资金我们不知道去向吗?"

"记得。当时我们发现,他们通过做账套出10.61亿元现金,而那个2.89亿元完全是虚构,他们对东九块实际只用了1.86亿元。"

"你记性真好。我猜想,补上东九块那个资金窟窿,恐怕不是秦笑费尽周折的目的所在。"吴恙说出了自己的猜测。

"英雄所见略同,我一直觉得,他当时手上还握着一个十拿九稳的项目。"

"不愧是袁得鱼,我们看了最新的财务报表,如果没有猜错,这部分挪用的资金,盯上的项目应该是浦兴银行。"

"你怎么知道?"袁得鱼不禁问道。

"他们忘记擦去了报表的痕迹,有一栏的证券投资中写了这一条。不过很奇怪,浦兴银行不是上市公司吗?怎么出现在'持有非上市股权情况'一栏里?"

"我知道了!"乔安想起了什么,"不过,这个消息也不是什么秘密了。花旗银行过了禁足期后,一直在二级市场吸筹,貌似撼动了大股东地位。佑海金融管理层特意下发文件,把法人股集中到两家特殊背景的公司旗下。对了,这样的话,秦笑怎么可能有办法买到浦兴银行的法人股?"

吴恙推了一下眼镜:"我倒是听说个事。说来奇怪,浦兴银行当初成立时,虽然都是国有企业出资,但当时上市急迫,资金告急,股权成分有些复杂。这些佑海区县政府旗下的大大小小的公司,加起来有10多家。如今,时隔多年,这些公司有的被重组,有的被改制,法人股也有不少散落到民间。"

"你前面所说的大股东是谁?"袁得鱼深思道。

"两家特殊背景的公司。"

"我懂了,虽然金融管理层有令,但原则上,这些持有股份的,只要不卖给花旗银行就可以了,不是吗?谁都可以参与收购。"袁得鱼打响了手指,"我们就跟着他们玩吧。吴恙,你有没有当年浦兴银行募股的资料?"

"杂志社的档案馆可能会有,但是,其中真正转型成民营性质的公司的资料,恐怕为数不多。"

袁得鱼笑了一下:"试想,如果真能拿到低于净资产的股份,又能很快上市,岂不是暴利?这个逻辑很符合秦笑这些人的胃口。"

"但这些法人股,是不能随意抛售的。"吴恙提醒道。

"这不正是折价的机会所在吗?"袁得鱼说,"我知道有一类私募股权公司,它们的投资方法,就是等到同行去调研无数家公司后,自己直接从结果中找到目标公司的负责人,出比同行更高的价格,拿下这些公司股权,反倒 IPO 的成功率很高。"

"你的意思是,站在巨人的肩膀上?"

"我只是按常理推想。秦笑当时做了那么多事,不就是为了那个果?就算我赌输了,我比他的代价要小很多,我实际还是赢了。乔安,快帮我找找,哪里能搞到这样的股份?"

"就算我知道,谁肯卖给你呢?"

"如果你找到,我就有办法。"

"就算你有办法,你有那么多资金吗?"吴恙接着问。

"这点你们完全不用操心。"

正在这时,唐子风冰冷的眼光扫了过来。

袁得鱼一下子顿悟过来:"唐子风肯定也会抓住这个生财的机会,他最擅长的,就是利用政策信息套利。现在,他们肯定想尽办法要拿到更多这种法人股股份,然后在股权分置的情况下,将它们上市。他看中了这批法人股强大的金钱效应,这可能是近年来资本市场最大的一块诱人蛋糕了!"

乔安与吴恙对视了一下。

第八章　998 点大反底

乔安说："你也可以帮我们跟踪这个线索。前两天我打听到，米乡的一家公司有一些浦兴银行的股份，但可能不多，也不知道其他人有没有过去收购。"

尽管心里没有底，但袁得鱼还是振作了精神，他清楚自己下一步该做什么了。

葬礼上的人群散尽。

袁得鱼远远望着邵小曼——她穿着一袭黑色及膝裙，站在唐煜身边。

唐煜擦着眼泪，像是受了很大刺激的样子。

邵小曼像是有心灵感应，倏忽间，把头转了过来，冲袁得鱼嫣然一笑。

袁得鱼想起读书时曾念过的一首情诗："她走在美的光彩里，好像无云的夜空，繁星闪烁，明与暗的最美妙的形象，交汇于她的容貌和秋波，融成一片恬淡的清光，绚丽的白天达不到的效果。"

袁得鱼沉醉了一下，向她挥了挥手。

"再见！"他轻声说。

回到家的时候，袁得鱼看见许诺眼睛上敷着黄瓜片，手里还握着个冰袋。许诺一见袁得鱼，就朝他冲了过来："你怎么混到你仇家的场子去了？"

袁得鱼见她张牙舞爪的样子，不禁后退了两步。

许诺一下子拉住他的领子痛骂道："你小子，我看到你账户了，你竟然赚了那么多钱！害我这几天都没睡好，赔老娘的黑眼圈！"

"我看你睡得挺香的！"

"好吧，我承认，我的失眠结束于 7 日凌晨 2 点，我后来还真没担心过！"许诺看袁得鱼翻箱倒柜地整理行李，好奇地问道，"你要去哪里？"

"米乡。"

"去那里干吗？"

"接下来，我要直接对战那个老狐狸了！"

第九章　痛失套利股

存天理，灭人欲。

——朱熹

一

袁得鱼坐在一辆电动小三轮车中,颠簸在泥泞的小路上,风尘仆仆。

他的方向是米乡上虞。

在火车上的时候,袁得鱼发现,上虞的四周都是山,在秋季,披着斑驳的黄色。

袁得鱼想,这个坤水六化,作为当地缴纳税收最高的公司,也算是地位非凡。

很多小地方的大型公司,简直是一家公司养一方人。

袁得鱼以投资经理的身份,见到了坤水六化的办公室主任。

不过,办公室主任是把人挡在门外的官方角色。

袁得鱼坐在刷着绿色涂料的办公室里,因为时间久远,墙上的涂料已斑驳。

离办公室一段距离的厂房,时不时飘来呛鼻的气味,但主任对此毫无感觉,估计早已习惯了这种气味。

这主任年纪不大,30多岁,圆头圆脑,身体强健。

他穿着一套不合身,像是刚从架子上取下来的棕色西装,里面是一件白色呆板的衬衫,还系着一条廉价领带。

他桌子上放着的一个青花瓷的带盖茶杯,正飘着茶香,桌上还放着一沓报纸,就像某些企业典型的养老状态。

这个主任的声音倒是洪亮。

袁得鱼与他聊了一会儿,知道此人的父亲是这家公司的高管,他是子承父业,自我感觉良好,从某种意义上来说,他是这个上市公司第二代管理层。

"我们工厂很大，有很多员工，有的几代人都在这里。他们一起去食堂吃饭，一起拎着盆去洗澡，很像一个大家族。"这个主任闲扯着。

袁得鱼脑子里忽然浮现出一幅画面。一家几口人，手牵着手走出大食堂，每个人都拿着搪瓷碗，然后相互告别。一个说"我向东走啦"，另一个说"我向西走啦"，他们都跑去工厂的大院子里某一区域上班，一家子在一个地方上班想来也是一件有趣的事。

"我们的公司业绩很稳定。我说小袁，你到底想了解什么？"

袁得鱼寻思着如何切入，好不容易有了主意。

"听说，上面终止了你们曾提起的对日本、韩国有关产品的反倾销调查，这个事对你们影响大吗？"

主任一下子愣住了，所谓反倾销，不过是一个打压对方价格的商业手段，没想到眼前这个年轻人，对这类事情如此敏感，看来自己小看他了。

主任稍微停顿了一会儿，说："事情不都过去了吗？还有啥影响呢？"

"如果我没猜错，你们应该还有不少外债，这个反倾销案件，从2001年开始提起，一直拖到2003年9月才宣告结束，为你们争取了不少时间吧？但这种根源上的事情，怎么可能快速解决？公司主营的甲苯二异氰酸酯产品，价格也没能如愿提升，你们打算怎么提高公司的毛利率呢？"

主任嘘了一口气。

"我倒有个建议。"

"说说看。"主任开始抽起烟来。

"在熊市中，因为上游原材料成本的提升，压缩了你们的利润空间，而且，你们的产品也一直供大于求。所以，在过去一年，一直在减少生产量，这样确实也有一定效果，但这不是长久之计。"

"那什么是长久之计？"

"很简单,增加生产线,扩大生产!"

"太可笑了,这不是压缩了我们的利润空间吗?况且,现在已经是供大于求,为什么要逆市场而为?"

"做化工的,一定知道台塑大王王永庆。他创办的公司在成立之初就遇到了销售问题,首批产品在台湾只售出一小部分,看起来是供大于求。然而,他没有按照生意场上的常规——供过于求时减少生产,而是反其道而行之,决定扩大生产。他这种举动大多数人难以理解。然而,王永庆凭着直觉,背水一战。原来,王永庆研究过国外的塑胶生产与销售情况,他相信,自己的产品销不出去,不是真的供过于求,而是因为价格太高——要想降低价格,就只有提高产量以降低成本。后来,事实果然证明了王永庆的算盘打对了。随着产品价格的降低,销路自然打开了。从那以后,聚氯乙烯(PVC)塑胶颗粒的产量持续上升,公司也成了世界上最大的该塑胶颗粒生产企业。"

主任深深吸了一口气:"你难道觉得我们的产品价格太高了?一些来调研的基金经理,还劝我们再囤一点儿货,提高价格。"

"如果市场没有需求,为什么日本、韩国的公司可以凭借更低的价格与你们一起抢占市场?除了价格优势,它们还有质量优势。反倾销案件还没让你们觉察到,这是你们此前无法想象的宽广市场吗?"

"可就算如此,我们也没太多现金流。"

"事情很简单,因为归根到底,就是资金。"袁得鱼终于切入了正题,他小心翼翼地说,尽量不流露出任何情绪,"你们肯定有其他值钱的资产,比起你们公司长远发展的大业而言,根本微不足道。我知道,你父亲是这家公司的大股东,也是创始人之一,所以,我想你同样具备高瞻远瞩的目光,所以我才与你畅所欲言。"

主任陷入沉思,许久,他说:"这样吧,你晚上有时间吗?我们一起吃顿饭。"

晚上吃饭的地点在这家上市公司的旁边。看得出,这里是招待公司贵宾的地方，服务员个个都长相标致。

除了主任外，还有两位上了年纪的人，交换名片后，袁得鱼发现这两个人是公司董事会成员。

袁得鱼与他们闲聊起来，从自己做期货的经历，聊到海外的一些所见所闻。

这两位董事会成员的反应截然不同，一位听得很投入，眼神透出好奇；另一位则无动于衷，仿佛对外界的很多事物早就有自己的一套想法。

"小袁，你是一家公司的投资经理？能否说说你们公司的情况？"那个总是面不改色的董事会成员问道。

袁得鱼顿了一会儿。

所幸，袁得鱼对这个问题早有准备，他淡定地说："我们公司成立于2002年，其实，就是一家私募基金，提供代客理财服务，赚取佣金。但你要知道，我们会比公募基金更加追求绝对收益，眼光更为锐利。我们的资金不算太多，但更为灵活。"

他掏出了照片，这是民生路上的一个创业园区——很难形容这栋楼的外观，就像钢铁和玻璃组成的大盒子。

"这个佑海的房子造得有点儿意思。"那个总是充满好奇的中年人托着下巴说，"听说，你给我们提了一些发展上的建议，难道你想学股神巴菲特？他总是用自己的方式改变企业的战略。"

"这或许也是做我们这一行的真正价值所在。因为我们会研究更多公司，甚至是跑到竞争对手公司去。我们不断学习最新的投资方法，几乎与华尔街是同步的，因为资本市场全球化了。所以，我们可能会提出一些你们意想不到的新鲜建议，就算你们觉得那些主意未必靠谱，但多一个维度，也算是有新的发现。况且，公司能朝着价值更大化的方向发展，不是一种共赢吗？不过，你说我学巴菲特，这实在不敢当。因为，巴菲特有源源不断的资金，他可以不断地买进，好的企业价格越跌，他越高兴，因为他可以买更多。但我手上只有一笔资金，需要精准地使用，我要让它的效率最大化。"

第九章　痛失套利股

"你看好我们公司？"

"目前并不看好，但看好它的未来。"

对方沉默了一会儿，说："小袁，你今天的一席话，让我们很有启发，谢谢你，我们乐意与你做朋友。"

袁得鱼一看对方要撤，马上说："我与几位谈得很尽兴，很想再喝一瓶红酒，我明天就回佑海了，希望你们能给小辈一个学习的机会。另外，我想谈一个事情，这关系到双方的利益，恐怕这会是你们关心的与投资有关的事。"

对方重新坐下来，不管在何时，"与投资有关的事"终究是有魔力的。

"希望这不会浪费你们的时间，恕我直言，你们是否拥有一些浦兴银行的股份？"

表情冷峻的男子有点儿警觉起来："你怎么知道？"

"是这样，你们恐怕也知道，花旗银行一直在二级市场吸筹浦兴银行，因为禁足期过了，而佑海当地企业在以净资产的价格收购散落在外面的法人股。"

"什么？净资产价格？太可笑了！净资产价格大约才3元，现在浦兴银行的市场价已经是12元左右。"

"相关部门有文件，很多公司确实就这样卖出去了。"

"哼，那我们不卖给收购方不就行了，反正是佑海那边的。"

"可如果米乡相关部门找来，提出低价收购，岂不是更被动？"

正在这时，那个头脑灵活的中年人对冷峻的男子耳语了一番，冷峻的男子掠过一种匪夷所思的神情，缓缓地点点头。

袁得鱼顺势说："我只是特意提醒一下，谢谢你们陪我喝完这瓶红酒。"

饭局一下子冷场了。

袁得鱼产生了一种预感，他等待的时机终于到了。

他多么想直接提出，我想收购你们手上的这批股份，但他知道自己不能先开口。

毋庸置疑，在谈判中，谁先开口，谁就是"输家"。

"那小袁，在你看来，这批股份变成流通股的概率是多少？"冷峻的男子说。

"我不确定。现在佑海相关部门想比花旗银行拿更多的股份。当前，大部分流散的股份，确实都集中在佑海相关部门旗下的大公司里，这让它们有了绝对控股权。但是在现有环境下，想将其转成流通股并非易事。"

这话说到了老头子的心里。

几年前，在他还负责公司投资部的时候，与佑海一家公司换股，拿到了一些浦兴银行的股份。没想到，原本有历史遗留问题的公司，很快上市了。他的那次换股，很长时间都无法兑现，成为公司内部管理层对他的诟病。

"小袁，你不是投资未来的机会吗？如果是你，你会有兴趣收购吗？"

袁得鱼此时心里很激动，但还是控制住了自己，他冷静地分析说："关键是否有更好的机会，如果能将这些股份变作对将来有影响的现金，那定是值得的。"

这句话正中老头子的下怀："白天，何主任与我们说了你提的建议，我们商量后觉得很有道理。"

"不过，若你们有投资新生产线的计划，也不差我这笔资金吧？"袁得鱼继续装矜持。

对方流露出失望的神色。

"不过，如果你们公司打算增发股份，到时候给我一些优惠的股份，我可能更感兴趣，毕竟，我此番过来，还是看好你们的未来的。"

"这个股份，我们想用合理的价格给你，就当作朋友，如何？"

"为何卖给我？像我们这样的投资公司有很多。"袁得鱼继续用缓兵之计。

袁得鱼心想，目前自己真的在面临一个大选择。

毕竟对于袁得鱼而言，多年的投资经验，让他早就学会了不能相信任何人、任何事,他不会冒险。至少,在这笔法人股真正上市之前,袁得鱼相信,浦兴银行肯定还有很多动作,这可不是让一家公司的销售额翻一番那么简单。如果不成功,自己好不容易赚来的第一桶金,就会付诸东流。

袁得鱼说:"请让我打个电话,你们知道,这么大的事,公司也不止我一个合伙人。"

二

袁得鱼走出门,遥望夜空,星星无不像被钉子钉住一样在同一位置上一闪一闪的,暗蓝色的天空像被洗过一般。他算了一下,如果要拿下这些股份,就要孤注一掷,但这个项目真的可靠吗?他觉得太顺利了,哪里好像不对,但又想不出任何破绽。可自己蛰伏这么久,能让自己彻底翻身的机会恐怕就这么一两个。

袁得鱼望着点点星光,远处模糊得如同水墨的山影——这是在佑海绝对看不到的景色。

袁得鱼回到饭桌。

"你回来了!"那个表情冷峻的老人凝视着袁得鱼,一条眉毛弯成弓形,"我们以为你不来了,刚才还在开玩笑,说你距离成功只有一个饭桌的距离。"

"考虑得如何?"主任在一旁紧张地吸着烟,袁得鱼注意到他嘴唇上方有几颗汗珠。

"我决定拿下这些股份。"袁得鱼坚定地说。

主任脸上露出了笑容。

"我准备付给你们5元一股。"袁得鱼脱口而出时,发现说话的自信程度比他想象的还要多。

几十秒内,一桌人都没开口。

"这恐怕只比我们当年的买进价多出一点点儿。"

袁得鱼掏出一张传真纸,上面写着佑海相关部门内部的指导价:

"卖给我是赚钱的,如果真的以净资产价格收购的话。"

那老头子的嘴张开了,牙齿紧紧咬着,吸了一口气,发出的嘶嘶声似乎招待所外都能听到。

他的前额渗出了汗珠,连衬衫都湿了,他向主任要了一支烟,以极快的速度抽了许多口。他们笼罩在厚厚的烟雾里。

袁得鱼觉得此时他不是在饭桌,而像是坐在糟糕的黑白电影里的审讯室中。

"不,不够!我们以前买的时候是那个价,但现在是 8 元了。"

"这是我与合伙人商量下来,愿意给你们付的最高价格了。这种股有很多不确定因素,权利少,而且这是在我们风险折扣基础上计算的价格。"袁得鱼都不知道这些词是从哪里冒出来的,"我们只能付 5 元一股。"

有几声更大的吸烟声。

他不停地嘟囔着:"不,不行,一点儿余地也没有吗?肯定不止这个价。"

"对不起,我所能做的仅此而已。"

老头子使劲儿摇着头,几乎没有呼吸地喃喃自语:"我不能接受,我必须再和董事会商量一下。"

袁得鱼认为谈判结束了,老头子这样说只是为了保住面子而已,甚至在自己这样一个穿着邋遢的家伙面前。

袁得鱼只说了一句:"好吧,我等你们的消息,谢谢了。"

袁得鱼随即告辞,大步流星地走出了那个大工厂的招待所。

电话来了,竟然是乔安。

"谈得怎么样了?"

"如果我没猜错,明天我会接到电话。"

"你是说,回绝的电话吗?"

"哈哈,你说呢?"袁得鱼吹着口哨,"我第一次觉得砍价是件这么爽的事情,你猜我可以多少钱拿到这些股份?是 5 元!太不可思议了!"

第九章 痛失套利股

"你嘚瑟的样子还真讨厌!"乔安笑着说。

袁得鱼知道会是什么结果。

出发的前一天,他还做过这家公司的功课,这家公司正淹没在债务的海洋中,没有足够的利润偿还债务。

当反倾销调查终止后,行业内的很多公司都在赖账,投资者们惊慌失措,开始收回这些公司的贷款。

果不其然,第二天下午,袁得鱼接到了电话。

袁得鱼开心坏了!

他很久没这么高兴了,恨不得绕上虞好好跑上几圈。

"拿下这 100 万股,请问是一种什么感觉?于无声处响惊雷?"乔安问。

"不够不够!"袁得鱼突然深情起来,"'是一场以排山倒海之势掠过无边草原的龙卷风般迅猛的恋情。它片甲不留地摧毁路上一切障碍,又将其接二连三卷上高空,不由分说地将其撕得粉碎,打得体无完肤。继而势头丝毫不减地吹过汪洋大海,毫不留情地刮倒吴哥窟,烧毁有一群群可怜的老虎的印度森林,随即化为波斯沙漠的沙尘暴,将富有异国情调的城堡都市整个埋进沙地'。"

"哈哈,你就胡诌吧,这不是我当年借给你看的《斯普特尼克恋人》开头吗?"

"做投资,不也像谈恋爱一样?"

"你不会真的只会与投资谈恋爱吧?"

金钱最迷人之处就是轻而易举地令人精神振奋,袁得鱼脑海中那复仇的光影比任何时候都要明亮,那世纪谶语般的复仇地图发出迷幻的神采。自己孤注一掷的 1 000 多万元本金,一旦流通到市场,至少翻 3 至 5 倍,或许还远远不止。

他终于明白,唐子风他们在这几年是靠什么大买卖迅速崛起的,像南方的中小板就是滋生暴富的摇篮。好个政策套利,这才是最惊人的赚钱模式。

他仿佛已经听见无数钞票排山倒海般朝自己涌来。

三

唐子风做梦也没想到,他收购浦兴银行的主战场——博闻科技竟然让他碰了壁。

唐子风站在洋滩小白楼的浮世绘大彩窗前喝茶。

唐焕脸色有些难看:"爸,出了一点儿问题,博闻科技那边非常难搞。"

"股份有没有问题?"

"没有。"

"公司是不是民营性质?"

"是的。"

"它有1 500万股,这家民营公司是不是持有现在流通在市面上最多数量的法人股?"

"没错。"

听到这三个明确答复,唐子风松了口气,至少,目标还是清晰的:"那问题出在哪里?"

"我们还是按老办法,搞定了下面两员大将,照理说,这些股份转移是没有问题的,就像当年我们搞定申强高速那样。然而,他们那个董事长熊峰,比我预想的要狡猾得多。前阵子,下面那两个家伙忽然把我们送的东西都退了回来,打起了退堂鼓,说什么'恐怕不太好办'。"

"难道嫌我们送的不够多?"

"我与他们私下聊过,他们也在等待机会,但无从下手。我觉得,主要是熊峰这个人比较难搞。听他的手下说,他每天连办公室酒柜里的酒都要数,不要说这么大一块资产了,很难暗度陈仓。他这些年一直在资本市场拼杀,每份资产都是靠他自己打拼的。他心里最清楚,他那个空心公司,也就数浦兴银行那些法人股最值钱,

第九章　痛失套利股

而且离'全流通'已经不远了。"

唐子风陷入沉思，他在脑子里搜索熊峰那老家伙。

唐子风记得很清楚，他们曾见过几次——那家伙人如其名，虎背熊腰，眼珠突出。

唐子风记得第一次见面是在圈内朋友的一个聚会上，他与熊峰玩过几盘"诈金花"。他发现熊峰从来不跟没把握的牌，整体下来，总是能赢一些小钱。

记得熊峰第一次见到唐子风的时候，就问他："嘿，老兄，听说你见多识广，你知道哪家报社荐股最牛吗？"

当时唐子风不知道他是何意，熊峰继续说："美国有本杂志叫《巴伦周刊》，这本杂志每期都会推荐一些股票。美国有投机商买通杂志的印刷工，提前一天知道了荐股信息，先买入，总是能小赚一笔。"

"你很会打万全之仗。"

"嘿，在我的炒股词典里，从来就没有赌博二字。"

他们第二次见面，是在熊峰的办公室里。

当时，同行们正在一起谈一个项目。一个人出差刚过来，随手把一个很沉的旅行包扔在了雕工考究的桌上。

熊峰毫不掩饰："哎哟，轻点儿，我的黄花梨。"

这句话引得大家一阵哄笑，他自己倒不在意，还拂了一下桌上的灰尘。

唐子风知道，这个熊峰，最早是海元证券的一名操盘手，袁观潮主持海元证券的时候加入的。当时，他的兄弟先被人挖来，后来兄弟又拉他加入。

两人去海元证券正式上班的那天，他的兄弟临阵脱逃："宁做鸡头，不做凤尾。这里高手如林，我还是赚自己的小钱吧。"

那兄弟决定还是留在原来的小券商里。

熊峰曾经多次谈起那位兄弟，每次都感慨万千。时隔八年，兄弟俩再次见面的时候，熊峰已经是两家上市公司的董事，身家数亿元。

被他称为贵人的兄弟，还在那家券商操盘，升做了经理，但财富上无多大变化。

"兄弟，当年若不是你，哪有我熊峰的今日，你到我这里来做副总吧！"熊峰发出仗义之言。

"这就是命运，没啥好怨天尤人的。"那兄弟婉言谢绝。自那天见面后，那兄弟就再也没有出现过。熊峰无论怎么找，也找不到他。

当唐子风第一次听闻此事的时候，也有点儿感慨，那兄弟的躲避，不是性格决定命运的又一次体现吗？

熊峰在江湖上也算有点儿名气，因为他独创了"资产重组"这个词，并且将资产重组演化为自己独有的投资风格。

1997年，他做了第一个并购案——一家酿酒公司收购了一家濒临破产的纺织企业，股价一下子大涨5倍。

唐子风知道，熊峰在资产重组上的优势也非一朝一夕修得。

1994年，熊峰还在海元证券操盘时，曾负责过海元证券一笔6 000多万元的操盘资金。那时，市场正好处于熊市。

他也算是得到消息，救市政策出台后，他在短短几天时间里，赚了2 000多万元。没想到，紧接着，股价又开始下滑。一周内，不仅盈利部分没了，本金还亏了2 000多万元，最后他只好"割肉"离开。

熊峰在之后的一个星期里，一刻也没合眼，整日整夜地看复盘，后悔没有早几天卖出。

打那以后，他就以浮肿的黑眼圈示人，当然，熊猫眼也成了他的招牌。

在袁观潮倒下后，他随着大部队，离开了海元证券。

走的时候，熊峰带走了海元证券图书馆的一本书，叫《门口的野蛮人》，是台湾版的。

他曾多次跟人说起，自己第一次看这本书的时候就如痴如醉。

唐子风心想，估计在他经历了风雨之后，对那本书的内容有了新的体会。

熊峰多次与人说，书里面讲的很多并购案例，非常有趣。然而，在中国，没人这么做，在他看来，"投资也应该是一件有创意的事"。

在唐子风看来，熊峰的成功与他早些年在海元证券的经历不无关系，海元证券是中国证券市场早期最优秀人才的聚集地。当然，"往高处走"的决定，使他与那兄弟有了天差地别。

唐子风暗暗觉得，他现在所面对的对手，与前几年相比，已经不能同日而语。

话说每轮熊市，总会大浪淘沙，如今看来，只有这些一等一的高手才能幸存下来。

当年，海元证券分崩离析，高手们散落各处。

他现在遇到的很多障碍，兴许是当年积累下来的苦果。

然而，像熊峰这样的高手，显然与韩昊这样的技术派迥然不同，他们最后，肯定是与二级市场的上游——股权市场分羹，就好像浦兴银行的项目一出，他们就棋逢对手了。

唐子风有了主意："恐怕只有一个办法了。"

唐焕的眸子亮了一下，虔诚地望着老爷子。

唐子风索性循循善诱："如果你遇到一个酒量不小的人，他却不愿多喝一口酒，你怎么让他醉？"

"嗯……那就让他与我一起划拳。只要他划拳，我就有办法让他喝。"

"如果他也不肯划拳呢？"

"那就骗他，说这不是酒，是可乐等饮料。不过，这好像只能骗骗三岁小孩。"

"我们在生活中确实会遇到这样的人，非常理智，几乎从来不会失手，这种人很狡猾，也很细心。"

唐焕有点儿焦躁起来："那我就把对方的头扳起来，把酒直接灌进他嘴里。我看这样最直接了，一个字——逼！"

唐子风摇摇头："太鲁莽了，这是万不得已的办法。"

"那该怎么办呢?"

"制造一个机会。"唐子风笑了笑,"我不相信,熊峰这一路走来,没有任何弱点。"

唐子风说罢,将脸转向窗外——一只从东江飞来的黑白色的水鸟停在窗前,喳喳叫。

四

唐焕醉醺醺地回到家。

他一进门,就看见杨茗正出神地看着背投电影,吃着爆米花。

她白嫩的脚,搁在豹纹沙发凳上,好看而笔直的长腿,来回摩擦,悠然自得。

杨茗转过头,用明眸深情地望着唐焕,爆米花渣还沾在她娇艳欲滴的嘴唇上,白色简洁的丝绸睡裙薄得像纱,一根肩带自然滑落,一切都若隐若现。

唐焕松了松自己的灰色领带,靠近她,用强健的双臂将她一下子从绛红色的皮质沙发上抱起。

这时候,杨茗咯咯地发出欢快的笑声,一点儿都不介意他身上的酒味。

杨茗看着他,突然说:"你有心事!"

"好吧。"唐焕坐在了沙发上,将杨茗放在腿上,双手揽住她的腰,凝视着她好看的脸蛋,说,"如果你让别人喝酒,别人不肯喝……"

杨茗笑起来:"哈哈哈,唐焕,你不会因为这个傻乎乎的问题而发愁吧?你为什么非要让他喝酒呢?要知道,有些人就是个老固执,你想个办法达到让他喝酒一样的效果不就好?"

"怎么说?"

"就是再造一个新局出来。"杨茗眨巴了一下眼睛。

唐焕想这女人真是一针见血,竟与老爷子的思路一样。他此刻清醒地知道，这个女人的才能在自己之上。

他转了一下眼珠，猛地抓了下头，将他当前遇到的棘手问题告诉了杨茗。自然，一些关键部分他没透露。

杨茗转动了一下眼睛，说："这个事嘛，恐怕还需要一些灵活的东西。"

"灵活？"

"就好像两个人暗生情愫，但真的走到一起时，并不是最美妙的。最美妙的，肯定是在追求的过程中。"

"我怎么还是觉得在一起才美妙？"

"哈哈，有些东西，你们男人是无法理解的。女人的心思缜密，就好像一个近视的人，戴上眼镜后发现，看到的世界与此前完全不一样，其实没啥不一样，不过是细节更多了，世界各个角落更清晰了。也好像，我特别喜欢那些英伦摇滚，每次听，它都能给我丰富的感受，但你完全不明白我为什么喜欢，你只喜欢听你的张学友。"

"张学友不好吗？老婆，你还是说说，你的主意吧！"

"问题在于，熊峰这个人过于狡猾，什么事情都躲不过他的眼睛。"杨茗说，"我忽然想起一个古代的故事。几个人在一起喝酒，最后，大家都喝得东倒西歪。一个少年喝得太醉了，就躺在帐篷里睡着了。他半夜醒来，听见帐篷外两个人正在谋划造反的事。他害怕起来，立刻用手指刺激自己的喉咙，吐出了不少污物，并继续躺着睡。那两个人，想起还有个少年在帐篷里，就拔出刀准备杀了，看到少年头倒在污物中，想这个人醉成这样，就作罢了，少年保住了一条命。所以，喝不喝醉，不是关键，而是考虑如何明哲保身才是关键。"

唐焕明白自己该怎么做了，说："像你这么漂亮性感的女人，真的不应该这么聪明。"

"我聪明有何不好？只有真正的勇士才能驾驭草原上最好的马。"杨茗笑了笑。

唐焕望着她，恍惚间，好像一下子回到了少年时光，不知为何，他在校园里一直追逐着一个女孩，那女孩转过身，是一张楚楚动人的脸。

他忽然清晰地意识到，那张脸从来没有在他的记忆中消失过。那是苏秒的脸，不知为何，他陷入了无限伤感中。

隔壁房间，应景地传来周杰伦的《反方向的钟》："穿梭时间的画面的钟/从反方向开始移动/回到当初爱你的时空……"

那是个冬天，在薄雾中，阳光中悬浮着尘埃，不一会儿，光线徐徐缩短、变亮，周围的景物逐渐清晰起来：那是一片焦黄的野草地，四周弥漫着烧荒草的味道，那时的唐焕，还是个青涩的少年，女孩羞涩地走过来，用手紧紧地挽住他，小心翼翼，不敢松开。

她指了指手上提着的一只灰兔——那兔子原本还活蹦乱跳，被提起耳朵后，就像中了魔咒一样，一动不动，任凭使唤。

"我像不像你捉住的这只兔子？"身旁的女孩问道。这个女孩像少女时代的冯程程，似春风一样缠绕着自己。

唐焕拉住女孩的手，在荒凉的野地上一路狂奔，清风吹拂着青春的脸。前方是一个小灌木丛，他蹲下身，松开兔子的双耳，兔子愣了一会儿，转动身体，仿佛在检查自己的身体零件是否完整。

倏忽间，它一闪而过，一下子就跳进了灌木丛中，消失不见了。

"傻瓜，你怎么会是兔子呢？我可不忍心放你走！"唐焕说着。

女孩的眼睛里蕴藏着一种光芒，这种光芒唐焕从未见过。

然而，她却挥着手，疾步向灌木丛走去，像那兔子一样，消失在不远处……

他的眼泪不知为何哗哗落下，无法控制自己。

杨茗觉得奇怪，凑近问："你怎么了？"

他摇摇头，他从来没有在女人面前表现过自己脆弱的一面，他不是"花心大萝卜"吗？

在心里，他刚才看到了撕开伪装后的苏秒——纯洁如初，就像那个弥漫着烧荒草味的初冬清晨。

五

唐子风一直在忙着筹集法人股。

他很满意唐焕很快找到了办法——唐焕查出了熊峰曾经与一家彩电公司一起搞了一家担保公司。然而，那家彩电公司债务缠身，早就人去楼空，一大批彩电供应商在追债。

唐焕问唐子风："爸爸，箱包公司怎么会与这家人去楼空的彩电公司组建担保公司呢？担保公司有什么用？"

"你正好想反了，是担保公司搞垮了彩电公司。"唐子风心想，这不是他自己经常玩的手段吗？熊峰果然也是玩股权的好手。他与彩电公司共同成立担保公司，利用担保公司6倍的贷款杠杆，融资给自己的公司，也就是关联公司，做自己的生意，相当于把彩电公司的资金卷走。

唐焕惊喜万分："那我们就从这个入手！"

于是，唐焕立即派人发了封匿名信给有关部门，举报熊峰掏空了这家公司。

佑海公安部立即展开了刑事侦查工作，对熊峰的拘留期不限。

紧接着，熊峰的那两个手下几乎是用突击的速度完成了公司旗下浦兴银行1 500万法人股股权的转让交易。

唐子风笑了，唐焕干得漂亮。

打通熊峰这个难啃的关节后，一切都如自己预期的发展。

另外一个儿子的进展也不错。

唐烨红光满面地说："爸爸，我找到了一些散落在米乡的浦兴银行股份。那家公司在米乡上虞，大约有500万股。这500万股是不是太少了，我们要吗？"

"还用想吗？"唐子风喝了一口水说。

唐子风在洋滩小白楼，望着桌上自己公司的布局，这艘巨型资本航母已经从大海中探出头来，冲破滚滚浪涛奋勇前行。唐子风内心不禁升腾起"乘风破浪会有时，直挂云帆济沧海"的壮志豪情。

如果不出意外，另外一笔自己已关照好的股份，也会很快入账。

果然，他很快就接到了唐焕的电话："爸爸，很顺利，2 000万股浦兴银行法人股也买下来了！"

"过户的事呢？"

"放心，都已经全部搞定。"

"太好了！"看到大儿子越来越得力，唐子风感到无比欣慰。

他想了想，如此算来，浦兴银行的股份泰达系已经陆陆续续掌控了3 500万股，这已经远远超出了自己的预期。

不过，他们也有落空的股份。

唐烨赶到米乡上虞时，发现这个原本手到擒来的资产已经被人抢先一步，就在他赶到的前几天刚刚被买来。

唐烨非常不爽，为了刺激这家公司老总，索性说："你卖得太早了，我们可以出比市场价高很多的价格。"

没想到，那个冷冰冰的老头儿还给他一个鄙夷的眼神："既然如此，你为什么不早在电话里这么说？你不用信口开河，你们这种人，利欲熏心，只知道赚钱。"

说这些话的时候，老头儿的眼睛没有离开过桌上新生产线的图纸，眼神里放出光芒。

"哥，这家公司手上的浦兴银行股权已经卖掉了。"唐烨走出散发着臭鸡蛋味的化工厂，给唐焕打电话。

"这么偏门的公司……"

"不会有谁暗中搅和吧？"

"派人去查查。"

唐焕查完后，脸一灰，马上打电话给唐子风："爸爸，有个坏消息，上虞那边的股份，果然是有人蓄意得手。"

"哦？是谁？"唐子风心里想，竟然有人捷足先登，与自己做同样的事，看来不是一个简单的人。

"我派人查了，是佑海一家不知名的投资公司收购的，数量是

500 万股。这家公司的人我原来在券商的投资策略会上接触过，是个老庄家，坐庄越来越难之后，股票一直做得很差，全靠卖软件兜钱，我还以为早就倒闭了。后来我又进一步调查了，原来是一个我们的熟人干的，你猜是谁？"

"莫非又是他？"唐子风皱起眉头。

"是啊，就是那臭小子。他不仅卷土重来，还在'太岁头上动土'了！"

"毕竟没有不透风的墙。别在意，任何事情都有得有失。"

"爸爸，你的意思是？"

"在很多对你重要的事情面前，要保持淡定。往往，在大获全胜之前，出现一点儿小波折，说不定是好事。与其说这是一种迷信，不如说是一种平衡，不用放在心上。"

唐子风对这笔股份在自己眼皮底下溜走，显得无比从容，因为他对所有持有浦兴银行股份的上市公司，都了如指掌，对于坤水六化，他自然知道这类重资产公司在法务与流程上的软肋，自己看完资料后，立即盘算好了一个主意，顺手就给唐烨打了个电话。

袁得鱼飞快地赶回佑海。

他一回家，马上牵上许诺的手就跑："许诺，我马上就会有很多很多钱了！我有实力对抗唐子风了！"

许诺一头雾水，完全不知道发生了什么事。

在他看来，袁得鱼自从说要去上虞之后，就没有正常过。不过，她看到袁得鱼如此快乐，也打心眼儿里开心。

"跟我来吧！"袁得鱼打了辆车。

许诺傻傻地跟着他，车停在了佑海证券交易所门口："你等等。"

袁得鱼知道，自己只要递交给佑海证券交易所《申请浦兴银行社会法人股转户函》，以及他与坤水六化签署的《股份转让合同》，再经过解除质押、质押登记、股份转让确认和过户登记等全部交割手续，股权就可以顺利过户了。

到时候，他手中的法人股就等着直接流通上市了。

袁得鱼万万没有想到，佑海证券交易所法律部把他的申请书退了回来："对不起，这批股份不能转让。"

"为什么？"袁得鱼一惊。

"你的这部分股权是非法的，因为没有经过股东大会通过。"

"什么？非法的？他们怎么没告诉我？你等一下，我打个电话。"

"等一下，你是通过上虞的一家叫作坤水六化的公司转让的吗？"

"没错！"

"哦，在你来之前，我们已经做过这批股份的同意转让确认书了。收购公司不仅有股东大会的通过资料，就连《资产价值评估书》都有，我们这里有登记，是 500 万股。"

袁得鱼大声叫道："怎么可能？你再好好查一下。"

"的确如此！"

袁得鱼痛苦地查阅着公司的资料，浑身无力。

许诺刚好上来，见袁得鱼的神色不对，着急地问："得鱼，怎么了？"

"被人下套了！我买的是死股！"

"与你上次去上虞有关？"

袁得鱼与许诺说了事情的前前后后。

"怎么可以这样？这相当于一股两卖，绝对非法！"袁得鱼自言自语道。

"你打个电话问一下。"许诺也着急起来。

"没用的，你看这份协议。我当时觉得把握大，就一次性付了现金，但这份协议上写得很清楚，提前支付的金额，是作为法人股股权的定金。如果无法过户，签署的转让协议无效，这个责任全部是我兜。他们可以说，是我自己没有办齐手续！"

"你怎么可以签下这么不对等的协议？你为什么不提前好好搞清楚？"许诺气得浑身发抖。

"我只想抢时间！如果晚一点儿，就会被其他人买走！但是，怎

第九章　痛失套利股

么要经过股东大会呢？此前并不是所有公司都要有这些啊！"袁得鱼摇摇头，"我知道了，我被人算计了！记得爸爸说过，如果你兴奋过头，就要小心行事了。我记得刚成交时，真心觉得自己强大得不得了，心里还在想，唐子风算什么，没想到竟然会这样！"

许诺痛苦地浑身颤抖："我前阵子看你那么开心，自己也跟着开心，以为好日子就要来了，没想到会这样！"

袁得鱼想起什么，对法律部的人说："那是谁过户了这批股份？"

"这个要到附近的保险大厦去问，那里有证券登记结算有限公司佑海分公司，不过，我们这里也可以帮你看一下。"

他们马上赶到证券登记结算有限公司佑海分公司。

一开始工作人员不让他们看，他们展示了自己的资料，还大吵了一番。

"吃不消（意为'受不了'）你们！"工作人员带着佑海口音，"你们看看，这才叫正规的文件。"

袁得鱼在申请转让书上，一眼就看到了申请者的名字。

许诺看到名字的时候更没有力气了，整个人呆在那里——这是在头脑中挥之不去的名字——唐子风。

"唐子风！"许诺捂住嘴，一屁股坐在沙发上。

袁得鱼也看到了，他冷笑了一下："原来最后搞下坤水六化 500 万股的是唐子风，原来是他一直在背后折腾这件事！一共 4 000 万股，他垄断了浦兴银行除了相关部门手中的所有股份。"

袁得鱼跑到公开交易平台，他无法忘记眼前这一幕——显示牌上，最新公示的过户资料显示，泰达信托过户了 4 000 万股。

袁得鱼想起，在前几天，他看到一家上市公司发出公告，称自己旗下有股权交易行为，当时他还在想，是谁出手这么厉害，没想到最终的最大买家竟然是唐子风！

"袁得鱼，你的股份转让得怎么样了？我这里还有个内部消息，浦兴银行的法人股，在股权分置之后，最快将在一年后全部解禁。"

乔安本来的报喜电话就像黑夜中的惊雷，袁得鱼不由得担心

277

起来。

唐子风是浦兴银行的最大买家，也是最大的赢家。

"你那么快回来，第一时间抵达这里，他们会不会还没走？"许诺问道。

袁得鱼与许诺奔向大门。

在佑海证券交易所贵宾通道，袁得鱼看见唐家父子正大摇大摆地走出来，冤家再次狭路相逢。

这是三年多来，双方第一次正面接触。

唐氏父子很得意地看着袁得鱼，眼神充满鄙夷。

"丧家犬！"从他们嘴里蹦出这几个字。

袁得鱼气得咬牙切齿。

唐子风心知肚明，袁得鱼收购浦兴银行股份，自然也是经过深思熟虑的，但终究还是败在自己手上了。

他不过是动用了一点儿法律的手段，当然，还要再加一点儿威吓，自然是所向披靡。

"你卑鄙！"袁得鱼向唐子风吐了一口唾沫。

"是你无能！"唐子风嘲笑道，"成功的人是我！而你，现在分文没有！"

袁得鱼眼睛直勾勾地盯着唐子风，看得唐子风浑身不自在。

"袁得鱼，都说你很聪明，但你怎么不想想，他们与你非亲非故，为什么把那么便宜的筹码让给你？这就像很多人自以为很懂收藏，以为自己花了几百元就能在市场上淘一个上千万元的宝贝是一个道理。你的常识哪里去了？你太年轻了，为了这么点儿钱就冲昏了头脑，就当这次是叔叔给你一个忠告！"

一阵狂妄的笑声后，唐家父子扬长而去。

袁得鱼靠在墙上，若有所思，一言不发。

"我们东山再起！"许诺强颜欢笑。

许诺看袁得鱼消沉，就想逗逗他："嘿嘿，听我说呀。有一天，小鸡拿着一张大红奖状扑到鸡妈妈的怀里。小鸡说，'妈妈，你说过

第九章　痛失套利股

我考了第一名就告诉我爸爸是谁'。鸡妈妈知道小鸡已经好奇自己的身世很久,决定不再隐瞒它,便说,'孩子,你是一只争气鸡,你的父亲是瓦特'。"

"哈,哈,哈。"袁得鱼故作迎合地冷笑了三声。

"嘿,我说,争气鸡,你究竟押了多少钱?"

"1 000万元!"袁得鱼一字一顿地说。

"唐子风估计可以赚多少?"

"10多亿元吧。"

许诺咽了一下口水:"那我们还剩多少?"

袁得鱼托着下巴:"3万元。丁喜的20万元,也赔进去了!"

"我们可以拿回来吗?"

"当时我的资金不够,就把所有资金作为了订金。为了抢速度,所有法律风险都由我承担。我办股权过户的资金,还是通过朋友借的高利贷。对了,许诺,你可以借我点儿钱吗?我想先还掉高利贷的利息与手续费。我本来想,有了股权之后,随便质押一下都可以还。"

许诺想了想,哆哆嗦嗦地拿出自己的一张银行卡:"袁得鱼,这是我这么多年来的所有积蓄,有一年,我每天都吃的是方便面!"

袁得鱼打了电话后,过来两个人。

许诺眼睁睁地看着那两个人将袁得鱼从银行刚取出的钱全部拿走。这都是她的血汗钱,她歪了下身子。

"许诺,没什么的。一年多前,我不也是一贫如洗吗?"袁得鱼乐观地说。

许诺的身体还是不由自主地往下滑,他用尽全力将许诺扶起来,将她靠在自己身上:"哎呀,别这样,我想别的办法,不拿你的钱了,好不好?你个瘦子怎么这么沉?"

许诺很想推开他,但一点儿力气也没有。

袁得鱼知道自己错了,但他就是哭不出来,他好像天生就没有眼泪!

第十章　冲，对冲基金！

兵者，国之大事，死生之地，存亡之道，不可不察也。

——《孙子兵法》

一

　　袁得鱼来到一栋不起眼儿的小楼前。
　　这里的小楼像无数钢铁和玻璃组成的坑坑洼洼的大盒子，很多小型创业公司都在这里。
　　他推开一道布满灰尘的木门，这是他多年前做期货有一点儿积蓄的时候，买下的小型商业别墅，那时候大约150万元，现在500多万元。
　　他觉得，现在是正式启用这里的时候了。
　　他走进去，宽条纹的圆盘木地板上净是厚厚的灰尘，这是一座三层小楼：第一层是大客厅外带花园；第二层是工作区，中庭式的大平层，外接视野开阔的大露台；第三层是隐秘的卧室。
　　他把客厅里的一块套着塑料纸的铜板拿了出来，用袖子擦了擦，挂到了门上。
　　这个铜板上面，赫然写着"大时代资产管理公司"。
　　这是他一直以来的梦想，在三四年前，他就想过从这里开始，但他预计当时的熊市会持续很长一段时间，而如今，是要开始的时候了。
　　他没告诉过任何一个朋友，但现在是告诉许诺的时候了。
　　许诺挂了三天盐水，现在恢复得差不多了，但一想到自己的钱全没了，不免心疼。
　　她起了个早，来到袁得鱼告诉她的这个地方。她只知道这个地方原先是废弃的仓库，但没想到，现在这么大变化，不过与佑海一些时尚街区不同，其主色调是水泥的灰色。盒子式的外观，方方正正的窗户，看起来颇为大气，竟让她想起"稳健"之类的词。

许诺看到9A号木门上，挂着"大时代资产管理公司"铜板的时候，不由得睁大了眼睛，她发现门虚掩着，便推门进去。

一个男人靠在落地大窗上，阳光正好照在他脸上。他穿着简单的白衬衫，与这里灰蒙蒙的色调似乎不大吻合，却叫人安心。

袁得鱼转过头，看到许诺时笑了一下："欢迎来到我们的公司。"

"我们的公司？"许诺不敢相信，"你什么时候注册的？"

"2002年吧，是第一次从南方回佑海的时候，花了一笔钱，买下了一个别人不要的公司注册了账号，让一家代理公司帮我一直延续着这个公司。"

"为什么那时候不开始做呢？"

"时机不到，我一直在等待一个完美的时机。"

"现在到了吗？"

"是的。"袁得鱼说，"有时候，没有钱反倒是一件好事，就当一切从头开始吧！"

许诺忽然宽心起来，露出她大条的本质："我真傻，前两天竟绝望成那样，觉得一下子暗无天日，现在不是也挺好的吗？"

许诺好奇地在这栋楼里跑来跑去，无比开怀。

"嘿，你具体怎么做呢？"

袁得鱼双手插袋，悠闲地说："本来我还不是很有主意，但现在突然有灵感了。"

"什么？"许诺认真地打量着这个经常带给自己惊喜的男人。

"在这里创建一个属于自己的对冲基金，你觉得怎么样？"

"哇，听起来好棒！"

"过去我们接触的很多投资高手，都是在券商那里做代客理财业务。可能一开始的时候，有很多人以为我跟他们一样，只不过在经营一家投机商号。但他们错了，我要做的事，与他们完全不同！我要用最合法的模式，做一个公司，它运作的基金有三方合作，客户给我们的资金，放在托管行里，而我们只是定期收取利润的分成，

第十章 冲，对冲基金！

国际标准是 20%，只在赚钱的情况下才收取。"

"嘿，袁得鱼，你到底在说什么？我好像听不明白呢！"

"我要成立一家对冲基金，是的，就是对冲基金！我爸爸在我很小的时候，与我提过。"袁得鱼畅想着，"说实话，他们把我砸下去的时候，我以为玩完了！就在前几天，连我自己都这么想，但如果做起了对冲基金，一切就没那么艰难了。对我来说，这或许是一个最好的开端！"

许诺幸福地微笑起来。

"我们的这个基金，与大多数基金不同的是，我们会按照未来世界的游戏规则玩。"

"为什么你的基金可以这样？"

"因为管理者不同凡响嘛！"袁得鱼指了指自己，他又想了想，"基金，至少得有个名字。"

"得鱼基金？"

"哈哈，那太自恋啦！我看，就叫——大时代基金，你看怎么样？"

"好啊好啊！"许诺点点头，"读起来朗朗上口，又霸气，又符合这个基金的特点。不过，你的基金，不会只有你一个人吧？"

"我们会越做越大的！"

"我们？"许诺羞涩地胡思乱想了一番。

"我要让投资变成一件幸福的事，罗杰斯（Rogers）就很幸福，他一边投资，一边环游世界。"袁得鱼畅想着，比画着房间里的布置，"这里要放最大的液晶报价器，前面一个跑步机，你在看报价的时候，也要控制好你的呼吸。"

许诺听着袁得鱼对未来办公布局的畅想，不知怎的，有些担忧起来，心想，袁得鱼貌似又要忙碌了，什么时候才能安定下来呢？她准备先打扫房间。

"许诺，你怎么不开心？"袁得鱼讲得正投入时，忽然戛然而止，他发现了许诺的异样。

"没什么。"许诺转过身,强忍住自己起伏的情绪,"我觉得你所说的一切,你想做的事,都会实现。但到那时候,你还会记得我吗?"而另一句话"我会不会失去你?",许诺在心里反复念叨着,但无法说出口。

袁得鱼像是看懂了她,摸了一下她柔顺的头发,但接下来说出来的话让许诺哭笑不得:"为什么会不记得?你可是我的市场总监啊!我们还要一起筹集那3 000万元呢!"

"3 000万元?"

"嗯,这是建立一只对冲基金的最低资金规模。"

"那你打算怎么做呢?"

"当年我在期货公司打工时,认识了不少大客户,只要募集齐了资金就启动。"

袁得鱼看起来信心满满。

"哈哈,原来也没那么难啊!"许诺发现自己过于担心,便宽慰了不少。而且,她蛮受用"我们"这个词。

二

一年后,大时代资产管理公司会客室。

"非常感谢,我们不会辜负您对我们的信任!"袁得鱼谦逊地对两位看起来很挑剔的投资者说,随后,礼貌地将两位客户送到电梯口。

他回来的时候,许诺着迷地望着他,心想,我更喜欢你现在的样子。

袁得鱼笑着对身边的许诺说:"今天又有一笔大资金过来!"

"是呢,太好了!"许诺原本的披肩长发,变成了短短的小卷毛,穿着职业套装,看起来像干练的女白领,"最近三个月,我们的业绩比公募基金出色多了。那些机构也真是嗅觉灵敏,好多都自动找过来了。"

第十章 冲，对冲基金！

"因为我们追求的是绝对收益。"袁得鱼有些欣赏地看了一下许诺，"你这段时间成长好快，我都快不记得你在菜场里的邋遢样子了！"

"哼，人家本身就是商界奇才！"许诺很开怀地笑了起来，"不过，有时候我自个儿站在镜子前，也觉得不可思议。"

袁得鱼想起许诺跟着他一起拜访他在期货公司积累的客户时，她把那帮有钱的老头儿哄得开怀大笑。

一位海归叫陈星（Star Chen），许诺说，幸好他不姓林。那人问为什么，许诺说："因为你的名字就变成了'斯大林'了啊。"周围人都笑了起来。

在 KTV 唱歌的时候，许诺倒酒也是一绝。方盘里有 20 个小酒杯，她将黑方一一倒过后，每个杯子里的酒都在一条水平线上。

袁得鱼也啧啧称奇，许诺轻声在他耳边说："以前经常往养鱼的水盆里倒水，练出来的。"

袁得鱼大笑，他心想，那帮人平时听投资听多了，偶尔见许诺这样的女孩，就像一股清新的山风，也别有一番乐趣。

袁得鱼回到自己办公室的时候，还是忍不住将双脚搁在办公桌上，双臂枕在脑后，透过大玻璃望着办公区的情景——10 多个员工正在忙碌，个个充满朝气。

他想起最初的时候，大家没日没夜地苦干，才把这只私募基金建立起来，途中也走了很多人。所幸，现在一切都好起来了，公司的发展速度比预想的要快很多，真是非常幸运。

这个公司还有个特别的员工——袁得鱼一眼就看到了坐在角落里的丁喜。

丁喜正在很认真地看着屏幕，还在本子上记录着什么。自从他出院后，就来大时代资产管理公司上班了。

尽管他没有任何基础，可他跟着资深人士学证券研究的基础知识，进步很快。

许诺看到袁得鱼转笔的时候特别怡然自得，她想起当初认识他的时候,他是个送外卖的少年,就是这样一副与世无争的样子,那个样子才是属于袁得鱼最本真的状态。

"得鱼!"许诺轻声唤了一句。她本来想问:"你还会复仇吗?"

"嗯?"

许诺只是笑笑,没说出口。

她不想提醒袁得鱼复仇的事,她满心希望他一心一意地做好公司。

在许诺看来,袁得鱼好像把什么都忘记了,这样真好,每天都是最幸福的日子。

许诺自己也没想到,公司成立一年多,袁得鱼创立的大时代基金就在年底成了对冲基金的黑马,不仅是一些机构,越来越多的投资者也慕名前来。

只是那时候,对冲基金在中国还不普及,大时代基金被另一个名字——私募基金替代。在很长一段时间,私募与非法集资、内幕交易关联在一起,在投资圈是个隐秘的词,业绩也一直不为人所知。

袁得鱼的开局成功,似乎是因为他一开始就选择了一条幸运的道路,因为他自创立公司起就找了第三方托管,业绩成了公开的事,这样对公司进行了无形的宣传。

公司的产品很快被托管方推荐到彭博的基金评级平台上,名次朝第一梯队攀升。

2007年年初,大时代基金的一个大客户要追加资金。

许诺有点儿无奈地说:"这个客户,非要你亲自去。我每次打电话过去,她都说非你们袁总不见。这两天,她还主动打电话来,说要追加1 000万元资金。"

"什么人?"袁得鱼看了看资料,没发现异样。这个客户是大时代资产管理公司成立以来最早认购的投资者之一,在公司刚刚成立的时候,他们彼此连面都没见过,对方就发了份传真过来,一下子就认购了1 000万元。这笔资金,是袁得鱼创业之初收入的重要来源之一。

第十章 冲，对冲基金！

"跟了我们那么久，你从没见过？"

"这个客户很奇怪，与我联系的一直是个男的，据说是她的男秘书。客户本人是个老女人，好几次都点名要见你，被我推掉了。但现在对方要追加资金，你还是见一下吧！"

"哎，只好出卖一下本公子的色相了。"袁得鱼挠了一下头，"下不为例哦！我的精力只会放在投资上。"

袁得鱼想穿正式一点儿，但他并不习惯穿正装，可许诺似乎总有本事把衣服搭配得既正式又有点儿雅痞的风格。

袁得鱼来到约好的地点——佑海证券大厦。

这个大厅铺着肮脏的地毯，地毯的下面是迷宫一样的电线，一块块可移动的地毯就像大垃圾桶的盖子。大厅里几百部电话在响，屏幕上播放着新闻，滚动着证券价格。

几张长方形的桌子上面，摆放着五颜六色的电脑显示器，它们是橙色的彭博接收终端和很多特制报价器。

桌边面对面站着几十个交易员和经纪人。

他很快就被带进三楼平层的一间会议室，这间会议室大概能容下20个人。

桌上摆放着一个大浅盘，里面装着各种包装袋的玉米圆饼。

他知道，这是佑海证券交易所供应的标准食物。

虽说袁得鱼多年的投资经历，让他早就学会了不相信任何人、任何事，但食物除外。他摸了摸自己饥肠辘辘的肚子，随手拿起玉米圆饼啃了一口。

神秘的客人出现了。

袁得鱼看到她之后，差点儿把玉米圆饼呛出来。他脑海中浮现过形形色色的投资者，但他万万没想到会是这个人。

他不敢相信，继续往后张望，但确实只有她一个人。

"不用看了，你协议上的客户就是我！"贾琳得意地说，随即坐在他的对面。

"我有点儿事情，先走了！"袁得鱼想起身离开。

"你不用想太多,你就是我的资金管理人,而我,就是你的普通客户。这两年来,你做得很好,我还想追加资金!"贾琳颇有职业风范地说。

"老的资金,就放在里面吧。新的资金,考虑到稳定现有基金的流动性,公司暂时不接受了。"

贾琳好像早就料到袁得鱼的这个反应,悠然地说:"有一天,小鹿对公鹿说,'爸爸,你为什么怕狗呢?你比他高,比他跑得快,还有很大的角可以用来自卫'。公鹿笑着对孩子说,'你说得没错,可我只知道一点,一听到狗的叫声,我就会不由自主地立即逃跑'。难道你一看到我,就想逃了?"

"哈哈,我也知道一个寓言。从前,有一头小羊,在河边喝水。狼见到他以后,想用一个名正言顺的理由吃掉他。于是,狼说,'你把河水搅浑了,我喝不到干净的水'。小羊说,'你明明在河的上游,我在下游,怎么会影响你喝清水呢'?狼看这么说行不通,就说,'我爸去年被你骂过'。小羊说,'那时,我还没有出生呢'!狼对他说,'不管你说什么,我都要吃了你'。所以,遇到恶人,还有什么废话好说呢?"

"好吧,不管你相不相信,我是真心帮你。你想想,你在那么短的时间,怎么可能那么快募集到3 000万元?你的那些大客户,也有不少是我介绍的。"

袁得鱼盯着贾琳,觉得贾琳还算是真诚,于是先坐了下来。

"我有理由恨你,因为你间接谋害了我最爱的男人。你也可以恨我,因为我知道你一直认为,是我谋害了你的师傅。"

"说实话,我是挺恨你的。"袁得鱼不假思索地说。

贾琳笑了一下:"但我不是你想的那样,我是真心来帮助你的。"

"为什么帮我?"

"帮我对付唐子风,秦笑是他们害死的。"

"为什么这么说?"袁得鱼脱口而出,但他觉得自己一不小心又陷到那个圈子里去了。

第十章 冲，对冲基金！

"说来话长。我知道，秦笑与你说过一些有关你爸爸的事，但你知道的只是很少的一部分，我们都是牺牲品。但这个牺牲，对我来说，太大了！"贾琳说，"袁得鱼，以你现在的实力，与他们对抗，根本就是鸡蛋碰石头。你的对冲基金虽然做得还算不错，但唐子风的公司其实才是中国最早的私募，他们的产品成立于云澜，就在泰达信托旗下，个人客户的投资门槛就是 500 万元，认购者还是络绎不绝。你可能也知道这个名字——中华龙。你得仔细想想，你与他们相比，优势在哪里？你如何找到你自己的世界？"

袁得鱼笑了一下："我自然有我自己的方式，但我未必需要你！"

"新的交易大楼不比老的交易大楼有品位，可这里有一个地方胜过那里。"

"电梯。"袁得鱼不假思索地说。

"袁得鱼，你真是聪明，我喜欢聪明的男人。"贾琳有些伤感地说，"我的作用，就像那部电梯一样，当你放眼望去时，它未必起眼，但你会知道它的价值。"

袁得鱼在电梯关闭的一刹那，冷漠地看了贾琳一眼——她那件绣着大蝴蝶的黑旗袍非常得体。

在大多数人眼中，她或许还是风姿绰约的女人。但袁得鱼冷笑了一下，心想，这个女人，竟然勾引过自己的师傅，肯定有不简单的地方。

"如果你想找我，随时过来！"电梯门合起来的时候，贾琳魅惑的声音还是飘了进来。

虽然不知道贾琳葫芦里卖的是什么药，但袁得鱼对事实的基本判断是，不要听对方说了什么，而是要看对方做了什么。

客观上，贾琳在他创业之初确实帮过他不少忙，再说，进来的资金有两年封闭期，他也不怕对方在关键时候釜底抽薪。

只是，经贾琳提醒，袁得鱼才意识到，那个强大的私募对手原来牢牢控制在唐子风手上。袁得鱼曾经研究过中华龙基金，最早的管理者是陷入基金黑幕的两位基金元老。后来，那两个人又自立了门户，剩下的基金经理们，都是一些无名小卒，从来不在媒体上露脸，一直很神秘。

让袁得鱼不得不叹服的是，自己的基金，净值波动非常小。

然而，中华龙基金自 2003 年 8 月 1 日成立以来，一直保持稳定涨势。

袁得鱼意识到，唐子风的金融帝国是个很可怕的深洞，他必须掌握更多证据，才能真正深入唐子风的资本帝国。

如果没记错，贾琳继承了一部分秦笑的商业遗产，佑海证券大厦只是他们租借的一个对外门户。

不知为何，贾琳的出现，仿佛给了袁得鱼一个信号，敌人一直没有远去。而自己，是否也该考虑重回战场了？

三

袁得鱼回到公司，看到丁喜正冲着自己笑，丁喜每次这样，都是要向他汇报自己的一些最新发现。

他坐在办公室，丁喜立即呈上一个关于封闭式基金的统计报告。这是个很简单的统计，只是把市场上要转为开放式基金的封闭式基金的数据整理出来。

丁喜说："鱼哥，我发现一个很奇怪的事，很多封闭式基金都有开放的时间表，为何这个封闭式基金没有呢？我问了同事，他们也不知道。"

袁得鱼朝这个封闭式基金净值盯了一会儿，发现果然可以大做文章："丁喜，你的进步很快，这个研究很有价值。"

丁喜听后很开心。

丁喜离开后，袁得鱼拿着这份资料又找了几个数据，想出了一个不错的套利计划。

他觉得最有意思的是，这个神奇的封闭式基金在唐家二公子唐烨的基金公司旗下。

第十章 冲，对冲基金！

这似乎是袁得鱼蛰伏后等来的机会，至少可以在唐家门前搅搅局。

如今，唐子风的势力扩张得太快，他的公司是中国金融界第一梯队的"航空母舰"。而且，唐家太擅长自我保护了，从来不抛头露面，坚守着神秘低调的生存之道。

袁得鱼心想，没办法，必须得主动进攻，逼着他们露出破绽。

原来，唐烨所在的财恒基金，2002年曾发行过一只叫财丰的封闭式基金，规模30亿份，基金存续期为15年，到期日为2017年8月14日。

这只基金曾明确表示会提前封转开，也就是封闭式基金转为开放式基金。因为封闭式基金流动性不佳，长期折价，每次封转开，都意味着有至少10%以上的套利。

当时，这只基金引起了投资者的广泛关注。

然而，2007年年初，基金封转开迎来大潮，这只财丰基金仿佛忘了承诺似的，迟迟不见封转开的迹象。

2007年4月中旬，财丰基金折价率约30%。这就意味着，如果这只基金转成开放式基金，持有人获利将超过30%。

袁得鱼顺手查了一下财丰基金的重仓股，他兴奋了一下——竟是ST九花堂（ST意为特别处理），这只股票正是最近吸引他的异动个股。

这家上市公司长期萎靡不振，就在袁得鱼见贾琳没多久，这只股票却爆发了一次奇特的逆势涨停。

2007年2月28日起，ST九花堂逆市连续四个涨停板，总成交量达1 543.95万股，占流通盘的18.84%。到3月5日收盘，ST九花堂换手率达到了133.89%。然而，因为长期萎靡，2006年年末，很多持有九花堂的投资者都将筹码交了出去，九花堂的筹码集中度非常高。

袁得鱼突发奇想，九花堂会不会是财丰基金不愿意封转开的原因呢？如果基金转成开放式基金，基金就可以赎回。财丰基金是担

293

心这只基金被赎回吗？

现在之所以很多基金纷纷封转开，是因为市场还不错，大多数投资者还是愿意留守基金，而不是赎回。然而，这只财丰基金连一点儿赎回的风险都不愿意冒，只想求安稳。

尽管袁得鱼不知道财丰基金不转为开放式基金的原因，但他愿意小玩一把，用小资金招惹一下唐子风，这是多么好玩的一件事。

袁得鱼4月19日入手了5 000万份财丰封闭式基金。

同时，他给财恒基金发了一封通知函传真——"佑海大时代资产管理公司提请财恒基金公司主动召开财丰基金持有人大会并讨论封转开事宜"。

通知函的大致意思就是，为维护所有财丰基金持有人的权利，消除基金30%的折价，财丰基金要赶快封转开。如果基金公司不在2007年4月28日前回应，投资者就根据《证券投资基金法》第75条规定，在网上进行投票表决取消财恒基金的管理权，让其他基金公司接管财丰基金，让其他基金公司进行封转开。

这封信对基金公司还是很有威慑力的。

4月20日，财恒基金公司管理层马上召开了董事会。

全公司上下都惊慌失措，毕竟没遇过这样的事情。这种基金持有人要求召开持有人大会，决定一个基金是否封转开，在国内还没有先例。

"唐烨，这件事情交由你全权处理。"董事会成员一致做出这样的决定，原因主要有两个：一来，唐烨是基金业元老；二来，他们知道唐烨有深厚的背景，对这类事件，肯定有自己独到的处理方式。

唐烨擦了一下汗，感到焦虑。

他原本想，只要在基金公司不惹什么麻烦，自己就能高枕无忧，安享这里性价比还算不错的高薪。但这次如果没处理好，不管是对基金公司的声誉，还是对公司利益，都会造成很大影响。

唐烨还有个心结，因为财丰基金的重仓股——九花堂是他在投研大会上强力推荐的。

第十章 冲，对冲基金！

财丰基金经理私下与唐烨关系不错，知道唐烨如此推荐，肯定有他的原因，于是也没问原因，就买了这只股，毕竟对封闭式基金关注很少，索性把海上飞变成了第一大重仓股。那个封闭式基金经理很想成为明星经理，他想，唐烨肯定有什么消息，所以他这么做，也是与唐烨推股的一种配合。

唐烨知道大时代资产是袁得鱼创立的，他也知道，大时代资产是故意朝自己"开火"。

唐烨请教自己的父亲。

唐子风想了一下说："我就不信那小子有这番能耐，能召集起99%的基金持有人。"

这句话仿佛给了唐烨一颗定心丸。

没想到基金公司又收到了一个通知，大时代资产公司在《华夏财经日报》上登了个声明：凡是财丰基金持有人，如果想放弃召开持有人大会权力，请把委托书传真或邮寄到我公司。如果没有相关委托书，就视为同意提请召开财丰基金持有人大会并讨论封转开事宜。

许诺看着报纸，不由得开心笑起来："哈哈，这种主意你也想得出来，如果不收到委托书就视为同意，哈哈！"

"这个嘛，是我上次看了一个节目，主持人想让嘉宾唱首歌，他对台下观众说：'如果你们赞同我让嘉宾唱歌的话，就不要举手。'在场的人没反应过来，主持人紧接着说：'他们都没举手，说明他们不反对，那你就唱歌吧！'"

"哈哈，这不是耍人吗？"

"我这是在公开征求大家意见啊。"

"袁得鱼，打赢财恒基金后就收手，好吗？"许诺突然想到了什么，有些担心地说，毕竟唐烨是唐家的人，那种"冤冤相报何时了"的感觉，她不想再有了。

袁得鱼笑而不答，很有经验地说："需要你这个市场总监出马了。"

295

"你是说……"

"联手所有机构投资者一起给它施压,我看过了,除了散户,还有四家合格的境外机构投资者等大机构。如果能转为封闭式基金,资产至少比现在提升10%~20%,想必它们都不会拒绝。大机构一施压,财恒基金注定会手忙脚乱。"

许诺略显低落,但还是平静地说:"这件事情做完,就不要与唐子风他们有瓜葛了吧,把过去就像翻书一样翻过去,好吗?我们好不容易熬过来了,想到以前那些胆战心惊的日子,真的后怕,我们现在不是挺好的吗?"

"许诺,我们已经今非昔比了!"袁得鱼已经在兴奋中。

许诺低下头:"好吧,那我先做市场总监的分内事。"

许诺出马果然效率奇高。很快,《华夏财经日报》上一篇《财丰基金持有人高调要求召开封转开持有人大会》的跟踪报道马上刊登出来。上面提道:"5月14日,大时代资产再度发函要求召开持有人大会。作为此次行动的发起人,与第一次不同的是,大时代资产已经联络了财丰基金所有机构持有人,包括四家合格的境外机构投资者等,共同要求财丰基金发起会议……"

唐烨看到报纸后,有些晕头转向。他心想,事已至此,只能借助法律手段了。

唐烨请来律师,律师也从没遇过这种事。不过,他还是根据一些例行的程序,给大时代资产发去了律师函:"首先,大时代若要成为代表,对财丰基金的持有比例必须达到《基金法》规定的10%以上的要求;其次,贵公司声称不收到反对信就'视为同意'没有法律效力……"

许诺没经历过官司,她有些焦虑:"这怎么办?貌似打回来了!"

袁得鱼一副死磕到底的样子:"你说,基金公司最怕什么?"

"赎回吗?"许诺不解地摇摇头。

袁得鱼扬了扬手上的《证券投资基金运作管理办法》:"这个唐烨,当年就爱玩法律,他上次倒是得逞了,基金黑幕那么大的事,还能逃到国外去避难。我这次，也非得拿法律治他，把他治得心服口服。你看这个法规的第39条，基金管理人如果不召开持有人大会，要向基金托管人提出书面提议！"

"啊，我懂了，基金托管人就是银行！"许诺点点头，"银行是基金公司的主要销售渠道，基金公司很怕得罪银行。我们直接告到银行，逼银行采取行动。"

"哈哈，我又要调用我的御用媒体啦！"袁得鱼扮了一个鬼脸。

"你又想找乔安姐啊，她最近好像特别忙，叫过她很多次，她都没出现。"

"那我要与她好好聊聊。"

四

袁得鱼与乔安约在一家日本料理店。

这家小店，是乔安上晚班的时候经常光顾的，这里有她最爱吃的明太子泡饭。

袁得鱼也很喜欢这家小店，对这家店的芥末章鱼与鸡肝韭菜赞不绝口。

俩人索性叫了一小盅清酒，有滋有味地品尝起来。

乔安变化比较大，由于长期加班，她看起来比实际年龄大一些，身上的那件黑白格子风衣，一看就是大牌，更显其成熟。

她递来一张名片。

"哈哈，失敬失敬，恭喜荣升常务副社长。"

"我们的常务副社长，有五个人呢！"

"不过我敢肯定，你是最年轻的一个。"

"这倒没错！"乔安笑了起来，"你最近如何？"

"忙公司啊！"

"哈哈，三十而立真是一点儿都没错！"

"哈哈，你呢？"

"我……"乔安不知该说什么,自己都快30了,却没有遇到第二个心上人,她瞅着袁得鱼与许诺渐入佳境,心情既矛盾又复杂,但确实感觉大大咧咧的许诺特别适合他,"你与许诺如何了?我看她对你一心一意,你可不要耽误人家哟!"

袁得鱼不由自主地低下头:"未来有很多事情在等着我,我不知道能不能给人家幸福,怎么能随便给别人承诺呢?那样太草率了。"

"女孩只关心你是否在乎她,她并不在乎你未来是否有特别的成绩。尤其像许诺,从小就过着清苦的生活。对她来说,最幸福的事,就是与心爱的人过简单平凡的日子。"

"哎,我还不想考虑这些事。话说,我最近抓到唐家的一个小把柄,正想趁机赚他们两笔呢!"

"吴恙好像也发现了与唐子风有关的一些线索。话说,我们最近一直在研究泰达系的暴富模式。我们了解到,最近唐子风打算让泰达证券上市。其实在2005年,他们就想让泰达证券上市,但那时候证券市场还处于黎明前的黑暗,行业整体低迷,其业绩并不理想,达不到上市要求,所以,他们的这个动作推迟到现在。"

"那他们打算怎么上市呢?"

"我们正在跟踪,但他们到现在还没走正式的上市路径。有个地方很蹊跷——泰达证券在整个泰达系资产中,属于挺花钱的公司,这几年的财务报表都很难看,连续两年业绩为负,累计亏损8 000多万元。公司要上市,所有人都明白,公司应连续三年赢利,虽然管理规定最近有了修改,即三年累计盈利达到3 000万元以上即可,但泰达证券并不符合这个要求。"

"或许他们要另辟蹊径。"

"你是说借壳吗?这个可能性的确存在。一方面,泰达证券最近在私下增资扩股;另一方面,它好像正在与九花堂的管理层洽谈。"

"你是说,他想让泰达证券借壳九花堂上市?"

"是啊,这也是最近九花堂股价出现异动的原因。九花堂是垃圾股,九花堂公司本身也要股权分置改革与重组上市。"

第十章 冲，对冲基金！

"好大的动作，一定布局了很久。只不过，在低迷的年头，很少人会留意这些事。"

"熊市是资本市场暗涌的时候，庄家要韬光养晦，就会选择这个时候布局。"

袁得鱼知道，2005年4月，泰达证券变成了综合类券商。2006年7月，泰达证券获规范类证券公司资格，看起来是做好了万全准备。

袁得鱼突然感叹："这场股改可以诞生多少富豪啊！就拿借壳上市来说，它只要顺道帮助一家ST上市公司完成股改，就可直接上市了。"

"但听说他们不是走借壳这个路线，而是要换股收购。"

"换股？表面上是换股，本质上是换股东吧？"袁得鱼笑了一下，"我也一直在跟踪泰达系，但还没找到漏洞。"

"原来你一直没有放弃。"

"嘘，别告诉许诺，我只想让她开开心心的！"

乔安心想，袁得鱼对许诺真好，而自己一直以来，不过是他的红颜知己，但她还是不由得提醒道："我与吴恙都有种预感，如果对泰达系有什么发现，那肯定是个大案，震惊程度不亚于当年的帝王医药事件。"

乔安见袁得鱼陷入沉默："真对不起，提到了你的伤心事。"

"帝王医药事件至今还是个悬案。"

"但有一点你不觉得很诡异吗？唐子风他们正好也都参与其中。"

"是啊，所以我想了个主意，先搅个局。因为他们实在太严密了，只能敲打他们一下。这次做个顽皮的小孩，拿石头砸玻璃窗，才能引屋子里的人把脸露出来。"袁得鱼把财丰基金的事说了一下。

乔安听后笑了："我还以为什么搅局呢？我估计这连打草惊蛇都不够！财丰基金封转开不就完了，干吗那么厚脸皮呢？"

"哈哈，那你就太小看这只基金了。最近指数已经冲上了4 000点，基金公司业绩分化严重：好的基金，到5月份，业绩都已经翻番；差的基金，净值增长才是个位数。财恒基金去年还可以，但今年旗下的大部分基金都是个位数的水平，你说他们慌不慌？这个财丰基金是公司规模最大的基金之一，如果封转开，按常规，可能至少丢掉30%的份额，意味着要损失不少管理费，你说他们是愿意还是不愿意？"

"原来是这样，倒是有点儿意思。"乔安笑了笑。

"你猜猜财丰基金的第一大重仓股是什么？"

"难道是九花堂？"

"真聪明！你不觉得蹊跷？"

"所以，你觉得唐烨有做老鼠仓的嫌疑？"

"至少也是个内幕交易。"

"不过，以这个资讯的信息量，恐怕只能登在我们豆腐块那样的快讯版面上。不过，我登这个报道，不是看在你的分上，而是看在广大基金持有人的分上。"

"多谢多谢！《华夏财经报道》可是一字值千金呢！"

5月21日，《华夏财经报道》跟踪了财丰基金的最新发展。

这家杂志奉行严谨的作风，报道称："财丰基金主管人员无视持有人要求的做法有欠考虑。根据《基金法》第95条规定，基金管理人不按规定召集基金份额持有人大会的，责令改正，可以处5万元以下罚款；不然，将对主管人员给予警告，暂停或者取消其基金从业资格……"

《华夏财经报道》一报道，这则消息就在财经圈传得沸沸扬扬。

财恒基金公司承受着巨大的舆论压力。

唐烨只有一个信念——守住！

不巧的是，市场上传出调整印花税的消息，2007年5月30日凌晨，证券交易印花税税率，由1‰调整为3‰。

A股当日全天出现恐慌性大跌，上证综指大跌281.84点，跌幅高达6.5%，深证成指大跌829点，两市近900只个股跌停，跌幅在5%以上的个股更是超过1 200只，并创出了4 292.7亿元的历史天量，也创历史单日下跌点数之最，总流通市值一天内蒸发4 253亿元。

与2007年的"2·27"暴跌不同，"5·30"暴跌被理解为管理层在市场狂破4 300点后的紧急措施，部分商业银行紧急下发文件，要求全面严查信贷资金入市的情况。

这些动作对庄家的打击极大。

很多题材股的玩家纷纷撤退。

这段时间，ST类股的平均跌幅在20%以上，很多低价股、题材股一片惨绿。

唐烨不得不让基金经理抛售一些九花堂。

这段时间蓝筹股表现特别优异。此前布局好蓝筹股的袁得鱼倒是大赚了一笔，他看到自己的账户多了2 000万元，握了一下拳头，立即把这笔资金打到了财丰基金的账户上。

他的基金持有份额一下子上升到11%，也就符合了代表人的资质。

6月11日，银行投资托管服务部给大时代资产做了回复："……由于我部目前并未收到基金管理人财恒基金公司关于不召集持有人大会的书面告知，建议贵公司就有关事项与基金管理人财恒基金公司进行沟通……"

这一切都在袁得鱼的意料之中，银行肯定会把这个事继续推给财恒基金。

"下一步该怎么办？"许诺问道。

"继续逼对方封转开，我的硬件条件符合了！"

唐烨收到新的通知函后，一筹莫展，只好又找唐子风。

唐子风抽着雪茄，听着唐烨的描述。

听完后，他点点头，有了主意："这不难，你说，他们为何要提封转开？"

"因为他们看中了大约30%的折价。"

"没错，这就是这个事发生的原因。你把这个原因消除掉，不就解决了?"

唐烨想了想,茅塞顿开:"爸爸,我担心开放了之后,影响我们对九花堂的持有。"

"我本来就没想要你买这只股!"唐子风怒目圆睁,唐烨退了好几步。

不出一周,财恒基金公司称,鉴于境内尚未有基金持有人自行召开持有人大会的先例,此前投票是否具有法律效力不得而知。公司决定,将这只封闭式基金的现金流进行大规模分红,财丰基金一季度分红0.45元。如此一来,基金折价大大降低了。

袁得鱼终于嗅到了棋逢对手的味道:"看来唐子风参与进来了,我只能静观其变了。"

为了消除折价,财丰基金二季度又再度分红0.45元,同时预告三季度分红0.2元。

袁得鱼算了一下,这么一来,这只基金基本消除了折价。一些机构原本对这只基金的封转开套利虎视眈眈,现在没有必要了。

不过,从投资这只基金本身而言,高比例分红使很多投资者进行了抢购,这只封闭式基金在二级市场表现强劲,甚至出现溢价。

袁得鱼急流勇退,从这只基金中赚了一大笔丰厚的利润。

唐烨气得七窍生烟:"这个袁得鱼,就是来刮我油来了。"

唐子风倒也淡定:"好个声东击西。封转开,他可以套利30%;不封转开,搞个大规模分红,他也可以赚30%;最后又出现溢价,他还可以再赚5%,真有谋略!"

唐烨说:"没什么了不起的,万一我不封转开,跟他拼到底呢?"

"人家肯定已经掌握了你在九花堂的内幕交易,对方完胜!"

五

袁得鱼撤出资金后没几天,就接到贾琳的电话:"我没看错人,你又让我赚了40%!"

第十章 冲，对冲基金！

"不过，我只会再玩一个月了！"

"为什么？"贾琳追问道，"现在市场这么好，每个人都想再赚……"

"这不是我的风格。"袁得鱼说，"我很赞同2003年基金宣传的价值投资理念。如果说价值是投资的基础，那么，人性就是投资的上层建筑。不管是牛市的疯狂还是熊市的恐惧，都是由组成市场的这帮人的不理性行为造成的，现在这个市场显然过于疯狂。"

"你怎么感觉到的？"

"很简单，如果你每天上班坐公交车就会知道。如果车上很多人都在讨论股票，那不就是我该撤出的时候了吗？"

贾琳语塞。

2007年7月，袁得鱼宣布旗下基金清盘。

接下来的一个月，是大时代资产备感煎熬的日子。

许诺尤其忙碌，她每天都接到很多客户的电话，他们都纷纷指责，为何大时代基金要提前清盘，许诺的头都快被骂疼了。

因为大盘的走势出乎袁得鱼的意料之外——"5·30"暴跌后，市场投机行为没有完全消失。

2007年8月初，大盘回升至4 300点。2007年10月16日，上证综指历史性地站在了6 124.04点的高位。

"投资者都怪我们没有继续操盘，没给他们赚更多钱。"许诺欲哭无泪。

袁得鱼对清盘的事很坚持，只是看到许诺这样，有些于心不忍："他们难道觉得赚这么多钱还不够？市场都疯了！难道我们也要跟着一起疯吗？我才懒得陪他们玩！"

"我压力好大！"

袁得鱼摸了摸许诺的头发："我给你看个数据，你就知道这个市场谁在玩了。你还记得我们与唐煜在玩权证的时候，还没多少人开户吧。你看这张报纸上的小边栏——'2007年6月，新开权证账户254.38万个，近70%的账户进行T+0操作，平均交易次数达到23次。5月30日之后，换手率从一个交易日的39%骤升至355%'。"

许诺认真地看着袁得鱼,头一下不疼了。

她发现,面前的这个人,总能发现一些别人关注不到的重要信息,这让自己一下子平静下来。

许诺开心地发现,公司清盘后,袁得鱼自在很多。或许,她想要的日子不远了。

贾琳打算亲自去大时代资产公司签署清盘文件。

她拿到自己账户上的资金时,非常震惊——在袁得鱼操盘下,大时代基金赚了534%,虽然不是她听说的最高的,但确实是公开数据中最高的。

大时代资产公司并不好找。

她找了很久,才发现大时代所在的大楼,夹在两座仿古矮小的灰色建筑中间,从另一个角度看,像是个巨大的绿色玻璃水族馆。

这是贾琳第一次踏入公司大门——大时代资产公司不过100多平方米,装饰得非常简单,是白色与鲜花的组合。

她一进来,就看到在前台整理文件的许诺,这时候袁得鱼也正好走过来。

贾琳看到许诺看袁得鱼的眼神,就明白了。

贾琳在会议室签署了大时代基金清盘的文件。

袁得鱼客气道:"劳驾你亲自过来一趟,其实我把文件快递给你,你在上面签个字就行了!"

"我也没啥事,过来玩玩,或许以后有很多人想过来看都未必有机会。"贾琳又瞄到了站在袁得鱼身边的许诺。

许诺站得很直,她明显感觉到对方的"杀气",多少有些不自在。

这是许诺第一次看到贾琳,眼前这个丰腴的女人,穿着大花的黄色旗袍,散发着成熟女人的魅力,而她犀利的眼神显示出她不好对付。

袁得鱼看到她们盯着对方看,便道:"我来介绍一下,这是我们的市场总监——许诺,是我们公司的元老。"

第十章 冲，对冲基金！

"你好，谢谢你对我们公司的支持！"许诺大方地说，伸出手去，但贾琳的手没有伸出。

"我不是支持你们的，我就看好他，就他一个人。"贾琳指了指袁得鱼，笑着瞥了一眼这个瘦瘦高高的女孩，对袁得鱼抛了一个媚眼，"我有点儿事，先走了！"

袁得鱼礼节性地送她到门口。

没想到，贾琳突然"啊"了一下，像是脚崴了，袁得鱼本能地扶住她。

贾琳顺势倒在袁得鱼怀中，还捏了一下他的胸肌，说："身材还不错呢！"

袁得鱼皱了一下眉头。

"小子，她是你的女朋友吧，你们不合适！太稚嫩了，她只是个小女孩！袁得鱼，你是天才，你拥有大多数人都羡慕不来的天赋，而她是什么？她现在是很年轻，也算漂亮，但这些能持续几年呢？她很快就无法吸引你。"贾琳用一种看破一切的口吻说，"袁得鱼，你可以抵达一个很大的世界，而这个小女孩在你的世界里，顶不了任何用。"

"那你就搞错了！"袁得鱼不屑地说。

贾琳四处张望了一番："袁得鱼，看看你现在待的是什么破地方，你至少应当拥有300平方米的地方，地上铺满玛瑙色大理石，干净得可以映出行人的倒影。那里至少该有宽大的银色柱子，一线品牌店分散其中，而且有全世界最富有的银行家光顾。门口应有一个水声潺潺的泉水池。袁得鱼，你迟早会明白，成熟女人的好处！"

"我就喜欢她那样的！"袁得鱼歪了一下脑袋说。

"记住我这句话！你需要找到一个匹配的、能真正理解你的伴侣，平庸的女孩迟早有一天会限制你的才能，因为她无法理解你，她不明白你在做什么，她的心里满是对她而言重要，但对你而言一点儿都不重要的事物。而你，必须得把你的才能发挥到极致，不然就太可惜了！你现在也还太稚嫩了，不过，你迟早会来找

305

我的!"

贾琳的声音充满自信,趾高气扬地走了。

许诺站在公司门背后,他们的对话,她每个字都听到了。

她气得眼泪都快掉下来了,感觉整个人像是什么地方塌下去了,一种前所未有的莫大无力感包裹着她。

袁得鱼进了公司,看到许诺的脸色很差,不由得说:"那个女人真是疯子!"

许诺浅浅地笑了一下,什么也没说。

第十一章　绑架下告白

没有人是完全孤立的小岛,每个人都是大陆的一小块,是整体的一部分,因此绝对不必派人去探听,钟声为谁而鸣,钟声为你而鸣。

——约翰·邓恩(John Donne)
《信任者》(*Trustee*)

一

这天下午6点多，乔安离开杂志社驾车回家。

当行至一个路口时，乔安的车被逼到主路上，从那辆车上下来几名男子，把乔安强行拽到一辆别克商务车上。

司机问："你知道是怎么回事吗？"

乔安说："是泰达证券的事吗？"

司机说："算你说对了！我是唐总派来的，我们就是他派来灭你的。"

在车上，乔安的头一直被一个丝巾蒙着，被压得很低。

途中，绑架者先后四次用塑料袋将乔安的头套住并勒紧，每一次乔安窒息得要晕过去时再松开，如此反复。就像猎人对待猎物一样，他们在肉体与精神上同时击垮猎物。

乔安一直在发抖，心想，这帮打手把她拽上车的时候都没戴头套，就是不怕我认出来，估计是要杀了自己。

乔安被他们带到一个密室，她一直被推着，走路摇摇晃晃，只知道自己走了不少楼梯。她虽默默记着，但拐了好几个弯，已经全然不知道方向。

这时，乔安感觉有人递来一部手机，手机里传来的声音，乔安听得出，是唐焕的声音，估计是外场指挥，难道他们说的唐总是唐焕？

"乔大主编，你们干什么非得报道泰达证券？你知道我们损失了多少钱？我们损失大了！这个连司法部门都没定案，你们凭什么说违法？你们的报道让我们把上面的人都得罪了！"

折磨了几个小时，唐焕又来了电话，他算是正式提出了要求："这样吧，你在你们的《华夏财经报道》上刊登更正启事！"

乔安嘴巴还是很硬："如果有错可以更正，但即使我想登，我们编委会不同意刊登，我也登不成，进不了印厂。"

唐焕的声音放低了："你是什么背景我们都清楚，现在编委会谁是负责人我们也都知道。只要你肯登，他们会不同意？难道你非要让我给你们吴恙大主任打电话？"

乔安心想，他们果然摸得很清楚，现在吴恙就是编委会的主任。

不知为何，她现在很想听到吴恙的声音。

"吴恙！"她一听到电话里吴恙的声音，一开口就哭了，什么话都说不下去了。

那个司机觉得好笑："你们这种搞新闻的，写起稿子来不是挺英勇的吗？"

他厉声对那头的吴恙说："你们赶紧登更正启事，不然我现在就办了你们的女主编。我们会让她得艾滋病，知道吗？车上就有带病毒的针！"

吴恙紧张起来："你们到底想要什么？这个东西不是我一个人可以说了算的！"

"你想清楚了给我们电话！"说罢，就挂断了电话。

袁得鱼接到电话的时候，是7点多，他万万没想到是吴恙打来的。

"总算联系到你了，袁得鱼吧？乔安出事了！"

"怎么回事？"

"乔安，她……她被人绑架了！前……前两天，我们报社就收到一封恐吓信，说如果再查一个券商IPO的案子，就会报复我们！没想到，真的出事了！"

袁得鱼与吴恙坐在茶馆里，吴恙比他第一次看到的时候憔悴很多，脸色灰黄，就像在以前脸上抹了一层泥似的，头发也像520胶水加角度尺画出来的杰作。

第十一章 绑架下告白

吴恙摘下眼镜，抹了一下眼睛，不知道是不是在抹眼泪。

"别这样，男子汉大丈夫的。"袁得鱼很受不了这个，"你们做了什么报道？"

吴恙摊开他拿来的《华夏财经报道》："就是这篇。"

袁得鱼看了起来，文章的标题是《谁批准了泰达证券上市？》。

他看过这个稿子，主要就是剖析泰达证券上市的经过，说泰达证券上市实现了三级跳，结论是泰达证券上市有很多漏洞。

袁得鱼摸了一下脑袋，梳理了这个模式——泰达证券先是通过一系列股份化改制，将股份增至1.5亿股。后来，通过定向增发的资金，它又借壳九花堂进行换股。

根据2007年4月14日九花堂的股权分置改革方案，九花堂非流通股每8股换成1股泰达证券，流通股每4股换成1股泰达证券，换股比例分别为8∶1和4∶1。

九花堂2.8万多名股东投票通过了九花堂的股权分置改革方案。2007年8月27日，泰达证券终于发布了上市公告书，次日在佑海证券交易所挂牌交易。

泰达证券没有经过有关部门的审批，直接成为挂牌交易的上市公司。

上市首日一度摸高到49元的高位，市值突破60亿元。

由此，泰达证券在2007年实现了三步跨越：增资扩股、成为规范类券商、上市。

文章评论说："这家上市券商，挂牌首日股票涨幅就达到了424%。从2007年2月以后，进入泰达证券的一些股东，获得了约40倍的回报。泰达证券已经开创了一种全新的证券市场造富模式。这个上市模式，是否意味着一个技术含量很高的寻租游戏的诞生？"

犀利是挺犀利的，但袁得鱼觉得，这篇文章只说出了一半，与其说委婉含蓄，不如说还没有把握到这个事件的本质。

"对方说，我们没理由这么评论，非要我们登个声明出来。"

"因为你们直接说是寻租游戏？"袁得鱼指了指文章中的措辞。

"我们一直在跟踪报道九花堂,发现了很多问题。我觉得,我们其实只是报道了表面,对方可能怕我们追根溯源。"

"是啊,从你们的报道中,完全看不出它曲线上市的巧妙,无法对它形成有效的指证。你看,首先我们不知道泰达证券这批新股东是谁,因为这些股份太零散。而且,从目前的大致轮廓看,它应当还借力了第三方公司,但我看不出任何痕迹。既然如此,它为什么还要盯上你们呢?"

"在报道出来之前,乔安去过一趟佑海证券交易所,但交易所拒绝就泰达证券回答任何问题。我记得接待的高层领导好像是个叫贾波的家伙,他是交易所的副总。"

"啊,原来是这样。虽然我们没有识破他们的财技,但他们也绝不希望这种利益关系被泄露。话说,你们怎么知道这么多信息的?"

"你也知道,真正有料的信息都是业内人士透露的。"

"能不能告诉我呢?"

吴恙犹豫了一下,说:"是一个叫熊峰的家伙,他原来是博闻科技的董事长,与金融圈不少大佬很熟。"

"熊峰?如果我没记错,就是原本手里有浦兴银行股份的那个?"

"是啊,他前不久刚从监狱里出来。这里牵扯到另一件事,熊峰放出来之后,质问他手下浦兴银行股份去了哪里。手下就跟他说,有一笔贷款即将到期,不得已变卖了这些股份,也得到了董事会批准。然而,熊峰从财务人员那里得知,压根儿就没有这个'燃眉之急'。熊峰发现,这1 500万股股份,转到了唐子风手里。这本来也不好说,没想到熊峰发现唐家拨了330万中介费,全部进了两个手下口袋。熊峰气得要打官司,理由是博闻科技是国有单位,这部分资产必须经过有关机构批准。然而,他的手下出具的说明文件称,这部分股份转让不需要评估。手下后来被搞怕了,一下子把330万扔了出来。但熊峰非要与他们纠缠到底,并发现了个情况——当时浦兴银行的股份被一个叫苹果(Apple)的信托计划收购,这个信托计划是泰达信托发行的。如果能查到这个信托计划的受益者是谁,那或许能发现更大的秘密。"

"于是熊峰就让你们查这个信托计划?"

"是的。不过,乔安申请调阅苹果信托计划的受益人名单,被拒绝了。"说到这里,吴恙懊悔万分地抓了一下自己的头发,"我真的太不当心了,明明知道这个事情并不简单,竟然还让乔安一个人冒这么大风险,我真的不是人,不是人!"他使劲儿地揪着自己的头发。

袁得鱼安慰他:"就算你不让她查,以她一贯的做事风格,也一定会去查的,别自责了。我们现在要想的,是如何解救她。"

吴恙深深地吸了一口气:"不好意思,我有点儿失态了,你有什么思路?"

"我想到一个人。"

"谁?"

"贾波。"袁得鱼看了资料,很确定地说,"他现在是交易所副总,他这个角色完全可以在交易双方与佑海证券交易所之间穿针引线。你有没有发现他另一个身份?"

"我想起来了,泰达信托顾问。"

"你不觉得,这其中可能有什么必然联系吗?"

"天哪,熊峰也这么猜测过,但我们没有证据。"

"能带我去见熊峰吗?"

"你不觉得要先报警吗?"

"你报警之后,警方也无从下手。"在袁得鱼眼中,这个世界的规则,不是大多数人以为的规则。既然他们能让上市这样的利益事件公然走另一条途径,那在这个世界上,大多数人以为的警力,也恐怕是无效的。通过另一个规则来办事,这个世界才能生出一种力量。

"好吧。"吴恙思路很清晰,很快答应下来,"还有点儿时间,乔安那边,他们两个小时后给我电话。"

吴恙拨了熊峰的电话号码,没有人接,连续拨打了几次,还是没有人接。

"我们有没有办法直接到他住的地方去？要抓紧时间啊！"

"我知道，他现在在一家小型贷款公司上班，但现在已经快8点了，他会在吗？"

"赶紧走吧！"袁得鱼迅速抓起外套。

他们来到坐落在金陵东路一座顶部是莲花形状的毗邻洋滩的大厦，大楼的大堂里很冷清。

"就是这里了。"吴恙抬起头说。

袁得鱼点了一下头。

他一进旋转门，就觉得奇怪："怎么连一个门卫都没有？快进去看看！"

等了很久，电梯才来。

电梯门一打开，他们就直接冲了出去，看到眼前的情景却大吃一惊——玻璃门被敲碎了。

袁得鱼将手绕过玻璃按了一下开门键。

他们进入走廊时，办公室里都是黑的。

整个办公室看起来也是空荡荡的。

"有人吗？"袁得鱼一边叫一边摸索着灯的开关。

走廊深处的拐角处，传来一阵阵痛苦的呻吟声。

他们跑过去推开门，只见一个头上流着血的微胖中年男人抱着头在角落里蜷缩着，他看到有人来，惊恐地睁大眼睛，整个人瘫坐在地上。

"熊峰？"吴恙吃惊不小，他马上走上前去，"谁干的？"

"我什么都不知道！你们不要问我了！"中年男人死命地摇头，眼神呆滞。

袁得鱼仔细看了一下周围，希望能找到线索。

正在这时，吴恙的电话响了，对方的声音非常低沉："吴恙，想好了吗？你们现在就马上更正你们的报道，不然我就勒死你们的乔主编！"

第十一章 绑架下告白

电话那头,传来乔安抽泣的虚弱喘息声。

吴恙听得很清楚,这确实是乔安的声音。电话里还传来扇耳光的声响,还有人在怒骂:"就是你这个娘们,不知道写了多少恶心的稿子!"

"求你们放了她!"吴恙几乎崩溃,"我什么都答应你们!"

吴恙挂下电话:"他们非让我登更正启事,不然就撕票!"

"你们下期什么时候截版?"

"明天。"

袁得鱼想了想,说:"很显然,熊峰这边肯定也是泰达系那帮人干的!以我对他们的了解,这种手法肯定是唐焕。我找一个人试试。"

"你想找谁?"

"我只能试一下,也并不是很有把握。我找那个人,一来可以找制衡他们的证据,二来看看能否让唐焕放弃这次行动。其实他们也很蠢,登更正启事有什么用,怀疑的人还是会怀疑。如果实在不行,你就答应他们。"

"他们也有自己的道理,至少在某种程度上可以洗脱罪名,他们有办法自圆其说。"

"还有个好处,就是威胁你们不要再进一步深究了,断了你们跟踪报道的念头。"袁得鱼看了一下手表,"他们让你最晚什么时候答复?"

"这期截版的时候,也就是今晚12点,他们会有人在印刷厂等着,以看到他们要求的传版样子为准。"

二

袁得鱼走上一栋简约风的四层别墅,房子四周,是一片竹林,透出几分雅致。

他心想,就在几年前,师傅应当也来过这里。

袁得鱼按了一下门铃,过了很久,门才打开。

开门的竟是女主人贾琳，她盘着头发，身上散发着一股香气。

"我刚才还在想，谁那么晚到我这里来。从猫眼一瞄，原来是我最爱的小兄弟上门来了！"贾琳的语气里带着说不出的兴奋。

袁得鱼大大方方地走了进去："这么晚来你这里，应当不是什么稀奇的事。我刚才还在想，自己怎么运气这么好，都不用排队呢？"

"哈哈哈，你当我是老鸨啊，我可是一个很正经的女人，你太不了解我了。"

"是啊，不然我师傅怎么对你如此情有独钟！"

"别取笑我了。"贾琳不由自主地送了一个秋波，"我知道，你迟早会来找我的！"

袁得鱼看了一眼，这个女人穿着一件洋红色的丝绸短裙，在大厅橙黄色的射灯下，胸口的事业线很明显。

"那是。谁让你那么美艳，搞得小弟我一见你就心怦怦乱跳。"

"哈哈。那个魏天行还说自己是情圣，原来他的徒弟才不浪得虚名。那我们就不用客气了，等我洗个澡出来与你'寻欢'。"贾琳说着，就快步来到袁得鱼面前，袁得鱼本能地躲闪了一下。

袁得鱼故作淡定地目送她进了浴室，她关起门的一刹那，袁得鱼摸了摸身上的鸡皮疙瘩，心想，怎么会有这种女人。

袁得鱼四处转了转，他看到走廊里贾琳与秦笑的照片。有一张他们在雨水中欢笑，照片中的贾琳穿着一袭白色裙子，头发虽然有点淋湿，却透出女孩的清纯。

他隐隐约约能感觉到这对夫妻的感情，不知为何，他相信他们还是相互爱着对方的。

贾琳出来了，散发着香气，她换了一件黑色的睡衣，头发扎了起来。

她呷了一口杯子里的薄荷酒，似乎觉得不是很入味，慢慢地在杯口撒了一层糖——糖溶化成一朵朵的小云。她轻轻地舔了一口，像是在品尝什么新鲜的味道。

她抬起头，有些深情地望着袁得鱼："小子，我真的很喜欢你！"

第十一章　绑架下告白

袁得鱼笑了一下："有个忙，不知姐姐愿不愿意帮？"

"愿不愿意帮，要看你的表现了。"贾琳凑近，"我上次说的是真的，那个女孩不适合你。"

袁得鱼不理她，接着说："我怎么知道，你能帮到我呢？"

"你真是个狡猾的小子，你不会后悔的。"贾琳自信地抛了一个媚眼给袁得鱼，闪动着妩媚的眸子，"跟我来吧！"

袁得鱼随贾琳来到二楼的卧室，这个卧室很大，放了很多面镜子，玻璃房似的阳台上，有个浴缸。

"什么事？说吧！"

"我的一个记者朋友，被你们的人抓了。惊动警察也不好，还是快点儿放人吧。"袁得鱼坦言道。

贾琳沉思了一会儿，说："什么叫我们的人？这事可与我一点儿关系也没有，肯定是唐子风他们干的。自从秦笑的事之后，我与他们一刀两断了，和他们不共戴天。这些日子以来，我一直在找能收拾他们的人。说实话，我也不只你那里投资，信托公司会给我推荐一些有潜力的投资公司。但我发现，目前为止，只有你的实力，才能与他们抗衡。"

袁得鱼心想，原来贾琳如此用心良苦。

他觉得自己想的没错，她果然与秦笑情深似海，但为何她总是欲求不满的样子，就算秦笑在的时候也是，这女人真是令人费解。

"既然如此，那你能给我提供一些线索吗？"

"你要的东西在这里。"贾琳拉开梳妆台右边一个带锁的抽屉。

袁得鱼凑上前，抽屉里放着两三张照片，他一眼就看到照片上熟悉的面孔——有三个人他认识，分别是秦笑、唐焕与唐烨，他们穿着夏威夷风衬衫，站在另外两人旁边。

"这算什么证据？"袁得鱼问道。

"那次是唐烨基金公司，邀请上面官员去欧洲四国游，中间那个头发微秃的，是交易所的贾波，中间那个高个子戴眼镜的麻皮脸，是孟益，分管发行基金。"

贾波？袁得鱼警觉了一下，但他摆出一副不屑的样子："这也只能证明他们关系还不错啊！"

"那次出游的手续性资料的复印件，我这里都有，可以证明不是事务性质。"

袁得鱼仔细看了照片的落款，是2005年。

或许从秦笑操作海上飞开始，他们就已经想好了今天的计划。或许，真像秦笑所说，他在东九块的环节惹出麻烦，被这个"七牌梭哈"组织抛弃。

他不由得试探地问道："还是七牌梭哈的这帮人吗？"

"那你就想简单了，七牌梭哈只不过是最外围的一个圈子而已。"贾琳止住了，她不想被袁得鱼引导，快速地锁上抽屉，"如何，你答不答应我的要求？"

"什么要求？"

"呵呵，我也不为难你，你陪我把这杯薄荷酒喝掉，然后，抱着我在房间里转三圈，再帮我脱掉我的鞋，怎样？"

"那岂不扫兴？"袁得鱼露出一番色狼的样子，扯开领口。

贾琳见状反倒愣了一下，不由得大笑道："我还以为你有多特别，男人果然都一个样。"

袁得鱼的大脑飞速运转着，心想，当年英明神武的师傅——魏天行中了美人计，这关是对每个男人的考验。

不过，贾琳貌似知道很多事，不如与她斗智斗勇一番。

他摸进自己的大衣口袋，偷偷地按下了手机录音键。

"好吧，我答应你。"袁得鱼拿起贾琳递给他的薄荷酒，一饮而尽。

袁得鱼抱起贾琳，在房间里转了三圈。

这个女人，白皙而丰满，却一点儿也不重。

贾琳心满意足地躺在他怀中，心想，这个年轻人不仅聪明，身体也不错。

"好吧，帮我脱掉鞋子，我就把钥匙给你。"钥匙在贾琳手里闪

第十一章　绑架下告白

动了一下,但转眼就不知道被她藏到哪里去了,"你想知道什么,我都告诉你。"

不知怎么回事,袁得鱼有一点点儿晕眩,他看了一眼那个抽屉,胜利在望了。这是脱起来相当有难度的居家鞋,一根根带子缠绕在脚踝上。他像是打开粽子一样,将外面包裹的带子一圈圈松下来。

"剪不断,理还乱,是离愁。别是一般滋味在心头。"贾琳笑着说,她知道,自己现在完全占了上风,眼前的男人虽然聪明,但毕竟还是太年轻了,"这句话,是不是很难理解?你抬起头,就知道什么是理还乱了。"

袁得鱼惊讶不已——贾琳的裙子下,竟然一览无余。

她鬼魅地一笑,整个人朝袁得鱼扑去。

袁得鱼更晕眩了。

"不行不行,我动不了了!"

许诺在办公室里完成了最后一份文件,喝了一杯咖啡,自我陶醉了一会儿。

许诺看了看袁得鱼的桌子,仔细地帮他洗了杯子。这个杯子是她选的,上面印着两只可爱的兔子。她很喜欢那个小故事——

大兔子和小兔子一起吃饭,小兔子捧着饭碗,对大兔子说:"想你。""我不就在你身边吗?"大兔子说。"可我还是想你。"小兔子吧嗒吧嗒嘴,"我每吃一口饭都要想你一遍,所以,我的饭又香又甜,哪怕是我最不喜欢的卷心菜。"大兔子不说话,只是低着头继续吃饭。

大兔子和小兔子一起散步。小兔子一蹦一跳,对大兔子说:"想你。""我不就在你身边吗?"大兔子说。"可我还是想你。"小兔子踮起脚尖,"我每走一步路都要想你一遍,所以,再长的路走起来都轻轻松松,哪怕路上满是泥泞。"大兔子不说话,只是慢悠悠地继续走路。

大兔子和小兔子坐在一起看月亮。小兔子托着下巴,对大兔子说:"想你。""我不就在你身边吗?"大兔子说。"可我还是想你。"

小兔子歪着脑袋,"我每看一眼月亮都要想你一遍,所以,月亮看上去那么美,哪怕乌云遮挡了它的光芒。"大兔子不说话,只是抬起头继续看月亮。

大兔子和小兔子该睡觉了。小兔子盖好被子,对大兔子说:"想你。""我不就在你身边吗?"大兔子说。"可我还是想你。"小兔子闭上眼睛,"我每做一个梦都要想你一遍,所以,每个梦都是那么温暖,哪怕梦里出现妖怪。"大兔子不说话,躺到了床上。

小兔子睡着了,大兔子轻轻亲吻小兔子的额头:"每天每天,每分每秒,我都在想你,悄悄地想你。"

她觉得自己就是那个小兔子,幸福距离自己越来越近了。

她仔细地用小吸尘器吸走袁得鱼桌上的灰尘,又侍弄了一下他桌上的花,满意地笑了笑。

正在这时,她听到自己的手机响了,是袁得鱼打来的,她不假思索地按了接听键。

此时,贾琳正将袁得鱼扑倒在床上,她疯狂地用双手抵住袁得鱼的胸口,激烈地狂吻他:"你小子真的比你师傅幸运多了,老娘可是真的喜欢你!你的身材可真不错……"

袁得鱼想起曾经与玩伴们的玩笑:"知道怎么对付美人计吗?将计就计!"

他当时觉得这个玩笑还算不错,现在内心却是说不清的滋味。

袁得鱼嘴里还是甜言蜜语:"姐姐,你这么倾国倾城,我们慢慢来!对了,你们是不是有个叫苹果的信托计划?受益人是谁啊?"

贾琳哈哈大笑起来:"好吧,那我就让你死心。你是查不到的,因为这里面有个精妙的设计——在收购浦兴银行法人股的时候,如果信托计划资金直接出现,后面谁认为其中有猫腻要查,是可以要求公布的,一旦到法庭上,就没有秘密可言了。现在的做法是,以泰达信托的名义将股份拿下,然后再转让给苹果信托计划,这样一来,谁也没有理由要求司法介入了。"

袁得鱼说:"真是太精明了,你也获利不少吧?"

第十一章 绑架下告白

"回报当然是可观的,不然我哪有钱投资你的公司啊!小乖乖,我们快进入正题吧!"

"我们玩个游戏吧,你先背过去!"

"原来你这么坏!"贾琳喜不自胜地转过身。

……

袁得鱼一下子站起来,哈哈大笑:"我拿到钥匙了,谢谢你啊!"

"你个小子,不是喝酒了吗?"

"酒都在这里。"袁得鱼指了指自己的外套袖口。

他快速打开抽屉,取出了他想要的东西:"都说斗争离不开你们女人,还真是一点儿没错!快告诉我,他们把人藏哪里了?"

"听说,今天唐焕在'望日'出现过。"

"望日?不是你们过去一起合伙开的黑店吗?"袁得鱼想起那个黑店后面的那栋小楼。

"相信我,我现在与他们真的一点儿关系也没有了。"贾琳心服口服地说,"我果然不是你的对手,我现在真的好恨你的聪明!"

"什么声音?"

袁得鱼发现,哭声是从自己手机里传来的——他立马把手机拿起来,他愣在那里,是许诺!

原来,录音状态时,手机没有键盘锁定,袁得鱼不小心碰到了通话键。

袁得鱼一慌,心想,天哪,不知道她会听到什么:"许诺,是许诺吗?"

这可能是许诺生来经历的最痛苦的几分钟。

她刚才像一块僵死的木头一样,用难以言状的复杂心情听着袁得鱼与老女人的调情。

她提心吊胆,担心那个她不敢想象的事情发生。但渐渐地,她产生了一种无力的绝望,无力到她觉得自己的存在都不如一粒微小的灰尘,她希望自己赶紧从这个世界上消失,一分一秒也等不下去!

她只想哭,大声地哭,但她一直强忍着。

袁得鱼是她一直以来那么信任的人，她早就把他当作自己生命的一部分。她内心里那个完美的、一直小心翼翼维护的信仰，骤然间崩塌了！

尽管他们之间没有明确的承诺，但她一直记得在洋滩路边，清风撩起自己长发时，袁得鱼轻轻地说，做他的女朋友好不好，那声音温柔得像春风拂面，她的心头充满了温暖。

怎么会这样？怎么会这样？

自己已经被抛弃了吗？

他不是自己想象中的样子吗？

许诺终于忍不住放声大哭起来，她气恼地摔了那个她刚刚擦干净的杯子，杯子上的兔子图案裂成了好几块。它们无辜地看着她，仿佛在忍受着惩罚。

过了很久，只听许诺哭泣道："为什么我会喜欢你！"

许诺绝望的哭泣声让袁得鱼很难过。

电话那头很快传来决然的忙音。

袁得鱼有种从天而降的崩溃感，但他还是强忍住了。

他没时间解释，他深深地吸了口气，因为他必须快点儿赶到"望日"。

贾琳倒是有几分欢喜，在袁得鱼走出门的瞬间，她没好气地说："我说，天才，你真的对我一点儿兴趣也没有？"

三

袁得鱼拿着照片，直接往贾琳告诉他的藏人地点奔去，并打电话给吴恙。

那是他并不陌生的地方——因为那里曾经发生过血案。几年前，就是那个地方，他跑到那里，把伤痕累累的丁喜抱到医院。

"望日"会所后那座三层高小楼，在深夜还透着昏黄的灯光。

袁得鱼在"望日"那里没等多久，吴恙就来了。

第十一章　绑架下告白

吴恙说："要不要叫警察？"

袁得鱼说："先不要打草惊蛇，我已经设好了一键拨出，到万不得已的时候就报警。"

他们来到一楼拐角处，那里有部破旧的电梯，但没有灯光，电梯旁边有安全出口，他们推开后，看到的是一个狭长的楼梯。

"我们从这里上去！"

吴恙这个书生从来没干过这种事，心里有点儿害怕，但还是鼓足勇气跟着袁得鱼上了楼。

走廊里灯光昏暗，有水在滴落，地上坑坑洼洼的。

"听！"袁得鱼意识到，走廊尽头有一些声响。

他们屏声敛息地听着，竟听到女人的抽泣声。

"是……是乔安，肯定没错！"吴恙声音有点儿哽咽，带着愤怒，"这帮畜生！"

袁得鱼看到走廊尽头有人看守，乔安应该就关在那个房间。

"最好把他引开。"袁得鱼想着办法，他话音刚落，那看守就走进了屋。

他们快速往走廊尽头走去。

门虚掩着，袁得鱼透过缝隙，看见乔安在角落里被蒙着头，全身被捆得紧紧的。她的脖子上系着一根很粗的绳索，绳索的另一端，被一个光头牵着。这个屋子的窗边，还站着一个身形高大的男人，应该就是刚才站在门口的看守。

他仔细看了一下，里面的人不像有枪的样子，手里拿的是刀。

"乔安——"吴恙踢开门，大声叫乔安的名字。

乔安一下子动起来，应声把头转向门口这边，用力蹬着腿。

"什……什么人？"那个手上有绳索的男人拉了拉绳索。

乔安难受得咳嗽起来，几乎要窒息。

那男人大叫着："你们退后点儿，不然我把她勒死。"

另一个人在打电话："老大，我们这里闯进两个人，怎么办？"

双方僵持着，吴恙的汗都冒了出来。

他们听到楼梯上传来脚步声，没一会儿，唐焕就出现在了袁得鱼与吴恙背后，他一看到袁得鱼就大笑起来："很有本事，这个地方也被你们找到了。"

唐焕身后站着四五个健硕的汉子，估计是从望日那里直接调遣过来的保镖。

唐焕无视袁得鱼，径直来到吴恙面前："你就是《华夏财经报道》的执行主编吧，你们登在杂志上的那篇文章报道不实，快给我刊发一个更正启事！"

吴恙面露难色，他是从业多年的优秀新闻人，经过多年在《华夏财经报道》的训练，早就有自己的职业使命感，做不诚实的新闻，比杀了他还难。

然而，他心爱的人就在眼前，像可怜的小鹿那样让他心疼。

该怎么办？难道真的英雄不吃眼前亏吗？

"不是都说好了吗？你们最新一期明天下印厂，把最新的更正过的杂志给我过目，就放人。你们过来干吗？你们难道想让我发飙吗？你们既然来了，就不能走了！你觉得自己麻烦吗？你必须再找个人更正！"

袁得鱼对吴恙轻轻耳语道："后续跟踪报道怎么写，还不是你说了算。"

"我……我答应你们！你们先把她放了！"吴恙同意下来。

唐焕给手下使了个眼色，那个站在窗边的汉子扔给吴恙一沓纸。

"我是不是很周到？稿子怎么写，我都替你们想好了。本来还想明天传真到你们杂志社，现在正好，你直接发过去。"

吴恙一下子愣在那里，不知所措。

袁得鱼看吴恙一副拿不定主意的样子，心想，难怪说"秀才遇到兵，有理说不清"。

袁得鱼情急之下，索性把贾琳给他的照片亮了出来："你们放不放人，不然我把这个公布于众！"

唐焕看到之后，立马面露难色。

第十一章 绑架下告白

此时,一个打手偷偷地站到袁得鱼身后。

唐焕心领神会,便与袁得鱼周旋起来,大声说:"这些东西哪里来的?我怎么知道你没有备份照片?"

正在这时,那个打手一下子拔出刀子,向袁得鱼背后捅去。

"小心!"有人大叫一声。

袁得鱼马上转过身,正好看到持刀人扑来,他急忙躲闪,那个人反而一个踉跄,跌趴在地上。

"丁喜!"袁得鱼惊讶地喊道。丁喜站在他面前,越过丁喜,袁得鱼还看到了丁喜身后的许诺。

许诺脸色难看,像是在看一个与自己毫不相干的陌生人。

她冷冷地说:"警察马上就要到了。"

丁喜对唐焕满怀怒火。

正在这时,唐焕对拿着绳索的打手挥了下手,对方立刻拉紧了绳索,乔安整个人瘫软在地上。

吴恙跪在地上说:"乔安,醒醒!"

看到乔安不省人事,吴恙彻底被激怒了,他马上站起来,眼睛里放出可怕的怒意:"我跟你们拼了!"

他对着大汉就是一拳。

大汉一手握住,猛地一拽,吴恙差点儿摔倒,眼镜也歪了,可他并没有放弃,再次用头向大汉撞去,大汉被他无所畏惧的样子震住了。

丁喜看到另一个大汉持刀向乔安冲去,奋不顾身地冲上前去,拖住了那人的手臂。徒手的丁喜,只好对着这个突然蹿出来的大汉一阵猛咬。大汉顺手将刀插进了丁喜背上,丁喜发出了痛苦的惨叫。

袁得鱼见状,拿起地上的板砖就朝那个捅丁喜的打手脑袋上拍去,血瞬间从那打手脑袋流下来。

那汉子捂着鲜血直流的头,一屁股坐在墙边。

袁得鱼夺过那汉子的尖刀,冲到乔安跟前,砍断了系在乔安脖子上的绳索。

吴恙不知道哪里来的勇气,与那个手上拿绳索的汉子厮打在一起,口里嚷着:"你敢打我的女人,我要你好看!"

乔安不知什么时候苏醒了,她惊讶地看着吴恙生涩挥拳的样子,不知为何,觉得又好笑又感动。

许诺帮乔安松开脖子上的绳索,撕去了乔安嘴上的胶布。

乔安好不容易喘了一口气。

此刻,袁得鱼与唐焕对峙着。

所有人都没想到的是,唐焕掏出了一把手枪,枪口对着袁得鱼:"快点儿把照片给我!"

所有人都呆住了,包括那些打手。

正在这时,门外响起了警笛声。

"你把枪放下,警察上来了!"袁得鱼说。

"不要扯到警察,不然对你们没什么好处。"唐焕再次将手枪对准袁得鱼,"我们坐电梯下去,装作什么事没发生,反正人你们已经救了。"

唐焕说着,所有人都朝电梯移动。

警察的脚步声越来越近。

"你就是绑架犯,警察一过来就要把你绳之以法。"吴恙咆哮着。

"绳之以法?太好笑了!"唐焕笑道。

正在这时,跑上来三名警察,一看这架势,都把枪掏了出来。

唐焕与那个带头儿的警察点了一下头,乖乖地将枪扔在了地上:"我已经把枪扔了,我是无辜的!那小子拿着刀想袭击我,我纯属自卫!你看,他还想威胁我,是他在抢我的钱,你们快抓住他!"

那个带头儿的警察是唐焕夜店的常客,他指挥着手下,袁得鱼的手立马被人反剪起来,唐焕在他身上找到了照片。

"你们不要抓他,是这个人,他让这些打手绑架了我!"一旁的乔安用嘶哑的声音对警察说明真相,"你看,我脖子上还有勒痕!要抓的人,是那个刚才持枪的人!"

反剪住袁得鱼双手的警察迟疑了一下,望着那个带头儿的警察。

第十一章 绑架下告白

袁得鱼一下子挣脱开，就势推开了唐焕。

正在这时，唐焕突然猛撞袁得鱼，同时敏捷地拉下了电梯旁的闸门。

"鱼哥，小心！这个电梯有机关，没有底！"丁喜大叫起来。

电梯门一下子开了，袁得鱼用力撑住两边墙，不让自己掉下去。

唐焕狠命将袁得鱼往电梯里推。

袁得鱼没站稳，身体失去了平衡，唐焕顺势扑向他，马上就要被推下去。

就在这个时候，只听啪啪两声枪响，唐焕在袁得鱼面前倒下。

唐焕侧过脸想看看是谁，就在他倒在地上的一瞬间，眼睛里露出不可思议的神情。

警察在电梯边倒吸一口凉气，电梯确实是空的，依稀可以看到底下的几具腐烂的尸体。

丁喜握枪的手颤抖着，像是受了极大的刺激，迅速扔了手枪，蹲在地上哭起来。

警察冲上去，逮捕了他。

"丁喜！"袁得鱼抓住他戴着镣铐的双手。

丁喜流着眼泪："鱼哥！"

丁喜咽了一下口水说："他们，警察，是不会帮你的！就算唐焕被抓进公安局里，也会很快被放出来。只有，只有靠自己，一切都靠自己！刚才，你差点儿，差点儿被唐焕推下去……我只有这样，杀，杀了他，才能保，保护你……"

袁得鱼望着丁喜的背影，彻底绝望。

袁得鱼第一次在众人面前，流下了愤怒与痛苦的眼泪。

唐焕倒在血泊里，手朝着袁得鱼，似乎在轻声地说着什么。

袁得鱼想了想，凑上前去。

唐焕艰难地说："你别……别以为自己聪明，这……这些都不是一个人可以操纵的。谋划这些事的另有其人，背后的利益关系比你想的要复杂。我们，只是其中一环，为人效力。你永远赢不了！"

袁得鱼看着血泊中的唐焕慢慢地闭上眼睛。

袁得鱼完全没有想到，唐焕会以这种方式死去。

积满灰尘的棋盘上，又一枚棋子毁灭。

不知为何，袁得鱼想起唐焕年少的样子，手里提着一只小兔子，让苏秒抚摸兔子细软的白毛。他们眼神交会的那一刻，是那么纯真！

他突然执拗地想，或许在苏秒纵身一跃的那一瞬间，唐焕唯一的爱情也早就死了。

乔安惊魂未定地躺在吴恙怀中。

吴恙看着乔安，不禁心疼起来，他喃喃地说："乔安，我……我喜欢你！"

乔安张着嘴，没想到这个朝夕相处的男人会对自己表白。

"还记得你来实习的时候，我给你写的纸条吗？"

乔安突然脸红起来，她当然记得，那张纸条上写着："无数女记者从我身边走过，我只听得见你的脚步声。因为，她们都踩在地上，而你，踩在我的心上！"

乔安当时只是觉得媒体圈的男人都多情，后来发现，吴恙一直没有女朋友，似乎只对工作感兴趣，便渐渐忘了这件事。她没想到，吴恙一直钟情于自己。

"乔安，我知道你所有心事，所以我平时没有说什么，怕被你拒绝，怕成为你的压力。但我今天终于发现，再没什么事比失去你更可怕了。我只想给你快乐，给你幸福，我只想拼尽全力保护你，不允许你在未来受到任何伤害！"

乔安动容地望着他，发现自己原来还是会为除袁得鱼以外的男人心跳。她前段时间刚刚放下袁得鱼，想开启一段爱情，没想到，就这么开始了。原来，自己一直都是幸福的！

许诺触景生情，想起那个令她心碎的电话，不由得泪流不止，头也不回地走了。

第十一章　绑架下告白

四

得到唐焕死讯的唐子风，悲痛地合起双眼，他整个人陷进深咖啡色的皮沙发里。

他显得有点儿木，身上的灰色条纹西装有些宽大，像是松垮垮挂在他身上似的。

唐烨守在他身边，在他眼里，老爷子还是跟往日一样，还是那么威严。

唐烨拿过酒瓶，倒了点儿火红的、带花蜜味的葡萄酒。

这个酒产于云澜。一次国际品酒会，云集了全球的品酒专家。当时，没有贴牌的这种酒与拉菲酒，分别倒在玻璃杯里。五位专家品过后，都指出左边杯子里的是拉菲。酒呈通体的宝石红色，微微泛出紫光，初味在葡萄酒香外，唇间留下清新典雅的花香，酒体丰满，余味绵长。

其实，那个杯子里的并不是拉菲酒。

唐子风极爱这个味道，几乎每年，云澜的老朋友都会运来一卡车。

唐烨不想给父亲更大的压力，但他还是哭丧着脸："爸爸，大哥他……"

"没事。"唐子风说，"昨天晚上，我听到你一直在哭。我今天去公司的时候，看到三个人站在我办公室门口，他们欲言又止，头上和脸上都受了不同程度的伤。他们最后还是没有告诉我，大概是担心我听到噩耗后会太伤心。我觉得，你们应当把事情的整个过程告诉我，尤其是你。"

唐子风显然是对唐烨的软弱进行了含蓄的责备。

唐烨深深吸了一口气，把他所知道的告诉了父亲，最后，他说："他被人用枪击中了背部，那人一共开了三枪，一枪飞出去了，但另两枪，一枪击中大哥的腰部，一枪击中他的左背，直接从心脏穿过，当场就死了。"

"什么人？有这么大的仇恨？"

"是一个19岁的小伙子，他很早就辍学了。我们也奇怪他为何会开枪，后来调出了他在学校的资料，入学军训时的枪击训练，他是全班最高分。"

"他为什么会这么做？"

"他就是当年东九块的一个钉子户，我们当初拿他杀鸡儆猴，恐吓过他。"

"造孽，造孽啊！"

"那钉子户好像跟袁得鱼关系一直不错。"

唐子风的眼睛定了一下，他那坚强意志力的围墙仿佛崩溃了，枯槁的面容显现出来，但很快，他的神情就恢复了正常。

他的双手交叉，握得紧紧的，搭在自己面前的大桌子上，直视着唐烨的眼睛。

唐烨继续说道："几个跟随在唐焕身边的人，都是很精干的，都有多年江湖经验。他们把唐焕的尸体抬出来，还检查了伤口，这件事本来警察还要介入。后来，他们动用唐焕的黑道关系，终于把警察给挡住了。"

"怎么还有警察？"

"爸爸！"唐烨有些不忍心地说，"其实，唐焕是为了掩盖泰达证券的事，才这么做的。"

不知为何，听到这里，唐子风更加伤心了，但他没有流露一点儿伤心，仅仅沉默了几分钟，然后说："好好办葬礼，把唐煜叫回来。"

葬礼这天，天上布满了青色的云。

白发人送黑发人，终究有些凄凉。

唐子风的步子颤颤巍巍的，他扶着灵柩，看到唐焕脸上连化妆都没法掩盖的瘀青。他一想到唐焕的身上还有两个弹孔，为了保护家族事业，竟遭此巨大的苦痛，就像是要把自己的心揪出来一样。

第十一章 绑架下告白

他无法控制自己,直接扑在儿子身上大哭起来:"他们怎么可以这么对你!"

唐烨用力扶着老爷子,在这一瞬间,他忽然觉得父亲很苍老,这种苍老,像是无力回天的大势已去。难道唐家帝国真的像外界传的那样,出现向下的拐点了吗?唐烨不敢往下想。

葬礼结束后,邵冲在人少的地方等着唐子风。

他们俩站在一棵树下,面面相觑。

"现在情形不妙!"邵冲直截了当地说。

"我也听说了,好像有人把照片递给了上面。"

"我会尽我所能,把事情缩小到能控制的最小范围内,但我估计,还是会有牺牲品,这是我不能控制的。"邵冲的语气中透着无奈。

"如果真的追查起来,孟益、贾波他们,估计难逃干系。不过,我有自信,没什么人能解开我们设下的资本迷局。"

邵冲故作轻松而大气地说:"没事,什么困难,我们都能挺过去的。"

邵冲忽然想起自己在大学的时光,那时候是多么意气风发。他当时还跟着师兄们高唱着校歌《满江红》:"怒发冲冠,凭栏处,潇潇雨歇。抬望眼,仰天长啸,壮怀激烈。三十功名尘与土,八千里路云和月。莫等闲,白了少年头,空悲切。靖康耻,犹未雪。臣子恨,何时灭?驾长车,踏破贺兰山缺。壮志饥餐胡虏肉,笑谈渴饮匈奴血。待从头,收拾旧山河,朝天阙!"

如今他与他的兄弟们可能到了一个危险的时刻。

他想起大学时的平静,那时的他们是多么优秀,物质上一贫如洗,精神上却很富足。

他们兄弟几个至今在喝酒时都会回忆大学往事。

幸好,这个坎儿过去了。

上面的结论给了邵冲一颗定心丸。

他们的结论是,那段时间,相关部门正在研究基金公司开展专户理财业务以及基金投资股指期货等金融衍生品的相关政策。旅行是为了学习海外经验。经批准，一些官员组团赴英、法两国的资产管理公司考察——至于基金公司担负人均3万元的消费，是唐烨所在基金公司的相关人员在其外方股东单位款待考察团的礼节性做法。

这场原本离邵冲最近的风波，就悄悄平息了。

五

许诺坐在乔安面前，她们已经很久没坐在一起聊天了。

许诺一如既往地对着乔安笑嘻嘻的，但还是无法掩饰她的低落。

"姐姐，我真羡慕你。"许诺感受到乔安现在的幸福。

乔安笑了笑，一脸幸福："我真的没想到他突然这么勇敢。"

她觉得自己真的很傻，一直没意识到吴恙对自己的默默关心。与他在一起后，她才发现，原来男生的心思也可以那么细腻，会替女孩想很多事，她几乎被一种全方位的关怀征服了。她想，这或许就是一种润物细无声的沉静力量，不张扬，却有可以期待的持久。

乔安望着许诺："袁得鱼对你不是挺好吗？"她发现自己说出这句话的时候是那么轻松，原来自己已经不知不觉地放下了，这个发现让她安心、自然，仿佛自己真的通向了一个大大的花园。

许诺想起那件事，还是觉得很委屈。

这段时间因为这件事，她都没去上班。

袁得鱼打她电话，她不接，去她家里找她，她也不理。

许诺不是不想见他，而是她不知道自己该怎么面对他。

"我们一直是普通朋友而已。"许诺有些酸楚地说，"再说，我们并不合适，不是吗？"

乔安惊讶许诺的变化："怎么可能？难道袁得鱼欺负你了？"

许诺的眼泪哗哗流下来，禁不住把那天晚上听到的电话里的内容说了出来，她憋在心里很久了。

"啊？那你不要理他了！"乔安故意这么说。

第十一章 绑架下告白

"不,不是这样的!他没跟她怎么样,他只是为了要照片。"许诺忙辩解道。

乔安觉得很好笑,心想,要与袁得鱼好好聊一聊。

乔安把袁得鱼约了出来。

乔安开门见山地说:"我快结婚了!"

袁得鱼有些惊讶,但想想也是,一晃都好多年过去了,乔安29岁了,自己也是:"哈哈,我早说吴恙喜欢你吧,我自己也特别喜欢他。别看他有点儿内向,但他对你用情很深,肯定特会照顾你。"

袁得鱼突然打量眼前的乔安,他至今还能想起乔安高中时的样子——在他完成长跑后,乔安红着脸递给他白色毛巾的样子。他又想起,他去佑海的前一个下大雨的傍晚,他们在屋檐下,彼此听得见对方急促的呼吸,感受得到呼出的热气。乔安鼓起很大勇气,靠在自己胸口。

他看着她温柔与满足的眼神,很替她高兴。

他无法忘记,乔安与许诺两个女孩,几乎贯穿半个中国,开着一辆二手的吉普,从佑海千里迢迢去找他。如果不是她们,或许他……

"祝你幸福。"袁得鱼笑着说,"请接受我这个初恋男友的祝福!"

"哈哈,初恋男友,你以前好像并没这么认为哟。"

"既然你敢说你是我的初恋女友,那我有何不敢承认的?"袁得鱼一口灌下一杯酒。

"不过,我还是得谢谢你!"

"谢谢我?"

"我好像以前不是那种很有勇气的人,但遇到你之后,很多事情,我会奋不顾身,连我自己都控制不了。这个勇气一旦被拥有,我面对生活中的很多事,好像都有了能量,所以呢,谢谢你!"

"我告诉你一个秘密,你当时可是我们全班男生都喜欢的女孩,所以呢,对你来说,没有什么鼓不起勇气的!"

乔安也喝了一杯酒，脸有些泛红："不过，袁得鱼，我觉得当你的红颜知己让我更舒坦。你说得没错，他对我真的很好，我从来没想过的那种好。"

袁得鱼眨了一下眼睛："我也算半个媒人吧？"

"这么说还真是！不过，你自己也得好好努力！"乔安不由得切入正题，"许诺最近很伤心，你知不知道？"

"我估计她再也不会理我了。"袁得鱼不由自主地低下头，"我这人真的很差，特别差！我不想耽误她了，她赶紧去找她的幸福吧！"

"你真的舍得她与别人在一起吗？"

袁得鱼被这么一问，发现自己从没考虑过这个问题，但他一想到许诺与别人在一起的样子，就无法想下去，一刻也不行，但理智控制了他的情绪。他心想，未来有那么多事等着自己，怎么能随便给别人什么承诺呢？还不如让她去找自己的幸福："我是很难过，但我没有理由阻拦她，不是吗？"

"你错了，许诺只喜欢你。只有你，才能让她幸福。"

"但她已经对我失望透顶了，她不会再想见我了。"

"你错了，她一直在等你，女孩只关心她在乎的人是否在乎她。"

"我不会那么自私，许诺是个非常简单的女孩，我担心她没法承受与我在一起的未来。"

"简单难道不是最强大的力量吗？"

袁得鱼一下子跑了出去。

心情低落的许诺走在巨鹿路上，时不时有泪水涌出眼眶。

她发现身后一直有一辆车跟着自己，她转过头，看到袁得鱼坐在奔驰里。

袁得鱼笑着说："上车吧！"

许诺不理他，清冷的大街上，梧桐树叶随风沙沙作响。

袁得鱼耐心地跟在她身后。

正在这时，袁得鱼看到一个年轻的男孩骑着自行车，自行车的

第十一章　绑架下告白

双把上挂着两个大红色的保温盒,他不由得浮想联翩,这多么像当年自己送外卖的样子。他多么希望自己永远留在那个时光里,当初那个男孩双手脱把,吹着口哨,一副惬意自在的模样。

"我能带你吹吹风吗?"

许诺发现那辆灰色奔驰不见了。

眼前竟是袁得鱼低着头推着一辆自行车,与她并肩走着。

"你的车呢?"

"跟那小孩换了。"

许诺不作声了。

"这个,给你!"袁得鱼递给她一个小礼物。

她犹豫地接过来,发现是个小兔子钥匙圈,塑料纸外面缠了一圈又一圈红色的十字形胶带纸,小兔子露出可怜的眼睛。

"小兔子在里面疗伤,很快就能恢复。"

许诺没有说话,但好像有什么东西融到了她的心里。

袁得鱼趁机快速将许诺抱到了自行车的前梁上。

许诺低头不语,那感觉似乎又回来了,只是清风吹在脸上,特别冷。

袁得鱼的手时不时感觉有水滴下来,原来是许诺流下的泪水,袁得鱼心里难过极了。

袁得鱼停下车,把许诺搂在怀里,他感觉到她在微微发抖。

"对不起。"袁得鱼说。

许诺哭了好一会儿,终于开口道:"我真的很恨我自己,我为什么会喜欢你这样的人呢?我见你的第一天,你就偷偷地骑了我的自行车。"

"我喜欢你!"

"为什么我现在觉得自己与你越来越远了,越来越不认识你了呢?"

"你说过,我是你手里牵的兔子灯,奔跑的时候,可以把我拽得飞起来!"

"好多事情都变了。"许诺抽泣着,"记得我们一次胜利日的当晚,你带我去洋滩看像变魔术一样的'天下第一湾'。你说,你重返佑海的第一天就对自己说,你会带自己喜欢的女孩过来看。就因为你这句话,我等了你四年。我第一次跑外地,就是去南岛找你,他们告诉我,南岛是中国的天涯海角,我还很开心,我说,我去天涯海角找我心爱的人啦。然后,我在你身边,与你一同奋斗。我一直等你再次说喜欢我,我像傻了一样,只等到你对别的女人甜言蜜语。我突然惊醒了,我好像做了很长很长的梦,我觉得这个人我根本不认识,我很害怕这种感觉。无论如何,我也不想你在这种时候,再说你喜欢我。"

袁得鱼低下头。

"你知道吗?前两天,我还特意跑到洋滩那里去看,现在,那座天下第一湾的高架桥拆掉了,只剩下光秃秃的大马路,那洋白渡桥也挪了位置,原来的魔法,就像那个最美好的夜晚,再也不见了!"

袁得鱼想起七年前的夜晚,许诺轻轻地在江边翩翩起舞的样子,她抬起手臂的样子是那么美。

"你知道为什么吵架的人会那么大声吗?因为他们距离太遥远了,听不到对方心里的声音。"许诺指了指袁得鱼的胸口,"你现在问问你这里,你能听见我的声音吗?"

袁得鱼更难过了。

"你真的好陌生!我每次看到家里那个你用石头拼成的国际象棋,就觉得眼前的人不是我认识的那个人。因为你每次盯着棋盘看的时候,眼睛里充满了仇恨,你会逐渐失去自己,不单单是我失去你。"

"不,我永远是你牵着的兔子灯!"

"但这个兔子变得好重好重,就像灌了铅一样。我也不知道哪一天就会听到啪的一声,绳子断掉,我没法控制你了。"许诺又哭了起来。

"我记得在中邮科技一战的时候,你每天都会给我送你煮好的鸡蛋与牛奶。送到我手上的时候,牛奶还是热的。你总是笑眯眯地看

第十一章 绑架下告白

着我,刮去我嘴巴上的'白胡子'。"袁得鱼说到这里的时候,许诺抽泣起来。

袁得鱼把许诺抱上来,将车往前骑去。她抬起头的时候,猛然发现,已经到了洋滩,这是她熟悉的地方。

他们靠在江边。

许诺还是与袁得鱼保持了一段不短的距离。

袁得鱼无奈地看着她,洋滩的堤道很长,一直延伸到雕像,夕阳在她身上镀了一层光影,泛出耀眼的光晕。

"那个洋白渡桥,好像比之前更美了。"许诺感叹道。

"就算天下第一湾没有了,我还有其他魔法。"

袁得鱼拿出一枚硬币:"你看,这是一元钱,我把它放在手里,你向它吹一口气。"许诺迟疑了一下。

"现在,它不在我手中,你相信吗?"

许诺摇摇头。

袁得鱼将手摊开,果然,手心里的硬币不见了。

许诺掰开袁得鱼的另一只手,也没有。

"再看看,这枚硬币在哪里?"

许诺惊讶地发现,硬币又回到了袁得鱼手里。

"这是爸爸小时候教我的,它让我知道,眼见不一定为实,要相信自己的逻辑。"

许诺忽然愣住了:"搞了半天,你还是在为自己解脱!"

不过,不知怎的,许诺没先前那么不高兴了。

"到现在,我还是很想爸爸。"

许诺想起什么,说:"我……我想转个圈。你帮我一下,好吗?"

袁得鱼点点头。

许诺双手高举,脚踮起来,袁得鱼双手扶着她。

许诺点了下头,袁得鱼一放开,她笔挺地旋转起来,还是那么直,那么稳。

袁得鱼不由得拍起手来:"太美了!"

许诺破涕为笑："到现在为止，我至少还有一件事和原来做的一样！"

"有更多呢！"袁得鱼拍了拍自己的胸脯，"你曾经告诉我，什么都放下，反倒是最稳的，我爸爸也说过类似的话。他对我说，学不会放下，何以装得了天下？许诺，你知道吗？你总能在不经意的时候，给我意想不到的启发。"

许诺忽然安静下来，她在地上捡了一枚小石子，在石板的围栏上画起来，很快，就画出了一个满是方格的棋盘。

她捡了很多小石子放在上面："现在，是不是只剩下四枚棋子了？"

袁得鱼有些激动起来，世界上最美好的事莫过于遇见一个理解自己的女孩。

"那一枚是谁？"

"如果我没猜错，是唐烨。不过，在基金战役中，打败他的那一刻，他已经只是个空架子了。如果一个人只是空架子，会发生什么？"

"被人端掉？"许诺丈二和尚摸不着头脑地说。

"哈哈。"袁得鱼觉得许诺很可爱。

许诺看了袁得鱼一眼，发现他的心思还是没脱离复仇的轨迹，她虽然能理解，但不知道还要多长时间才能结束这些。她想起早逝的父母，想起他们虽然相爱，却没有多少时间相聚，心头不由得隐隐作痛。

"我一直在等终结的那一天，可现在还不能停。"

许诺说："你说等，再等下去，就连袖子也摸不到了。"

袁得鱼苦笑了一下，从身上取出几张从报纸上剪下的纸。

许诺看了起来。

那些纸上，都是泰达系的最新动态，在这次烈焰牛市中，泰达系的资本航母更加庞大——在疯狂的牛市中，泰达证券借壳的海上飞复牌后首日暴涨129.6%，成为中国第一高价金融股，2万多股

第十一章 绑架下告白

东获利不菲，股东数在换股前是 20 个。若以近 10 日均价——79.27 元计，泰达证券的 3 348.27 万股的市值已高达 26.54 亿元。

"泰达系获得佑海财政局所持有的运通银行国有法人股，以每股 6.05 元的价格获得 1 395.5 万股，在不到两个月后，运通银行于 2007 年 5 月 15 日在 A 股上市，以 2007 年 5 月 17 日的收盘价 13.59 元计算，泰达系持股市值达到 1.9 亿元，账面盈利达 1.05 亿元……

"在许多曾名噪一时的类家族企业，如德隆系、林凯系等销声匿迹后，泰达系进入了一个快速发展阶段，目前其所持上市公司股份的总市值已超过 28 亿元。"

袁得鱼把手臂放在脑袋后："这个资本航母，本来还能看到桅杆的，现在大到自己仰起脖子，也什么都看不见了。如果它是航空母舰，我现在还只是个小渔船。"

"袁得鱼，我们就做我们自己的投资公司，好不好？你不觉得前阵子我们很快乐吗？"许诺一点儿都不想让袁得鱼卷入仇恨的旋涡，她终于把自己的真实想法说了出来。

"虽然现在唐子风看起来无敌，很强大，但并非完全没有办法攻破，关键是如何找到那个'阿喀琉斯的脚踵'。"

她想了想，问道："如果你现在是你爸爸，你会怎么做呢？"

袁得鱼答道："在帝王医药战役白热化的日子里，我和爸爸去了一趟嵊泗，他的话至今清晰地回想在我耳边——'心在荒村听雨，人在江湖打滚'。"

"荒村？你觉得现在哪个地方最像荒村呢？"

"诺诺，你还真的是天才！我们也去荒村，好不好？"

"荒村是哪里？"许诺有些不解。

"美国！"袁得鱼兴奋地说，心里有了新的主意。

许诺不知怎的，对袁得鱼有种说不出的失望。

"再见吧，袁得鱼！"

许诺转过身任由眼泪流下，把袁得鱼一个人扔在风里。

第十二章　华尔街靴子

能攻心则反侧自消,自古知兵非好战;不审势即宽严皆误,后来治蜀要深思。

——赵藩

一

袁得鱼徜徉在全球最出名的欲望之街——美国华尔街。

华尔街虽是梦想家的天堂,但这条街道本身看起来没有丝毫浪漫色彩。它不过是纽约曼哈顿南隅一条小单行道,长不足500米,宽仅11米。

袁得鱼知道,早期荷兰统治时,在这里筑了一道防卫墙。英国人赶走荷兰人后,拆墙建街,华尔街因而得名。

华尔街虽短,中间却横穿九条街道,从头至尾是120个清一色的摩天大楼。

摩天大楼下的街道犹如峡谷,抬头只能望见"一线天"。阳光永远无法畅快地照到这里,高楼的穿堂风倒是一年四季反复地吹。

袁得鱼心想,就是这条"又窄又暗"的小街却掌控着美国乃至全球经济的命脉——华尔街集中了纽约证券交易所、美国证券交易所、投资银行、政府和市办的证券交易商、信托公司、联邦储备银行、各公用事业和保险公司的总部、美国洛克菲勒(Rockefeller)和摩根(Morgan)等大财团开设的银行、保险等大公司的总管理处,以及棉花、咖啡、糖、可可等商品的交易所。

这个华尔街真是神奇,竟从18世纪末交易员和投机者在路边梧桐树下做买卖的场所,发展成如今美国一流财团云集的金融中心。

在惊心动魄的交易中,有人一日内飞黄腾达,有人一夜间倾家荡产。华尔街被比作天堂与地狱的交汇处、魔鬼与天使的聚集地。无数肮脏复杂的欺诈哄骗之事和催人奋进的励志故事在这里轮番上演。

现在除了一些主要的证券交易所总部还在华尔街,许多金融公司已经迁至曼哈顿中城,纽约市外围的长岛、韦斯特彻斯特,或新泽西州等地,但"华尔街"仍然是金融巨头和垄断资本的代名词,它的每一次呼吸,都牵动着全世界的神经。

袁得鱼虽然听不懂周围人在说什么,但很明显,他们语速都很快。

袁得鱼一直在深思一些东西,他隐隐觉得,这里的情况并不像媒体报道中那么简单。

他坐在一家露天咖啡馆,等着邵小曼。

正在这时,嗡嗡嗡的巨大噪声从空中传来。

他抬起头,看到一架直升机。

邵小曼来了,她穿着正红色大衣,向袁得鱼摆了摆手。随后,她向直升机里的人告别,螺旋桨刮起的旋风,将邵小曼的长发吹得飞舞起来。

袁得鱼出神地望着,心里惊叹了一下——以前飙法拉利,现在坐直升机,这个女人总是那么爱玩刺激。

"嘿,发什么呆呢?别看起来像没见过世面的好不?我们这里每个人都有飞机驾照,我还没开过几回。正好我们老板顺路,把我带过来了。"

"每次见到你都非常不一样!没想到我真来美国了!"

"就像做梦一样!"

两人在华尔街逛了一圈,邵小曼还是觉得自己在梦中。

"看你头一次过来,我就做东,介绍一下吧。你看,那个河畔距离华尔街东端不远,专门设有直升机场,是供华尔街的金融巨头们乘坐飞机上下班的。"邵小曼又指了指另一个方向,"不少人呢,还是会选择与曼哈顿一江之隔的新泽西,每天上班需要耗费一定时间,因为要穿越曼哈顿大桥,我就是其中一员。你会发现每天早上,宾夕法尼亚车站、哥伦布圆环、泰晤士广场、纽约中央车站等几个交通枢纽站总能看见腋下夹着《华尔街日报》,手里拿着咖啡杯和早餐袋

第十二章　华尔街靴子

匆匆忙忙奔向办公室的通勤族，他们的早餐组合是最简单的'咖啡+硬面包圈'。"

袁得鱼问道："你在高盛做得如何？"

"挺开心的，我发现我适应环境的能力真的很强。这里很有趣，这里的人大致可以分为两类，懂行的投行男与美艳的模特女。"

"我猜猜，那你应该是懂行的模特女！"

这时，他们眼前闪过几个西装革履的男人，邵小曼说："一看他们就是投行男。"

"为什么？"

"如果马路上走来三个金融从业男，穿西装的肯定是银行职员，穿得花里胡哨的肯定是做保险的，穿一水名牌还让你看不出的就是投行人。投行男低调是分条件的，如果身处小型聚会之类的，最吸引眼球的绝对是投行人，单凭讲话的气势就让教授汗颜。"

"喂喂，你的资金几时到账？喂喂，可以做到几个亿的融资案？喂喂，现在是半夜三点，多美好的开始，一天之计在于晨啊！"袁得鱼假装投行男的语气。

"哈哈，还真有点儿像！"

"除了没有百万美元的年薪！"

"我们这里，都不说几百万，都说几个'吧'，'吧'至少是六位数以上的美元。"

"你在这里开心吗？一直过着灯红酒绿的生活？"

"怎么说呢，我总是拖着行李箱，从纽约飞往各地，我习惯了这样的生活。"邵小曼沉默了一会儿，"还记得我认识你的那晚，与你说过什么吗？"

"你说，你与家人断绝了联系。你问我，会不会觉得你特别无聊，因为你的人生没有目标。你说你最喜欢宫崎骏的《天空之城》，因为是你妈妈带你去看的，你说那样温暖的画面是你的梦想。"

邵小曼有点儿伤感起来："没想到你都还记得。"

袁得鱼不好意思地挠了下头，话说自己的记性一直不错。

"我发现自己还是在过那种漫无目的的日子,我看起来似乎有了目标,但都是被安排好的。像我这样有些背景的女孩,在这里的大行混几年后,肯定会去千人万人挤破脑袋想去的蓝行。"

"蓝行?"袁得鱼摸着下巴说,"蓝行直接圈了3 000亿,一下子成了全球前三的投资公司,还真是绝了。话说蓝行的路线也没什么不好啊!"

"你也这么说,太不像你了!"邵小曼笑了一下,"有时候,你以为你做出了一个对别人最好的决定,其实,别人未必会这么觉得。就好像,有的男孩,觉得另一个男孩能带给女孩更大的幸福,或许从各方面条件看,别人也会觉得如此,就把自己喜欢的女孩拱手相让,但女孩喜欢这个人就是喜欢上了。这个男孩与她在一起,才是她最大的幸福。"

袁得鱼盯着她的眼睛说:"你猜如果让我自己选择,我会怎么选择?"

邵小曼恍惚了一下。

"我是说事业上会选择做什么。"袁得鱼像是故意岔开话题。

"可能还是跟现在差不多吧,你不做投资太可惜了!"

"哈哈,其实我特别想做农民,把老婆放在我的哈雷摩托上,成天在乡间小路上穿来穿去。"

"笑死了,农民哪买得起哈雷摩托!"

"我看好大宗商品嘛!或者买一块地让别人帮忙看着,然后像罗杰斯那样全球投资旅行也成!"

"哈哈,为什么我能想出你戴着农民头巾的样子?"

"因为我黑吗?"袁得鱼也笑起来。

袁得鱼切入正题:"听说你在做掉期交易(swap),我第一次听说的时候,还以为是sweet,糖果,哈哈哈!"

"你懂的可真多。我曾想过,如果你把你的投资公司开到华尔街会怎样。"邵小曼说,"我主要做的是交易助理,偶尔与产品设计师打一些交道。我干爹说,华尔街就是通过诡计和欺骗在衍生品上赚取巨

第十二章 华尔街靴子

额利润的。然而,只有少数精英分子知道这个价值万金的秘密。"

袁得鱼想起自己看过的《聪明者的扑克牌》,那个作者写的是做债券衍生品的买卖。他知道,衍生品主要分两种——期权和远期合同。不论是不是蒙特·卡罗模拟法(Monte Carlo Method),衍生品多是这两种的组合,他想做的是更高级的事:"我这次过来,主要是想请你帮个忙,帮我设计一个产品,按这个思路……"

邵小曼听了半天终于明白过来:"袁得鱼,你真是天才啊!本小姐才贩卖了不知道打了多少折扣的知识,你就知道如何创造衍生品了!"

"赶紧卖给唐子风吧,他肯定感兴趣!"

"这是个不错的主意!不过,我觉得你作为他的对手,他的产品对我们公司风险肯定太大,不如把这笔买卖介绍给雷曼兄弟(Lehman Brothers),你看如何?"

"哈哈,你们为什么都讨厌雷曼兄弟?"袁得鱼与邵小曼又耳语起来,"我们可以同时私下搞对赌的产品……"

正在这时,袁得鱼抬头看到天上很多流云。薄薄的雾逗留了一会儿便消失了,那些云顷刻间露出张张笑脸。他说:"虽然这里是物欲横流的金钱之都,但你有没有觉得,望着天空的时候,这里就是一片荒村!"

邵小曼诧异地望着袁得鱼。

袁得鱼说:"这里的人恐怕还不知道即将发生的灾难!"

"为什么你的想法跟我们公司刚刚发布的内部资料中的观点一致?你怎么知道会有灾难?"

袁得鱼抓了下头:"爸爸果然厉害,当我站在这里想唐子风的事情时,就觉得一切好简单。难怪爸爸站在嵊泗的时候,说明白了什么是'运筹帷幄之中,决胜千里之外'。"

"什么明白?"邵小曼有点儿费解。

"为什么有些人能决胜千里之外,因为他们的眼睛只注意到最关键的东西,细节都被忽略了,那么,答案就自然浮现。"

"那你看到了什么?"

"很简单,我看到了美债。我在来之前,找到一张图,图上是外国投资占美国国债的比例,从1995年3月到2006年9月,国债从14%上升到26%。"

邵小曼很吃惊地摇着头,觉得不可思议。

"历史上的很多次危机是由于国家的国债总量与国内生产总值(GDP)之比到达临界点而发生的。全球通胀越发严重,美国联邦储备的资产负债规模也在扩大,总数远超10万亿。然而,美国的实体经济已经严重空心化,支柱产业三大汽车公司现状也不佳,所以,美国人在不断印钱,一直在玩虚拟经济。但虚拟经济很大程度上玩的是信心,你如果关注失业率、美元和黄金,就会得出不同的答案。"

"袁得鱼,你的眼界跟我当时见到你的时候完全不同了。我们投行的判断也是如此,但这只是小范围的人才知道。接下来,失业率、美元流动性会大大降低,这对很多国家的经济冲击非常大,那些国家就像大海上的扁舟,如果台风席卷而来,生死难料。"

"报纸上说什么次贷危机,我早在2006年就听到这个说法了,事实上,次贷危机只不过是经济危机的开始,这个名称,实际上是美国在避重就轻。"

"不过呢,他们现在在想各种办法拖延,接下来他们肯定会放松货币政策,但在我看来,美元危机迟早会到来。好像一个人有两只靴子一样,他要睡觉时,一只靴子已经落下,另外一只靴子肯定也要脱下来。要知道,真正的经济调整不是一年两年,很有可能是未来10年的事情。有人在调整的时候觉得是在复苏,但那不过是一个开始。"

"不可思议,你与我们美国最出名的宏观分析师说的一样!"邵小曼惊叹道。

"我只是好奇我爸爸当年为何能够预测1989年的经济危机。"

"那你现在打算怎么做?"邵小曼问。

第十二章 华尔街靴子

"赶紧回去,一举击败唐子风!"

二

2008年4月24日上午10点,南京西路,一个高大挺拔的男子正在挥手叫车,他黑色的衬衣上,一条紫色波点领带随风飞舞,他的皮肤微微泛出健康的小麦色,一只手插在裤袋中,一副随意的模样。

他在车上听到第一财经广播了当日股讯。

袁得鱼冲到江东南路上的佑海证券大楼四层交易大厅时,嘴里还叼着一块没吃完的馒头。

"今天涨了多少?"他问了一下站在门口等他的助手。

"9.27%。"

"让我想想这个数字。"袁得鱼歪着脑袋说,"如果我没记错,这个纪录高于中国证券历史上2000年2月14日与2002年6月24日的9.05%与9.25%。"袁得鱼立马从脑子里提取了数据。

"老,老大,你不是说,今年市场形势很可怕吗?怎么,怎么今天会涨成这样?唐子风是不是会占上风?"一个手下有点儿结巴地说。

"你没听过回光返照吗?一般来说,王八被翻过来的时候,都要苟延残喘一会儿,何况是唐子风呢?"

"那,那1亿资金啥时候启动?"

"唐子风的资金有多少?"

"唐子风账户上的现金至少10亿,是我们的10倍!"

"没错,他轻轻一挥就是10亿,我们的差距显而易见。"

"老,老大,那,那我们能赢吗?"

袁得鱼放眼望去,几组形同交响乐队的矩阵,是拥挤的座位与满目的电脑屏幕。交易大厅正中,铺着红地毯,铜锣立在中间。正前方是一块巨大的电子交易屏幕,闪动着像洒下钱币那样哗哗声响的股票价格，中间一个大的折线图是上证综指的分时走势图。

"红马甲"在人流中穿梭，过道看起来永远那样狭窄，所有人都在键盘上使劲儿挥舞手指，或是正在理解另一个手持电话的交易员的唇语，实时更新的数字、图表、走势图在显示器上闪烁。

电话铃声、讲电话的声音此起彼伏，像来到了一个热闹非凡的集市。只是与集市截然不同的是，这里所有刀光剑影都藏于无形的金钱与欲望中。

这个交易大厅，很久没像今天这么喧嚣与忙碌了。

袁得鱼走到自己的座位边，套上红马甲的时候，他感觉背后的目光犹如射来的芒刺。

他转过身，看到背后那个注视着他的魁梧中年男子，他那张《终结者》（*Terminator*）中施瓦辛格（Schwarzenegger）扮演的终结者一样僵硬的脸上露出难得的笑容，就算是发自内心的喜悦，这个笑容也像是牙膏管里最后的牙膏被死命挤出一般。

那人身边围着一群谄媚的人，有些热情地朝他鼓掌："漂亮啊，唐总，今天果然是多头啊！这么好的涨幅，多年不见啊，你肯定赚了不少吧？"

唐子风丝毫不理会那些人，他直勾勾地盯着袁得鱼，目露凶光。

在袁得鱼经过他身边的时候，他不紧不慢地说："袁得鱼，你就要输了，因为今天这里是我的主场！"

"你的主场有什么用？在客场我也照样赢给你看！"

袁得鱼一坐下来就盯着盘面，快速做着心算："今天，泰达证券上涨了9.9%，现在的股价是28.80元，如果冲破30元，唐子风就大获全胜，现在还有一点点儿距离。"

"今天几号？"

"4月24日。"

袁得鱼想了想，那份对赌协议上的日期是4月30日，也就是说，只有6天时间了。这意味着，如果这几天泰达证券再上涨4%，那自己就彻底输了！

第十二章 华尔街靴子

"老大，如果唐子风赢了，大概赚多少钱？"

"他的10亿资金将足足翻3倍。"

"我们呢？"

"倾家荡产！"

"这……我可以交辞职报告吗？"

大厅里一阵阵欢呼声，此起彼伏。

袁得鱼紧紧握着拳头，当前，只有断崖式的下跌才有反转的可能。就像一群马在向前奔跑，如果前方道路平坦，那么，跑在前面的永远是白马。只有在恶劣环境下，才能出现一匹黑马。就像大卫·休谟（David Hume）说的，没有对白天鹅进行大量观察，就无法断言所有的天鹅都是白的，可是，只要观察到一只黑天鹅就足以推翻那个结论。自己玩的，不正是黑天鹅战略吗？自己做了一个100倍的杠杆交易。

他孤注一掷，就是为了那千年难遇的"黑天鹅"！

他会这么幸运吗？

交易大厅里，很多人在疯狂下单，喧闹非凡。

4月24日截至收盘，上证综指锁定在3 583.03点，当天上涨幅度高达9.29%。整个A股市场仅两只个股下跌，以涨停报收的股票达到860多只，占有交易的1 416只股票的六成。

收盘时，泰达证券牢牢封在28.80元的涨停位。

看起来，这里俨然还是一个火红的牛市。

4月25日，一大早就有消息传出，相关部门将适时推出融资融券业务，这个刺激交投活跃的新闻，一下子稳住了市场的信心，市场又向前冲出一大截。

收盘时，大盘倒是较前一天略有回调，小降0.71%。

泰达证券股价与前一天持平，依旧是28.80元。

唐子风对此并不在意，他知道市场大涨后的第二天，很多人会进行调仓。至少，关键人物们已经给足了马力，他感到十分欣慰。

4月28日，隔了一个双休日的大盘，继续下降，跌了2.33%。

就像提前安排好的那样，泰达证券一早就发布了一条消息——泰达证券年度分红提前披露，分配预案是10转增10，分红2元，将于一周后发布。

在泰达证券大比例现金分红的消息刺激下，泰达证券逆势反涨了1.55个百分点，收盘的价位落在29.25元。

不知为什么，唐子风这个时候，反倒有点儿慌神了，刺激的消息都发出去了，价格却没有预想的那么高。

还剩下2天时间，他能把价格稳在30元以上吗？

他打电话给几个券商："你们要顶一下，这两天你们在干什么？真不顶用！"

"我们在顶啊！你给我们的资金我们基本都用下去了，你可以看看龙虎榜上的涨停板交易所营业席位。最近三天，我们差不多买了5 000多万元，足以拉升3至5个百分点。"

唐子风马上打开交易数据看了起来，果然，与自己合作的"四小天王"的营业部资金无一不是净流入，每天的资金量都在七八千万。

唐子风仔细一看，立马头皮发麻——在泰达证券股票的龙虎榜最后，竟有四个"机构专用"席位——这四个"机构"这几天的大量卖单，加起来有7 000多万。

正是这些"机构"的打压，才把泰达证券的股价给拽了下来。

唐子风生气地想，究竟是谁占着"机构专用"的席位跟老子作对？

唐子风知道，券商席位与机构席位分开统计，机构专用席位主要是基金、社保、合格的境外机构投资者（QFII）、保险这四大主流机构进出市场的通道。

那四个可恶的机构席位，难道是基金？不会，他很熟悉基金的操作风格，泰达证券一向不是基金重仓股，这段时间也没有基金经理在他们那里调研，本来就没什么持仓量，也无出货量。难道是社保与保险？也不会，这些资金都是"国家队"，它们没有光顾泰达证

第十二章 华尔街靴子

券这样题材股的习惯。

难道是合格的境外机构投资者？

唐子风打开机构持仓解析软件，不由得愣在那里，他使劲儿地摇头——果然是合格的境外机构投资者账户，那四个机构专用的代码都是8与9打头。

太奇怪了，自己什么时候与那些国际大行干上了？

唐子风打了个电话给唐煜，这个小儿子如今大有用处了。

"唐煜，你帮我查一下，哪些大行在抛售泰达证券？"

没想到唐煜正忙得焦头烂额："爸爸，全球经济出大事了！次贷危机全面爆发，好多投行可能熬不过今年！我没法帮你查，因为它们无暇统计这些数据！"

"你说出大事，是什么意思？"唐子风警觉起来。

"马上就会有大行破产，雷曼快倒了！大投行贝尔斯登（Bear Stearns）也在寻求紧急融资，美国六大抵押贷款银行都启用'救生索'计划，全球金融体系开始混乱了！"

"你们是不是多虑了？"唐子风虽然嘴上这么说，但心里开始怕起来。

他想起，自己几个月前在与袁得鱼打赌时，袁得鱼就这么说过，但自己完全没有听进去。

不过，唐子风转念一想，反正自己有的是钱，只要顶顶就好了，他堂堂一个泰达系霸主，还用担心一只股票的股价几天内顶不过去吗？

"爸爸，这次不是一般的危机，可能是像1929年那样的大经济危机，你赶紧自保吧！"

"不……不会的。"唐子风不想面对现实，"A股大盘前两天还涨了9.29%！"

"皮之不存，毛将焉附？美国这个全球金融中心都保不住了，中国怎么可能独善其身？"

唐子风挂下电话，陷入痛苦之中。

353

难道自己真的要输了吗？

审判的日子，总有一天会来到。

4月29日一开盘，市场走势没有明显下滑，反倒出现了平稳上升。

一夜没睡好的唐子风稍稍松了一口气。

然而，泰达证券股价走势忽然间就像个病秧子，颤颤巍巍震荡起来。

唐子风的汗都冒出来了。

他仿佛在迷蒙中看到，泰达证券的盘面上有两股势均力敌的力量在厮杀，就像两个可怕的巨兽，一条像龙，一只像虎，它们凶猛地吼叫，厮打在一起。股价不上不下，把他的心搅得七上八下。

唐子风紧紧握着拳头，暗想泰达证券价格快冲破30元吧！他一边盯着泰达证券萎靡不振的盘面，一边拿出自己所能凑的所有资金，约3 000万元，狠命地追杀那些不同通道。

加足料的泰达证券果然一路飙升，早盘就大涨4%，一下子冲破30元大关。

唐子风松了口气，终于越过了这道大坎儿。

唐子风瞥了一眼坐在不远处的袁得鱼。

他原本以为袁得鱼会气得咬牙切齿，但万万没想到的是，袁得鱼斜靠在座位上，跷着二郎腿，脑袋上还挂着白色的大耳脉，一边听着音乐，一边歪着脑袋看报纸。

到了下午，泰达证券价格一直徘徊在30.5元上下。

收盘前五分钟的时候，袁得鱼一下子像充了电一样坐直起来。

袁得鱼的手指在小键盘上来回飞舞，凌厉异常。

唐子风不知道袁得鱼在做什么，眯着眼睛看着他。

他屏幕右边分比成交的小框里，瞬间跳出无数挂单，数量都很小，多数是两位数，甚至有些是一位数，但那30.5元的股价，像是被一大群蚂蚁蚕食一般，从小数点后两位开始，被一口一口吞掉，只见数字一点儿一点儿变成了30.49、30.48、30.47……这种机械般的节奏感像秒表倒计时那样精准。

唐子风只感觉背脊发凉,他握电话听筒的手有点儿发软:"你们……快……快点儿继续拉!"

"老大,筹码都用完了!又被那些机构专用席位打下来了,我们能顶在 30 元已经不容易,真的一点点儿筹码也没了!你不知道有多可怕,我们打多少,那些机构就拿多少筹码扑回来,就像消防队员一样,把我们的大火瞬间浇灭了,我们也没办法啊!"

"你们这些废物!"唐子风气得扔下电话,"你们返点一个子儿也甭想拿!"

他抬起头,偌大的屏幕上刚好显示的是泰达证券。

股价还是在一点点儿被吞噬,30.23 元、30.22 元、30.21 元……就像死亡的咒语与远古的催魂曲,越来越近……

袁得鱼娴熟地在键盘上挥舞,手指飞快,快到根本没法看清挥舞的弧线,但又轻柔,像是在抚摸情人的脸庞,又似嵇康弹奏自己心爱的《广陵散》……

唐子风看傻了,这难道是多年前失传的"凌波微步"?他醒悟过来:"这……这是跌停板洗盘吸筹法?"

戴着大耳脉的袁得鱼转过身来:"你说对了一半,这是我的升级版!我现在弹的是那个绝技的小序曲,我的 1/8 拍是不是还算精湛?"

"不要再搞了!不要再搞了!"唐子风失态地冲上去,抓住袁得鱼的肩膀。

旁边的手下也一起冲上来,但已经太迟了!

袁得鱼站了起来,看了一下手表:"现在距离收盘还剩下最后一分钟,我都操作好了!电脑会按照我刚才输入的一步一步执行,你无法改变!"

唐子风直接扑到电脑上,气急败坏地按着取消键,但一点儿用都没有,他看到一长串卖单挂在那里,一点儿一点儿向上移动,无论怎么做都无法改变。

泰达证券的最终成交价显示的是——29.99元。

29.99元！真的是29.99元！

一分不多，一分不少，就是这个价格——29.99元。

唐子风陷入彻底的崩溃。

他浑身颤抖起来，这是他最害怕看到的结局。

他很后悔，他想起2008年年初的时候，他与雷曼兄弟签了一份可分拆认股权证协议。那时候，泰达证券的股价是25元。

根据那份金融衍生品协议约定，唐子风买入由雷曼兄弟发行的5亿份泰达证券上市公司的可分离债，每张可分离债的纸面价值是2元，唐子风一共买了10亿元。

双方约定，2008年4月30日是可分离债行权日。

唐子风看中的是，每1份可分离债，包含0.2份20元行权价格的泰达证券认股权证，这就意味着，他买的5亿份中，有1亿份泰达证券股份。

对赌协议赌的是，如果在4月30日，泰达证券股价在30元价格以上，那么，唐子风只需按照20元的股价，就可将这批分离债换得1亿份30元以上价格的泰达证券。更关键的是，泰达证券总股份不过1.5亿股，那么，唐子风就能直接掌控2/3，从而实现自己曲线控股的目的。

10亿元资金都是唐子风的，他之所以这么做，是因为之前泰达证券的股份，虽说是换股，也是通过这个打包的信托产品所持有的股份换的，这个信托，有十几个认购的主子。此前，唐子风的操作都给他们带来了丰厚的收益，他们基本都把自己前几次赚来的资金，放在这个信托包里，以至于越滚越大。因为主要资产都牢牢掌控在他们手里，每遇到关键时期，他们也经常对一些上市公司的管理者颐指气使。

唐子风是多么想独占泰达证券的2/3啊，他运用这些信托里的资源站上了财富之巅，可他内心希望摆脱控制，而这专为泰达证券设计的金融衍生品，成了他真正控制泰达的希望。

第十二章 华尔街靴子

现在的价格是 29.99 元,低于当时约定的 30 元。

按对赌协议规定,如果低于合同价,那认股权证自动失效,只有少量的可分离债利息作为补偿。

这也就意味着,唐子风这份信托投出去的 10 亿元成本,最后只能拿到 5 亿份票面 2 元的可分离债中 1 年期无担保债券的 1% 利息,是 1 000 万元,扣除按项目规模收取的手续费与设计费 500 万元,唐子风只剩下 500 万元。

投出去 10 亿元,最后只剩 500 万元,损失超过 99%,这对于任何一个投资高手而言都是一场巨大的悲剧。

然而,如果唐子风赢了,即泰达证券的收盘价在 30 元以上,那唐子风这张可分离债非但没有失效,单单认股部分就直接可以强行获得 1 亿份泰达证券股权,还可以稳稳获得超出 20 元的收益部分。如果价格在 60 元,他投入的 10 亿元相当于拥有用每份 20 元买入 1 亿份的权利,扣除 10 亿元成本,还可稳赚 30 亿元,这是一个相当可怕的杠杆。

唯一的要求是不能让股价低于 30 元,他无论如何也不会想到,他原本看好的一往无前的大牛市,竟然一下子就掉头直落,泰达证券到最后,就算他用尽全力,却连 30 元都没能挺过去。

唐子风知道,他彻底输了,这 10 亿元资金就像一堆泡沫,在阳光下一晾就马上干了——衍生品的金融游戏实在太可怕了。

他忽然意识到自己很渺小,庞大的身躯越来越矮小,仿佛就要低到尘埃里。2008 年 4 月 29 日收盘后,正走向证券大厦的唐烨摇晃着手机,他很纳闷,明明前一天刚刚充了 500 元话费,电话却打不出去,一直联系不上父亲。

他想在手机上看一下泰达证券的股价,但什么都看不到,他焦急万分。

他经过证券大厦时,看到不知是哪家银行在搞信用卡促销活动,门口站着一排穿着红色短裙的女人,手上拿着精油之类的礼品,她们就像啦啦队那样,扭动着屁股,吹着彩色的塑料喇叭……

天空有些阴沉，一整天都没出过太阳。

唐烨感到闷热，这些热情的姑娘挡住了他前往证券大厦的路。

他在等待十字路口的红绿灯，这个路口的红绿灯切换时间很长。

唐烨在路口静静地等待，还吃着薯片——自从发福之后，他就经常吃一些垃圾食品。

他一眼瞥见马路右侧路口停着的一辆面包车，这种车虽然可以载很多人，但很多公司都已经不用了，换上了好看又耐用的吉普之类的。

红绿灯换了。

他一边想着，一边径直朝马路对面跑去。

没想到，这辆面包车一下子朝自己冲了过来。

唐烨立马闪过一丝不祥的预感，但来不及了，他的右肩像是被铁锤猛击了一下，整个人飞了出去，手上的薯片，一片片在空中散落。他活像一只球，一下子滚倒在马路边，皮肤蹭在水泥地上，滑出好远，地上留下了一道醒目的血迹。

他眼睛里，全是红色的短裙与女孩们惊慌失措的面孔，神情看起来有些可怕，这种感觉，与很多年前竟出奇地相似。

无情的面包车朝他继续开来，唐烨发出啊的一声惨叫。

在最后一刻，他意识到，这么多年来，唐焕的手下都在暗中保护他，像一道坚实的围墙。唐焕走后，那一道道坚实的围墙，已轰然倒下。恍然之间，他意识到，这道围墙，不是靠人情之类冠冕堂皇的"江湖义气"搭建的，而是赤裸裸的金钱。他睁大眼睛，记忆像海水一样漫过脑际——

他从小就是家里最乖巧的孩子，学习成绩也还算不错。然而，可能就是那种中庸的个性与才干，他一直被家人忽略。他想起自己最被父亲认可的一次，是父亲与唐煜吵翻之后，父亲对自己说的两个字："壮丽。"那天他泪水盈眶，但自己只不过是这个家里没有存在感的废物。他想起多年前接女儿时，差点儿被人用绳子活活勒死，幸好有唐焕及时赶到。

第十二章　华尔街靴子

如果他没猜错,这些人又回来了!他想起自己在家中躺着时,妻子担惊受怕,带着女儿永远地离开了他。他眼睁睁地看着女儿离自己越来越远,他伸出双手,却什么都够不着……但他永远记得女儿小时候手里摇着烟花棒的天使模样……他的脑海中又浮现出父亲冲自己笑的脸庞。"壮丽。"父亲说。唐烨带着浅浅的微笑死去……

大马路上的人群一下子围上来,胆小的人在对街紧张地张望。

面包车司机往两栋楼之间的缝隙跑去。

所有人都看到,唐烨黄红色的脑浆。他的双腿,早就扭曲成一个奇怪的形状,整个人躺在发黑的血泊里……等警察把他翻过来的时候,很多人发现,他的眼睛睁得很大,像是在牢牢记住死前留在脑海中最后的画面。

唐子风在证券大厦听到了刺耳的刹车声,他不禁担心起来。

接到电话时,他已经没有一丝力气去现场。

他静静地等待,听到救护车呼啸而过,楼底下人群的声音少了,他才探出头去,如木鸡般凝望着那块用白粉笔描画出的人形……

他的眼泪顺着自己布满皱纹的脸滑落。

他在几个亲信的陪同下,走下楼。

他能闻到空气中弥漫着的儿子的气息,腥腥的,无比真实。

他垂下头,继而跪下来,抚摸了一下潮湿的地面,突然大哭起来。

现场所有人都愣住了。

谁也没见过,一个上了年纪的人,平时面无表情,却发出如此撕心裂肺的哭声,就像一头豹子看着自己孩子尸骨,舔舐孩子时发出的哭号,号叫声如丧事中号子刺耳的走音。

无论是谁,都在空气的震动中,感受到了唐子风莫大的悲恸。

他久久地跪在地上,不断捶击着自己的胸口,反复地念着:"爸爸对不起你们!"

他的这个动作,持续了很久很久,整个五官都痛苦得拧在了一起,鼻涕与泪水挂满了脸。他站起来的时候,不禁歪了一下。唐子风从来没有这么苍老过:"扶……扶我去小白楼。"

唐子风坐在办公室里,很恐惧,他没有从失去儿子的悲痛中挣脱出来。他浑身发抖,怕那些信托持有者找来,他们肯定会六亲不认,直接要了自己的命!

他无法动弹,直冒冷汗,不敢往下想。

隔壁房间传来一支年代久远的歌曲,由远及近地飘来,遥远而清晰——"尘缘如梦/几番起伏总不平/到如今都成烟云/情也成空/宛如挥手袖底风……"

记得很多年前,袁观潮在世的时候,他们两个人一起坐在一张从黄山背来的大藤椅上,在唐子风帝北宅子的院子里,看着18寸的黑白电视机。

那时候,电视里正在播放《八月桂花香》,胡雪岩与董武祺两兄弟的命运,与他和袁观潮的命运,有某种巧合。

他不由得痛苦地闭上了眼睛。

恍惚间,他的手机铃声响起,他用尽力气将接听键按下,里面传出唐煜的声音:"爸爸,你说话啊!爸爸,你是不是出什么事了?我今天晚上就回来看你!"

三

这天晚上,袁得鱼没想过自己会来这里,也没想到这场与唐子风的终极决战竟以如此安静而单调的方式结束。

袁得鱼也意识到,距离协议还剩下最后一天,唐子风已无心应战。

有时候,击败一个人,就是让他一点儿一点儿沉沦下去。

袁得鱼在运用跌停板洗盘吸筹法的时候,就似乎听到了唐子风心里某个地方倒塌的声响。

袁得鱼清楚,这与唐子风最近连连的不幸遭遇有关。人到中年,谁能承受接连丧子的苦痛?

第十二章 华尔街靴子

但袁得鱼还得与唐子风见一次面,与他好好聊聊。

他现在,或许是唯一一个能把这盘死棋下活的人。

袁得鱼抬起头,望了望唐子风闪烁着灯光的府邸。

这个宅子,原来应当是灯火通明。如今,只有三楼最南边的那个房间,光影绰绰。他知道,那是唐子风的书房。

这个房子看起来好像自己童年时的那个花园洋房,他至今还记得,大厅的火炉随着穿堂风传来融融热气。

唯一不同的是,这座府邸坐落在湖南路上。在佑海滩,康平路一带的天乐汇一隅,是一片神秘的土地,与权贵、金钱有天然的微妙联系。

袁得鱼看到了唐子风。

此前的他,那样飞扬跋扈,而现在,整个人缩成一个孱弱的幽灵。

他坐在靠窗的角落里,角落里只有一道微光。

看得出,他坐了很久,黑眼袋就像两把汤勺一样,无情地挂在眼睛下方,岁月的皱纹刻在脸上,整张脸像覆盖了一层灰沙。

袁得鱼朝他走去,从风衣里,掏出一沓文件扔给了唐子风。

"你的计划是行不通的,你看看这个!"

唐子风不明所以地看了袁得鱼一眼,将信将疑地拿起文件看了起来,看完后,他的眼睛亮了一下:"相当完美的对冲!"

这是四份对赌协议,都以股权掉期合同为执行对象。

袁得鱼与四家不同的投行签署了内容几乎一样的协议,每份协议都称,袁得鱼以 2 500 万元的成本,买下每份杠杆数为 10 倍的泰达证券认沽权证。袁得鱼一共用 1 亿元的成本,买下了约 3 332 万份权证。

每份认沽权证的价格为 30 元,意味着 4 月 30 日这天,泰达证券股价在 30 元以下,袁得鱼就能拿到 2.5 亿元价值的泰达证券股票,相当于投行要支付给袁得鱼成本 10 倍的认股资金,若是高出 30 元,袁得鱼的损失就是这张合同的价格,相当于白白送给投行 2 500

万元。因为如果泰达证券的价格在30元以上，那认沽权证自动失效。

可以说，这份合同是唐子风合同最完美的对冲协议。

"我接触这些投行的时候，它们正好打算扩大在中国的金融衍生品业务，它们以为这是稳赚手续费的买卖，就与我签订了协议。直到后来，它们才明白，如果我赢了，它们会亏10倍，也就是10亿元。然而，如果你赢了，它们至少得付你10亿元的3倍。于是，这些投行在这段时间，联手将泰达证券的价格打压到30元以下。所以，现在的结果是，你损失了10亿元，而我赚了10亿元。对它们来说，站在我这边，不仅不会有损失，至少还能赚不少手续费！"

唐子风不禁发出一阵感慨，原来那四家投行的机构专用账户是这么一回事。

原来，这份设计巧妙的协议，无形中让自己与四大投行的利益直接对立上了！

唐子风苦笑起来，如果自己赢，这四家投行就要损失30亿元；如果袁得鱼赢，就损失10亿元，这四大投行到最后关头不砸自己才怪！

"接下来，它们会从二级市场买下3 332万股泰达证券，所以，我将拥有22%的泰达证券，超过你原先的12%。"

"你……"唐子风绝望了，他没想到泰达证券最后会落到这小子手里。

"你真不应该持那么少的股份，谁让你太贪心，想通过这个方法，将持股比例增加到70%。我知道，你没有其他选择，因为泰达证券已经属于苹果信托。所以，你想通过这个方法，偷偷让自己绝对控股，只可惜，你聪明反被聪明误了！"

袁得鱼笑了笑，继续往下说："谢谢你，让我学到了反客为主的方法，你用这类方法，不知道控股了多少家上市公司。我说过，我会用你们擅长的方法，让你们尝到自己种下的苦果是什么滋味。华尔街有一句名言很流行，中国也有一句类似的话，正好可以送给你——'一鸟在手，胜过两鸟在林'！"

唐子风这下算是彻底绝望了，胸口一阵猛烈地痛，喘不过气来，完全瘫软在椅子上。

过了许久，他平静下来，用一种有气无力，但又极力想保持讽刺的语气说道："其实这也不是什么新鲜的招数了！"

袁得鱼在他身旁坐下，他发现，这个男人的脸已经彻底铁青了。

唐子风眼神里突然流露出伤感，他摸了摸胸前的"急急如律令"，慢慢地把这个已经戴在脖子上多年的纪念物摘了下来。

"本来是两个，另一个是你爸爸的。"唐子风说起杭城那次的遭遇。

当年，他们这批东渡日本的留学生，一队大概10人，从香火很旺的灵隐寺出发，信步走上了东边的山头，在林间小道悠闲漫步，畅言各自的抱负。山间景色优美，芳草鲜美，落英缤纷，竹林的香气在空气中弥漫开来。

不知不觉，天色暗下来，天空呈青紫色，一时间狂风大作，一场突如其来的瓢泼大雨瞬间降下。

唐子风与袁观潮正好看到山间一隅有一座寺庙，门虚掩着，两人便推门而入。

寺庙里，只见一个老和尚在打坐。

他们在躲雨的时候，才意识到与其他同学走散了，迷路于山中。

当时，袁观潮听着外面哗哗的雨声，心中生出感慨，他说："唐兄，在这届同学中，就属你我最为投缘，我有个想法，不知你意下如何？"

"不知你想的是否与我一样？"唐子风大喜，"此时此刻，就我们两个人避雨到这个孤寺中，似乎昭示着一种缘分，不如在这里结拜兄弟，如何？"

袁观潮大笑："不愧是兄弟，心有灵犀，我也正是这个意思。"

于是两人在寺庙中结拜了起来。

拜完之后，雨声渐小，离开之际，袁观潮突然想起什么，便问寺中和尚："师傅，这是什么寺庙？为何前不着村，后不着店，孤零零的一座？"

和尚慢慢地说："这里原先是很大的寺庙，如果追根溯源，应算是天竺寺的一脉，但几经磨难，目前只剩下这座孤寺保存得最为完整，这里还有个神奇之处。"

"哦？"这句话引起袁观潮的好奇。

"距离寺庙不远，有一块大石，名叫三生石，也叫情义石。我看你们刚才在结拜，还以为你们是缘石而来。"于是和尚说起了富家子弟李源与住持高僧圆泽禅师的情义，非常感人。

两人不由得大喜，没想到和尚却说："我刚才仔细端详了你们二位的面容，恕我直言，二位均有大劫。若你们希望趋利避害，最好带上贫僧手中的这两块玉石。"

和尚手上，赫然放着两块大玉石，晶莹剔透。

唐子风马上接了过来，发现玉石上刻着"急急如律令"几个字。

袁观潮有些抱歉地说："感谢师傅的好意，但我是无神论者。"

唐子风劝道："弟弟，我买下，你就拿着吧，就当是我送你的。"

唐子风欲将两块玉石全部买下，却被师傅阻拦："心诚则灵，我就给予你一人吧。"

两人做了一点儿善行，便离开了。

他们走出寺庙的时候，发现雨停了。

这时候，天山一色，还透着月光。

两人决心顺道去看一眼和尚说的那块石头，走到天竺山脚下时，一块大石赫然屹立，正是三生石。

袁得鱼默不作声。

唐子风感慨道："我对你父亲是真心一片，最后的道路确实是他自己选的，你爸爸是个很了不起的人，我没有他的远见，直到现在，我才刚刚悟出他当年的所思所想。"

"我爸爸为什么会这样？"袁得鱼问道。

唐子风叹了口气，不过多言语，缓缓抬起头，像是在望着夜空

第十二章 华尔街靴子

中皎洁的明月:"总有一天,你会明白的。"

"你能不能告诉我,交割单上还有一个人是谁?"

"那上面只是这个圈子里抛头露面的人而已,仅是冰山一角。"

"那红册子上的那些人呢?你当时在小白楼疯狂寻找的,是不是就是那本红册子?"

"我只能告诉你,红册子上的这些人,都是苹果信托的受益人。没人知道信托受益人是谁,这是无法揭开的秘密。"

"那当时的33亿元去哪里了?"袁得鱼认真地看着唐子风,希望从他的眼睛里看出更多揭示真相的线索。

唐子风很奇怪地笑起来:"我这次输在只看到A股市场这一个小局,没有看清全球那个大局。如果我告诉你,你爸爸在当年就看出了更大的局,你相信吗?这里有一个亘古不变的判断逻辑,很多年都是如此,你爸爸掌握了决定金钱趋向的最根本脉络。包围在我们身边的,是一个宏大、漫长的世界。但很多故事,总是如此单调地重复,就像那个叫利弗莫尔(Livermore)的股票做手所说的,'阳光下没有新鲜事'。"

袁得鱼拿起咖啡杯,依稀看得到咖啡碎末。

这时候,窗外传来淅淅沥沥的雨声。

唐子风出奇地冷静:"金融总是最能诱发人性的罪恶,多少人因为原罪而离开。我犯下很多难以原谅的罪,这也是我应有的下场。"

唐子风盯着袁得鱼看了一会儿,他无论如何也没想到自己最后竟会败在这个在几年前还一文不名的小子手上,而他自己,难道没有间接把这个小子的父亲逼上另一种绝路吗?这就是因果报应!

"你怎么那么悲观?"袁得鱼冷嘲热讽。

"你已经掌握了可怕的力量,而你还这么年轻!袁观潮在天之灵可以安息了。"唐子风的皱纹像波浪一样一下子推开,袁得鱼从没见过他如此苍老。

"知道吗?这些年,我一直在研究过去100多年的历史,我徘徊在'合法与非法'的悖论之间。"

袁得鱼摇摇头："确实，你们这些七牌梭哈成员，都是原罪的牺牲品。但如果没有我这样的人出现，你们是不是还会继续逞能呢？"

"呵呵，不管你怎么说，我们七牌梭哈的主力也辉煌过，现在差不多是死无葬身之地了，这是我应有的下场，我无怨无悔。但你还无法停歇，因为还有一个更大的局在等着你。我现在真的好累，好累！只不过，很多东西，对我而言，真的无力回天了！未来的大时代，在向你敞开！"

袁得鱼摇了摇头："告诉我，红册子在哪里？"

"就算你能拿到那本红册子，也无法知道他们是谁，分配方式如何，因为设置了密码。"

袁得鱼说："我说一个题，你听了就知道我能不能猜出来了。有10个盒子，每个盒子应该装10颗奶糖，但有一个盒子是9颗。最多只用秤称一次，如何找到那盒分量不足、只有9颗奶糖的盒子？"

唐子风浑身颤抖起来，一下子瘫软了。

"答案很简单，不是吗？我只要将这10个盒子进行编号，分别为1、2、3、4、5、6、7、8、9、10。我从1号盒里取1颗，2号盒里取2颗，3号盒里取3颗……"

"你不要说了！不要说了！"唐子风彻底崩溃了。

"既然你们会定期分红，那肯定是有规律可循的。红册子也是一样，没有我解不开的谜。"袁得鱼转身离开，他确实没什么好说的了，他把能说的也都说了，他觉得，唐子风也把能告诉他的都说完了。

这次见面，是唐子风约的。

袁得鱼想过，最后或许以一种不堪的方式结束，因为他实在太恨这个人！

然而，临走的时候，他觉得没有那么恨这个人，他的邪恶，仿佛有他自己的原因，那些原因，是无法避开的历史选择。

最重要的是，袁得鱼觉得，唐子风打算放下什么，或许，一切都放下了。

第十二章　华尔街靴子

他强烈感觉到，自己不是来寻仇的，而是上了重要的一课，但他从心里又无法感谢这个人。他还产生了一种错觉——唐子风没有他想象的那么狭隘、自私与邪恶。

"记住，靴子掉下来了，另一只也会掉下。"袁得鱼在推开门出去的一瞬间，背后传来颤巍巍的声音。

巨大的宅子里只有唐子风一人，他瑟瑟发抖，趴在桌子上写了什么。

他冷静地打开窗，望着雨水四溅的街面。

这个春季的夜晚，竟是如此冰冷与凄凉。

唐子风纵身一跃，停留在天空中的瞬间，露出了一丝笑容。

猛然间，他看到了瑰丽的图景——那里光辉普照，一声呐喊，万物焕然一新，没有鲜花满地，没有莺歌燕舞，但一切像镀了金一般，无比耀眼！他的身体奔向一处鱼骨状的洞口，洞口像是被看不见的力量拉扯，变换着形状，陡然间战意浓，满眼斧钺之影，满耳裂帛之声，又似金农提笔，急急地刷上了数行漆书。他自己仿佛是一根轻柔的草、一粒宇宙的灰尘，随风而去，任意西东。只是有声音由远及近，越来越清晰，尤其在这个暗黑而潮湿的夜里，像残酷而有规则的回响，那是火车轮子在钢轨上摩擦的声音——当，当，当。

袁得鱼万万没想到的是，他刚走到楼下，背后就有飕飕的凉风，他一下子产生了一种不祥的预感。

他身后传来啪的一声闷响，空气仿佛在剧烈震动。

袁得鱼僵硬地转过头，看到唐子风整个人摔在地上，嘴巴上是一道血迹，脑袋断裂在一边。

袁得鱼闭上了眼睛。

唐煜从香港赶回，就要到家时，诧异地看到袁得鱼快步走开，几乎与自己擦肩而过。

他正诧异着，忽地听到了物件落地的沉闷声响。

他明白发生了什么的时候，号啕大哭，发出像野兽一般的痛苦哀号。

头上满是血的唐子风，两只无神的眼睛似乎在望着唐煜，他用自己的死，保守了秘密，也让这个家族有了继承巨额财富的可能。然而，他凄迷忧伤的眼，仿佛在说，几年前，他完全不曾想过会有这般结局。

四

唐煜在医院里握着父亲的手，无论如何也不愿相信，父亲已经死去的事实。

"这不可能，你们必须得救活他！"他一直在吼叫。

暗绿色的灯光下，站在门外的两个泰达证券的骨干扔掉手上的烟，冲进去拉走了唐煜。

唐煜哭得浑身无力，他看到眼前的心电图成了一条直线。他想起很多投资杂志写僵尸股时很喜欢用的一个词——dead-flat（死亡心电图），他现在极其痛恨这个词。

他静静地望着父亲异常苍白的脸，感到直面一个人心跳停止是如此的痛苦。

他更没想到的是接下来的那些事。

在唐子风自杀的第二天傍晚，20多位苹果信托计划的真实受益人，乘坐班机，从全球各地飞往佑海。

他们在最快的时间里，神秘地拿走了属于自己的份额。

彼时，市场上正在猜测，泰达系事业将传到这个家族谁的手中。

市场上曾传过由杨茗负责，因为她现在是泰达集团的副总裁，但在唐煜回来之后，焦点又聚在唐煜身上。

唐煜遇到的第一件棘手的事是，这个苹果信托计划中有1 500万股浦兴银行的股票，泰达信托获得的合法性，遭到了质疑。

打官司的是熊峰。

毕竟，当初熊峰掌握的1 500万股，两年后，总价值变成了七八

第十二章　华尔街靴子

个亿，因为原本 3.55 元的法人股，一下子成了 55 元至 58 元每股。

在熊峰看来，这交易完全不符合"低于 1% 的社会法人股一律不办理过户"的规定。然而，在内外部人士的联手运作下，股权过户顺利完成了。

熊峰得到唐子风死讯后，更加不依不饶。

唐煜知道，家族里总有人能摆平这类棘手的案子。他通过这个案子，看到了一些内部资料，苹果信托计划中的所有份额都在 2008 年股指接近全年最高峰时抛了。

这些与苹果信托解除合同关系的投资者，都清除了自己的痕迹。

唐煜也不知道这些人是谁。

他只看到其中一个没有抛的，是邵冲的一个同门师兄——贾波。他正好因为其他的经济事件被正式逮捕，距离放出还有一年。因为他后来又担任过一段时间的上市公司并购重组审核委员会委员，据媒体说，他为泰达证券借壳上市提供帮助，对泰达系其他上市公司也给予了援手。消息称，2006 年 2 月，唐子风让唐焕转交给贾波 15 万元本金，并将相应资金交给泰达信托股东。贾波以家中保姆名义，签订资金委托协议。

杨茗先代持 13.5 万份苹果信托计划，两年后，她于 2008 年 3 月，将本金及收益共 615 万元转入贾波妻子银行账户。

这起无本买卖，即便计算本金，信托计划的收益率也高达 40 倍。

有消息称，这个贾波得到的份额不过是整个盘子的 1%，他仅为隐身的受让人之一。

唐煜在一张白纸上画了一棵树，又在树上画满了果子。

杨茗看到后问他是什么，唐煜笑了一下说："我们种下了一棵毒树，现在长出的都是毒果子。"

杨茗毕竟是见过世面的女人："这还不算最悲惨的，我们最大的一块资产被吃掉了。明天，我们就要把泰达证券实际控制权交出去了。"

"交给谁?"

"袁得鱼!"

唐煜点点头,他沉痛地闭上眼睛,心想父亲肯定很伤心,这是他奋斗了一辈子的事业,他仿佛能理解父亲为何那么冲动了……

唐煜手中的是父亲自杀前写的信,上面是这么写的:"由于长期的工作压力,近年来我的强迫症愈发严重。强迫性的动作、强迫性的思维如影随形,几乎时时刻刻困扰着我。长此以往,这会拖累我的亲人,我的家庭会不堪重负。我决心把大家都解脱出来,把我也解脱出来。这的确是弱者的表现,但我希望我的亲人能理解我,谅解我的软弱。我对不起我的儿子、我的家庭,但我确实无法忍受病痛了,原谅我,我深感抱歉。"

警方鉴定是"受迫自杀"。

唐煜无法接受这个现实,抱着父亲与自己两个哥哥的合照痛哭流涕。

五

泰达证券大门前,袁得鱼从杨茗手中接过钥匙。

站在一旁的唐煜把牙齿咬得咯咯直响,他大吼道:"有我唐煜的地方,就没有你袁得鱼!有种我们未来在华尔街一决胜负!"

"我的爸爸早就死了,他只陪了我17年。"袁得鱼冷冷地说。

"我恨你,袁得鱼!"唐煜叫嚣着,"如果不是你,我爸爸不会这样!因为你夺走了他所有的寄托,所有的!你没资格进这扇门,这是我们家打下的江山!"

门卫把他拦在外面,嘴里唱着"人无千日好,花无百日红"的小曲儿。

袁得鱼走近泰达证券的铜门,望了一眼灰蒙蒙的小白楼,这一望意味深长。

这就是命运,仿佛一个轮回。

第十二章 华尔街靴子

他掏出钥匙，咔嗒一声，锁打开了，还是那个有点儿笨重的声音。

他用一只手推开铜门，已经不再是记忆中的沉重了。

这是他时隔 10 年再次成为这栋小白楼的主人。

尽管小白楼在金融圈的象征性已经过去了，越来越多的年轻人不再将小白楼与"证券教父"这类江湖味的名词挂钩，取而代之的是东江对岸的金家嘴金融城，若在洋滩隔岸相望——那里一栋栋摩天大厦拔地而起，夜晚灯火通明，让人想起金钱永不沉睡的华尔街，吹来的风里也依稀闻得到钞票的气味。

然而，小白楼在很多人心中，依旧是一种遥不可及的梦想。就好像东江两岸，一对比就会发现，万国建筑的一边，才是真正的、永恒的、无可替代的风景。

袁得鱼想起每次经过洋滩的时候，总是情不自禁地往小白楼望一眼。每次，他的目光总是收回得很快，他害怕多留恋一眼。

他抬起头，高高的房顶下方，是一圈彩色的玻璃窗，透出迷离的光线。光线下的灰尘，懒洋洋地飞舞。

袁得鱼嗅到大楼里灰尘的味道，还有一点儿残留的樟木气味，地板已有年头。

他站在一楼交易大厅，抬头往三楼的平台望去，仿佛看到一个模糊的人影。

他想起杨帷幄当年挥斥方遒的样子。他能从杨帷幄眼睛里读出一种暖融融的欣赏之情，无须任何语言，就会继续奋斗。

他的记忆一下子拉回到刚刚进入海元证券的场景，他不会忘记，那时候，他第一次见到自己的好兄弟常凡。

当时，杨帷幄与常凡正在布局申强高速，那严肃紧张的场景，令他至今记忆犹新。其实，他早就知道他们在布局申强高速，在面试的时候，他就心领神会他们在有意试探自己。他记起就在这个大厅，识破唐子风申强高速计谋的他，就像一只刚从笼子里被释放出来的山猫那样，欢快地在丛林间来回飞奔。

他至今还记得，在穿越海元人墙的时候，那一个个拍他的手掌，兴奋地落在他的背上——那是多么短暂的幸福时刻。

强烈袭来的，是根植在他脑海深处永远无法忘却的童年——那灰暗孤独的童年非但未被忘掉，反而在血雨腥风的磨难中愈发鲜明清晰。

袁得鱼沿着巨大的木制楼梯拾级而上。

楼梯转弯处，一幅巨大的挂画赫然出现在他眼前。这幅画是齐白石的《柳牛图》，画意深远。斜柳弯曲的枝蔓下方，是一头牛慵懒的背影，尾巴与柳蔓相映成趣。

当年很多人说，此画放不得，透出牛市索然。袁观潮嘿嘿一笑，挥手道："你怎么知道牛不是朝着我们想要的方向而去呢？"

袁得鱼觉得这里的一切都很亲切，一如从前。

就算覆盖了岁月的灰尘，但从美国买来的墙纸，还留着袁得鱼曾经玩耍时的指甲印。他摸了摸楼梯扶手转角，从里面还找到一颗与当年一模一样的弯钉子。在木地板与墙角的接口处，还残留着一张香烟牌。

童年的记忆彻底复苏了，就像一道闭合很久的门，彩色的奔流从里面汹涌而出，把记忆的颜色刷满，一切又恢复到一个栩栩如生的立体空间，就像20多年前的时光，此时此刻正在发生一样。袁得鱼闭起眼睛，宛如回到了从前。

他看到了父母，他就像来到看得见内心深处欲望的镜子跟前。

他睁大眼睛，他们与自己的距离是如此之近，近到可以细数出他们脸上刚刚浮现的皱纹，他们对着自己微笑。"爸！妈！"他忍不住叫出声来，父母的幻影很快就随风而去。他有些难过，如果他们一直陪在自己身边，自己还会是现在这样吗？这个念头稍纵即逝，或许这就是命运。

他穿过灰暗的走廊，来到走廊尽头的总经理办公室。他刚想打开门，忽然想起了什么，转过身，看了看最后一盏水晶灯上的那块镶嵌着两朵玫瑰的大托盖——这水晶灯太漂亮了，唐子风重新装修

第十二章　华尔街靴子

时也没换下，谁也没想到会有东西藏在那里。

他小心翼翼地将托盖的顶打开，提着心伸手摸索了一番，眼睛一下子发亮，真的还在——他小时候放玩具的一个正方形小木盒还在那里。木盒里放了他的很多宝贝，一个有很多可以动的关节的越南小兵、折叠成磁带盒状的大黄蜂、十几颗金色的玻璃弹珠、一副魔术扑克牌、一个小木鱼、一把用竹木削成的小刀、女孩送的皱皱的干花……他抱着这个木盒走进办公室。

他坐下来，坐在了老板椅上，那椅子旋转时发出咯吱的声音，仿佛是地铁里的盲人在拉蹩脚的二胡。他望着窗外，东江风光尽收眼底，对岸的佑海明珠依稀可见，那不是他最钟情的景色，他更留恋江上轻轻掠过水面的鸟儿。

他摩挲了一下这个木盒，这是父亲亲手做的，就像那个暗藏交割单的手表那样，已经成为为数不多的可以拼凑有关父亲记忆的物品。

木盒上的清漆早已掉落了几块，上面还有当年圆珠笔的画痕。这是个简单的木盒，简单得连锁都没有，只有一个小小的搭扣。

尽管他已经做好了心理准备，但还是诧异地张大了嘴巴——果真在这里。

那个将无数人逼上绝路的物品，好端端地、原封不动地在这里，在童年那些玩偶堆里，准确地说，在一叠"大王"香烟牌的最底下——那是一本红色的像折扇那样折叠起来的册子，他能猜到，这本册子里的名字，与信托受益者的名字应当是惊人一致的。唐子风死的那一刻，都搞不清那些信托受益者的真正身份，在这个局里，他只是个可怜的机械操作者。

他翻开后，迅速地望了一眼，立即倒吸了一口凉气，将这本册子放在了自己的口袋里，在放入的那一刻，他甚至无比后悔自己找到了它。

他迅速地将小木盒子原封不动地放回原处。

他坐回来，将父亲卧轨前最后一晚看的书，还有那块手表，放在自己面前。

这本书是屈原的《离骚》,父亲翻了很多遍,有几页的书角都烂成随时可吹散的脆片。

书的扉页,是父亲的笔迹,用黑色钢笔工整地誊写了一首诗——《七绝·屈原》:"屈子当年赋楚骚,手中握有杀人刀。艾萧太盛椒兰少,一跃冲向万里涛。"

父亲在诗后面,标注了"毛泽东于1961年秋所作"。他用红笔圈了一下"杀人刀"三个字。

正在这时,外面突然狂风大作,窗架也发出了声响。楼下的树大幅度地摇摆着,雨点赴死一般地砸在已经关紧的玻璃窗上。哗啦啦的雨水倾泻下来,撞在小白楼的瓦片上,啪啪直响。原先的寂静就像天空中有个巨大的吸音盘掉落的结果,而现在的嘈杂声像躲在四处的千军万马杀出战场那样呼啸而来。

袁得鱼闭上眼睛,内心平静,仿佛亲临"心在荒村听雨,人在江湖打滚"的意境。

"爸爸,我成功了!"他释然地说。

然而,袁得鱼突然意识到哪个环节不对。

最近的大案其实与红册子都有一定关联,而他,能通过"糖果法"知道他们的分成比例,同时也知道他们的地位。

但他还是无法得知父亲的动机。

从某种角度看,父亲似乎是在最后关头维护着这些人的利益而牺牲了自己。还有,那笔巨额资金究竟在何处?

摆在自己眼前的是一个无法衔接的断点。

他想起贾琳所说的,"七牌梭哈只不过是最外围的一个圈子而已"。他突然萌生一个念头,可能连这本红册子也是"最外围"的而已。

对了,名单上最后一个人到底是谁?为何至今无人提起?

袁得鱼忽然想起了什么,一个念头像闪电般穿过脑际。

难道是他?

第十二章　华尔街靴子

正在这时，从门外传来一阵阵狂笑，笑声在空旷的小白楼里回荡。

这个人似乎距离自己越来越近。

"你爸爸设了一个局，就像当年的鬼谷子，埋伏下四大弟子——苏秦、张仪、庞涓、孙膑，最终成就了秦始皇。今天死去的人，是为了明天的不死！"

"这究竟跟我爸爸的死有什么关系？"

"如今我们亲临的危机，是一场足以改变整个世界经济格局的危机，关系我们是否能在这场混战中崛起。袁得鱼，你愿不愿意接受这场挑战？"

袁得鱼四处寻找，对方始终躲在暗处。

"出来吧，我知道你是谁了！"

阵阵诡谲的笑声回荡在空中。

袁得鱼很想离开，但忽然浑身绵软无力。

什么都可以，只是无论如何，不能死去。